LA MYSTÉRIEUSE
NUANCE DE BLEU

BIBLIOTHÈQUE ÉCOSSAISE
Dirigée par Keith Dixon

Jennie ERDAL

LA MYSTÉRIEUSE NUANCE DE BLEU

Traduit de l'anglais (Écosse)
par Gilles Robel

Avec la collaboration de Vincent Reignier

Éditions Métailié
20, rue des Grands Augustins, 75006 Paris
www.editions-metailie.com
2022

Retrouvez-nous sur les réseaux sociaux :

Titre original : *The Missing Shade of Blue*

First published in Great Britain in 2012 by Little, Brown Book Group

ISBN : 979-10-226-1224-1

À la mémoire de Wilkie Crawford, 2006-2007
Et pour ses parents

Supposez donc une personne qui, jouissant de la vue depuis trente ans, ait acquis la connaissance parfaite de toutes les sortes de couleur, excepté une certaine nuance de bleu qu'elle n'a jamais eu la fortune de rencontrer. Placez devant elle toutes les différentes nuances de cette couleur, sauf la nuance dont nous parlons, en allant graduellement du plus foncé au plus clair. Il est évident qu'elle percevra un vide là où cette nuance fait défaut et qu'elle sentira que la distance entre les couleurs contiguës est plus grande en cet endroit qu'ailleurs. Or je demande s'il lui sera possible, par sa seule imagination, de combler le vide et de se donner l'idée de cette nuance particulière, bien qu'elle ne lui ait jamais été transmise par ses sens ?

David Hume, *Traité de la nature humaine*

Et l'abîme ? L'abîme ? Tu peux pas le manquer
Il est juste à tes pieds
À une marche d'escalier

Theodore Roethke, *L'Abîme*

1

Au début, rien ne m'avait laissé présager que je m'impliquerais aussi profondément, aussi irrévocablement dans leur existence. Jusqu'alors l'amitié n'avait pas été mon fort. Plus tard, je me demanderais pourquoi il en avait été autrement avec les Sanderson, et ce qui m'avait happé et retenu captif, même durant les moments difficiles. Cette amitié-là, je ne l'avais même pas recherchée. La raison de mon séjour à Édimbourg, c'était le travail. Et la raison de ce travail, comme de la plupart des choses, c'était mon père. Je savais que jusqu'à mon dernier souffle, je me sentirais étroitement lié à lui.

D'une manière ou d'une autre, j'ai passé l'essentiel de ma vie dans les livres, à lire les histoires des autres, à vivre par procuration la vie de personnages fictifs. La fiction est rassurante, on sait à quoi s'en tenir. Dans un film en noir et blanc, par exemple, on peut se fier à la forme du récit: la sonnerie stridente du téléphone ou trois coups frappés à la porte suffisent pour que l'on s'enfonce avec délices dans son fauteuil en sachant que l'histoire a *commencé*. Il en va de même pour les livres que pour les films: chaque commencement est un artifice. Tandis que ce qu'on appelle la vie réelle est un continuum, âpre et sans retouches; et quand on veut raconter sa propre histoire, il n'est pas facile de savoir par où commencer, ni même quels faits relater.

Lorsque Sanderson me confia pour la première fois que sa femme *voyait quelqu'un*, nous étions en train de traverser en voiture la région des Borders en Écosse, en route pour une nouvelle partie de pêche. C'était un samedi matin, le premier samedi d'octobre, et le trajet vers la rivière m'était devenu assez familier. Sur les collines, les fougères s'étaient déjà teintées de brun et je me souviens avoir pensé, alors que nous longions les haies à vive allure, que les fruits qui les ornaient ressemblaient à des éclaboussures de sang. Cela faisait un peu plus d'un mois que j'étais arrivé à Édimbourg, et je considérais déjà Sanderson comme un vieil ami. À la réflexion, cela m'apparaissait comme un petit miracle. Sanderson avait le regard fixé sur la route. Lorsqu'il pêchait il ne disait quasiment rien, mais derrière le volant de sa Renault hors d'âge il distillait une bonne partie de ses pensées sur le monde, ou quelques secrets intimes choisis avec soin.

Au début, j'avais mal compris ce qu'il voulait dire par "voir quelqu'un". Non pas parce que je suis français ni parce que cette expression m'était inconnue, mais parce que je l'avais prise dans un sens plus médical qu'extra-conjugal. Sanderson m'avait déjà laissé entendre que sa femme n'était pas totalement saine d'esprit, et mes propres soupçons avaient été éveillés dès le jour précédent. Par "voir quelqu'un", je compris donc qu'on l'avait persuadée de consulter un spécialiste. Avec Sanderson, les erreurs d'interprétation étaient rares : il utilisait les mots de manière très précise et communiquait aussi avec l'ensemble de son corps. Mais lorsqu'il m'avait confié "ma femme voit quelqu'un, Eddie", il était tout raide sur son siège, ses pauvres mains difformes cramponnées au volant. Et comme il n'avait pas introduit son propos par "je soupçonne" ou "je crois", rien ne permettait d'anticiper le sens de sa phrase, et encore moins la douleur et la perte de soi qui allaient suivre.

– Elle voit quelqu'un ? répétai-je. Vous voulez dire, un médecin ?

– Non, Eddie, non, répondit Sanderson en émettant une sorte de gloussement étouffé. C'est un autre homme qu'elle voit.

Il s'ensuivit une minute ou deux de silence, que je n'essayai pas de combler car je sentis qu'il en dirait plus dès qu'il le pourrait.

En y repensant, cela me semble marquer le début de l'histoire, même si plus tard je comprendrais qu'elle avait dû être précédée par d'autres commencements.

2

J'arrivai à Édimbourg le dernier jour d'août. Tout le monde connaît la réputation déplorable de l'été écossais, mais ce jour-là semblait la démentir. En ce lundi d'août, tandis que j'avais laissé Paris sous une chaleur qui vous étouffait et vous ôtait toute énergie, la ville qui allait devenir mon domicile provisoire s'étendait dans toute sa gloire sous un immense ciel bleu.

Lorsque je descendis du bus qui m'avait mené de l'aéroport au centre-ville, une brise rafraîchissante me caressa la peau et me fit éprouver toutes les possibilités nouvelles qui s'offraient à moi. C'était l'un de ces rares moments où le monde extérieur se trouve en parfaite harmonie avec le moi intérieur. Édimbourg était à l'évidence une ville *en fête** : les rues étaient pleines de jongleurs et de comédiens perchés sur des échasses, et l'on eût dit que chaque pan de mur était recouvert d'affiches promettant une variété de sensations culturelles fortes, depuis les percussions japonaises jusqu'à l'opéra-comique, en passant par le ballet russe ou "Shakespeare en bref" (qui sait ce que cela pouvait signifier ?). Je me sentais déjà bien d'être là.

Je devais passer six mois en Écosse pour travailler sur des manuscrits du XVIIIe siècle que détenait la Bibliothèque nationale. Je venais de signer un contrat avec un éditeur parisien en vue de réaliser une édition française des *Essais* de David Hume. L'idée de me rendre à Édimbourg afin de travailler sur Hume avait germé dans

* En français dans le texte, comme par la suite tous les mots ou expressions en italique suivis d'un astérisque. (*Toutes les notes sont du traducteur.*)

mon esprit des années plus tôt, et voilà que cet espoir se réalisait enfin. L'excitation me faisait un peu tourner la tête. J'allais pouvoir consulter les manuscrits originaux dans la bibliothèque dont Hume fut un temps le conservateur, et j'imaginais un peu follement que l'esprit de Hume lui-même allait inspirer ce projet. Il y avait aussi dans ma décision de partir à Édimbourg un élément de pèlerinage personnel. En plus d'être la ville où Hume avait vécu et rendu son dernier souffle, c'était aussi celle où mon père avait fait ses études.

J'avais passé les mois précédant mon départ à régler diverses formalités : m'assurer que la Bibliothèque nationale me laisserait utiliser les manuscrits, demander des financements complémentaires à divers organismes culturels, écrire à l'université d'Édimbourg pour obtenir le statut de *fellow* honoraire, ce qui me permettrait d'accéder aux bibliothèques et aux services réservés au personnel enseignant. Tout s'était mis en place rapidement et sans obstacle. Il ne restait plus qu'à louer mon appartement parisien et à trouver un logement à Édimbourg. Là encore, l'université m'avait apporté une aide précieuse en me mettant en contact avec Martin Blandford, un universitaire qui, par chance, voulait passer un congé sabbatique à la Sorbonne pour écrire un livre sur Jean-Paul Sartre. Je savourai la justesse de cette transaction – Sartre en échange de Hume –, sachant pertinemment qui faisait la meilleure affaire.

Le logement de Martin Blandford à Édimbourg se trouvait à l'est du centre-ville : c'était un petit cottage charmant, au milieu d'une rangée de maisons en forme de fer à cheval, à l'arrière de Calton Hill. Le chauffeur du taxi avait lancé : "Ah, ça doit être un *mews cottage*", ce que dans mon lexique mental je transformai en "muse cottage" – on ne pouvait rêver mieux pour une aventure littéraire. Plus tard, lorsque je me serais familiarisé avec la ville, je découvrirais beaucoup de *mews*, construits au début du XIXe siècle pour répondre aux besoins des beaux immeubles tout proches. Le rez-de-chaussée faisait office d'écurie pour les chevaux, tandis que palefreniers et cochers dormaient au premier étage. Autant que je sache, il n'y avait pas d'équivalent des *mews cottages* à Paris, ou du moins je n'en avais jamais vu. Ce qui me fit me demander où chevaux et cochers français pouvaient bien passer la nuit.

Cette *mews* – ma muse – me convenait parfaitement, je n'aurais pu imaginer meilleur logement en centre-ville. Pareille à une maison de poupée, elle jouxtait une dizaine de maisons semblables situées autour d'une cour pavée dont le centre était un terre-plein en forme de poire, recouvert de gazon, de buissons et d'arbres. Un petit havre loin de tout, une sorte de village miniature qui semblait isolé du reste de la ville et aurait pu avoir été dessiné par un enfant, avec ses proportions étranges et sa perspective oblique. La petite maison elle-même était couverte de lierre, et à la droite de la porte d'entrée se trouvait le garage intégré – l'ancienne écurie – peint en bleu. À l'intérieur, il y avait un petit vestibule avec une table étroite, le reste du rez-de-chaussée consistant en une cuisine ouverte sur la salle à manger. Sur un côté de la cuisine se trouvait un petit débarras avec le lave-linge et le sèche-linge, et curieusement une bicyclette suspendue à un crochet au plafond. Une autre porte qui menait probablement au garage était fermée à double tour. À l'étage on trouvait un petit salon, une chambre double et un petit bureau garni d'une table et de deux étagères vides – exactement ce qu'il me fallait. Dans un coin du salon, un tissu en batik coloré recouvrait un large objet carré. Je m'attendais à y découvrir un oiseau endormi dans sa cage, mais c'était une télévision qui se dérobait au regard comme les pieds des pianos dans l'Angleterre victorienne. La pièce comportait peu de meubles et les murs étaient nus, à l'exception d'un tableau solitaire. Elle semblait conçue pour des séjours temporaires et non pour quelqu'un qui y vivait six mois par an. Blandford avait été très attentionné. Tout respirait la fraîcheur et la propreté, et il avait même mis un bouquet de fleurs dans un vase sur la table de l'entrée. Les couleurs étaient douces, tirées d'une palette que certains qualifieraient de féminine. Il est sûrement gay, me dis-je, et il était probable qu'il se fît la même réflexion à mon sujet en découvrant mon appartement parisien décoré avec soin. En vérité, je ne savais rien de la vie de Blandford mais tout indiquait qu'il vivait seul et qu'il était ordonné : pas de fouillis, pas de jouets d'enfant, pas de traces du désordre ordinaire de la vie quotidienne, pas d'affreux bibelots ni d'objets précieux, juste quelques jolis bols en céramique disposés çà et là avec goût, et une seule photographie, en noir et blanc, d'un couple de jeunes mariés, probablement ses parents. En dehors de cette photo et de quelques ouvrages de référence, les chambres étaient assez impersonnelles. Cela me plaisait. Une décoration plus personnalisée aurait pu me distraire, voire me gêner. Je préférais une sorte de chambre de motel, un lieu où il est facile de s'installer mais que l'on peut quitter tout aussi aisément, sans laisser de traces. Je contemplai mon nouvel environnement et me dis que j'avais une chance inouïe. Un tel endroit était source de contentement.

Sur la table à côté des fleurs, Blandford avait laissé un mot :

> Cher Edgar,
> Bienvenue à Édimbourg. Je pense que tout devrait être en bon ordre. Il y a un trousseau de clés de secours au numéro 16 si jamais vous restez coincé dehors, et une note avec des instructions concernant la maison dans le tiroir de la table de l'entrée. N'hésitez pas à utiliser mon vélo qui est suspendu dans

le débarras. Comme le garage contient mes affaires personnelles, il est verrouillé. Mme Bannerman, la femme de ménage, vient tous les mardis à 8 h 30 et reste deux heures. Vous n'avez pas besoin d'être présent, elle a ses propres clés, mais merci de laisser pour elle toutes les semaines 15 livres en liquide sur la table de l'entrée.
En vous souhaitant un séjour productif,
Bien cordialement,
Martin Blandford

P-S. Je joins une invitation qui pourrait vous intéresser. N'hésitez pas à y aller à ma place.

L'invitation concernait une conférence intitulée "L'humanité de Hume", suivie d'une réception. Elle avait lieu le jour même. J'avais prévu de défaire mes bagages et de finir de m'installer, mais c'était une occasion à ne pas manquer. Les bagages pouvaient attendre.

À la réflexion, ce fut sans doute la première d'une série de décisions qui ne me ressemblaient pas. Édimbourg commençait déjà à avoir sur moi un effet libérateur.

La conférence devait se tenir dans la tour David Hume, philosophe qui semblait décidément au centre de toute une industrie ici. Dans un coin du carton imprimé, on pouvait lire l'acronyme SUPA et juste en dessous, entre parenthèses : Scottish Universities Philosophical Association. Chose étrange, il y avait une seconde carte à côté de la première, avec un acronyme semblable en lettres grasses : SEPA, pour Scottish Environmental Protection Agency. Cette agence de protection de l'environnement m'informait qu'un prélèvement d'eau potable allait être effectué la semaine suivante. SUPA et SEPA : je prononçai ces nouveaux termes étranges à voix haute, en essayant de me les mettre en bouche.

3

J'avais imaginé qu'un bâtiment portant le nom de David Hume serait une élégante bâtisse du XVIIIe siècle, avec un fronton décoré et une entrée grandiose, un peu comme le château de Bagatelle à Paris. Mais il n'en était rien : c'était une grande tour en béton dont la laideur me laissa sans voix. On en trouve de semblables dans la plupart des métropoles, y compris dans des villes aussi soucieuses de leur beauté que Munich, mais elles sont en général reléguées dans les banlieues, pour offrir, loin des regards, un logement aux démunis et protéger la bonne conscience citoyenne. Par contraste, cette tour était une horreur architecturale en plein cœur d'Édimbourg, et elle en était fière.

L'amphithéâtre était bondé. Le brouhaha laissa bientôt place à des murmures impatients tandis que deux personnages faisaient leur apparition sur l'estrade et s'installaient sur des chaises voisines, semblables à des trônes. L'un d'entre eux était un conférencier invité du nom de Whitebrook, professeur de philosophie à l'université de Cambridge. L'autre, revêtu d'une toge colorée, était une personnalité éminente qui se redressa et procéda, d'une voix monocorde et ennuyeuse, à la lecture des mérites de l'orateur invité : longue carrière pleine de distinctions, réputation internationale, liste de publications impressionnante, etc., etc. Après une salve d'applaudissements polis, le professeur Whitebrook se leva et s'approcha du pupitre, non sans avoir pris soin de chausser lentement des lunettes reliées à un cordon. C'était un homme de stature imposante : grand, l'air juvénile malgré une épaisse chevelure blanche, son visage n'était que géométrie, tout en traits et angles réguliers ;

son ample toge dissimulait un gilet ivoire et un nœud papillon jaune.

Il commença sa conférence en replaçant Hume dans le contexte de l'Écosse du XVIIIe siècle, époque où sévissaient le calvinisme et d'autres formes de religion révélée, et il expliqua en détail la virulence des attaques dont le philosophe avait fait l'objet de son vivant. Ces attaques, précisa le professeur, provenaient surtout de théologiens en vue, mais aussi, dans un second temps, quand Hume commença à remettre en cause les fondements de la religion naturelle, de collègues philosophes. Selon Whitebrook, Hume ne s'était pas fixé pour objectif de vivre dans l'incroyance : il avait examiné les arguments en faveur de la religion, et les avait trouvés peu convaincants. C'était un philosophe dont l'objectif premier était d'expliquer la place de l'homme dans le monde pour lui permettre d'y mener une vie meilleure ; et il avait vite découvert que l'art de bien vivre est difficilement compatible avec le fait de s'accrocher à des illusions. À ses yeux, le monde était troublé par la superstition et par l'enthousiasme, maux qu'il s'efforça de combattre avec une élégance et un humour bien à lui. Il réfuta un à un les arguments théologiques qui avaient été mis en avant au fil des siècles, au grand dam de leurs adeptes. "Et leur colère se trouva renforcée, ajouta Whitebrook, par le fait qu'il semblait se rire d'eux, même si c'était avec sa bienveillance coutumière. Ils ne semblaient pas comprendre que s'il se riait de leurs arguments, c'est que ces arguments étaient intrinsèquement risibles."

Le professeur Whitebrook s'exprimait avec une autorité innée, d'un ton rempli de modulations harmonieuses, au débit parfaitement rythmé. Sa voix était riche et onctueuse, avec un soupçon de croquant, comme une crème brûlée réussie. Je croyais visualiser l'ensemble de la ponctuation de son texte à travers les mouvements de son corps : les sourcils légèrement relevés pour une virgule, un peu plus hauts encore pour un point-virgule, et un hochement de la tête pour tout signe plus important, comme un point final ou un deux-points. De temps à autre, il lançait un petit regard furtif vers les côtés de l'estrade, comme s'il s'attendait à voir surgir quelqu'un des coulisses, et lorsqu'il levait les bras pour asséner un argument, les plis de sa toge se soulevaient aussi, ce qui le faisait ressembler à un oiseau de proie prêt à fondre sur son prochain repas. Je l'imaginais comme un faucon pèlerin en raison de sa poitrine blanche (le gilet), de son bec jaune (le nœud papillon) et de son abondant plumage noir (la toge).

S'autoriser de telles pensées en écoutant une conférence vous fait courir de graves dangers. Une fois que vous les avez laissées s'immiscer dans votre esprit, il devient vite impossible de les arrêter. Vous commencez par voir en chaque participant une espèce distincte de volatile et, sans crier gare, plusieurs minutes de divagations frivoles se sont écoulées, pendant lesquelles vous n'avez pas retenu un mot de la conférence. Mais dès que je me remis à me concentrer sur les paroles de Whitebrook, mes efforts furent grandement récompensés. Il s'exprimait avec tant de bon sens et de clarté qu'on aurait cru que certaines des qualités de Hume lui-même avaient déteint sur lui. Les dangers qu'il y avait à critiquer la religion au XVIIIe siècle étaient très grands, expliquait Whitebrook à son auditoire, si bien que Hume avait été contraint d'user de procédés rhétoriques sophistiqués pour dissimuler son scepticisme radical. Des exemples textuels étaient projetés sur des diapositives au-dessus de sa tête, chacun d'entre eux décodé avec soin par le professeur, qui s'arrêtait de temps à autre pour saluer le courage et le génie de Hume. “Ce grand homme, ajouta-t-il, a imputé l'origine de la croyance religieuse aux espérances et aux craintes qui animent en permanence l'esprit humain.” Whitebrook marqua un temps d'arrêt puis, après avoir retiré ses lunettes et fixé du regard le fond de la salle, il conclut en rappelant avec pessimisme que, bien que la mort de Dieu eût été prononcée à plusieurs occasions au cours des deux siècles écoulés, ces craintes et ces espoirs restaient encore bien vivaces et plus pernicieux que jamais.

La réception qui suivit avait lieu dans une petite salle aveugle attenante à l'amphithéâtre. Il y avait là trente ou quarante personnes, qui étaient visiblement toutes des universitaires.

Un verre de vin rouge – trop froid et aigre – à la main, je restai posté près de la porte d'entrée, anticipant le besoin de prendre la fuite. Je suis mal à l'aise au sein de la foule – sauf dans les rues de Paris, dans le métro ou au marché, car on y est rarement contraint de nouer des contacts. Cette phobie serait liée à mon statut d'enfant unique – explication commode pour tout ce qui fait problème à l'âge adulte. L'assistance se partageait entre ceux qui parlaient et ceux qui écoutaient, selon un ratio d'environ un pour cinq. Les parleurs passaient à l'évidence un meilleur moment que les auditeurs. Je parvenais bien à discerner un mot ou deux, surtout quand ils étaient mis en exergue, par dérision ou par scepticisme, mais je n'arrivais pas à donner de sens aux phrases entières. Un grand brouhaha anglais ne sonne pas comme son équivalent français. En français, on conserve le sentiment que c'est bien une langue que l'on entend, que les gens échangent des phrases qui font sens, et qu'ils utilisent toute la gamme des tonalités. Mais là, au rez-de-chaussée de cette tour, les sons brouillés renvoyés par le plafond bas ressemblaient moins à des sons humains qu'à des cris d'animaux, comme les mugissements du bétail qu'on entasse dans un camion pour le mener à l'abattoir.

Après un court moment, quelqu'un dont je n'avais pas saisi le nom me prit par le bras et me présenta à un cercle d'environ six personnes, tous des hommes et tous professeurs de philosophie à l'université. Étudiant, j'avais rencontré des philosophes individuellement, mais jamais en société. Peut-être qu'il existe un nom collectif pour les philosophes ? Il faudrait que je vérifie. Au cours de mon histoire d'amour durable avec la langue anglaise, il m'était arrivé de me perdre dans le champ fascinant des noms collectifs, tels que "pontificalité de prélats", "chaos d'enfants", etc. Ayant bien observé le groupe qui se trouvait devant moi, je décidai de les nommer "pompositè de philosophes". Ils se faisaient ouvertement concurrence, prompts à parler, peu enclins à écouter. Autre particularité : leur étrange ardeur, une fois que je leur eus été présenté, à prouver qu'ils maîtrisaient le français. Quelques instants avaient suffi pour que l'air soit saturé de "*billets doux**", "*de rigueur**" et même "*bien-pensants**". Il y avait là quelque chose d'anormal. Comment imaginer qu'ils s'exprimaient habituellement de la sorte ? Un philosophe à l'air hautain ne cessait de lancer des "*au contraire**" toutes les cinq secondes, persillant la conversation de ces deux mots de façon ostensible, et néanmoins absurde, en réponse à tous les propos échangés. Un second philosophe, tout aussi armé de bonnes intentions, me proposa de me mettre en contact avec des Français de sa connaissance. Je le remerciai en veillant à ne prendre aucun engagement : on n'est jamais assez prudent dans ce genre de situation. Un troisième, au visage poupin et au nez bulbeux, leva son verre à la santé de l'aimable compagnie en s'écriant "*Après moi le déluge** !". Quel mal pouvait bien les avoir atteints ? Le diagnostic le plus charitable, c'est qu'ils avaient les nerfs fragiles, ou essayaient maladroitement d'être accueillants. Qu'importe : dès que cela parut convenable, j'arborai le sourire gêné de celui qui doit s'éclipser sans délai et me dirigeai vers la sortie.

C'est là que je fis la rencontre de Sanderson, qui était également sur le point de s'en aller. C'était un homme d'une soixantaine d'années, assez débraillé, avec une grosse tête et un visage massif qui semblait avoir été découpé dans le fer et martelé par un forgeron. Sa chevelure clairsemée et rebelle évoquait W. B. Yeats à la fin de sa vie. Sous ses yeux, les poches de rouille faisaient penser à un chien de Saint-Hubert. Il me tendit la main – sa peau était rugueuse et couverte de squames – et se présenta. Il avait une poignée de main humide, non pas moite mais curieusement huileuse. "Harry Sanderson", dit-il, ce qui me fit frémir car Harry est l'un des prénoms les plus difficiles à prononcer pour un Français, même si la langue anglaise lui est assez familière. Tout est compliqué : le *h* aspiré, le *r* qui roule, la brièveté et la simplicité trompeuses. Harry est le type de nom qui, s'il s'attarde dans une bouche française, peut finir par sonner comme le raclement d'une gorge remplie de glaires.

– Edgar Logan, dis-je en lui serrant la main, songeant aux avantages que mon nom comportait par rapport au sien.

– Ah oui, l'homme qui exporte Hume de l'autre côté de la Manche ! s'exclama-t-il.

Cela aurait pu constituer une remarque inamicale, mais les inflexions étaient chaleureuses et bienveillantes. Malgré cela, prendre conscience qu'on existe dans l'esprit d'un étranger est toujours déstabilisant, surtout lorsqu'on est habitué à l'anonymat. Voyant ma surprise, il expliqua qu'il enseignait la philosophie à l'université et qu'il avait vu mon dossier de candidature pour devenir *fellow* du Département.

– Est-ce que tout le monde vous appelle Edgar ?

Sa voix écossaise, claire et croustillante, avec un soupçon de rocaille, me rappelait celle de mon père.

– Oui, à l'exception de mon père, qui m'a toujours appelé Eddie.

– Eh bien, si tu n'y vois pas d'objection, je t'appellerai aussi Eddie, dit-il en sortant une pipe de sa poche et en la tapotant contre sa chaussure.

– Très bien, ajoutai-je. – J'étais ravi de saisir l'occasion de nous mettre d'accord. – Vous m'appelez Eddie et je vous appelle Sanderson. Je ne suis pas sûr de réussir à prononcer Harry.

Voilà comment débuta une conversation qui allait durer plusieurs mois et nous transformer tous deux.

4

Tandis que nous traversions George Square à pied, le Dr Sanderson s'arrêta, se retourna et, indiquant de la tête le bâtiment que nous venions de quitter, il demanda en bourrant sa pipe de tabac :

– Que pensez-vous de notre monument à la gloire du plus grand philosophe écossais ?

– Eh bien, j'ai été un peu… choqué, répondis-je avec un sourire gêné, pour ne pas offenser une nouvelle connaissance.

– Vas-y franchement ! C'est l'un de nos pires exemples de mégalomanie architecturale. Du vandalisme culturel typique des années 60. Nous sommes les pionniers mondiaux dans le domaine.

Il tourna le dos au vent pour allumer sa pipe, processus laborieux qui nécessita plusieurs allumettes et autant de jurons, et au cours duquel il me demanda en marmonnant, la pipe coincée entre les dents, mon sentiment sur la conférence et la réception qui avait suivi. J'étais si peu habitué à ce qu'on me demande mon avis que ma gorge se nouait quand cela se produisait. Mais, avec Sanderson, je me sentis curieusement décontracté, sans doute parce qu'il n'avait pas fait partie du groupe d'universitaires grotesques. Je lui répondis que j'avais beaucoup apprécié la conférence, que j'étais impatient d'entendre les suivantes et que je regrettais de ne pas avoir assisté à des conférences de ce type quand j'étais étudiant. Quant à la réception, comment dire, je n'avais pas été très à l'aise, surtout dans une pièce remplie de philosophes.

– Oh, les philosophes, lança Sanderson, le regard dans le vide. Ils se la pètent un peu trop.

– Ils se la pètent ?

– Oui, ils pètent plus haut que leur cul. Que leur fondement.

– Ah, je vois, répondis-je, ne voyant rien du tout, sinon une légère étincelle dans son regard.

– Ça vient de tout ce nombrilisme.

J'attendis qu'il développe ses arguments, mais en vain. Nous avançâmes un peu en silence. Puis, comme si une idée nouvelle lui avait traversé l'esprit, il ajouta :

– Une bande de cafardeux, voilà ce qu'ils sont !

– C'est l'étude de la philosophie qui les rend malheureux ? me surpris-je moi-même à demander.

– Voilà une question intéressante, répondit Sanderson, ses pupilles noires comme l'encre flottant au-dessus des poches de rouille. Une question qui pourrait presque faire l'objet d'une étude philosophique. Est-ce la philosophie qui attire les gens malheureux, ou bien est-ce qu'il existe dans la nature même de l'activité philosophique quelque chose qui porte au malheur ?

C'est une question qu'il n'avait jamais vraiment prise en compte, me dit-il, alors qu'il venait de publier un livre entier sur le bonheur.

– Et crois-moi, il n'y a rien qui puisse vous saper autant le moral que d'écrire un livre sur le bonheur. C'est un peu comme la question de la poule et de l'œuf, l'essentiel est de déterminer lequel des deux vint en premier ; ou comme analyser la prévalence des déviations sexuelles chez les membres du clergé. Est-ce que les séminaires produisent des déviants sexuels, ou est-ce qu'ils fournissent juste un environnement protecteur à des individus dont la nature déviante était déjà bien établie ?

Son ton était moqueur et plein d'autodérision, mais non dépourvu d'acuité. Je me demandais ce que cela pouvait cacher. Peut-être un homme mal à l'aise avec lui-même ?

Quand je l'interrogeai sur la date de sortie de son livre sur le bonheur, il se contenta de grommeler :

– Bientôt, bien trop tôt.

– Vous l'avez terminé ?

– Oui, je l'ai achevé, et il m'a achevé.

Il eut un rire triste et ajouta que le bonheur, tel qu'on l'entendait communément, avait très peu de rapport avec la philosophie. C'était avant tout une question de psychologie.

– Et c'est un fait psychologique avéré – tout autant qu'un problème – que trop réfléchir au bonheur, et à la façon de l'atteindre, peut vous broyer.

À vingt heures passées, la lumière était encore magnifique. Le soleil venait de disparaître en laissant derrière lui une lueur ambrée comme du champagne. Nous traversâmes ensemble le quartier de la vieille ville – Old Town – en passant par George IV Bridge puis en descendant The Mound*. Quand on rencontre un sexagénaire pour la première fois, il est difficile de ne pas penser au vaste panorama de sa vie antérieure, au nombre colossal d'événements et d'expériences qui ont fait de cet homme ce qu'il est aujourd'hui, événements auxquels vous n'avez pas participé et que vous ne pouvez pas comprendre. C'est cette idée qui dominait mon esprit lors de cette première rencontre, tandis que nous en finissions avec les banalités d'usage, les choses sans importance que l'on dit généralement à un inconnu.

Après quoi Sanderson se mit à parler un peu de ses collègues, tout en semblant vouloir se distancier d'eux. Il s'était un peu lassé de la philosophie, ce qui avait contribué à creuser un fossé entre lui et ses amis philosophes, qui, pour le dire vite, le laissaient désormais

---

* George IV Bridge et The Mound sont deux rues de la vieille ville, l'une située sur un pont, l'autre sur le flanc d'une colline en contrebas du château d'Édimbourg.

indifférent. Il parlait de façon très générale, évoquant de vagues déceptions, des frustrations, du ressentiment, et ses phrases manquaient étrangement de poids. Pourtant, par leur accumulation, ses critiques, même si elles n'étaient ni acerbes ni explicites, devenaient implacables et son débit curieusement saccadé, les hésitations laissant vite place à des flots de paroles. Il me faisait penser à quelqu'un qui conduirait par à-coups faute de savoir changer les vitesses, nuançant une affirmation catégorique par un adverbe plus neutre ou de légers bégaiements, comme s'il s'interrogeait sur la pertinence de ses propres jugements en même temps qu'il les formulait avec force. Sa façon de s'exprimer était celle d'un homme accablé par la vie, sans espoir de délivrance. Ce que le contenu de ses propos semblait confirmer : il se sentait en décalage avec le monde moderne. Son cortège de catastrophes et de calamités n'avait rien de nouveau bien sûr. Mais il ne pouvait supporter que tout soit transformé en événements médiatiques, en divertissements prêts à être consommés comme des plats sous cellophane. "Quand je suis devant ces émissions de télé truffées d'interviews larmoyantes, avec des torrents d'émotion dans chaque image, j'ai l'impression d'être le vestige d'une époque plus rationnelle." De temps à autre, il lançait un rire moqueur, comme s'il s'étonnait de sa propre naïveté.

Parvenus au pied de The Mound, nous nous arrêtâmes un instant avant de nous séparer. Sanderson expliqua qu'il habitait "par là", en désignant vaguement le nord-ouest. Je me dirigeais vers Calton Hill, à l'est. Nous étions en train de nous serrer la main en échangeant les amabilités d'usage, lorsque Sanderson, sa main encore agrippée à la mienne, lança brusquement :

– Tu sais quoi, si tu n'as rien d'autre à faire, tu devrais venir manger à la maison. Tu rencontreras ma femme. Ça lui plairait bien. On ne voit plus grand monde ces temps-ci.

5

L'appartement se trouvait au quatrième et dernier étage d'une maison mitoyenne de style georgien dans une rue tranquille de la nouvelle ville – New Town*. Encadrée par des grilles en fer forgé, son entrée impressionnante était desservie par quatre marches de pierre et fermée par une énorme porte en bois munie d'un heurtoir en cuivre. L'intérieur était moins grandiose, mais la cage d'escalier présentait une courbure admirable et les marches de pierre avaient été creusées en leur centre par deux siècles d'usage. Sanderson passa en premier, gravissant l'escalier d'un pas lourd. De derrière, je remarquai ses chaussures sales et éraflées, aux talons usés. "Un homme aux chaussures sales est un homme qui a perdu l'estime de soi", disait mon père.

Il flottait à l'intérieur de l'appartement un parfum chaud et réjouissant de pain frais et d'asperge, ainsi qu'un autre arôme que je ne parvins pas à identifier, peut-être de la menthe. Je ne décelai pas trace de ces odeurs de cuisine dont l'Écosse a la triste réputation : les légumes bouillis trop longtemps ou la friture à tout-va.

La femme de Sanderson apparut dans le hall. Elle était plus jeune que ce que j'avais imaginé. Son visage était ouvert et expressif, avec des yeux largement écartés. Elle était plus jeune que son mari d'au moins vingt ans. Elle possédait une élégance naturelle qui ne tenait ni aux vêtements ni au maquillage. Quand elle m'aperçut, elle inclina la tête et esquissa un demi-sourire légèrement inquisiteur, mais elle ne laissait rien deviner d'elle. Elle portait un pantalon blanc qui flottait autour de ses

* Partie d'Édimbourg bâtie aux XVIIIe et XIXe siècles.

jambes et lui donnait une allure éthérée, belle et intrigante. Sanderson fit les présentations.

– Cary ? répétai-je, en pensant aussitôt à Cary Grant dans *La Mort aux trousses*, un film que j'ai dû voir une dizaine de fois.

– En fait c'est C-A-R-R-I-E, précisa-t-elle, en épelant son nom d'une manière qui indiquait qu'elle en avait l'habitude. Cela rime avec Harry.

Sa voix était douce et mélodieuse.

– C'est un prénom charmant.

Le Dr Sanderson lui expliqua qu'il m'avait invité à dîner : ça ne posait pas de problème ? Non, bien sûr, répondit-elle. Le repas était au four et tout serait prêt d'un instant à l'autre. Et d'ailleurs Alice venait de téléphoner pour demander si elle pouvait déposer quelque chose, elle allait elle aussi rester dîner. Sanderson ne sembla pas surpris, alors qu'il m'avait dit quelques instants plus tôt qu'ils ne voyaient pas grand monde.

Nous étions maintenant dans la pièce principale, le salon – ils l'appelaient *drawing room* – qui s'étalait sur toute la largeur du bâtiment et était éclairée des deux côtés par de grandes fenêtres en saillie entourées de volets en bois repliés contre le chambranle.

– Par temps clair, expliqua Sanderson, on peut apercevoir vers le nord, au-dessus des toits, le comté de Fife de l'autre côté de l'estuaire, et par les fenêtres de derrière on peut admirer Arthur's Seat dans toute sa splendeur.

C'était surtout pour sa luminosité qu'ils avaient pris cet appartement.

– La lumière du nord est importante pour un artiste, ajouta-t-il en montrant Carrie de la tête et en débouchant une bouteille de vin. L'atelier de ma femme est de l'autre côté du hall.

Durant l'apéritif nous parlâmes essentiellement du travail de Carrie. Les murs du salon étaient couverts de grands tableaux suspendus à des cimaises fixées sous une corniche ornementée. Certains avaient des cadres dorés, d'autres étaient de simples toiles tendues sur leur châssis. Il y avait plusieurs portraits grandeur nature, en particulier des nus féminins dans différentes positions. À l'époque, je ne connaissais quasiment rien à la peinture, mais ces toiles exerçaient sur moi une étrange attirance.

Elles étaient étonnamment vivantes, on pouvait ressentir la pulsation du sang sous la peau, les battements du cœur dans la poitrine. L'adjectif qui me vint à l'esprit était "véridique", un terme qu'en général il valait mieux éviter d'employer, et que je n'aurais jamais utilisé dans un contexte pictural. Presque chaque centimètre carré de toile était couvert de chair nue et généreuse, présentée avec ses imperfections naturelles, sans la moindre stylisation. Sous le pinceau d'un autre peintre, cela aurait pu passer pour du réalisme cru, mais ces toiles audacieuses ne faisaient que célébrer le corps. Je contemplai chacune d'elles tour à tour, en espérant pouvoir dire quelque chose d'intelligent ou de savant, quelque chose de raffiné qui montrerait que j'étais à l'aise avec le nu féminin. Au lieu de quoi je dis simplement : "Ces toiles sont vraiment très belles." À mes oreilles, ce qui était censé traduire mon admiration sonna creux et condescendant.

Dans le coin près de la porte, il y avait une toile qui se distinguait des autres : le portrait d'un homme, une simple tête sans corps. Au premier abord, ses traits me semblaient exagérés : pris isolément, les yeux, le nez, les lèvres étaient remarquables, mais la composition d'ensemble paraissait erronée, comme si le visage avait été conçu dans la précipitation. Et pourtant c'était un visage *intéressant,* même si ses traits ne formaient pas un ensemble harmonieux, et qui produisait un effet captivant. Je le fixai dans une sorte d'émerveillement. Et, fait étrange, j'éprouvai un sentiment fugace de *déjà vu** : plus j'examinai le visage, plus il me semblait familier. Carrie se tenait maintenant à mes côtés.

– Je suis sûr d'avoir déjà vu ce visage quelque part, dis-je.

– Vous avez raison, répondit-elle dans un sourire. C'est Harry. Enfin, quand il était plus jeune.

– Mais bien sûr ! m'écriai-je, en proie à un rougissement aussi progressif qu'incontrôlable.

– Je le peignais beaucoup au début de notre relation, mais maintenant il refuse. Peindre Harry est très satisfaisant parce que ses traits sont bien marqués.

Elle ajouta qu'il avait *une sorte de visage cubiste,* "comme l'un des autoportraits de Picasso". Assis dans un fauteuil de l'autre côté de la pièce, Sanderson se racla bruyamment la gorge, comme s'il était offensé. Carrie s'en amusa.

– Mais non, protesta-t-elle, cubiste c'est *très bien.* – Et à ce moment précis, je fus certain de déceler de l'amour dans son rire. – Mieux que dadaïste. Un visage dadaïste serait complètement laissé au hasard, il faudrait abandonner toute forme esthétique reconnaissable.

– Dans ce cas, chapeau ! répliqua Sanderson en se servant un autre verre. C'est bien de savoir qu'on a contribué modestement à l'art moderne.

De prime abord, compte tenu de leur apparence et de leur charme respectifs, ils formaient un couple improbable. Mais ce bref échange semblait ouvrir quelques perspectives sur leur mariage, et je crus déceler dans ces taquineries teintées d'humour le type de badinage qui ne peut reposer que sur des fondations très solides. Ce que j'entrapercevais me plaisait, même si, comme toujours chez moi, je ne pouvais m'identifier à rien, tout m'était étranger. Vus par ma lorgnette, les contours de leur relation semblaient s'emboîter parfaitement. Mais qu'est-ce que j'en savais ? Je n'avais aucune expertise en matière conjugale.

L'interphone retentit, et Carrie dit à Alice de monter. Il ne faisait aucun doute, avant même qu'elle ouvre la bouche, qu'Alice était américaine. Cela tenait à son allure impeccable et à ses dents étincelantes et parfaitement alignées. Elle possédait avec son mari une petite galerie de peinture dans la New Town. Plusieurs toiles de Carrie avaient été vendues récemment et elle venait déposer un chèque. Alice avait quelque chose de théâtral : cette impression ne venait pas seulement de son maquillage, tellement prononcé qu'elle semblait avoir été embaumée avant l'heure, ni de sa robe qui aurait pu servir de costume de scène, mais de ce qu'elle se tenait à bonne distance de tout le monde en parlant, comme une actrice qui lance ses répliques depuis le haut de la scène. Elle avait le don d'attirer l'attention sur elle sans rien posséder de vraiment fascinant : seule sa maîtrise de soi vous incitait à la remarquer.

Tandis que nous prenions place à table, nous échangeâmes des éléments biographiques qui nous permirent d'en apprendre un peu plus les uns sur les autres. Sanderson et sa femme habitaient à Édimbourg depuis leur mariage. Carrie était originaire des îles Hébrides et avait étudié l'histoire de l'art et la philosophie à l'université d'Édimbourg. C'est là qu'elle avait rencontré Sanderson, qui avait été l'un de ses professeurs de philosophie, mais ils n'étaient sortis ensemble que bien des années plus tard. Avant d'obtenir son diplôme, elle avait bifurqué vers la faculté des Beaux-Arts où elle s'était spécialisée en dessin et en peinture, et où elle faisait désormais cours une fois par semaine, le reste de son temps étant consacré à des commandes privées et à l'expérimentation de différentes choses, juste pour son "propre amusement". Alice affirma que c'était là un excès de modestie car le talent de Carrie était immense.

De mon côté, je fis l'éloge d'Édimbourg et notamment de mon logement qui était si tranquille bien que tout proche du centre-ville. Mes hôtes connaissaient, bien sûr, Martin Blandford (c'était un collègue de Sanderson), et il s'avéra qu'ils connaissaient aussi sa petite maison. Carrie loua son charme et ajouta que chaque fois que Martin achetait quelque chose, un ustensile de cuisine ou même un livre, il retirait de chez lui une chose de taille comparable qu'il donnait à une boutique de bienfaisance. Il évitait ainsi tout encombrement.

– Il a appris à s'autodiscipliner, ajouta-t-elle avant de se taire brusquement, comme si elle en avait trop dit. À ces mots, je crus voir les mâchoires de Sanderson se serrer.

– Parlez-moi de votre livre sur le bonheur, demandai-je, mais il refusa d'évoquer son contenu et se cantonna aux circonstances de sa publication. Il affirma y avoir été forcé par le directeur de son Département.

– Ce qui les intéresse aujourd'hui, c'est qu'on sorte un livre. Son sujet, sa qualité, tout le monde s'en fout. – Il expliqua que les publications, c'est désormais la seule chose qui compte pour évaluer un Département, ce qui constitue une grave erreur. – La meilleure note c'est cinq étoiles, comme dans les hôtels, et lors de la dernière évaluation rendue dans un Rapport d'appréciation de la recherche, ou RAR, le Département n'a obtenu que quatre sur cinq, et sans étoile.

Ce que le nouveau directeur avait entrepris d'améliorer. Ses collègues s'étaient aussitôt mis en quatre pour publier des livres le plus vite possible : surtout pas de nouveaux ouvrages d'érudition, qui auraient pris beaucoup trop de temps à écrire, non ! Des éditions augmentées sur tel ou tel sujet, une introduction à une réédition, assaisonnée de quelques notes savantes – peu importe, du moment que cela tenait entre deux pages de couverture. Tout cela pour obtenir une étoile, comme à l'école. Et c'est ainsi qu'ils s'évertuaient à produire de plus en plus d'écrits, mais sur de moins en moins de sujets.

– Tu te souviens de la fable d'Ésope sur la mouche et le chariot ? – Sa pipe fendit brusquement l'air. – "Voyez combien je fais de poussière, voyez combien je fais de poussière!" Eh bien, mes collègues sont comme la mouche sur la roue du chariot.

Quant à lui, pendant ce temps, parce qu'il refusait de participer à cette course indécente à la publication, il n'avait rien fait. Tout le monde noircissait des pages fiévreusement, et lui se contentait de regarder cela de loin. Finalement, lors d'une conversation houleuse, le directeur du Département lui avait dit qu'il risquait d'être considéré comme Inactif en Recherche. "Quelle connerie!" avait-il rétorqué. "Et Socrate, il était Inactif en Recherche peut-être? Sans doute que oui, puisqu'il n'a jamais écrit, ni *a fortiori* publié, le moindre mot!"

Mais le directeur avait fait suivre l'entretien d'un courrier dans lequel il précisait le sens d'Inactif en Recherche ou IRE. Sanderson fit la grimace.

– Incroyable mais vrai, presque comme cette foutue IRA, et tout aussi dangereux!

Il refusait d'écrire un livre juste pour le principe, avait-il expliqué. Pourquoi le ferait-il, pourquoi le ferait-on? Mais avec la menace imminente d'un nouveau RAR, il n'avait pas le choix. Donc écrire oui, mais sur quoi? Les Presses universitaires d'Écosse ou SUP venaient de lancer une collection intitulée *Réflexions philosophiques* dont chaque ouvrage portait sur un thème différent, et qui s'adressait à un lectorat aussi bien populaire que spécialisé (SUP vint rejoindre SEPA et SUPA dans ma liste mentale d'abréviations). Il y avait déjà des titres comme la Religion, la Mort, la Liberté, la Vertu, l'Esthétique, etc. Lorsque Sanderson se décida enfin à proposer sa collaboration, il ne restait que la Vérité, le Désir et le Bonheur.

– Évidemment j'ai essayé d'avoir le Désir ou la Vérité, mais des enfoirés me sont passés devant et j'ai écopé du Bonheur, gémit-il.

Après cette longue tirade, où se mêlaient étrangement le doute et la suffisance, il se tut pendant un long moment. Quelque peu perplexe, je jetai un coup d'œil furtif en direction de Carrie et d'Alice. Mais elles restaient impassibles. À n'en pas douter elles avaient déjà entendu tout cela, et plus d'une fois. Si j'avais croisé le personnage de Sanderson dans un roman, j'aurais eu du mal à l'apprécier, je l'aurais même trouvé assez repoussant. Il n'attirait pas naturellement la sympathie, et il n'y avait aucune raison évidente de se soucier de lui ni de ce qui lui arrivait. Mais tel ne fut pas mon cas. Il exerçait une sorte d'attraction inattendue. Si ses défauts sautaient aux yeux et s'imposaient à vous par leur énormité, le véritable Sanderson, lui, semblait enfoui dans les profondeurs de son être. Telle fut du moins ma perception. Qui était peut-être liée à mes propres lignes de faille, que je croyais souvent reconnaître chez les autres. Quelle qu'en soit la raison, j'avais envie de persister, ne serait-ce que pour découvrir ce qui l'avait plongé dans un tel état.

Carrie avait préparé un repas végétarien, aussi splendide et bigarré qu'il est permis d'en voir. Pour une raison mystérieuse, Sanderson avait décidé de le tourner en dérision. Il fit mine d'aiguiser un grand couteau en écartant les bras tel un sémaphore, comme s'il s'apprêtait à dépecer un sanglier entier, pour finir par feindre de trancher avec beaucoup de difficulté un rôti… de noix. À plusieurs reprises il tenta d'attirer mon regard, comme si ce spectacle m'était destiné. Jouer la connivence avec l'un de vos hôtes à l'encontre d'un autre convive ne me parut pas très conforme à l'étiquette. Mieux valait se concentrer sur la nourriture. Il y avait là des poivrons farcis et plusieurs saladiers garnis de salades exotiques et de légumes, tous épluchés, râpés, émincés et farcis avec un talent admirable, et fort peu français. Sanderson fit passer les assiettes et alors que nous nous apprêtions à manger, il expliqua que jusque trois ans auparavant Carrie mangeait de la viande avec avidité :

– Dans un passé aujourd'hui révolu, ma chère épouse dénigrait même les barquettes sous cellophane des supermarchés au profit des carcasses sanglantes de l'étal du boucher.

Je remarquai que Sanderson avait tendance à dire "mon épouse" ou "ma chère épouse" au lieu d'employer le nom de Carrie. Et il utilisait un ton bien particulier, proche de la raillerie, qui était très éloigné du badinage antérieur. Il était impossible de savoir ce que cela signifiait. Vues de l'extérieur, les dynamiques internes d'un mariage restent toujours mystérieuses. On en est réduit aux hypothèses.

– Et c'est alors, reprit Sanderson, en marquant une pause pour ménager un meilleur effet théâtral, qu'avec la soudaineté et la ferveur de saint Paul sur le chemin de Damas, elle se convertit… aux légumes verts et aux lentilles. – Il avait déjà bu rapidement et avala une nouvelle gorgée de vin. – Cela ne m'a pas du tout gêné, poursuivit-il sur le ton de l'homme le plus raisonnable du monde, je me suis dit que ça lui fournirait un centre d'intérêt, un sujet de conversation.

– Mmmh, s'écria Alice à point nommé, ces poivrons sont si sucrés ! Tu les as fait revenir dans de la cassonade ?

– Même pas. Un trait de jus de citron vert dans la farce suffit à faire ressortir leur douceur naturelle…

– Tu as vu ? intervint Sanderson en me prenant de nouveau à témoin. Les femmes sont capables de parler sans arrêt de nourriture. Au début, je pensais qu'il ne pouvait pas être juste question de ça, des ingrédients d'une recette, des préparatifs, des modes de cuisson, etc. Leur conversation devait être codée, elles devaient utiliser un langage particulier, intelligible seulement par elles et destiné à exclure les hommes. Mais non ! – Il répéta "non" plusieurs fois, comme s'il était bloqué sur ce mot, avant de déclarer, comme un acteur qui vient enfin de se rappeler sa réplique : Eh bien en vérité, il n'y a aucun sous-texte, aucun message caché. Elles parlent juste de nourriture. Et c'est là que réside le *vrai* mystère.

– Mais c'est aussi le cas des hommes, en France du moins, dis-je. Tous les chefs sont des hommes, et certains d'entre eux passent pour des demi-dieux.

Est-ce que j'améliorais la situation ou est-ce que je l'aggravais ? Je n'en savais rien.

Après un silence forcé, Alice avança, sans parler à personne en particulier :

– Moi, je ne suis pas sûre de vouloir cuisiner uniquement végétarien. Ça crée plein de complications, ça demande un gros effort.

La présence théâtrale d'Alice achevait de donner un côté factice à la soirée, comme si nous avions tous trois été engagés par une agence de casting pour répéter une scène.

– Mais c'est *là* tout l'intérêt, rétorqua Carrie. Ça *doit* demander un effort, et plus l'effort est grand, mieux c'est. Avec un peu d'imagination, on peut vraiment bien s'alimenter à partir de ce qu'on cultive. Et ça permettrait de ne pas tuer autant d'animaux pour se nourrir.

– Faire à la fois la plaidoirie et l'accusation, c'est la spécialité de ma femme, coupa Sanderson.

L'odeur du danger commençait à se mêler aux autres parfums. Pendant un moment, seule notre mastication collective se fit entendre. À mesure que nous réduisions lentement les fibres végétales en éléments digestibles, je fus frappé par l'idée que l'effort de manger doit être proportionnel à la difficulté des préparatifs. La nourriture était délicieuse, mais une loi mystérieuse semblait s'appliquer : plus nous mangions, et plus il restait de choses dans nos assiettes. Comment était-ce possible ?

Sanderson remplit son verre de vin rouge et le but d'un trait.

– Eh bien, si la cuisine est avant tout une question d'effort, pourquoi ne ferais-tu pas *toi aussi* l'effort de préparer, par exemple, un osso buco pour tes amis carnivores ?

Il fixa Carrie du regard. Pas de réponse. Mais il n'avait pas terminé. Il se mit à expliquer comment l'éthique végétarienne s'était immiscée dans d'autres domaines de l'existence de sa femme. Il y avait eu la réflexologie, plein d'absurdités New Age et un rapprochement inquiétant avec le bouddhisme.

– Oh, Harry, tu fais passer des choses parfaitement inoffensives pour des perversions, dit Alice pour venir en aide à Carrie.

– Eh bien moi, la religion, ça me donne la nausée, vous le savez fort bien.

– Ce n'est pas une religion, répliqua Carrie. Elle avait le cou marbré de rouge, comme si un foulard de dentelle rose lui recouvrait maintenant la gorge.

– Alors c'est quoi ?

– C'est accepter – elle choisit ses mots longuement – qu'il y a de la souffrance dans le monde, et trouver des façons de le supporter.

– Mais c'est précisément ce que font les religions. – Il eut un rire sardonique. – Elles sont *faites* pour nous aider à supporter les choses. À les embellir. À rendre la mort acceptable.

– Et quel mal y a-t-il à ça ?

– Pfff… Quel mal y a-t-il à ça ? Quel *mal* y a-t-il à ça ? Par où tu veux que je commence ?

Carrie eut un rire gêné.

– Harry, *je t'en prie*. Pourquoi tu te comportes toujours comme ça ?

Ce n'était pas une vraie question, mais elle suffit à l'ébranler. Combien de leurs conversations commençaient bien et se terminaient mal ? me demandais-je. Au cours des longs moments de silence qui suivirent, Carrie plia et replia sa serviette. Puis elle adressa à son mari un sourire indulgent, comme à un enfant turbulent, tandis que je crus lire, sur son visage à lui, une forme de remords.

6

Environ une semaine plus tard, Sanderson m'emmena pêcher pour la première fois. Notre conversation reste gravée dans ma mémoire, et pour cause. Alors que nous mangions un sandwich assis près du loch, il me confia que sa femme avait commencé la méditation environ un an plus tôt, "sans prévenir, et sans vraiment que ce soit son genre". Au début, il avait pensé que ce serait juste une phase, mais cette phase avait duré et ne semblait pas devoir se terminer. Quand il avait essayé de s'y intéresser, elle était restée sur la défensive, interprétant à tort sa curiosité comme une critique. Un jour, elle lui avait demandé d'essayer, et il avait accepté. Mais il avait trouvé cela trop intime et contre nature. Presque déviant, m'avait-il expliqué.

– Déviant ?

– Eh bien oui, pas naturel. Pas normal.

Il s'était senti gêné non seulement pour lui, mais aussi pour elle. Le type d'embarras que l'on éprouve quand un proche se met à avoir des comportements bizarres. Un jour où elle lui avait demandé de regarder fixement le mur, ce qu'il ne réussit pas à faire, Carrie lui avait conseillé de se concentrer sur l'image d'une chose vraiment difficile ou impossible à réaliser. "Comme *quoi* ?" "Une bouteille de vin, son col étroit et son corps évasé. Imagine que tu la remplis d'eau et que tu mets un petit poisson à l'intérieur. Puis tu la couches sur le côté et elle se transforme en aquarium." "Et alors ?" avait-il demandé, trouvant l'expérience très pénible. "Tu nourris le poisson, qui grandit jusqu'à devenir un jour trop grand pour pouvoir passer par le goulot en nageant." C'est *ma femme,* avait-il songé. Je vis avec elle. Je dois essayer de la comprendre. “Tu ne vois toujours pas?” Il se sentait comme un imbécile incapable de saisir le concept le plus simple. “C’est sur ça qu’il faut que tu te concentres. *L’impossibilité de faire sortir le poisson.* Sauf qu’il ne faut pas s’arrêter à l’idée que c’est impossible. Tu dois trouver un moyen de le faire sortir sans casser la bouteille. Tu vois mieux ce que je veux dire?”

Sanderson ne voyait pas mieux.

“Non, je ne vois pas, bordel! Je ne vois pas comment c’est possible sans casser la bouteille. Et je ne vois pas non plus en quoi il serait tragique de casser la bouteille, de sauver le poisson en le mettant dans un foutu récipient ou un aquarium. Et je ne vois vraiment pas pourquoi il faudrait perdre son temps à penser à ce genre de trucs. À quoi ça peut bien servir? Qu’est-ce que ça apporte de positif?”

Elle avait répondu qu’il était inutile de continuer à en parler avec lui et ils en étaient restés là.

En fait, Sanderson avait reconnu ne pas avoir d’objection réelle aux nouvelles passions de Carrie. Il avait même espéré qu’elles lui feraient du bien à elle, ainsi qu’à leur mariage. Mais il ne pensait plus que ce soit possible. S’il était vrai qu’au début ils avaient connu une période douce et harmonieuse marquée par l’approfondissement et la maturation de leur relation – “l’acquisition de la sagesse”, selon ses propres mots – elle avait été suivie d’une période beaucoup plus longue où chaque jour qui passait apportait de nouvelles déceptions, et ce sentiment funeste que chaque obstacle surmonté allait être aussitôt suivi d’un autre. Et maintenant, depuis que Carrie lui était devenue si étrangère, les lentilles et le riz complet s’étaient insinués dans les moindres failles de leur relation. Chair et sang n’étaient plus que son de blé, fayots et flatulences.

– Sexuellement parlant, le problème est encore plus profond.

Je n'étais pas certain de vouloir entendre tout ça, mais je ne voyais pas non plus comment y couper, puisqu'il avait visiblement l'intention d'en parler. À dire vrai, une part de moi souhaitait qu'il continue afin que je puisse comprendre qui était cet homme, et pourquoi il était si perturbé.

– Avec les années on perd confiance en soi, Eddie, dit-il en enfonçant un cure-pipe dans le tuyau de sa pipe et en le faisant tourner. Soit ça, soit un élément extérieur, soit une chose sans rapport avec le sexe vient interférer.

Il retira le cure-pipe, qui était couvert de résidus bruns. Sa voix était douce à présent, il ne cherchait plus à faire d'effets en la forçant. Il ajouta qu'il se souvenait d'un temps où le monde lui avait semblé purifié et régénéré par le sexe conjugal. À présent il se sentait comme un chien qui mange de l'herbe pour se purger.

– Je ne peux pas m'en empêcher, et je ne peux pas ne pas m'en empêcher.

Après cette confession commençait à se former dans mon esprit l'image d'un homme à l'équilibre psychologique aussi fragile que le mécanisme d'une pendule d'officier. Laissé en paix, sans perturbation extérieure, il aurait pu préserver l'harmonie de l'ensemble des rouages ; mais les circonstances avaient exercé une pression sur lui, et menaçaient cet équilibre.

Et pourtant, en repensant à cette première soirée chez eux, rien ne me permettait de comprendre ce que dissimulaient la rage et le désespoir de Sanderson, en dehors du fait qu'il était difficile de les distinguer. Son ton oscillait entre défiance et résignation, et ses propos révélaient autant de choses qu'ils en dissimulaient. Parfois il s'exprimait comme le philosophe professionnel qu'il était, jetant en pâture des termes tels que "empirique" ou "épistémologique", fendant l'air de sa pipe tandis qu'il mettait en cause les prémisses ou la validité de tel argument avec une mimique qui semblait dire : "Ceci va me faire plus de mal à moi qu'à vous." Parfois son ton était doux, presque tendre, et dans ces moments il enserrait précieusement sa pipe comme s'il s'agissait d'un oisillon à l'aile brisée.

Il avait bu énormément tout au long de la soirée, ce qui expliquait pourquoi il avait tant monopolisé la parole. On peut douter qu'il y avait pris du plaisir, mais il ne semblait pas capable de s'arrêter. Parfois il jetait un coup d'œil à Carrie comme s'il la tenait pour personnellement responsable de son malheur. Je me demandais ce qu'Alice pensait de lui, mais il était impossible de le deviner. Son regard n'avait croisé le mien que très brièvement avant de se poser sur le verre de vin qu'elle tenait délicatement sur ses genoux. Actrice chevronnée, elle ne tombait jamais le masque.

Carrie était encore plus énigmatique. Comme elle parlait moins, elle pouvait dissimuler davantage. Était-elle gênée par l'attitude de son mari ou bien se résignait-elle à sa mélancolie, à supposer que ce fût ce qui le rongeait ? En dehors des rougeurs révélatrices sur son cou, elle avait semblé sereine, même si son regard trahissait des difficultés passées et me poussait à m'interroger sur sa vie actuelle. Tout au long du dîner elle n'avait cessé de s'examiner les mains, comme si elle attendait une confession de leur part. À un moment, elle avait murmuré de façon théâtrale, comme pour divulguer un secret de famille :

– Harry ne rate jamais une occasion de réviser ses préjugés. Il aime les maintenir en bon état.

Après quoi elle lui avait lancé un regard indulgent, ce qui fit retomber la tension. À d'autres moments, après une nouvelle charge virulente de Sanderson contre l'université, ou contre l'état de la nation, ou tout sujet approchant, elle s'était tournée vers Alice et avait lancé :

– Il ne le pense pas vraiment, tu sais. – Puis, en me souriant : Il ne peut vraiment pas s'en empêcher.

Mais ces apartés constituaient des façons de meubler la conversation plus que de véritables révélations. Les échanges entre Carrie et Sanderson, quelle que soit leur vraie nature, étaient sujets à de nombreux soubresauts, comme un ascenseur d'hôtel qui s'élèverait avant de plonger brusquement, les diatribes amères de Sanderson faisant dégringoler la conversation au niveau de la chaufferie et des rats du sous-sol tandis que les courageux efforts de Carrie la faisaient remonter au niveau de la réception et des salons pour dames.

Le recul a sur les événements l'effet d'un prisme déformant, mais en repensant à cette première soirée, j'eus le sentiment de voir se dérouler un récit. Il ne s'agissait pas d'une histoire complète, juste des détails que j'avais aperçus du coin de l'œil, et qui suffisaient à me laisser présager les calamités à venir.

À mesure que je me rapprochais à pied de Calton Hill, les diverses rumeurs de la ville s'estompèrent. Après avoir quitté la rue principale, je n'entendis plus que le son de mes propres pas. J'eus du mal à dormir cette nuit-là en dépit de la tranquillité de la maison, ou peut-être à cause d'elle. La lecture attentive de romans m'avait enseigné que presque tous les mariages dessinent un territoire étrange ; je trouvais plus vivant et édifiant de le constater de mes propres yeux, même si c'était avec un regard de touriste qui observe tout mais ne comprend quasiment rien. Des bribes de la conversation de la soirée, mêlées aux étranges phrases françaises entendues à la réception, panachées avec une série d'acronymes comme SUPA et SEPA, IRE et IRA s'embrouillaient dans ma tête en un horrible fatras. J'essayais de trouver le sommeil, mais le visage de Carrie légèrement crispé par la douleur apparaissait dès que je fermais les yeux. Je pensai à mon petit appartement au cœur du Ve arrondissement sur la Rive gauche, et me demandai si Martin Blandford lui aussi souffrait d'insomnie.

7

Ce dîner avec des inconnus fut un intéressant prélude à mon séjour en Écosse. J'aurais facilement pu en rester là, sans reprendre contact. Au lieu de quoi, deux événements survinrent : le premier de mon fait, le second par voie de conséquence.

Le lendemain après-midi de la soirée chez les Sanderson, j'étais assis dans la North Reading Room, une salle de lecture située au premier étage de la Bibliothèque nationale d'Écosse, mon carnet ouvert devant moi, un crayon à portée de main pour donner l'impression que des recherches importantes étaient en cours. J'avais terminé les laborieuses démarches d'inscription, obtenu ma carte de lecteur et commandé mon premier manuscrit, qui, selon le bibliothécaire, devait arriver au bout de trente minutes environ. Pendant cette attente, je songeai combien il était étrange de me retrouver là, à devoir travailler entouré de monde ; cela ne m'était pas arrivé depuis plus de vingt ans.

La journée avait mal commencé. Après une nuit agitée, je m'étais réveillé la tête lourde, conséquence d'un excès de vin. Il m'avait fallu toute la matinée pour défaire mes bagages, aménager un espace de travail qui me convienne, dresser une liste de provisions pour la maison et surtout élaborer un plan d'action pour les tâches à venir. Routine et autodiscipline étaient les deux éléments les plus importants de mon travail à l'époque, tout le reste demeurait secondaire. Chez moi à Paris, je consacrais la matinée, entre le petit-déjeuner et le déjeuner, à la relecture du labeur de la veille. C'était vital dans ce type de travail, une façon d'adopter le bon rythme. Les gens qui mènent une vie différente s'imaginent qu'une traduction peut être entamée puis laissée de côté comme un tricot, quelques rangs de temps à autre, deux mailles à l'endroit, deux mailles à l'envers, et le tour est joué, regarde comme j'ai bien avancé ! Mais ce n'est pas du tout le cas. Du moins pas pour moi. Si on délaisse une traduction même un court moment, il faut du temps pour s'y replonger, comme il en faut pour retrouver la foi après une période de doute.

À Édimbourg il fallait que ma routine soit tout aussi stricte, avec cette différence que je répartirais mon temps entre la maison et la bibliothèque. Je prévoyais aussi d'inclure dans cette routine la pratique humienne de se lever tôt et de faire chaque jour le tour des Salisbury Crags à pied – six kilomètres à travers d'anciennes collines volcaniques. J'avais beaucoup d'admiration pour l'autodiscipline et les méthodes de travail de David Hume. Sa vie durant, il avait étudié dans des bibliothèques, non seulement à Édimbourg, mais aussi dans le cadre splendide des collèges de jésuites à Reims et à La Flèche en Anjou. Personnellement je préférais travailler seul et en silence, mais les livres dont j'avais besoin se trouvaient dans les "collections spéciales" de la Bibliothèque nationale et ne pouvaient être ni empruntés ni sortis du bâtiment. Il fallait donc que je m'habitue à travailler avec du monde autour de moi.

La North Reading Room était la pièce dédiée à la consultation des livres rares et des manuscrits. Son nom m'avait fait miroiter un travail à la clarté de la belle lumière du nord évoquée par Sanderson ; hélas, la pièce était aveugle et la lumière pas du tout naturelle. Quelle déception ! Rien de plus débilitant que la lumière artificielle. Sur le mur, une note expliquait que les niveaux de luminosité étaient bas pour éviter que l'encre des manuscrits anciens ne pâlisse. Cela aurait pu être le prix à payer en échange de lambris richement ornés, d'alcôves et de quelques poutres en chêne, comme lors de mes séjours à Oxford un ou deux ans auparavant. Malheureusement, la North Reading Room était plus fonctionnelle qu'inspirante. De hautes étagères masquaient les murs et huit larges bureaux occupaient le milieu de la pièce, chacun doté d'un tas de petits gants de coton blanc, semblables à ceux d'un sommelier servant un Château Latour. Au-dessous des étagères se trouvaient des niches garnies de tout un assortiment d'articles de literie : des oreillers, des draps, des coussins remplis de microbilles, et d'épais morceaux de mousse grise de formes et de tailles différentes, comme si la pièce devait pouvoir à tout moment être transformée en dortoir pour chercheurs passionnés. Les articles de literie servaient en fait de supports aux livres anciens que les magasiniers remontaient des réserves, en les transportant comme des vieillards frêles et impotents avant de les placer sur des lits de mousse aux oreillers moelleux pour protéger leur dos fragile.

L'odeur des livres anciens est la même dans tous les pays : un mélange de poussière et de moisissure, auquel s'ajoute l'empreinte unique des vies passées. Enfant, dans la librairie de mes parents, et plus tard au cours de mes études, j'avais souvent inhalé ce cocktail si particulier. Il avait continué d'embaumer mon premier poste – magasinier dans l'une des bibliothèques de recherche de la Sorbonne. L'offre d'emploi n'avait pas été publiée, et je n'avais pas vraiment postulé : après que j'avais abandonné la fac, on l'avait "trouvé" pour moi, façon aimable de dire qu'on m'avait pistonné. Dans un accès d'optimisme teinté de naïveté, je m'étais inscrit à la Sorbonne pour préparer l'agrégation de philo, avec l'espoir de faire plaisir à mon père en devenant un jour philosophe comme lui autrefois. Mais le rêve n'avait pas duré plus de deux ans, et mon brutal abandon avait été aussi honteux que déstabilisant.

C'était au cours du printemps 1980, peu après la mort de Jean-Paul Sartre. Sartre était un peu passé de mode à l'époque, en tout cas au sein du petit milieu politisé parisien. Sa conception de l'existentialisme commençait à être perçue comme un simple reflet de sa propre psychologie, à peine plus qu'une marque personnelle de pessimisme. Mais la mort change beaucoup de choses, et quand elle frappa Sartre, pas moins de cinquante mille personnes, moi compris, envahirent les rues de Paris. *L'engagement** était en vogue et la foule marcha solennellement derrière son cercueil jusqu'au cimetière du Montparnasse. Il y avait une énorme délégation de la Sorbonne, des milliers d'étudiants voyant là une bonne occasion de manifester en brandissant des banderoles qui proclamaient *LA CAUSE DE SARTRE** ou *JEAN-PAUL : LA CONSCIENCE DU MONDE**. J'ai depuis longtemps oublié ce contre quoi nous pensions manifester, à moins que ce ne fût contre la mort elle-même, mais ce dont je me souviens avec une précision d'horloger, c'est du sentiment d'ivresse que provoqua notre appartenance à ce cortège lent et sombre. Les philosophes, plus que les poètes et les politiciens, étaient les vrais oracles : eux seuls pouvaient dispenser la vérité et révéler le mystère de la vie. Nous venions de perdre un génie, un géant de la pensée, un homme de courage et de conviction. Sans lui, comment continuer ? Comment réussir à vivre ? Personne ne le formulait ainsi, mais cette idée flottait dans l'air. Ceux qui défilaient étaient fiers d'être français, nous savions que nous participions à un événement majeur que le monde entier observait et qui pourrait le transformer. C'était une pensée enivrante et je ne pouvais lui résister.

Après l'enterrement vint la sidération qui suit un choc émotionnel : on pense que tout va changer eu égard à ce qui vient de se produire, que l'événement va laisser une empreinte dans l'histoire. Et pourtant tout était resté parfaitement identique. Sartre n'avait pas plus tôt été mis en terre que la vie normale reprenait son cours. La foule se dispersa et s'engouffra dans les stations de métro, la circulation automobile fut rétablie et les balayeurs s'employèrent à effacer toute preuve du déroulement d'un événement crucial. Pendant plusieurs heures j'arpentai les rues, plongé dans un désespoir muet.

Au dîner ce soir-là, le goût de la mort encore présent dans la bouche, il y avait des côtelettes d'agneau. Comme je n'avais pas faim, je jouais avec la nourriture dans mon assiette. Mon père allait sûrement ressentir ma détresse sans que j'aie besoin de parler. Mais alors que la radio diffusait un reportage sur les funérailles, il haussa les épaules et traita Sartre de poseur et d'hypocrite. "Franchement, dit-il, cet homme n'a jamais vraiment travaillé de sa vie." Et pire encore, il n'avait rien fait pour son pays pendant la guerre et s'était très bien accommodé de Vichy, profitant du régime comme les pires collaborateurs. "Quant à sa prétendue philosophie, ce n'est qu'un appel à la déliquescence morale."

8

Le lendemain des funérailles, durant un cours de logique sur les principes du syllogisme, alors que la tête m'élançait sous l'effet d'exemples de déductions, d'inductions, d'ambiguïtés et d'erreurs de raisonnement plus sidérants les uns que les autres, et qui étaient autant de variations sur l'humanité et la mortalité de Socrate (*Tous les hommes sont mortels / Socrate est un homme / Donc Socrate est mortel**), j'entendis soudain un cri terrible. Qui se révéla sortir de ma propre gorge. J'ai le souvenir très vague d'avoir été maîtrisé par des vigiles de l'université qui me plaquèrent au sol avant d'appeler la police. Ce souvenir lui-même pourrait bien provenir d'un tiers et avoir pénétré ma mémoire, impossible de le savoir. Je me serais précipité vers le professeur qui était en train d'écrire au tableau les prémisses de son raisonnement, et je l'aurais saisi à la gorge en hurlant : "La vérité n'existe pas ! La vérité n'existe pas !" C'est du moins ce que me raconta mon ami Antoine plusieurs semaines après l'incident.

La mémoire est assez insaisissable, on ne sait jamais si l'on peut s'y fier. Le psychologue Jean Piaget, qui mourut quelques mois seulement avant Sartre, conservait un souvenir extrêmement précis d'un épisode de sa prime enfance : sa nounou dévouée l'avait héroïquement sauvé d'une tentative d'enlèvement. Piaget pouvait décrire l'agresseur en détail, il se souvenait que la nourrice avait été griffée au visage en tentant d'empêcher le rapt, et il visualisait même clairement le gendarme qui était finalement intervenu, muni de sa matraque blanche. Pourtant, quelques années plus tard, la nounou avait reconnu qu'elle avait inventé toute l'histoire et s'était griffé elle-même le visage pour s'attirer l'attention et la sympathie de son entourage. Malgré cela, le souvenir de l'attaque, avec ses détails hauts en couleur, était resté gravé dans la mémoire de Piaget.

Désormais, chaque fois que je fais appel à mes souvenirs, l'expérience de Piaget me vient à l'esprit. Peut-être que les choses ne se sont pas passées ainsi, peut-être même qu'elles n'ont pas eu lieu. Et en admettant qu'elles se soient produites, le souvenir que nous en avons est loin d'en être le reflet fidèle. La mémoire ne nous permet pas d'avoir un accès direct à un événement *tel qu'il était* ou *tel qu'il s'est effectivement déroulé.* Tout est revu, remis en forme voire reconstruit lors du processus de mémorisation. Comment pourrait-il en être autrement ? Même deux témoins d'un même événement, par exemple un accident de la route, qui essaient honnêtement de restituer les faits et de dire la vérité, finiront invariablement par raconter des histoires différentes. Et en un rien de temps, sans que nul ne pense à mal, la vérité se transformera en une sorte de fiction.

À l'hôpital, on me mit sous sédatifs. Lorsque je sortis du brouillard, la première chose que je vis fut l'horrible couleur turquoise des murs. Ce n'est que dans un second temps que je remarquai la présence de mon père, immobile sur une chaise près du lit. Il avait le visage blafard, couleur de cire, et dans mon état de confusion mentale sa présence me paraissait fantomatique. Il semblait aussi trop grand pour la pièce, le plafond trop bas et les murs trop rapprochés pour le contenir. Nous nous regardâmes en silence pendant un moment, puis le fantôme se mit à parler, d'une voix dont je n'ai jamais oublié la douceur : "Tu veux en parler, Eddie ?" Il était beaucoup trop tôt pour savoir à quoi ce "en" se rapportait ou ce qui avait bien pu se passer.

Sans répondre, je balayai du regard cet environnement étrange. Un abat-jour déchiré pendait autour de l'ampoule au plafond, et la table de chevet portait les marques brunes de plusieurs brûlures de cigarette. Sur le rebord de la fenêtre, un récipient contenait une plante en plastique qui ne ressemblait à aucune plante véritable. Aujourd'hui encore, je me souviens du décor lugubre de cette chambre, un lieu si laid qu'on avait du mal à croire qu'il pût avoir été conçu en songeant au bien-être du patient.

Lorsque le médecin arriva, elle fit référence à l'incident de la veille en parlant d'un *épisode**, comme s'il s'agissait d'un feuilleton télévisé. Elle insista pour que je lui raconte ce qui s'était passé avant l'épisode, "depuis le commencement, avec vos propres mots".

"Avec vos propres mots" me sembla une expression étrange, comme si j'avais pu m'exprimer avec les mots d'un autre. Et pourtant, lorsque je réussis enfin à parler, les mots semblaient bien ne pas m'appartenir. Ils paraissaient venir de la pièce d'à côté et s'insinuer doucement comme le son d'un vieux gramophone. Le médecin avait une tête de fin de garde, ses joues creuses et ses yeux légèrement gonflés suggéraient que la nuit avait été courte. On devinait qu'elle aurait préféré être ailleurs que dans cette pièce sinistre en ma compagnie, peu importait où. Que pouvais-je dire de ce qui s'était passé ? Qu'il y avait eu un cours sur les syllogismes ? Que tous les hommes étaient mortels, que Socrate était un homme et donc qu'il était mortel ? Je voulais lui faciliter le travail pour compenser son manque de sommeil, mais la bonne réponse m'échappait.

– Encore une fois, aussi sincèrement que possible, dit-elle.

Il n'y avait chez moi aucun désir de ne pas être sincère, mais j'étais à l'évidence un témoin peu fiable, dépourvu de tout moyen d'apprécier la véracité de ce que je disais. Mon père affirmait toujours qu'il est facile de se mettre dans le pétrin avec la vérité, et difficile de savoir ce que les gens entendent par ce terme. Quelque chose peut sembler vrai, sonner vrai, sans pour autant être la vérité vraie.

C'était compliqué de savoir quoi dire à ce médecin. Et elle n'allait sûrement pas tarder à me parler de sexualité. J'avais lu assez de choses sur Freud et la psychanalyse pour savoir que tous les états mentaux pouvaient s'y rapporter. En fait elle n'aborda pas du tout ce sujet, ce dont je lui sus gré, ne serait-ce que parce qu'en dépit de mon état cotonneux, les contours de sa poitrine sous sa blouse blanche ne me laissaient pas indifférent.

Une ou deux semaines plus tard, mon ami Antoine vint me rendre visite et me demanda si j'avais des ennuis avec les filles, "*des problèmes de nanas**".

– Des ennuis avec les filles ?

– Ben oui, tu sais bien que les filles peuvent créer plein de problèmes.

Il portait un blouson chic qui sentait encore le cuir neuf.

– Elles envoient toutes sortes de signaux qui sont difficiles à interpréter. Ça peut te foutre la tête en vrac. – *Ça te prend la tête** est l'expression qu'il utilisa. – C'est peut-être ça qui t'est arrivé.

Antoine avait des parents aisés qui venaient de lui acheter un appartement sur la Rive gauche.

– Être à l'université, c'est une période difficile. Il y a toute cette stimulation intellectuelle, morale, sexuelle qui peut vite te dépasser.

Il continua dans la même veine pendant un moment, et dans la lumière crue de la pièce, son visage prit une teinte jaunâtre, comme s'il avait été élevé au maïs.

– Quand on y pense, les besoins sexuels sont loin de se réduire au sexe, lança-t-il en examinant la peinture turquoise qui s'écaillait sur le mur et en en décollant des fragments de ses ongles blancs étincelants. Mais ça, bien sûr, c'est un raisonnement *post hoc*. Sur le moment, satisfaire les besoins sexuels semble la seule chose qui compte.

Il s'était levé de sa chaise et arpentait maintenant la pièce les mains dans les poches, en approuvant ses propres paroles d'un hochement de tête, comme une poule picorant ses propres déjections.

– Tu vois, un instant tu partages tes idéaux avec une fille, et avant même de t'en rendre compte, tu partages ton corps. La première des choses se déroule dans un univers moral bien différent de la seconde. Après, ce que tu ressens, c'est la perte de ton innocence et l'impossibilité de la retrouver.

Sur quoi il me dit subitement au revoir, en me promettant de me rendre visite la semaine suivante et en me souhaitant un prompt rétablissement.

9

En nous soustrayant provisoirement à la vie quotidienne, et un peu aussi à nous-mêmes, la maladie nous donne le temps de penser. C'est peut-être même là son principal intérêt, affirmait mon père. Je restai à l'hôpital pendant plus d'un mois, mal nourri mais protégé du reste du monde. Dans ce type de situation, lorsqu'on est sorti du cadre ordinaire de l'existence et qu'on est entouré de gens qui ne vont pas parfaitement bien, il faut s'accrocher pour retrouver un semblant de normalité. "Essaie de voir ça comme un interlude, me conseilla mon père, une occasion de te préparer à l'étape suivante." Ses visites étaient empreintes d'une extrême gentillesse. Pendant ce temps le Dr Raubel, qui traînait toujours son air épuisé, m'assaillait de questions : est-ce que j'entendais parfois des voix ? Est-ce qu'il m'arrivait de penser que les autres parlaient de moi dans mon dos ? Elle m'expliqua que dans l'état psychique où je me trouvais, on pouvait accorder à certaines choses plus d'importance qu'elles n'en avaient : "Cela peut vous conduire à des inférences abusives au sujet de votre environnement."

Un jour, tandis que je lisais *Trois hommes dans un bateau*, que mon père m'avait offert lors de son avant-dernière visite, le Dr Raubel pénétra dans ma chambre et, après quelques propos liminaires sur mes grands progrès, elle me demanda si je pensais posséder des pouvoirs particuliers. Je réfléchis à la question et répondis : "Non, pas moi, mais ma mère, qui n'est plus de ce monde, avait une relation particulière à la nature. Elle parlait à ses plantes, leur confiait ses secrets. Quant à mon père, il peut peler une orange d'un seul tenant, sans briser la pelure."

Quelques jours plus tard, on m'autorisa à rentrer chez moi. Retour au monde réel, quoi que cela signifie. Lors de notre dernier entretien, la psychiatre m'avait expliqué que j'avais connu un épisode psychotique et qu'il y avait de bonnes chances que je m'en sorte, même si la suite était difficile à prévoir. "Si jamais vous observez des signes inquiétants, revenez nous voir. Mais selon toute probabilité, vous allez vous en remettre. Nous connaissons mal la situation de ceux qui guérissent puisqu'on ne les revoit plus et qu'ils parviennent à vivre sans notre aide."

Un rapport parvint peu après à mon tuteur universitaire, un type bien, qui m'avoua au détour de circonlocutions touchantes qu'il avait lui-même eu des "difficultés" à une période de sa vie. Il m'invita dans son bureau et me fit asseoir face à lui comme si c'était la première fois que nous nous voyions. Il me tendit l'enveloppe qui contenait le rapport d'expertise psychiatrique. "Il vous sera probablement plus utile à vous qu'à nous", expliqua-t-il en esquissant un sourire contrit. Je ne pus m'empêcher de me demander quelles avaient été les difficultés de ce brave homme, et s'il les avait surmontées.

Le rapport était un document fascinant, estampillé CONFIDENTIEL, adressé *aux personnes concernées**, imprimé sur du papier à en-tête du Centre hospitalier Sainte-Anne, en date du 10 juin 1980 et signé par la psychiatre qui m'avait examiné – la femme à l'air chiffonné. C'était une sorte d'attestation ("*Je soussignée… certifie que…**") qui commençait par la description du patient Edgar Logan, étudiant de vingt ans qui avait été admis dans un "état d'agitation" et dont le comportement avait été "menaçant et agressif", de sorte qu'il était considéré comme "un danger pour lui-même et pour autrui". Je lus ce rapport de si nombreuses fois que je finis par le connaître par cœur. Mais, malgré mes efforts, il m'était impossible de m'identifier à son objet. Il aurait tout aussi bien pu s'agir d'une œuvre de fiction, entre roman policier et roman fantastique. Mais cela n'avait rien à voir avec moi.

Voici comment le rapport se poursuivait :

> À son arrivée à l'hôpital, le patient a dû subir une contention physique. Aucun membre de la famille n'était présent et la police ne possédait pas d'informations sur lui. Il avait une tendance logorrhéique mais ne répondait pas à l'interrogatoire. Son débit était rapide et désordonné. Il n'y avait pas de symptômes physiques incontestables ni de preuve d'intoxication alcoolique ou par stupéfiants.
>
> Après le traitement sédatif le patient s'est calmé progressivement, et au cours des jours suivants il a accepté de livrer des détails plus personnels. Il a décrit l'incident dans l'amphithéâtre comme étant "exceptionnel" et "ne lui ressemblant pas". Il aurait résulté d'un sentiment de frustration personnelle lié à ses études. Il n'y a pas d'antécédents psychiatriques dans la famille immédiate et c'est sa première admission à l'hôpital. Il n'y a pas de formulation d'idées suicidaires.
>
> M. Logan a fait l'objet d'une surveillance rapprochée pendant trois semaines. Lors de la troisième semaine, le traitement médicamenteux a été progressivement réduit et nous n'avons plus constaté de signes d'agitation ou d'hypomanie. Il n'a pas été possible d'établir avec certitude les facteurs déclenchants ou les facteurs précipitants de cet épisode psychotique et je suis convaincue que la crise immédiate est désormais passée et qu'une admission à l'hôpital de jour n'est pas indiquée. Il est impossible de dire si cet épisode psychotique est susceptible de se reproduire. En cas de rechute, une prise en charge d'urgence sera nécessaire. À mon avis, ce jeune homme aura beaucoup de mal à s'adapter aux difficultés et aux angoisses de la vie

universitaire. Il pourrait en outre être prédisposé à développer des troubles neurologiques et des comportements mésadaptés s'il se retrouve en situation de stress. En attendant, je pense qu'il s'est bien rétabli et que sa guérison a des chances d'être durable. Il n'y a pas de traitement particulier ni de nouvelle consultation à prévoir.

Bien que de nombreuses années se soient écoulées, je conserve toujours ce rapport dans mon portefeuille. Pourquoi ne pas m'en séparer ? Je me pose souvent la question, sans parvenir à trouver de réponse simple. D'un côté, je le garde comme la preuve tangible que quelque chose s'est produit. Le rapport établit des faits, inchangés par le temps, et qui sont donc très différents des souvenirs qui peuvent être modulés et modifiés à notre guise. Cependant, il n'est pas entièrement exact : il stipule qu'il n'y a pas eu de troubles psychiatriques antérieurs dans la famille alors que ma mère en a souffert pendant la majeure partie de sa vie. Et donc ce document prouve autre chose : les rapports médicaux écrits par des médecins formés pour établir la vérité peuvent en fait reposer sur un mensonge. Toutefois, et c'est un point crucial, c'est un jugement sur des faits passés, qui se sont produits plus de vingt ans avant le présent de notre histoire. Et, de ce point de vue, je le considère comme une protection contre toute rechute. Le rapport lui-même est devenu une sorte de talisman impossible à détruire.

Avant même de quitter l'hôpital, j'étais inquiet à l'idée que mon père se sente déçu par moi. Mais en admettant que ce fût le cas, il n'en montra rien. Et il ne voulait pas entendre parler d'“épisodes”.

– Il vaut mieux appeler un chat un chat, Eddie. Chacun combat ses propres démons. Le combat est en général le même, seuls les démons changent. Les gens pensent souvent que la philosophie devrait réduire les risques de troubles mentaux, mais ce n'est pas forcément le cas. De nombreux philosophes en ont fait directement l'expérience. Descartes par exemple, qui est considéré par de nombreuses personnes, y compris à l'étranger, comme le père de la philosophie, a éprouvé des troubles mentaux considérables dans sa jeunesse. Et ça s'est passé ici même, à Paris ! ajouta-t-il avec animation, comme si l'air parisien pouvait en avoir été la cause. Et même David Hume, modèle de santé d'esprit s'il en est, a fait une dépression nerveuse à peu près au même âge, provoquée par un excès d'études. Il était tellement obsédé par la philosophie qu'il avait fini par perdre pied. Les symptômes étaient physiques autant que psychiques : des palpitations, une salivation excessive, entre autres choses. Ses mains et ses pieds s'étaient couverts de taches de scorbut, ce qui était très handicapant et ne fit que rajouter à son angoisse et aggraver sa dépression. Il en perdit presque la raison, ajouta mon père, jusqu'à ce qu'il décide que la philosophie était certes une bonne chose, mais qu'il était plus important encore de demeurer humain. Suis son conseil, Eddie : *reste un homme**. Après quoi Hume rédigea ses meilleures œuvres, mais ses troubles de jeunesse furent bien réels. À l'époque, on appelait cela *la maladie des érudits,* donc tu es en très bonne compagnie.

Dès lors, une "dépression" fut le terme sans fioriture que mon père utilisa pour évoquer ce qui s'était passé. Il en parlait même de façon étonnamment positive, expliquant qu'il m'avait fallu du panache pour réagir aussi fortement au "sophisme de la non-distributivité du terme majeur" – la subtilité logique que le professeur essayait d'expliquer avant mon attaque.

– Bien plus distingué que de se déchaîner pour une prémisse mineure illicite, tu ne crois pas ?

Dénicher l'absurdité des situations, voilà ce qui caractérisait le rapport de mon père au monde. Et pourtant il pouvait aussi être très sérieux. La plupart du temps, dans la vie quotidienne, il donnait le sentiment d'être pétri d'hésitations et de doutes, mais parfois il me fixait de ses yeux couleur bleu poudre et affirmait quelque chose dont il semblait certain. Un jour, alors que je venais de qualifier de "moment de folie" ce qui m'était arrivé lors du cours de logique, il se leva de sa chaise, mit les mains dans ses poches, courba légèrement les épaules vers l'avant et se balança d'avant en arrière sur la pointe des pieds. Il portait le pantalon ample qui était sa marque de fabrique, un tweed épais à chevrons légèrement déformé au niveau des genoux. Il s'écoula une minute ou deux avant qu'il ne parle.

– Ne minimise pas ces moments, Eddie. Ce sont des moments précieux et intenses qui nous confirment que nous sommes vivants, que nous faisons partie de ce chaos imprévisible et désordonné qu'est le monde. – Il me regarda droit dans les yeux. – Tu as fait une dépression, voilà tout. Ça peut arriver à tout le monde. Tu ne dois pas te torturer à ce sujet.

Et donc c'était devenu ma dépression. Lorsque cette conversation eut lieu, ma mère était morte depuis près d'un an. Après sa mort, mon père et moi ne parlions quasiment plus qu'anglais entre nous, sauf dans la librairie ou par politesse en présence de tiers. Curieusement, cela m'aida à tirer un trait entre mon hospitalisation et le début de ma guérison. Mon père me donnait l'impression d'être un autre lorsque nous parlions anglais, et il m'était facile de prétendre à mon tour que je n'étais plus cet étudiant qui avait perdu la boule à propos d'un sophisme et tenté d'étrangler un professeur innocent, mais un jeune homme normal qui avait encore toute sa vie devant lui.

– Ne te sens pas obligé de reprendre la philo, Eddie, avait conseillé mon père. Tu peux très bien t'en passer.

Que cela soit vrai ou pas, mes options du moment étaient limitées. Mon tuteur m'avait fortement conseillé de faire une pause dans mes études pour me donner une chance de me "sentir mieux". C'est à ce moment-là que mon père me trouva un poste temporaire à la bibliothèque universitaire. Il m'assura gentiment qu'il n'y avait aucune honte à ça, et que l'emploi que David Hume lui-même avait occupé le plus longtemps était celui de bibliothécaire. Je passai dès lors mes journées à trier des livres et à les ranger sur des étagères. La simplicité des tâches me plaisait, ainsi que la rigueur requise pour classer et cataloguer les ouvrages. Le rythme lent et la nature répétitive du travail avaient quelque chose d'apaisant. Des chariots spéciaux étaient utilisés pour transporter les livres entre les rayons et le guichet principal, et j'étais fier de parvenir à charger mon chariot si efficacement qu'il transportait plus de livres que n'importe quel autre. Des petits détails comme ceux-là peuvent revêtir une grande importance dans ce genre de travail. Être environné de tant d'ouvrages – la somme de siècles de recherches humaines – a d'étranges conséquences sur ceux qui travaillent dans un tel cadre. On rumine des choses triviales : l'alignement d'une rangée de livres sur une étagère, le murmure des tubes fluorescents, la dépravation de l'individu qui a replacé un livre au mauvais endroit. Dans une bibliothèque universitaire, c'est un comportement habituel, comme l'est le fait de soupçonner en permanence ses collègues. Il y a des rumeurs de rendez-vous galants dans les collections spéciales, de tripotage entre les rayonnages, et même de chapardage voire de vol à grande échelle. Personne n'échappe aux soupçons. Tous les regards sont teintés de méfiance. Je m'aperçus aussi que la folie est bien moins stigmatisée dans une bibliothèque que dans tout autre environnement professionnel. Selon George Eliot, les gens sains d'esprit ont le même comportement que leurs voisins, si bien qu'il est facile de repérer un déséquilibré et de l'éviter. Mais chez les bibliothécaires, ce principe est inversé : seules les personnes saines d'esprit se font remarquer. À la Sorbonne, la plupart des gens avaient l'air hagard, comme s'ils avaient survécu à un désastre indicible ; outre ceux qui étaient manifestement dérangés, on trouvait le quota habituel d'excentriques et de crânes d'œuf, d'obsédés et de fanatiques, de détraqués et de désaxés, tous d'une manière ou d'une autre mal à l'aise avec le monde ou avec eux-mêmes. Passé un certain un temps, j'avais acquis la certitude que personne, ou presque, ne pouvait être jugé normal.

10

Il était trop tôt pour déterminer si la Bibliothèque nationale d'Édimbourg était du même acabit que celle de la Sorbonne. Je n'avais pas encore rencontré assez de monde pour conduire une expérience concluante, mais le bibliothécaire assis au bureau semblait un candidat prometteur. C'était un homme remarquablement mince, qui donnait le sentiment de vouloir le devenir davantage : à le voir se déplacer si prudemment dans son espace de travail, on aurait dit qu'il s'inquiétait de perturber les particules en suspension dans l'air. Il toussait à intervalles réguliers mais ce type de toux n'était pas dû à un rhume ni à une bronchite : c'était une toux sèche parfaitement artificielle qui résultait à coup sûr d'une névrose. Elle lui permettait peut-être de souligner l'importance de son rôle. Il suffisait que je lui lance un coup d'œil pour que sa toux cesse ; dès que je regardais ailleurs, elle reprenait. Chaque quinte de toux suivait une métrique familière. Au début elles semblaient constituer un exemple parfait de tétramètre trochaïque, comme les vers de Puck dans *Le Songe d'une nuit d'été* : "Réveille-toi quand je serai parti, car je dois aller rejoindre Obéron", sauf qu'il manquait la dernière syllabe, à un toussement près. Puis, comme il me fit la grâce d'un autre couplet, je m'aperçus avec consternation que ce gringalet était en train de massacrer mon poème préféré d'Auden : "Pose ta tête endormie, mon amour / Humaine sur mon bras infidèle."

À ce moment-là, la porte de la salle de lecture s'ouvrit sur un magasinier en blouse grise qui poussait un chariot transportant les manuscrits que j'avais commandés. L'homme derrière le bureau, dont le rôle était de réceptionner les ouvrages, me fit signe d'approcher et commença à me parler à toute vitesse sur un ton de conspirateur. Chacune des clauses chuchotées rapidement avant de s'évaporer dans l'air fétide de la bibliothèque surchauffée commençait par "si" : "Si vous pouviez prendre soin de vérifier... Si vous pouviez patienter un instant... si vous pouviez juste signer ici...".

Muni des gants de coton blanc réglementaires, je pris les manuscrits reliés et les posai délicatement sur les coussins de ma table. Malgré mes précautions, les reliures émirent un craquement sec et grinçant, comme de brefs gémissements de douleur qui me firent sursauter.

Pouvoir lire les textes de Hume écrits de sa propre main est un moment que j'avais longtemps attendu, mais rien n'aurait pu me préparer à l'excitation que j'éprouvai au moment d'ouvrir le manuscrit de son court essai autobiographique, *Ma vie*. La version publiée, que j'avais lue adolescent dans la librairie de mon père, tient en quelques pages imprimées. Tandis que l'original est rédigé sur trois grandes feuilles de papier jauni, pliées en leur centre pour former six bifeuillets. L'écriture fine et nette, presque du copperplate, a tendance à s'amenuiser en bas de page. On ne remarque que quelques taches d'encre occasionnelles. Le manuscrit a l'apparence d'une lettre : la date du 18 avril 1776 figure en haut à gauche, et le titre *My Own Life* occupe la place de l'adresse, comme s'il s'agissait du lieu où Hume résidait désormais, ce qui est une preuve indéniable d'esprit et de stoïcisme de la part d'un homme sur le point de mourir. Hume commence par expliquer que son autobiographie sera brève car "Il est difficile de parler longuement de soi sans vanité" ; et après avoir mis en lumière sa remarquable existence, dans une prose qui respire la bienveillance à l'égard de l'espèce humaine, il conclut sur une note d'excuse : "Je ne nierai pas qu'il y a quelque vanité de ma part à écrire ainsi mon oraison funèbre ; j'espère seulement qu'elle n'est point déplacée."

J'aimais déjà Hume avant de m'intéresser à son œuvre – un sentiment lié à l'affection et à la quasi-révérence que mon père avait manifestées pour lui au fil des ans. "C'est le plus fin des philosophes, disait-il, et une créature des plus rares : un homme bon."

11

Une décision est-elle jamais entièrement spontanée ? Sans doute pas. Notre subconscient est toujours à l'œuvre et tire les ficelles.

Après avoir quitté la bibliothèque ce jour-là, encore grisé par l'excitation d'avoir manipulé les manuscrits de Hume, je récupérai mon vélo attaché aux grilles de Parliament Square. Une vendeuse de fleurs avait installé son étal au milieu de la place et sur un coup de tête – ou du moins c'est ce qui me sembla – j'achetai des fleurs pour remercier Carrie du dîner de la veille. Agir par impulsion me rend d'habitude nerveux, et pourtant acheter six énormes tournesols pour une femme que je connaissais à peine me sembla curieusement exaltant.

Carrie déclencha l'ouverture de la porte de l'immeuble et apparut en haut des escaliers. Elle portait une blouse de peintre légèrement déchirée et maculée de taches de couleur ; ses manches retroussées révélaient des bras vigoureux et musclés. Son visage s'illumina quand elle vit les fleurs.

– Elles viennent sans doute d'arriver de France par avion, tout comme vous ! s'exclama-t-elle.

Elle m'invita à entrer et disparut chercher un vase. Elle allait prévenir Harry qu'ils avaient de la visite.

– Mais d'abord, entrez donc dans l'atelier pendant que je finis de ranger.

L'atelier de Carrie était une grande pièce lumineuse, au plancher constellé de taches de peinture. Pas de rideaux, des grands pots remplis de pinceaux, des toiles empilées contre les murs, des curiosités suspendues au plafond, un évier dans un coin et juste à côté une vieille commode en pin sur laquelle étaient posées une bouilloire et une vieille théière au ventre fendillé. Plein de trucs en vrac : le type de fouillis qui d'ordinaire me rend anxieux, et pourtant je me sentais parfaitement à l'aise. Carrie prit une grande jarre verte dans la commode et y plaça les tournesols. Ils formèrent spontanément un bouquet harmonieux, comme s'ils s'adaptaient au goût de la pièce et au doigté de l'artiste. Sur le chevalet se trouvait une grande toile luisante de peinture fraîche. Je voulais dire quelque chose d'intelligent à son propos, mais je ne parvenais pas à comprendre ce qu'elle représentait. À cette époque, le langage qui permet d'interpréter un tableau m'était inconnu. Carrie me dirait plus tard que c'était un avantage car mon regard était neuf comme celui d'un enfant, tandis que pour moi il était juste brut et inculte.

Je fis le tour de l'atelier en m'imprégnant de tout et en espérant ne pas sembler indiscret, car pour ma part je détestais qu'on pénètre dans mon espace de travail.

– J'espère que je ne vous dérange pas, lançai-je.

Elle répondit en souriant que sa journée de travail était terminée, qu'il était rare pour elle de travailler passé cinq ou six heures du soir. C'est en milieu de matinée qu'elle était au mieux de sa forme, à condition de pouvoir se mettre dans la bonne disposition d'esprit :

– Je ne fais pas partie de ces gens qui peuvent manier le pinceau au saut du lit.

Elle m'interrogea alors sur mon propre travail, comment étaient organisées mes journées. Elle retira sa blouse tout en parlant, la plia en quelques gestes gracieux et la jeta dans un coin de la pièce. Je lui expliquai comment mon temps à Édimbourg allait être occupé, les matins à la maison, les après-midis à la bibliothèque, et combien il était important pour moi de suivre une routine bien établie. Je songeai que cela devait lui sembler bien ennuyeux. Mais elle continua de me poser des questions et paraissait intéressée et attentive. Parfois on ne mesure l'importance d'une conversation que bien plus tard.

Tout en versant du thé dans deux tasses, elle m'expliqua qu'elle ne connaissait quasiment rien au travail de traduction, même si elle avait remarqué que les gens qui faisaient l'éloge d'une traduction la qualifiaient généralement de "fidèle".

– Vous savez, comme Greyfriars Bobby ou ce genre de chose. – Elle se mit à rire, et du coup je ris aussi.

– Qui est Greyfriars Bobby ?

Elle rit encore, cette fois-ci à mes dépens, mais cela ne me gênait pas. Après qu'elle eut raconté l'histoire de ce chien qui resta assis sur la tombe de son maître pendant quatorze ans jusqu'à sa propre mort, je fis observer que le lien entre bien traduire et rester couché sur une tombe n'était pas évident à comprendre. "Mais peut-être que je devrais essayer !" Ce qui nous fit rire davantage.

Nous parlions avec entrain et aisance, ce qui, dans mon cas du moins, était une expérience assez nouvelle. Je me sentais tellement décontracté qu'on aurait pu croire que j'étais habitué à ce type d'échange. Je lui expliquai que les Français ont une maxime qui compare les traductions aux épouses : soit elles sont quelconques et fidèles, soit elles sont belles et déloyales.

– En français, ça sonne bien parce que ça rime : *les traductions sont comme les femmes : quand elles sont belles, elles ne sont pas fidèles ; et quand elles sont fidèles, elles ne sont pas belles**.

– Ça, c'est bien français de penser qu'une femme ne puisse être à la fois belle et fidèle ! jugea-t-elle. La crainte de l'avoir offensée me traversa l'esprit mais son sourire me rassura. Je répondis que lorsqu'on traduit, on doit essayer d'être fidèle, mais que quels que soient nos efforts, on perd toujours quelque chose. On en est toujours conscient et il faut l'accepter. Parfois cette pensée nous accable, mais il faut tenir bon. Je me levai et me dirigeai vers le chevalet :

– Je suppose qu'avec la peinture, c'est assez différent.

Elle ne répondit pas tout de suite – je sentais son regard dans mon dos – puis confia :

– En fait, la plupart de mes toiles parlent aussi de perte. C'est le cas depuis un moment.

Je voulais en savoir plus, mais quelque chose me retint. Cette conversation-là n'aurait lieu que plus tard.

12

Je frappai à la porte du bureau du Dr Sanderson et l'ouvris.

– Euh… je vous… perturbe ?

– Non, tu ne me déranges pas, entre.

– Je suis juste passé vous remercier pour hier.

– Oui, j'ai compris que tu étais là. Je vous ai entendus rire tous les deux.

Le ton de sa voix était impénétrable. Je fermai la porte derrière moi et me rapprochai du bureau.

La pièce étroite et ténébreuse sentait le tabac froid. Sanderson était penché sur son bureau, un secrétaire ancien en chêne qui me rappelait le bureau-écritoire de mon père à la librairie. Il ne leva pas la tête. Il était en train de fixer quelque chose – on aurait dit un petit étau – sur le bord du bureau. Ses manches relevées laissaient apparaître des avant-bras à la peau enflammée, durcie et gonflée, recouverte d'écailles argentées comme celles d'un poisson.

La pièce comportait peu de meubles. À part le bureau, il y avait une commode à quatre tiroirs, un vieux fauteuil en cuir qui semblait avoir épousé les formes et la corpulence de Sanderson, deux tabourets en bois, un siège en rotin et contre un mur une petite bibliothèque remplie de volumes écornés : *Guide pratique du pêcheur*, *La pêche de la truite à la nymphe*, *Comment monter ses mouches* et autres ouvrages semblables. À côté du bureau, un lampadaire de style moderne, effilé et courbé comme une figure de Giacometti. Cet espace était bien différent de l'atelier lumineux de Carrie : pas de fenêtre hormis une petite ouverture, semblable à une meurtrière, en haut du mur du fond qui donnait sur la cage d'escalier. Personne ne pouvait regarder à l'intérieur de la pièce.

Après un court moment, Sanderson se leva, me versa un whisky et se dirigea vers le fauteuil. Je restai debout près du bureau. L'abattant ouvert laissait apparaître douze petits tiroirs, six de chaque côté du sous-main en cuir. Chaque tiroir était pourvu d'un porte-étiquette en cuivre avec une carte permettant d'en identifier le contenu. Les étiquettes parlaient une langue étrange : porte-bobine, aiguilles à dubbing, pinces à hackle, finisseurs de nœuds. Sanderson, la pipe à la bouche, commença à m'expliquer le fonctionnement de son "système". Les plumes et les poils nécessaires à la confection des mouches étaient subdivisés en catégories – faisan, perdrix, coq de bruyère, sarcelle, lièvre, phoque – en tenant compte également de leurs teintes : brun-gris, miel, gris-miel, brun-bleu pâle. Les plumes étaient répertoriées en fonction des parties du corps de l'oiseau d'où elles provenaient : nuque, flanc, gorge, bas-ventre et dos. "Ma typologie tient compte de tout", expliqua-t-il fièrement. "Je les ai classés par ordre descendant depuis la crête jusqu'à la queue."

Tout cela était nouveau et inattendu, et pourtant j'éprouvai soudain un sentiment de déjà-vu. Enfant, je m'étais mis à conserver mes rognures d'ongle et mes croûtes de peau suite à une varicelle, en les recueillant dans de petites boîtes d'allumettes que j'étiquetais avant de les ranger dans un coin de ma chambre selon un ordre que j'avais élaboré avec soin. Je détestais l'idée que des parties de moi-même pussent être abandonnées, jetées à la poubelle ou emportées par l'eau du bain. Il fallait tout préserver, et cela de façon méthodique et ordonnée. Le désordre me déstabilisait, tandis que classer les choses en groupes et collections particulières était vraiment exaltant. À mesure que le temps passa, ma collection s'étendit aux cils, à la corne des pieds, à la crasse du nombril que j'extrayais, avec la précision d'un médecin légiste, à l'aide d'une fine pince à épiler.

Le souvenir de tout cela me revint subitement tandis que je contemplais le magnifique bureau de Sanderson, avec ses boîtes et ses compartiments, ses étiquettes et ses tiroirs. Quand j'avais attrapé un coup de soleil, j'étais impatient de pouvoir décoller mes peaux mortes, les retirant par pans aussi larges et texturés que possible avant de les presser entre les pages d'un album photo, mon spécimen préféré ayant la forme de l'Afrique. Au collège, ma récolte s'était étendue aux points noirs, aux pustules, aux poils de poitrine et aux poils pubiens, ces derniers s'étant parfois enracinés dans le lin blanc de mes draps comme des adventices rétives à l'arrachage. Ces souvenirs me faisaient maintenant frémir, mais en y songeant, il m'était difficile de ne pas éprouver une certaine sympathie pour le jeune homme que j'étais et pour son besoin compulsif de cataloguer la plus petite once de rebut personnel. Curieusement je m'en émerveillais encore, tout comme je m'émerveillais du "système" ingénieux conçu par Sanderson.

– Je te montre ? demanda-t-il après avoir choisi un hameçon et l'avoir serré dans l'étau. D'abord, il enroula un morceau de fine soie dorée autour de la hampe de l'hameçon pour former le corps de la mouche. Ensuite, comme s'il accomplissait un rite solennel, il disposa les matériaux devant lui en nommant chacun d'eux : soie floche jaune, soie floche noire, hackle de coq orange, plume de canard mallard à grands motifs, plume de Jungle cock, une autre de geai bleu, deux de faisan doré, et une plume d'autruche noire. Cette dernière plume est connue sous le nom de *herl*, un type de barbe de plume dont les barbules ramifient non seulement latéralement, comme on le voit habituellement, mais aussi sur leur pourtour, ce qui est rare et magnifique, expliqua Sanderson en modulant doucement sa voix. *Herl* était un autre de ces mots dont je devinais qu'il serait difficile à prononcer en raison de son *h* et de son *r*. Mais je me dis avec soulagement que je n'aurais jamais à le faire. Quelques minutes plus tôt, je n'aurais même pas envisagé qu'un homme pût se livrer à de telles activités.

– Est-ce que tu as déjà lancé une mouche ?

Cette question résonnait comme une épreuve de vérité.

– Non, je ne saurais pas comment faire.

– Je pourrais te montrer si ça t'intéresse.

– Oui, ça me plairait bien.

– Viens avec moi samedi. Je te ferai découvrir ma rivière favorite.

L'invitation était alléchante, comme si on m'octroyait le droit de rejoindre un cercle exclusif. Sanderson commença alors à sélectionner des morceaux des différentes plumes colorées pour créer la première aile de la mouche. Ses doigts semblaient trop gros pour effectuer un travail aussi minutieux : non pas fins et agiles comme ceux d'un chirurgien, mais épais, rougis et gonflés comme ceux d'un assassin dans un vieux film hollywoodien. Et pourtant ces doigts manipulaient avec adresse et expertise les différents matériaux. Il commença par retirer les barbules duveteuses à la base des plumes et plaça ce fin duvet dans une boîte spéciale. Puis, avec une douceur qui résultait sûrement de nombreuses années de pratique, il caressa les barbules restantes vers le haut entre le pouce et l'index, en les forçant à s'enchevêtrer jusqu'à ce qu'elles ne fissent qu'un et que la fusion fût parfaite. Durant ces instants, sa maestria semblait indéniable.

Le montage des mouches l'avait occupé toute sa vie. Il avait commencé enfant et ne pouvait pas imaginer s'en passer. C'était une activité excitante et relaxante à la fois. Elle pouvait conforter un cœur inquiet, ajouta-t-il. Il considérait comme un privilège le fait de pouvoir participer à cet art ancien que les pêcheurs avaient pratiqué pendant peut-être deux mille ans. Tout en fixant les fibres de hackle et en en coupant les extrémités pour qu'elles soient toutes de même longueur, il me parla de sa découverte dans une bibliothèque de Rome d'un manuscrit du IIIe siècle après J.-C., dans lequel l'auteur décrivait ses techniques de pêche dans l'Astraeus, la rivière qui reliait la ville de Véria à Salonique. Le pêcheur utilisait manifestement une mouche faite de laine rouge et de plumes prises sous la crête d'un coq.

– Quand j'ai lu ça, j'ai été pris d'un frisson atavique. – Il délaissa un instant son œuvre, retira sa pipe d'entre ses dents et posa les mains sur ses genoux comme un homme satisfait de lui-même et de sa place dans le monde. – Quand on y songe, tout change autour de nous et on ne sait plus où on en est, mais les principes de cette petite merveille – il pointa du bout de sa pipe la mouche dans l'étau – sont restés les mêmes ! Les machines ont envahi les autres domaines, expliqua-t-il, qu'il s'agisse du travail du métal, de la fabrication des chaussures ou des charpentes, sans parler des gadgets pour faire du pain ou peler les patates. Mais une bonne mouche sera toujours faite à la main, c'est une œuvre très personnelle. Elle ne pourra jamais être réalisée par les rouages froids et dépassionnés d'une machine.

Sanderson était un homme très différent de la veille. Quand il avait parlé de lui-même, il s'était montré incapable de changer de rengaine, mais à présent, dans cet autre cadre, il interprétait en toute liberté une partition inédite et superbe.

Monter une seule mouche pouvait prendre jusqu'à une heure de temps, mais cela n'avait pas d'importance : il pouvait volontiers y consacrer des heures entières, ce qu'il faisait effectivement dans cette même pièce. Il l'appelait *box room*, la "pièce à boîtes", ce qui donnait le sentiment que cette pièce était secondaire, mais cela ne le gênait pas car il ne voulait pas qu'on puisse connaître ni même soupçonner son importance. Il expliqua que la plupart des vieux appartements d'Édimbourg possèdent un tel cagibi, habituellement situé à proximité du salon et donnant sur le hall d'entrée. Jadis on y rangeait toutes sortes de coffres et de malles, des portemanteaux, et probablement aussi des boîtes contenant des chapeaux de soie de Chine à larges bords, ornés de fleurs, de plumes et de rubans.

– Parfois, dit-il, je me plais à imaginer les élégantes ladies d'Édimbourg qui portaient ces chapeaux sur leur chignon relevé, en les inclinant légèrement comme le voulait la mode de l'époque.

Il en fit la démonstration en inclinant lui-même la tête et en tenant les bords d'un chapeau imaginaire. Et comme la confection des mouches nécessite toutes sortes de plumes, de fourrures, de mohairs et de soies, il aimait l'idée qu'il entretenait quelque chose de l'esprit de cette époque.

– L'épingle à chapeau était un autre accessoire indispensable, aujourd'hui quasiment disparu comme accessoire de mode, ajouta-t-il, mais jamais ma mère ne serait sortie de la maison sans lui.

Les autres outils requis étaient une paire de ciseaux droits, une paire de ciseaux à lame courbe, des pinces et une lime pour affûter les hameçons émoussés. Et bien sûr, un bon étau. Il tapota l'étau en disant cela, comme on tapote la tête d'un enfant intelligent.

– Il est impossible d'accomplir certains gestes sans une double paire de pinces, poursuivit-il. Et il continua de discourir ainsi, fournissant des informations de plus en plus détaillées. Il suçotait sa pipe avec vigueur et semblait extrêmement concentré. Certains modèles nécessitent que les fibres du hackle ne recouvrent que le corps de la mouche. Pour y parvenir, il faut attacher une pince à chaque extrémité de la plume puis la poser en équilibre, la face soyeuse vers le bas, sur l'index de la main gauche. Le poids des pinces fait remonter les deux côtés des fibres par rapport au doigt. On tire légèrement sur les pinces et en même temps on lisse les fibres de la gauche vers la droite jusqu'à ce qu'elles s'entremêlent. Sanderson était pleinement dans son élément, le parfait professeur avec son élève.

Je lui demandai où il avait appris tout cela.

– C'est mon père qui me l'a enseigné quand j'étais gosse. C'est de loin ce qu'il a fait de mieux pour moi.

Je continuai de l'observer tandis qu'il finissait de monter la mouche, lui nouait les ailes et les raccourcissait à l'aide des ciseaux.

– Et le tien ? demanda-t-il après un moment.

– Le mien ? Mon quoi ?

– Ton père. Comment s'est-il retrouvé en France ?

– Oh, la raison éternelle : l'amour.

Je sentais que le whisky commençait à me faire de l'effet. Sanderson m'en versa un autre, et je m'installai dans le fauteuil de cuir pour lui expliquer ce que je savais.

13

L'année où la guerre éclata, mon père obtint une bourse doctorale de l'université de Cambridge. Il avait passé sa licence à Édimbourg et quitta l'Écosse pour préparer un doctorat de philosophie à Cambridge, où il fit la connaissance de Wittgenstein et suivit ses cours. Une carrière prometteuse s'ouvrait sans aucun doute à lui avant que la guerre ne vienne tout bouleverser.

En 1940, peu après avoir épousé la fille du doyen de Trinity College qu'il avait rencontrée lors de ses études, mon père fut recruté par la Direction des Opérations spéciales, les services secrets britanniques. Un ou deux ans plus tard, alors qu'il effectuait une mission secrète en Normandie, il fut démasqué et réussit à se réfugier dans le grenier d'une famille qui travaillait pour le maquis. Cette famille lui sauva la vie par son courage et ceci contribua sans doute à ce qu'il tombe amoureux de Marianne, la fille unique, une jeune femme intelligente et pleine d'entrain qui grimpait tous les jours dans le grenier minuscule pour lui apporter de la nourriture. Et tous les trois matins, elle lui portait un bol d'eau chaude et un miroir qu'elle lui tenait pour qu'il se rase à la lumière d'une petite lucarne. Elle montait et redescendait même le *pot de chambre**, un vieux seau qui faisait office de vase de nuit.

Ils conversaient en français et à voix basse, ce qui conférait à leurs échanges une intensité et une importance particulières. Les visites de Marianne étaient la raison de vivre de mon père; sans elle, il serait devenu fou. Après son départ, il comptait les heures qui le séparaient de son retour en épiant les différents bruits qui montaient de la maison. Et en même temps, il se forçait à penser à son épouse qui l'attendait chez lui. C'est la seule chose réelle, se disait-il : le reste se résumait à de curieux effets collatéraux de la guerre et s'effacerait. Mais ses efforts pour revenir à la réalité étaient compromis par les visites de Marianne, car la réalité, c'est entre ses bras qu'il la trouvait, quand elle lui chuchotait des messages d'espoir et d'encouragement ou lui donnait des nouvelles des petites victoires de la Résistance pour lui remonter le moral. Ces moments commencèrent à éclipser tout le reste. Ce qui l'intriguait, c'est comment ces instants pouvaient prendre tant de place dans son imagination, au point de devenir la seule chose qui comptât et d'envahir tout son être. Il ne pouvait pas croire qu'ils fussent juste transitoires, une sorte d'intermède entre son service en temps de guerre et la vie qu'il avait laissée derrière lui. De retour à Cambridge après la fin des hostilités, il essaya de reprendre sa vie antérieure. Mais il ne parvenait pas à se réadapter. La guerre avait tout changé. Ce qui avait semblé établi une fois pour toutes se trouvait irrémédiablement bouleversé. Et c'est ainsi qu'à l'âge de trente-deux ans, et par amour, il quitta sa jeune épouse pour retrouver Marianne, avec qui il avait échangé des lettres fiévreuses et inquiètes durant les mois précédents. Son beau-père, le doyen du collège, le traita de crapule et de scélérat, et l'assura que si cela dépendait de lui, il ferait en sorte que jamais un homme comme mon père ne puisse obtenir un poste à l'université. Et c'est ce qui se produisit. Mon père ne semblait pas non plus en mesure de gagner sa vie dans le village normand de Marianne. En 1946, son sort à elle aussi semblait scellé : on l'avait fiancée à un mécanicien automobile domicilié à deux pas, le fils de vieux amis de la famille qui paraissait en tout point plus convenable que mon père. Après quelques jours tumultueux durant lesquels le mécanicien, soutenu par plusieurs membres furieux des deux familles, lutta pour garder sa fiancée, Marianne et mon père s'enfuirent à Paris, où ils espéraient jouir de l'anonymat et recréer ce qu'ils avaient éprouvé pendant la guerre dans le grenier. Ils étaient tous deux exilés, loin de leurs familles et de tout ce qui leur était familier, et ne pouvaient compter que sur eux-mêmes. “Mais ce n’était pas *rien*, m’expliqua un jour mon père, nous avions le sentiment de posséder quelque chose de parfait, d’entier, chacun se sentant nécessaire à l’autre.” L’amour se suffisait à lui-même. Il leur permettrait de tout surmonter.

J’ai tout ignoré de cette histoire pendant des années. Et pourtant ces événements expliquent non seulement ma venue au monde, mais aussi les circonstances particulières de mon éducation et de tout ce qui allait s’ensuivre. Devenu adulte, il me fut difficile d’imaginer que des hommes avaient pu se battre pour une femme comme ma mère. Et je m’interrogeais souvent sur ce qu’était devenue la jeune femme restée en Angleterre, la fille du doyen. Je ne me suis jamais senti le courage d’interroger mon père à ce sujet par crainte de le faire souffrir ou de renforcer son sentiment probable de culpabilité. Un jour, vers la fin de sa vie, alors que nous étions assis dans un café du Marais, il m’avait dit : “On n’est jamais libre quand on tombe amoureux, et pourtant on croit que c’est ce qu’on est le plus libre de faire.”

Je lui demandai si c’était de la bonté qu’il était tombé amoureux. Était-il possible d’aimer la bonté, ou bien fallait-il quelque chose de plus ? “Qui sait, Eddie, qui sait ?” avait-il répondu après avoir allumé une cigarette et en avoir inhalé longuement la fumée. “Personne ne sait vraiment ce qui nous lie les uns aux autres.”

Ce soir-là, en revenant de chez les Sanderson, tandis que le whisky me réchauffait les veines, je songeais à la naissance des amitiés et aux possibilités inattendues qui s’annonçaient. Et aussi à quel point les psys sont payés cher pour formuler des questions que les nouveaux amis vous poseront gratuitement.

14

Mes journées commençaient à suivre un rythme régulier : le matin passé chez moi à transcrire mes notes sur l'ordinateur et à traduire pendant deux ou trois heures ; l'après-midi à la Bibliothèque nationale pour travailler sur les manuscrits. Les ordinateurs portables étaient admis à la bibliothèque à condition d'obtenir une autorisation spéciale, mais je décidai de ne pas en demander. Comme je n'avais pas assez confiance en moi pour briser le moule, je me raccrochais encore aux méthodes traditionnelles, y compris à la croyance désuète que les bibliothèques devraient être des havres de silence et de paix, préservés du cliquetis des claviers. Certaines personnes, qui ont sans doute débuté sur une machine à écrire, tapent bien trop fort sur leur clavier et font un bruit intolérable. Tant et si bien qu'à plusieurs reprises, je me surpris à nourrir des fantasmes de meurtre, sous forme d'une ou deux strangulations rapides avec mes gants de coton blanc. J'étais bien trop habitué à travailler seul.

Traduire de la philosophie était également une nouveauté pour moi. J'étais bien plus versé dans la fiction littéraire, et notamment dans le type de roman qui sied au paysage émotionnel de la classe moyenne britannique. Ses caractéristiques m'étaient devenues aussi familières que ma propre peau : de nombreux monologues intérieurs, de l'introspection, des relations difficiles et un soupçon de fatalisme. C'est un cocktail irrésistible, qui entre de mauvaises mains peut aboutir à un résultat très indigeste ; cependant "mes" auteurs savaient en général équilibrer les choses avec une bonne dose d'humour absurde, seul véritable principe rédempteur de ce type de fiction (et peut-être aussi de la réalité). Lors des deux années qui avaient précédé mon départ à Édimbourg, mon travail s'était orienté dans une direction différente : une trilogie de romans policiers de bonne facture écrits par un universitaire d'Oxford et qui s'était révélée très lucrative. Ces livres avaient rencontré un succès énorme en France, et comme mon contrat prévoyait le versement de royalties, je me trouvais pour la première fois de ma vie dans une situation où je gagnais plus d'argent que nécessaire pour vivre.

Les choses ne pouvaient être plus différentes quand j'avais commencé le métier de traducteur vingt ans plus tôt, lorsque j'étais obligé d'accepter tout ce qui se présentait à moi pour survivre. Cela comprenait aussi bien des textes techniques sur l'industrie nucléaire en France que des brèves pour l'AFP. Les traducteurs, en France du moins, sont mal payés – un sort qu'ils partagent avec la plupart des écrivains, à de rares exceptions près – et j'avais été sur le point de renoncer à plusieurs reprises. Mais comme j'avais connu entre-temps le goût de l'échec dans d'autres domaines, il m'avait semblé préférable de tenir bon. Au fil du temps, la traduction était devenue pour moi plus qu'un emploi : une vocation.

Parvenu à l'âge de quarante ans, un ou deux ans avant de partir pour Édimbourg, j'avais pris l'habitude de jeter régulièrement un regard sur mon passé, non par nostalgie mais par souci critique. Je fus choqué de constater combien mes premières années de travail comme traducteur avaient été insignifiantes. J'avais consacré trop de temps à apprendre les ficelles du métier pour que mon travail vaille grand-chose. Mais je reconnus aussi que les choses avaient bien changé : j'étais désormais dans la situation enviable de pouvoir choisir mes livres. De ce point de vue au moins, j'étais mon propre patron.

Ce qui m'apparaît clairement avec le recul, c'est que les traducteurs sont des gens méprisés et occultés. Les éditeurs français semblent voir en eux un mal nécessaire, un moyen d'introduire des produits potentiellement rentables dans les librairies. Bien sûr, ils préféreraient que les livres eussent été écrits directement en français, sans avoir à dépenser du temps et de l'argent pour une traduction qui se fait attendre. Et comme ils sont contraints de réaliser cet investissement contrariant, ils en escomptent un résultat suffisamment fluide et limpide pour donner l'illusion qu'il ne s'agit pas d'une traduction mais de l'Œuvre originale. Comme si l'écriture était toujours fluide ! Pour garantir cette illusion, ils dissimulent souvent le nom du traducteur en tout petit sur l'une des pages de garde, à côté de celui de l'imprimeur ou du relieur. Les critiques littéraires eux aussi sont enclins à ignorer les traducteurs – c'est une chose que l'on apprend à accepter – même si pour ma part ma réputation a tendance à grandir et que mon nom est parfois cité dans les rubriques littéraires. Ce qui ne présente d'ailleurs pas que des avantages, car la plupart des critiques n'ont pas la moindre idée de ce dont ils parlent. Dans la pratique, ils se contentent souvent d'un ou deux adjectifs creux comme "compétent" ou "discret" pour décrire une activité qu'ils n'ont aucun moyen d'évaluer. Le comble, c'est que les critiques se complaisent à commenter le style et la langue du livre comme si la qualité du texte devait tout à l'auteur et rien au traducteur ! Un jour que je le déplorais devant un éditeur, celui-ci me conseilla de tout simplement ignorer les critiques. Mais je n'y parviens pas. Le plus beau compliment qu'on m'ait fait a été de me qualifier de *traducteur sensible** dans une critique du *Figaro* par ailleurs sans intérêt. Voilà bien une autre caractéristique des traducteurs : le plus infime compliment leur procure une sensation de plaisir totalement disproportionnée.

Mon métier s'accorde sans aucun doute à mon tempérament. C'est un travail la plupart du temps solitaire, et cette solitude me convient. La solitude a mauvaise réputation car on la confond avec l'isolement, qui est une chose entièrement différente. C'est mon père qui m'avait fait comprendre, autant par l'exemple qu'au moyen de solides arguments, que bien que nous passions l'essentiel de notre temps entourés de beaucoup de monde, nous menons des existences essentiellement solitaires. Bien sûr, nous établissons des contacts en permanence, dans le train, dans la rue ou dans les magasins – ou du moins nous croyons le faire –, mais cela n'est rien au regard de la communion que l'homme vit avec lui-même tout au long de son existence. Malgré cela, avait-il ajouté, un excès de solitude peut être un terrible fardeau. David Hume s'en était aperçu, et la solitude avait joué un rôle indéniable dans sa dépression nerveuse. Peu après cette conversation, j'étais tombé dans la librairie sur une édition française du *Traité de la nature humaine* et c'est là que j'avais découvert que Hume était convaincu que sa vie studieuse l'avait contraint à une réclusion solitaire presque intolérable. Le fait que nous soyons des créatures naturellement sociables et que nous dépérissions dans la solitude est un élément central de la doctrine de Hume. Le plaisir est accru quand on l'éprouve en société, et la peine plus difficilement supportable quand on l'affronte seul. *La parfaite solitude est peut-être la plus grande punition que nous puissions souffrir**. J'estimai cette idée extravagante, sans doute parce qu'à l'époque j'étais sous l'emprise de Sartre et de sa fameuse maxime: *l'enfer c'est les autres**. C'est *ça* le pire des châtiments, avais-je répété à mon père (comme je passais l'essentiel de ma vie tout seul, je détestais l'idée que cela pût être la pire des choses). Il y a forcément pire que la solitude, non? Peut-être pas, avait répondu mon père, surtout pour un homme que sa solitude avait conduit au bord de la folie. Pourtant, avait-il ajouté, "elle porte aussi en elle un paradoxe salutaire: c'est lorsqu'un homme est seul qu'il comprend le mieux ce qui le rattache au monde". Et Hume avait parfaitement assumé ce paradoxe: si, à une époque, il s'était senti "entièrement abandonné et inconsolé", comme il l'écrit, parce qu'il était incapable de commercer avec le monde et que cela l'avait transformé à ses yeux en un "monstre étrange et fruste" – à une époque plus tardive il attribuerait l'origine de toute sa philosophie au "plaisir de la réflexion solitaire". En fait, avait ajouté mon père, c'était Montaigne et non pas Hume qui semblait avoir compris ce paradoxe mieux que quiconque : "Montaigne avait saisi l'importance de préserver un espace à soi, loin des exigences de la vie quotidienne, ce qu'il appelait son *arrière-boutique**. Je suppose qu'en anglais on dirait une pièce à l'arrière du magasin, mais je dois reconnaître qu'on y perd en traduction." Cette conversation s'étant déroulée dans la librairie, nous nous étions instinctivement tournés vers l'arrière du magasin comme si pareille pièce avait existé. Nous avions ri de notre bêtise, mais après coup j'avais réalisé que j'étais moi-même un jeune homme encore dépourvu d'*arrière-boutique**, et je m'étais demandé quand celle-ci se matérialiserait et quelle forme elle pourrait bien prendre.

La traduction est l'un de ces métiers dont très peu de gens savent parler. Soit ils ne s'y intéressent pas assez pour comprendre ce qu'il implique, soit ils pensent déjà savoir ce qu'il convient de savoir et trouvent le sujet mortellement ennuyeux. Si bien qu'on ne vous demande quasiment jamais d'expliquer votre travail. Dans les rares occasions où je me suis retrouvé en société, mes interlocuteurs restaient pantois. "Ah, vous êtes *traducteur*!" en mettant le mot en relief pour souligner leur intérêt. "Bien, bien…" ajoutaient-ils en essayant de dissimuler leur peur panique. Je m'étais habitué à ce type de réaction, qui me convenait parfaitement, la conversation n'ayant jamais été mon fort.

Traduire des essais philosophiques, c'est très différent de la fiction, mais la prose tardive de Hume possède un style qui n'est pas seulement soigné et raffiné, il est remarquable par sa clarté et par son élégance, et c'est un privilège d'avoir à le traduire. Hume s'est efforcé toute sa vie de rendre sa philosophie accessible, d'entrer en relation avec l'homme du commun, si bien que même ses idées les plus abstraites sont éclairées par des exemples pris dans la vie de tous les jours, expliqués simplement et à un rythme raisonnable, comme s'il dialoguait amicalement avec le lecteur. Il en résulte une langue anglaise d'une forme très pure et très belle. Le ton urbain est celui d'une conversation intelligente, dans laquelle Hume se préoccupe avant tout de savoir ce que signifie être humain, être un individu particulier. Il emporte votre adhésion en jouant sur une gamme remarquable d'émotions, du pathos à la comédie en passant par une immense compassion, et tout cela a pour effet de vous convaincre de l'immense intérêt de ce qu'il écrit, quel que soit le sujet abordé. C'est une œuvre enivrante.

Il y a des années de cela, quand j'avais évoqué pour la première fois devant mon père l'idée de travailler sur Hume, il m'avait montré un livre contenant une lettre de Voltaire à Mme du Deffand. Le sujet en était l'incapacité du célèbre homme de lettres parisien l'abbé Le Blanc à traduire Hume en français deux siècles avant moi. Voltaire avait comparé cet échec des Français à leurs faibles prouesses militaires : "*Nous traduisons les Anglais aussi mal que nous nous battons contre eux sur mer*[*]."

Mon père gloussa en me lisant ce passage. C'était une façon de m'encourager, mais cela aurait pu produire l'effet inverse. "De toute façon, pas d'inquiétude, Hume était écossais", avait-il ajouté. "Tu n'as pas besoin d'essayer de le battre, vous êtes du même bord depuis la Vieille Alliance[*] !"

---

* Alliance scellée en 1295 par le Traité de Paris entre les royaumes d'Écosse et de France contre l'Angleterre.

À mesure que je travaillais sur les manuscrits de Hume et que j'approfondissais ma connaissance de son œuvre, c'est bien cela qui m'avait frappé : nous étions du même bord. Il semblait y avoir une sorte de lien de parenté entre nous, et très vite j'eus le sentiment que je l'avais toujours connu. La tâche qui m'attendait était un véritable défi, mais un défi que je savourais par avance. Tout ce que j'avais entrepris auparavant semblait m'y préparer.

C'est cette dernière idée qui dominait mes pensées lorsque j'avais soumis pour la première fois mon projet à un éditeur. Les Éditions Universitaires, l'une des plus anciennes maisons d'édition de France, qui possédait une excellente réputation pour ses manuels d'université et ses commentaires philosophiques, avaient déjà publié des traductions modernes des œuvres les plus connues de Hume, comme le *Traité de la nature humaine* et l'*Enquête sur l'entendement humain*. Cela me laissait espérer qu'ils accueilleraient favorablement ma proposition : une édition d'essais choisis qui comprendrait aussi la courte pièce autobiographique écrite juste avant sa mort, *Ma vie,* ainsi que deux essais inédits dont la Bibliothèque nationale d'Écosse détenait les manuscrits. Je prévoyais de rédiger une brève introduction soulignant l'importance de Hume en France, sa prédilection pour la culture et l'art de vivre français, les trois années qu'il avait passées dans l'ancien collège de Descartes pour écrire le *Traité,* etc. Je souhaitais aussi inclure une courte postface à la fin du texte principal, sur l'importance de Hume dans ma propre vie. Comme j'étais conscient qu'un récit personnel n'avait pas vraiment sa place dans un ouvrage d'érudition, je décidai à la dernière minute de l'écarter de ma proposition. Curieusement, c'est ce récit qui allait faire la différence entre le rejet et l'acceptation de mon projet.

Après avoir reçu ma proposition, les Éditions Universitaires m'invitèrent dans leurs bureaux pour en parler. C'était un signe encourageant mais mes espoirs ne tardèrent pas à être déçus. L'éditeur, un dénommé Mauvignier, s'efforça de me faire comprendre que quantité d'idées de livres atterrissaient sur son bureau chaque semaine. Il était navré, mais l'intérêt du public pour Hume n'était pas assez grand pour justifier une nouvelle traduction des essais. M. Mauvignier était d'une courtoisie irréprochable, mais il émanait de lui la suffisance d'un homme qui consent à distribuer des pépites de sagesse aux simples mortels à condition qu'ils ne sortent pas de leur rang et lui en témoignent de la gratitude. Il jouissait clairement du pouvoir qu'il détenait, et je ne tardai pas à le cataloguer comme sadique de second ordre.

– En matière d'essais, nous avons notre cher Montaigne. *C'est comme ça*[*]. Pourquoi aurions-nous besoin de Hume ?

Il haussa ostensiblement les épaules pendant un instant, comme pour enfoncer le clou. Avec ce genre d'attitude, pensai-je, c'est un miracle qu'il publie quoi que ce soit : à l'évidence, les Yahoos de Swift vivaient encore parmi nous en plein Paris. Même si cela semblait sans espoir, j'inspirai profondément avant d'essayer de lui faire changer de point de vue. J'expliquai que Hume jouissait déjà d'une haute estime en France et que sa réputation ne cessait de grandir – un extrait du *Traité* ne venait-il d'ailleurs pas de tomber comme sujet au bac ? Il m'écouta poliment mais ne semblait pas convaincu. Au moment même où un refus semblait inévitable, il se défendit d'avoir une dent contre Hume ; tout au contraire, il avait un faible pour lui ! Et c'est alors qu'il me demanda si j'avais par hasard fréquenté le café Le Bon David sur la Rive gauche.

– À moins que vous ne soyez trop jeune ?

Je ris de bon cœur en lui expliquant que je n'avais pas eu besoin de m'y rendre, puisque j'y avais passé toute mon enfance. Mes parents possédaient la librairie d'occasion qui était devenue le café-librairie Le Bon David.

– En fait je suis né dans la librairie. Ma mère a commencé à avoir des contractions alors qu'elle était en train de ranger des volumes de Proust sur les étagères. Un lit de fortune fut installé sur le sol et un médecin appelé d'urgence. C'est du moins ce qu'on m'a raconté.

– Incroyable ! Pourquoi ne pas l'avoir dit plus tôt ? s'exclama-t-il, impatient d'en savoir plus. – Parfois les gens se transforment sous vos yeux. – Donc c'est votre père qui tenait la librairie. Formidable !

Il s'avéra que le propre père de Mauvignier l'avait emmené dans la librairie quand il était enfant et que cela lui avait laissé une impression durable. Il n'avait pas oublié que comme par magie la librairie semblait beaucoup plus grande à l'intérieur que vue de l'extérieur. Et il y avait des livres partout : sur les étagères qui montaient jusqu'au plafond ; dans des cartons posés à même le sol et disposés en rangées, le dos visible ; sur une grande table dans l'arrière-cour, où l'odeur du pain tout juste sorti du four de la *boulangerie** voisine embaumait, et où des hommes comme son père aimaient se retrouver pour fumer, boire un café et parler de choses sérieuses.

– Le café Le Bon David, bon sang, il fait partie de notre histoire, de notre héritage culturel, tout comme Les Deux Magots !

J'esquissai un sourire. La comparaison avec le repaire préféré de Sartre et Beauvoir était censée passer pour un compliment, mais ceux qui fréquentaient la librairie de mon père en auraient été offensés.

– Votre père est toujours en vie ?

– Il est mort il y a deux ans. Une crise cardiaque, dans la librairie. Il était en train de ranger des livres sur une étagère du haut, et ils sont tombés sur lui "*in a shower*" dis-je en anglais.

Mauvignier semblait déconcerté.

– *Une grêle de livres fondit sur lui**. Comme sur Leonard Bast dans *Retour à Howard's End* de E. M. Forster.

– Ah mais oui, bien sûr.

Mauvignier m'assaillit de questions pendant les minutes qui suivirent, tout en manifestant sa surprise et son enthousiasme. Finalement, il croisa les bras et s'enfonça dans sa chaise, désormais empli de certitude, tel un homme dont le seul but dans la vie est d'éclairer et d'instruire.

– Il se pourrait qu'après tout nous ayons là matière à faire un livre, concéda-t-il.

Nous discutâmes pendant une demi-heure de la forme du livre, de sa taille – deux cent cinquante pages maximum – et de ce qu'il faudrait écrire en guise d'introduction. Nous étions désormais sur la même longueur d'onde, comme de vieux camarades.

Pourtant, à la fin Mauvignier se révéla dur en affaires. Sous prétexte que le marché des essais philosophiques était selon lui extrêmement réduit, il proposa de me rémunérer "uniquement comme auteur" – selon ses propres mots, autrement dit pas comme traducteur. On me donnerait une petite avance, la moitié à la signature du contrat, le reste après avoir vendu mille exemplaires du livre. Cela me parut monstrueusement injuste, quoique moins monstrueux que s'il avait tout bonnement refusé de me payer. Quand je lui demandai de s'expliquer, il m'assura que les traductions – il fit une moue réprobatrice en prononçant le mot comme s'il sentait mauvais – ne se vendaient pas bien et que de toute façon c'était un arrangement courant en ces temps "plutôt difficiles". Il frappa dans ses mains d'un geste qui voulait dire que c'était à prendre ou à laisser et que la discussion était close. Son attitude m'irritait profondément et je dus me redire à quel point je voulais que ce livre fût publié et qu'il constituerait un *hommage** important rendu à mon père. Cela en tête, je simulai un sourire de gratitude, ravalai mon orgueil et acceptai les conditions proposées.

15

Au bout d'une semaine de travail à la Bibliothèque nationale, je commençais à reconnaître des visages familiers. La plupart étant privés de la lumière du soleil, leur teint blafard suggérait de longues années passées au fond d'un bunker ou d'un sous-marin. C'était à croire que ce qui circulait sous leur peau n'était pas du sang mais de l'eau savonneuse, ou plutôt du porridge laiteux puisqu'on était en Écosse. Tous les deux jours, je partageais mon bureau avec une femme âgée, dont les cheveux étaient attachés en chignon par un nœud coulant. Elle portait un tailleur en tweed, et ses fines jambes de héron manquaient de céder sous son poids quand elle titubait vers le bureau de prêt. Elle effectuait des recherches sur les premiers missionnaires en Afrique – c'est ce que je déduisis de ses conversations avec l'homme à la toux – et sa belle voix semblait tout droit sortie d'un vieux film en noir et blanc, car elle modulait ses voyelles de façon exquise à la manière de Celia Johnson dans *Brève rencontre.* J'aurais pu passer des journées entières à l'écouter. Je m'interrogeais sur la vie qu'elle avait pu mener : avait-elle, elle aussi, éprouvé une grande passion, comme son sosie acoustique Miss Johnson, et son amour avait-il été récompensé ? Assis au bureau opposé se trouvait un autre habitué, un homme gros et scrofuleux qui avait une mauvaise hygiène. Le sommet dégarni de son crâne était aussi lisse qu'un œuf intact. J'imaginais qu'il vivait dans une mansarde isolée et qu'il mangeait directement dans des boîtes de conserve, au milieu des souris. Enfin, assis au bureau le plus éloigné de la porte, il y avait un homme plus âgé qui ressemblait à un Russe blanc. Ses dents étaient pourries, son haleine puait l'oignon, il portait des bottes trop grandes pour lui et un costume sombre qui ne semblait pas lui appartenir. Après un examen approfondi, je décidai que c'était un Ukrainien dans la misère, un ancien universitaire habitué aux bibliothèques mais qui s'en servait désormais simplement comme abri chauffé.

Quand je n'étais pas en train d'inventer des existences tragiques à mes compagnons, je comparais les manuscrits originaux des essais de Hume avec l'édition anglaise qui me servait de base de traduction. Il n'existe pas de véritable édition de référence des *Essais* en langue anglaise, notamment parce que Hume passa une partie de sa vie à les réviser et à les corriger au fil de dix-sept éditions différentes. Il a également modifié l'ordre de parution des essais d'une édition à l'autre, retirant certains textes ou différant après sa mort la publication de certains autres. C'est ce qui m'avait poussé à prendre une décision cruciale : dans mon édition, les essais seraient classés chronologiquement, en présentant les coupes et les révisions, et dans leur ordre de rédaction, afin de restituer l'évolution de l'œuvre et de la pensée de Hume.

De temps à autre je découvrais une erreur, ce qui donnait toute sa valeur à ce travail ingrat. Par exemple, dans l'essai "De la tragédie", la formule *sweet sinning*, littéralement "doux péché", apparaît dans une phrase qui décrit ce que les Italiens jugent essentiel au plaisir. Ces mots, traduits de l'expression italienne *dolce peccante*, sont reproduits dans toutes les éditions modernes, et proviennent de l'édition posthume de 1777, que Hume ne fut par définition pas en mesure de relire. En vérifiant sur le manuscrit original, je m'aperçus que Hume avait en fait écrit *dolce piccante*, en d'autres termes "douceur piquante", ce qui n'avait rien à voir avec le péché, qu'il soit doux ou pas. Après une découverte de ce type, j'étais sur un petit nuage en sortant de la bibliothèque, comme si je venais à moi tout seul de résoudre l'énigme de l'univers. Dans un recoin de mon esprit, je savais néanmoins que c'était assez dérisoire.

Malgré cela, chaque jour m'apportait la confirmation que cette période de ma vie touchait à la perfection, et que même si mes horizons pouvaient encore s'élargir, changer, me surprendre, ma vie ne serait pas meilleure. Tous les matins avant le petit-déjeuner j'allais grimper le long des Salisbury Crags, cet amphithéâtre de roches brutes. Je marchais avec joie sur les traces de Hume et imaginais que j'approfondissais à chacun de mes pas vigoureux ma relation avec le philosophe. Le soir, en revenant de la bibliothèque, je pris l'habitude de me rendre au vieux cimetière de Calton Hill où repose Hume. De cette façon, chaque journée commençait et se terminait par une petite cérémonie d'*hommage**. J'adorais ce sentiment de créer un lien, puis de le distendre avant de le resserrer à nouveau.

À en croire la plaque posée à côté de la grille d'entrée, le cimetière avait ouvert en 1718 pour accueillir les dépouilles de marchands et d'artisans. Cela était confirmé par les pierres tombales, où l'on remarquait une accumulation de patronymes écossais très courants, comme Alexander Henderson, Alexander Walker, John Middleton ou John Reid. Le long du flanc sud du cimetière se trouve une rangée de caveaux impressionnants dans lesquels on peut pénétrer : on dirait des maisons de pierre miniatures, dépourvues de toit. Dans celui de Jean Ormiston (morte en 1817 à l'âge de cinquante-deux ans), épouse de William MacRedie (mort en 1831 à l'âge de soixante-douze ans), une grille en fer remplace le mur du fond, et si l'on approche son visage des barreaux on est récompensé par un splendide panorama d'Édimbourg : Old Town, les bâtiments longs et étroits aux façades peintes le long de Royal Mile, Arthur's Seat, le nouveau Parlement écossais et, juste en contrebas, les toits de la gare de Waverley. Quand le vent souffle dans la bonne direction, les annonces des trains à l'arrivée et en partance s'envolent jusqu'au cimetière et retombent parmi les stèles. Si seulement les morts pouvaient voir et entendre, ce serait la dernière demeure idéale, avec une vue panoramique et le sentiment que le monde continue de tourner. Il n'est pas étonnant que Hume ait choisi d'y reposer à jamais. En 1776, sentant la mort approcher, il y avait acheté une parcelle. La tombe devait être quelque chose de simple, *sans cérémonie**, comme je l'écris dans mon introduction aux *Essais*. Dans son testament, il demanda qu'un petit monument "d'un coût ne devant pas excéder cent livres" soit érigé au-dessus de sa tombe, avec une simple inscription indiquant son nom et ses années de naissance et de mort. Mais en réalité ce monument est assez grandiose : un mausolée cylindrique de style néoclassique avec une urne élégante placée dans une niche au-dessus de la grille d'entrée. Cette tombe n'était pas du tout adaptée à un homme aussi modeste que Hume, mais je finis par l'apprécier. Tous les jours ou presque, je poussais la grille en fer forgé et me tenais debout à l'intérieur du monument circulaire, en me persuadant que cela permettait d'invoquer la présence du philosophe. Parfois il m'arrivait même de lui parler, de lui faire part de mes progrès et problèmes éventuels. Un aborigène croit pouvoir obtenir la réponse à toute question trois jours après le décès de sa mère : il lui suffit de se tenir debout au pied de sa tombe et de l'interroger. Je ne partageais pas ce genre de croyance : aller sur la tombe de Hume était un simple rituel agréable pour marquer la fin d'une journée de travail. Mais dans un coin de mon esprit, je supposais que même les rituels les plus modestes peuvent avoir un pouvoir transformateur.

16

Je revis Sanderson environ dix jours plus tard, à la fin de ma première semaine complète à Édimbourg. Je m'étais rendu sur George Square en fin d'après-midi pour jeter un œil à la bibliothèque du Département de philosophie, qui n'est ouverte tous les jours que pendant la période des cours et juste pour une heure, ce qui semble à la fois pitoyable et scandaleux pour une université ayant une tradition philosophique aussi forte. La nouvelle année universitaire commençait tout juste et les rues bordant George Square regorgeaient de jeunes étudiants au teint frais, contrairement à la bibliothèque du Département qui était désespérément vide. Je me tenais au milieu de la pièce, une salle haute de plafond, aux proportions généreuses, et je m'imprégnais de tout cet environnement : les hautes bibliothèques en bois, aux étagères profondes et bien garnies, des siècles d'érudition dans des reliures de cuir éraflées par l'âge et l'usage. Se retrouver seul au milieu de centaines de livres est toujours une leçon d'humilité, autant qu'une expérience enivrante. Tant de savants travaillant pendant des années pour accroître la connaissance humaine, rien que d'y penser vous donne le vertige. Mon père avait coutume de dire que là où des livres anciens sont rassemblés, l'esprit des écrivains se rassemble aussi. Dans tout autre contexte, il aurait été le premier à contester cette notion d'esprit mais à propos de collections de livres cela ne semblait pas le déranger.

Les cloches sonnaient cinq heures quand je quittai le bâtiment. Peut-être Sanderson se trouvait-il encore dans le Département de philosophie juste de l'autre côté de la place ? Comme nous étions censés nous rendre à notre première partie de pêche le lendemain, il me semblait judicieux de vérifier avec lui le point de rendez-vous, les vêtements adéquats, etc. Je finis par trouver son bureau au troisième étage. Son nom figurait sur la plaque de la porte : Dr H. T. M. Sanderson. Je frappai et attendis un instant. Pas de réponse, mais au moment où j'allais partir, j'entendis un bruit de froissement de l'autre côté de la porte. J'y collai mon oreille et frappai de nouveau, cette fois plus fort.

– Allez-vous-en ! Je suis occupé ! Plus de rendez-vous aujourd'hui !

– Désolé, c'est moi, Eddie. Rien d'important. Je ne faisais que passer.

J'avais déjà atteint le bout du couloir, le visage crispé par la gêne, et j'allais m'engouffrer dans l'escalier quand la porte s'ouvrit et Sanderson me rappela.

– Pourquoi tu n'as pas dit que c'était toi ? grogna-t-il.

On ne voyait que sa tête, le visage écarlate, les cheveux en bataille. Le reste de son corps était dissimulé par la porte, qu'il ferma et verrouilla dès que je fus entré. Son allure avait de quoi intriguer : son bas de pantalon était remonté au-dessus des genoux, et ses pieds emballés dans des sacs en plastique fixés aux chevilles par des ficelles. Il traversa la pièce en claudiquant pour rejoindre sa chaise derrière le bureau, sous lequel je remarquai un récipient – une vieille bassine en plastique à moitié remplie d'un liquide verdâtre. Il y avait une odeur que je ne parvenais pas à identifier, une odeur d'été, sucrée et herbacée.

– Je ne suis pas beau à voir, dit-il en s'asseyant avec précaution sur la chaise à côté de son bureau. Tu as devant toi un homme malade, un lépreux.

Et en effet les parties visibles de son corps semblaient avoir été frappées par l'une des plaies d'Égypte. Les plaques écailleuses que j'avais remarquées sur ses mains lors de notre première rencontre s'étendaient sur toute la longueur de ses bras. La peau de ses genoux était épaisse et rougie, ardente comme la lave d'un volcan, avec des éruptions kaléidoscopiques aux reflets argentés. J'avais sous les yeux des échantillons morbides qui semblaient tout droit sortis d'un laboratoire de pathologie. Cela me fit aussitôt penser aux terribles attaques de scorbut dont Hume avait souffert et aux troubles psychologiques qui les avaient provoquées. Il m'était difficile de détourner le regard et je dus me rappeler que sous cette enveloppe effrayante était tapi un être humain sensible.

– Qu'est-ce qui vous arrive ? demandai-je en espérant que ma voix exprimait de la compassion et non du dégoût.

– Oh, un problème de peau épouvantable. J'ai déjà eu des crises, mais jamais aussi graves.

– Ça vous fait mal ?

– Mal ? Non, pas vraiment. Mais c'est enflammé et ça gratte terriblement. Et on perd sa peau n'importe où, comme un serpent, mais moins proprement.

Il me montra le sol couvert de confettis de squames. Il m'expliqua qu'il était en train de prendre un bain de pieds dans de l'huile d'olive, “la moins chère possible, mais ça reste onéreux”, afin de traiter les crevasses qui se formaient sur la plante de ses pieds. Les sacs en plastique servaient à conserver l'humidité. Au travers des sacs huileux, couverts d'un film opaque, ses pieds semblaient petits et vulnérables.

– Je conserve tout l'attirail ici, parce que c'est pas le genre de choses à quoi j'ai envie de jouer à la maison. Un homme couvert de pustules qui se balade avec des sacs en plastique aux pieds peut vite manquer de sex-appeal aux yeux de sa femme. – Il s'esclaffa dans un bruit de canonnade, et je fus envahi par un sentiment de compassion.

Il sortit une bouteille de whisky du tiroir supérieur d'une armoire de classement. Après que j'eus décliné son offre, il s'en versa une dose généreuse dans un gobelet de polystyrène blanc, en but une belle gorgée, se rassit et posa ses pieds enveloppés de plastique sur son bureau encombré.

– Ce que tu m'as raconté au sujet de ton père m'a trotté dans la tête, dit-il d'un ton mélancolique. Je n'arrive pas à me sortir ça de l'esprit, je pense à lui, coincé dans ce grenier français, jour après jour, heure après heure, tout ce temps qu'il a passé à planifier le reste de son existence.

– Je ne suis pas sûr que ça se soit passé comme ça. De la façon dont il en parlait, il ne s'agissait pas de planifier en détail le reste de sa vie. Après coup, c'est vrai, il a pris conscience que cette décision avait mûri dans son esprit depuis pas mal de temps, mais même après son retour à la vie civile en Angleterre, les choses étaient restées vagues et confuses. Il n'arrivait pas à avoir une vision nette.

– Tu penses que ton père n'a jamais regretté sa décision ?

Les sacs qui entouraient ses pieds bougèrent un peu – on aurait dit de timides extraterrestres.

– Si c'est le cas, il n'en a jamais parlé. Mais je me suis parfois posé la question. C'est une décision qui a dû lui coûter. D'abord il a perdu un emploi qu'il adorait. Ensuite ma mère, qui avait été la raison de cette décision, est tombée malade et elle est restée souffrante pendant la majeure partie de leur vie conjugale. Et pourtant il semblait y trouver du contentement.

– "Contentement", voilà un de ces mots que les gens utilisent pour éviter celui qui commence par *b*, j'en suis convaincu.

– Vous pensez au bonheur ? – À ce mot, je remarquai que Sanderson fit mine de reculer d'effroi. – Ce n'est pas volontairement que j'ai évité d'employer ce terme, mais je reconnais que c'est une notion difficile à cerner. Pour mon père ce n'était pas un mot tabou. En fait, je me souviens qu'il m'avait dit peu avant de mourir qu'une seule expérience du bonheur pouvait nourrir quelqu'un pendant toute sa vie.

– Et tu l'as cru ? Je veux dire, au vu de sa propre existence ?

– Tout bien considéré, je pense que oui. Malgré toutes les difficultés, il n'a jamais cessé d'agir comme si le retour du bonheur était envisageable. Je pense qu'il avait aussi compris à quel point on peut s'approcher du bonheur sans jamais réussir à l'atteindre.

Une autre idée me vint à l'esprit, mais je la gardai pour moi. Peut-être que si mon père avait réussi à tenir le coup, c'est parce qu'il s'était détourné de l'étude de la philosophie. Il lui suffisait que celle-ci fût une partie intégrante de son travail de libraire, plutôt qu'une fin en soi. Ainsi elle ne lui avait pas retourné l'esprit et ne s'était pas retournée contre lui. Il avait échappé à la "maladie des érudits".

Sanderson regardait droit devant lui, telle une statue de l'île de Pâques, le menton volontaire, le nez large, les yeux enfoncés dans les orbites. Pas étonnant que Carrie aimât faire son portrait. Pour alimenter la conversation, j'ajoutai qu'il était possible que les moments de malheur eussent aussi leur propre valeur. Ils n'étaient pas là pour rien. Mais ce fil de conversation-là était déjà rompu, et lorsque Sanderson reprit la parole, ce fut pour parler de lui-même.

C'était une mauvaise période pour lui. Il détestait le début de l'année universitaire.

– Il devrait y avoir une sensation de renaissance, avec toute cette énergie nouvelle, tous ces efforts pour ranimer le Département. Mais ce n'est pas le cas. Ou ce n'est plus le cas.

Il avait éprouvé cette sensation autrefois, il y a bien longtemps, mais désormais c'était comme tenter de redémarrer à la manivelle un vieux moteur, trop rouillé pour bien fonctionner. Plus tôt ce jour-là, il avait animé la réunion de rentrée des étudiants inscrits en philosophie et ça ne s'était pas bien passé, mais alors pas bien du tout. Il poussa un profond soupir en y repensant. Je me surpris à soupirer aussi, comme on bâille par mimétisme. C'est alors que Sanderson ouvrit le tiroir inférieur de son armoire de classement et en sortit ce qui ressemblait à un pot de yaourt vide. Il se leva de sa chaise, la porta de l'autre côté de la pièce et grimpa dessus en soulevant ses pitoyables pieds plastifiés. Une fois que son ample carcasse eut trouvé son équilibre, il couvrit le détecteur de fumée avec le pot en plastique. Comme je m'y attendais, le pot s'adaptait parfaitement, car chacun de ses gestes calibrés faisait manifestement partie d'une routine pratiquée de longue date. Une fois redescendu il alluma sa pipe et il y eut une courte pause avant qu'une série d'aspirations rapides ne la ramène à la vie. La pipe rougeoya et un tourbillon de fumée s'éleva vers le plafond. Il se retourna pour vérifier le pot de yaourt fixé en haut du mur, comme pour dire "ne me trahis pas". Nous restâmes assis dans son bureau pendant une heure ou deux, tandis que l'air s'emplissait de fumée à l'odeur sucrée et que la lumière du jour faiblissait au-dehors. Et pendant ce temps, Sanderson but un bon quart de la bouteille de whisky, ce qui eut pour seul effet visible de le rendre plus volubile.

Je décidai de me risquer de nouveau à l'interroger sur son prochain livre. Mon père disait souvent que la meilleure façon de gagner la confiance d'un homme est de l'inciter à étaler son érudition.

– Oh, il n'y a vraiment rien de spécial à dire. C'est une sorte de visite guidée du bonheur. Une exploration de l'ensemble des vasières philosophiques.

– Des vases d'hier ?

J'imaginai une étude de l'image de l'amphore dans la littérature hellénistique.

– Non, tu sais, ces zones humides côtières où la marée vient déposer de la boue, du sable et toutes sortes de détritus marins. On appelle ça des vasières.

– Ah, je vois, dis-je sans en être vraiment sûr.

– Ce livre n'est rien d'autre qu'une exploration de tous les mots en *-isme* : hédonisme, stoïcisme, scepticisme, épicurisme, etc. Ça n'a rien de très original, sauf peut-être la conclusion qui affirme qu'en matière de bonheur, la philosophie n'apporte foutre rien, pas plus à l'homme qu'à la bête sauvage.

Il s'esclaffa de nouveau, dans un second tir de canonnade. Au fond de lui, il n'était pas du tout philosophe, ajouta-t-il en fixant sa tasse de polystyrène.

– C'est ça, la conclusion incontournable.

Il avait le sentiment d'avoir trahi sa vocation :

– Tu sais, comme ces personnages de Tchekhov : tous ces rêves disparus, l'impossibilité d'aller à Moscou, la destruction de la cerisaie. Eh oui !

– Vous n'aviez pas l'ambition de devenir philosophe ?

– En fait, non. J'ai juste eu de mauvaises fréquentations.

Il était difficile de déterminer s'il parlait sérieusement ou si cette apparente agressivité faisait partie d'un mode de défense élaboré. Je n'étais pas même sûr que ce soit de l'agressivité. Peut-être simplement de la modestie contrariée.

Quand je lui demandai quelle autre profession il aurait aimé exercer, il réfléchit pendant un moment puis me répondit que quand il était écolier il voulait devenir linguiste. Ce qui le fascinait dans le langage, c'était non seulement la grammaire et la syntaxe, mais aussi les différents sons qu'il contient ainsi que son processus d'acquisition ou son incroyable puissance.

– Le langage semble recéler la possibilité d'un univers ordonné. Tu n'as jamais eu cette impression ?

– Si, tout le temps.

– Alors tu dois avoir découvert que c'est juste une belle arnaque : l'ordre et l'harmonie ne sont qu'une illusion, que le langage nous permet de créer. Le monde est en réalité régi par le hasard et le chaos.

À l'âge de douze ans, ajouta-t-il, il avait commencé à apprendre le latin, et cela avait été une révélation. Le premier jour, chaque élève avait reçu le fameux manuel d'initiation de Kennedy, et c'était comme un trésor. "Connaître ce livre, c'est connaître une langue magnifique", avait dit son professeur. Tout se réduisait à des centaines de tableaux, de verbes, de noms, de déclinaisons, de conjugaisons. Il suffisait d'apprendre les règles et de mémoriser les exceptions, c'était extraordinaire. En y repensant, Sanderson y avait vu un modèle de pensée logique. Il se demandait même si ce n'était pas le latin qui l'avait mis sur la voie de la philosophie. En tentant de résoudre l'énigme des mots et de leurs combinaisons, il imaginait parfois qu'il déchiffrait le mystère de l'univers.

– Bien sûr, j'étais jeune à l'époque et je ne voyais pas les choses en ces termes. Mais je pense vraiment qu'il s'agissait d'une quête d'écolier pour comprendre le monde.

Le problème, c'est que le latin était une langue morte. Il fit tomber quelques squames de son bras avec le tuyau de sa pipe.

– Personne n'était censé le parler, c'était quelque chose de purement scolaire, un outil pédagogique.

Progressivement il avait ressenti le besoin d'apprendre une langue étrangère vivante, parlée dans le monde par des êtres de chair. Il avait pensé que l'espagnol pourrait faire l'affaire, ou même le français, voire l'allemand, avant qu'une meilleure solution, assez inattendue, ne se présente à lui. Dans les années 60, la guerre froide ne semblait pas près de se réchauffer et le gouvernement avait pour politique éducative d'encourager l'apprentissage du russe à l'école. Le russe semblait à la fois exotique et subversif, ce qui le rendait doublement attirant.

– Ils avaient besoin de gens qui comprennent la pensée de l'ennemi, dit-il sur un ton lugubre en se tapotant la tempe de ses doigts épais.

Et c'est ainsi qu'il avait appris le russe, et poursuivi son étude jusqu'à l'université. À cette époque, la philosophie était vraiment pour lui un pis-aller. Il appréciait le fait que le russe ait de nombreuses caractéristiques communes avec le latin.

– C'est un peu comme si j'avais perdu six sous et trouvé un franc. Toutes ces déclinaisons et ces cas et ces genres à se mettre sous la dent !

Au début il avait excellé au point de presque parvenir, après un an ou deux, à lire dans le texte certains des grands romans du XIXe siècle. Mais à son immense et durable regret, il n'avait jamais atteint un niveau suffisant pour parler russe couramment. Et s'il devait nommer un seul coupable, ce serait le verbe russe. Comme il n'y a que trois temps, le passé, le présent et le futur, cela aurait dû être simple. Un jeu d'enfant, avait-il pensé. Mais les Russes – les Russkofs, comme il les appelait – avaient inventé les *aspects* afin de compenser cette pénurie de temps.

– C'était parfaitement incompréhensible. Et ça l'est toujours, je suppose.

Il se versa une autre rasade de whisky.

– Un truc assez pernicieux en fait. Et un piètre substitut pour le présent progressif ou le plus-que-parfait. Tu sais, les anglophones n'ont pas la moindre idée de la chance qu'ils ont de pouvoir dire *I am writing a letter* ou *he has been considering his position.* Je parie qu'en français aussi ça te plairait bien des temps aussi utiles, pour éviter d'avoir à dire “je suis en train d'écrire une lettre” ou “il envisage de démissionner mais n'a pas encore pris de décision”… trop formidablement utiles pour qu'on ne salue pas leur existence.

Sanderson affichait un air de surprise amusée, comme s'il venait seulement maintenant, et par pur hasard, d'identifier le problème qui avait gâché sa vie. Mais je n'étais guère convaincu. Son mal-être avait à l'évidence d'autres causes qu'une incapacité à maîtriser une langue étrangère dans sa jeunesse. Son regard se perdit dans le vide pendant une minute ou deux puis, quand il reprit la parole, il évoqua de nouveau sa réunion de rentrée.

– Je devrais y être habitué depuis le temps. C'est la même chose d'une année sur l'autre : il faut s'occuper d'un grand nombre d'étudiants au début du premier trimestre… ou plutôt *semestre* comme il faut dire à présent.

Il compara ce processus au marquage du bétail avant de le lâcher dans les pâturages – même si tu penses bien que je n'ai jamais pratiqué ça.

Il fallait toujours aux étudiants plusieurs minutes avant de s'installer – c'est le genre de choses qu'on savait après des années de pratique. Certains cherchaient une place dans les premiers rangs avant de se raviser : leur décontraction apparente dissimulait mal leur nervosité de bizuths, et ils finissaient par se planquer dans les dernières rangées. Il faisait froid et humide ce jour-là, et la pièce s'était vite emplie d'une odeur de vêtements mouillés. Tout le monde ou presque portait une polaire avec un message cryptique inscrit sur le devant. Les débuts d'année universitaire ressemblent à des podiums de défilé de mode : chacun parade, prend la pose et se pavane devant les autres. Cette année, plusieurs jeunes femmes avaient eu l'idée saugrenue de mettre une jupe par-dessus leur pantalon. Même s'il était habitué au style vestimentaire peu orthodoxe de sa femme, ces nouvelles modes le mettaient mal à l'aise ; il se sentait dépassé, ringard. Alors qu'il scrutait l'auditoire, tous ces visages juvéniles qui n'avaient pas encore été contrariés par l'existence, il se livra à son jeu habituel : identifier les brebis galeuses dans le troupeau. Grâce à sa longue expérience, il avait appris à appliquer ce qui ressemblait aux principes du tri, "tu sais bien, ce que les membres du corps médical faisaient courageusement pendant la guerre : ramper parmi les morts sur le champ de bataille, évaluer l'urgence d'une intervention médicale, décider en une fraction de seconde qui pourrait être sauvé et ignorer ceux dont la mort était imminente". Pendant un instant, il s'était même imaginé en treillis, à plat ventre, un casque sur la tête, fermant les yeux des morts, réconfortant les cas désespérés, accomplissant des gestes de bienveillance en plein champ de bataille.

– Absurde, évidemment.

Il tira sur sa pipe avant de reconnaître, le regard fixé loin devant lui :

– Le courage est une vertu qui m'a toujours fait défaut.

Et pourtant il fila la comparaison. On allait laisser périr la majorité de ces étudiants là où ils étaient tombés. Certains allaient mourir en silence, voire avec dignité. D'autres allaient agoniser lentement, "en étudiant le programme mais de façon superficielle et inappropriée, et en poussant des gémissements proportionnés à leur déclin inexorable". Il émit alors une sorte de mugissement grave, comme une vache qui met bas. Il estimait que les étudiants américains étaient les plus déterminés à s'accrocher à la vie, longtemps après que tout espoir de guérison aurait décemment dû être abandonné.

– Ils ont une confiance démesurée dans le monde, et lorsque la situation semble désespérée, ils exhalent encore un parfum d'optimisme, comme une odeur de peinture fraîche.

Après un temps de réflexion, il précisa qu'il aimait bien les étudiants américains, pour qui il éprouvait une forme de tendresse.

Au moment précis où je me demandais dans quelle mesure c'était le whisky qui lui dictait ses paroles, il empoigna de nouveau la bouteille. Après s'être servi un autre verre, il me la tendit :

– T'es sûr que t'en veux pas ?

Je lui répondis que j'avais tendance à ne boire de l'alcool qu'à l'occasion des repas et ajoutai, pour ne pas risquer de le froisser, que c'était le cas de la plupart des Français.

– Eh bien moi, j'ai tendance à boire en toute occasion, railla-t-il, et tu verras que c'est le cas de la plupart des Écossais !

Lorsque je lui demandai s'il buvait pour atténuer l'inconfort de sa maladie de peau, il eut l'air surpris de façon touchante, tant l'idée lui semblait saugrenue.

– Cela impliquerait qu'il faut une raison pour boire, dit-il en prenant une jolie tangente. Je ne suis pas sûr que ce soit le cas chez moi. Parfois, je bois juste parce que je suis en vie… je bois donc je suis, diraient nos amis cartésiens. Et après, je bois pour dessoûler, ce qui est une vieille coutume russe. Ils ont même un mot spécial pour ça.

Et après ce nouveau détour, il reprit son récit décousu des événements du jour.

Tout en scrutant son jeune et sémillant auditoire, il avait soudain réalisé combien il est absurde d'enseigner quand on a soi-même si peu appris. C'est à ce moment-là que l'un de ses collègues, un dénommé Gordon Macrae, avait fait irruption et lui avait demandé avec un sourire grimaçant s'il était prêt à affronter les fauves. Macrae était le directeur du Département, un spécimen ridiculement jeune, quelqu'un qui était prêt à assumer toute responsabilité susceptible de favoriser son avancement, "un *faux bonhomme** comme il en existe peu". Sanderson ne pouvait pas le supporter. À ses yeux, c'était un homme bestial, tout droit sorti du Moyen Âge, doté d'un visage orange comme du rutabaga et d'une de ces moustaches qu'arboraient les hommes au siècle dernier.

Il constituait à lui seul une “étude en orange”, sa peau constellée de taches de rousseur se confondant avec le tissu de sa veste en tweed pour produire toutes les demi-teintes d’un automne anglais. Ses dents étaient couvertes de taches brun-roux, et ses cheveux, “conformément à ses origines celtes, mais pour comble de malchance, avaient une couleur que les gens qualifient habituellement de *gingembre*”. Sanderson ajouta que “gingembre” était l’un de ces termes trompeurs, comme “moribond” ou “trapu”, qui n’évoquent qu’à peine le caractère désagréable de ce qu’ils sont censés décrire. “Poil de carotte”, ou carrément “orange”, serait plus exact. Il avait fixé son jeune collègue du regard, et pour la première fois s’était rendu compte qu’il ne savait quasiment rien de lui. Comment était-il possible de travailler dans le même petit Département, de voir quelqu’un tous les jours, de le saluer, sans pourtant rien connaître de lui ?

La question était purement rhétorique. À ce stade de son récit, Sanderson semblait à peine conscient de ma présence. Si j’étais sorti discrètement de la pièce, il aurait sûrement continué de parler. Il avait le regard perdu à mi-distance et arborait un sourire en lame de couteau.

– Et vos autres collègues ? demandai-je, en pensant à l’étrange groupe que j’avais rencontré après la conférence sur Hume.

– Je ne les connais pas vraiment non plus, répondit-il. Pas personnellement, du moins. Et en tant que philosophes, ils ne m’intéressent pas plus que ça. Ce sont surtout de petits crétins. Trop occupés à faire des demandes de financement et à se rendre importants. Tu vois le genre : ils sont le vent qui gonfle leur propre voile. Les autres sont semblables à Macrae : des managers. Même si je dois admettre que Macrae sait retenir l’attention des étudiants. Il possède une autorité naturelle.

Sanderson l’avait observé attentivement ce jour-là. Comment faisait-il ? À l’instar de nombreux universitaires,

Macrae pontifiait et pesait chacun de ses mots comme si son expérience de la vie était si profonde qu'elle était presque incompréhensible pour de simples mortels. Et pourtant il n'était question que d'emplois du temps et de prérequis pour les cours ! C'était à peine croyable.

Quand Macrae eut fini de parler, ce fut au tour de Sanderson. La courte transition entre les orateurs fut accompagnée de l'habituel concert de toux et de bavardages. Sanderson se leva et attendit que le calme revienne. Il commença par souhaiter à tous la bienvenue au Département de philosophie, avant de se souvenir, mais trop tard, qu'une circulaire du Conseil d'administration stipulait qu'on ne parlerait désormais plus de "Départements" mais de "Collèges". Comme d'habitude, la direction avait exigé un respect *strict* de ces consignes, et il venait de les enfreindre. Il sentit qu'il devait se calmer, et inspira profondément. À cette étape de son récit, je pris moi aussi une profonde inspiration, comme pour conjurer le mauvais sort. Sanderson m'expliqua qu'il s'était senti mal dans sa peau, et curieusement gêné d'être là. Sa voix, d'habitude très douce quand il était décontracté, lui avait semblé rauque et crispée.

– Je percevais une sorte d'écho, comme si quelqu'un m'avait mis des bouchons d'oreille qui renvoyaient le son vers l'intérieur.

Il s'était entendu épiloguer sans fin, essayant de se sortir simultanément le chat de la gorge et les bouchons des oreilles tout en présentant les différents cours disponibles – on parlait désormais de *modules* – ainsi que le nombre de devoirs à rendre, sans oublier les règles d'assiduité aux travaux dirigés. Tandis qu'il parlait, son esprit avait été assailli par de nombreuses images sans aucun rapport avec ce qu'il disait. Il s'efforçait de les chasser pour rester présent dans la moiteur de cette classe mais les images ne cessaient d'apparaître, parfois floues ou désordonnées mais en un flux durable et continu.

L'une d'elles représentait le visage d'un jeune garçon de sept ou huit ans, soucieux de plaire à ses parents et qui tentait de comprendre les règles parfois insondables du foyer. Une autre image remontait à une époque ultérieure, peut-être dix ans plus tard, où le même garçon, qui ressemblait maintenant à un homme et qui avait perdu son innocence en même temps que son désir de plaire, quittait la maison dans un sentiment de joie et de soulagement, et bien déterminé à ne jamais revenir. Cette image avait été chassée par une autre, encore toute fraîche dans son esprit puisque issue du matin même, un matin banal ponctué d'échanges prévisibles et ennuyeux entre sa femme et lui-même. Alors que sa propre voix résonnait toujours à ses oreilles, il s'était imaginé dans la position du missionnaire, défouraillant les procédures d'inscription, enfonçant profondément les prérequis de *modules* avant d'éjaculer les modalités de notation.

– Bien qu'orgasmiques, les modalités de notation ne m'ont apporté aucun apaisement, ajouta-t-il avant de se tourner vers moi et de faire éclater un nouveau tonnerre de rire. Il carburait maintenant à plein régime, inépuisable, impossible à arrêter. Il éprouvait un besoin irrépressible de revenir sur l'incident du matin, et de le transformer à grands coups de massue en une petite chose inoffensive qui ne pourrait plus ni grogner ni mordre. Il serrait sa pipe si fort que les jointures de ses doigts ressortaient en blanc sur les suppurations. On aurait dit de petits poissons exotiques avec leurs barbillons et un regard fixe.

Il s'était senti nu comme jamais devant ses étudiants. Et soudain il avait pris conscience que ses mains étaient désormais aussi problématiques que sa voix. Ces mêmes mains qui lui permettaient de confectionner les mouches à truite les plus délicates lui semblaient épaisses et pesantes.

– J'ai pensé que je faisais un AVC, expliqua-t-il. Les mouvements de ses mains lui semblaient désynchronisés, comme dans un film mal doublé. Il ne savait plus s'il était confronté à un problème de *paraître* ou à un problème d'*être*... confusion qui avait envahi différents domaines de son existence récemment. Il avait essayé de garder les bras ballants le long du corps. Il les avait laissés pendre mollement pendant un temps avant d'être pris de contractions et de tremblements au niveau du poignet, "comme un nageur impatient de plonger en début de course". Puis il avait essayé d'accrocher ses pouces aux passants de sa ceinture mais n'avait pas tardé à redouter que les étudiants ne trouvent son pantalon "ringard" ou "pas cool", ou tout autre terme employé aujourd'hui.

– Mon épouse affirme qu'il y a une catégorie d'hommes qui portent leur pantalon beaucoup trop haut. Ils n'imaginent pas à quel point cela peut consterner les femmes, ajouta-t-il en prenant une expression de clown triste.

L'idée me fit sourire, mais en même temps je me surpris à vérifier la hauteur de mon propre pantalon.

– Ah ça oui, poursuivit-il en prenant une nouvelle gorgée de whisky, mon épouse peut deviner beaucoup de choses sur un homme rien qu'en observant son pantalon. Du moins c'est ce qu'elle prétend. Selon elle, un pantalon vous renseigne sur le tempérament d'un individu avec au moins autant de fiabilité que bien d'autres paramètres.

Il avait bien sûr protesté, mais elle avait répondu que c'était le fruit de nombreuses années d'observation et que sa théorie avait donc acquis le statut de donnée empirique. "Donnée empirique, mon cul !" avait-il raillé, qu'est-ce qu'elle peut bien savoir sur les données empiriques ? Mais elle avait répliqué en un éclair : "Une donnée empirique est une donnée fondée sur l'expérience, observée de façon neutre et dépassionnée, à partir de nos cinq sens." Ah oui, et d'où sortait-elle cette petite pépite? "Pour tout dire, c'est *toi* qui me l'a appris."

Sanderson soupira en se remémorant cet échange:

– C'est bien le problème avec les femmes. Elles sont capables d'élaborer des théories complexes à partir de données insignifiantes, et vous avez à peine commencé à en contester les fondements qu'elles vous renvoient à la figure des arguments irréfutables.

Et il continua de la sorte pendant des heures. À la fin je n'écoutais plus vraiment, je cherchais surtout à me protéger de ce déluge de paroles. Je trouvais étonnant que Sanderson pût parler de lui-même aussi longuement, sans y être incité, avec quelqu'un qu'il connaissait à peine. La fameuse retenue des Britanniques ne seraitelle qu'un mythe? Je me souvins avoir lu quelque part que des hommes échoués sur une île déserte pouvaient reprendre pied en se racontant des histoires. C'était peut-être ce qui se passait avec Sanderson. Parler sans fin était son moyen de survie.

– Je suis un homme déçu, voilà ce que je suis, avoua-t-il. Mais au moins, avec la déception tu sais où tu en es, tandis qu'avec le bonheur, tout est possible.

17

Le jour suivant, au cours de notre première partie de pêche, Sanderson me confia qu'au tout début de son mariage il était certain d'avoir éprouvé du bonheur, "ou ce qu'on entend communément par bonheur". Nous remballions le matériel sur l'herbe drue de la berge du loch, contre laquelle l'eau clapotait doucement. Le soleil avait désormais disparu, laissant derrière lui des traînées bleu sombre à travers le ciel. J'avais consacré la journée à essayer de maîtriser le lancer à la mouche, passé des heures à lancer la soie à l'arraché au-dessus de ma tête avant de la laisser se poser doucement sur la surface du loch, avec Sanderson à mes côtés qui me guidait et m'encourageait gentiment. Ça devait être une tâche ingrate, mais il n'en avait rien laissé transparaître. Cela me toucha beaucoup et me fit songer qu'une amitié était possible. En outre, tout ce qui concernait les lancers – sentir le poids de la soie, trouver le bon équilibre, le rythme et la répétition du geste, l'arc dans l'air, et le cercle dans l'eau –, tout cela semblait alléger l'humeur du jour. Je décidai de tenter de nouveau ma chance :

– Et *vous*, qu'entendez-vous par bonheur ?

Il continua pendant un moment de réorganiser sa boîte à mouches, en les classant par rangées de taille et de couleur puis se mit à expliquer qu'il était difficile d'employer ce terme sans le qualifier ni le nuancer, et sans paraître gêné ou moqueur.

– Mais puisque tu insistes, je vais te donner un exemple concret.

Il me demanda de m'imaginer assis dans un train bondé entre Édimbourg et Londres, tandis qu'un voyageur dans le wagon débite des sornettes à plein volume.

– Tu vois le genre de voyageur, une grande gueule aussi dépourvue d'éducation que d'imagination, sans la moindre idée méritant d'être exprimée, mais déterminé à la dire quand même. Passé Newcastle, tu es prêt à lui régler son compte, à l'étrangler à mains nues, qu'importe, pourvu qu'il arrête de jacasser. Et c'est alors… Alléluia!… qu'il descend à York.

Sanderson frappa dans ses mains.

– *Ça,* c'est le bonheur!

Je ne pus m'empêcher de me sentir floué. Je m'attendais à mieux. Il me charriait?

– Pas du tout, Eddie, je suis on ne peut plus sérieux. Si tu as lu ton Montaigne, tu te souviendras que le plus grand sentiment de bien-être qu'il dit avoir jamais éprouvé, c'est quand un calcul rénal se décida enfin à jaillir de son pénis.

– "*La belle lumière de santé**", ajoutai-je en citant l'original en français pour reprendre le dessus. Mais à l'évidence, il ne s'agit pas de bonheur, juste de soulagement.

– Du soulagement, c'est sûr, mais ce n'est pas tout. En plus de la disparition physique de la douleur, il y a une autre libération, quelque chose de plus transcendant. Une légèreté de l'être.

– À dire vrai, en France, on pense que Montaigne passait beaucoup trop de temps à parler de ses problèmes urinaires, et je suis plutôt de cet avis.

J'avais à peine prononcé ces mots qu'ils me semblèrent stupides et puérils.

– Tu peux faire mieux que ça, Eddie, sourit-il en m'envoyant un petit coup de botte comme pour marquer notre amitié.

– Désolé, dis-je, un peu honteux.

En réalité, je n'étais pas désolé, j'étais content. Sanderson m'avait donné un coup de pied amical et c'était agréable.

– Donc ce que vous insinuez à travers vos exemples, c'est que le bonheur ne peut pas se produire sans souffrance initiale ?

– Exactement. C'est pour ça que je pense que le bonheur ne se révèle souvent que comme contrepoint, quand il est environné de choses qui lui sont contraires.

Il ajouta que le terme lui-même avait été dévoyé. Par les évangélistes – le clan des imbéciles heureux – ou par ceux qui s'en mettent plein les poches en débitant des sornettes de psy tendance New Age.

– Et cela crée des difficultés pour nous autres. Même à un niveau philosophique, il est presque impossible d'échapper aux slogans. Prends par exemple la citation de John Stuart Mill : *Si tu dois te demander si tu es heureux, c'est que tu ne l'es pas,* ou encore la devise hédoniste : *Plus on cherche à atteindre le bonheur, moins on l'obtient.* Tout cela semble tellement superficiel. Ils nous disent à quoi ressemble le bonheur, mais pas comment l'atteindre. – Il rit. – Si ça ne te semble pas trop absurde.

Je lui rappelai qu'il n'avait toujours pas expliqué ce que *lui*, personnellement, entendait par "bonheur". Il referma la boîte à mouches d'un coup sec, et pendant un instant je crus que la discussion, elle aussi, était close. Au lieu de quoi, il se tourna face à moi, et après quelques secondes d'hésitation, comme s'il s'interrogeait sur la meilleure approche, il résuma ainsi sa pensée : il existe bien un bonheur ordinaire – rien de trop excitant ni d'exaltant – et il existe aussi un malheur ordinaire – là encore rien de trop extrême, pas de famine ou d'inondations ni de tragédies en cascade. Entre ces deux limites, il y a des gradations, et à différents moments de nos existences on se trouve sur différents points de l'échelle.

– Le problème avec tous les mots en *-isme* de mon livre, c'est qu'aucun d'eux ne tient correctement compte de la nature humaine.

– Est-ce que le bonheur est toujours subjectif? Ou bien est-ce qu'il peut être quantifié objectivement?

– Dans la mesure où c'est un *sentiment* de bien-être, un état d'esprit… appelle-le comme tu veux… il est nécessairement subjectif.

– Est-il possible de l'isoler, de l'identifier?

Sanderson en doutait. Mais il expliqua qu'on avait bien essayé de le quantifier. Des scientifiques avaient cherché à identifier les facteurs de bonheur, en mesurant les niveaux de sérotonine par exemple. Et certains gouvernements s'intéressaient à leurs découvertes. On aurait même prouvé que les gens les plus heureux sont ceux qui ont la foi, ajouta-t-il.

– Et vous en doutez?

– Non, je n'en doute pas, mais ça nous avance à quoi, Eddie? Croire en Dieu, c'est juste un choix de mode de vie, comme faire du jogging autour des Meadows* ou passer ses vacances à Tenerife. Ce n'est qu'une possibilité parmi d'autres. Les gens racontent tout et n'importe quoi sur le sens de la vie, comme si c'était du ressort exclusif de la religion. Mais le sens de la vie peut s'appréhender dans de nombreuses activités: monter une mouche parfaite, faire un bon cours, voire réparer un robinet qui fuit. En ce qui me concerne, je ne pourrai jamais me résoudre à croire en Dieu, même avec un revolver sur la tempe. Heureusement l'état d'esprit religieux n'est pas le seul qui existe, il y a d'autres états moins délirants. À moins qu'il ne s'agisse juste d'autres formes de délire.

– Qu'est-ce que vous entendez par là?

Il savait à peine par où commencer. Le monde est rempli d'illusions et les interprétations que nous en faisons dépendent de notre degré d'aveuglement. La

* Les Meadows sont un vaste parc ouvert constitué de plusieurs prairies au centre d'Édimbourg.

croyance religieuse en est l'exemple le plus probant. Depuis la nuit des temps, les hommes ont une propension à croire. Ils ont besoin d'un but, de quelque chose qui donne un sens à leur existence, sans quoi celle-ci leur paraît dépourvue de valeur – "or cette alternative entre le sens et l'absence de valeur n'est pas la seule possible, contrairement à ce qu'on croit souvent". Après le besoin d'eau et de nourriture vient la quête de sens. Mais ce sens ne cesse de changer, et il cita l'exemple des croyants qui oscillent constamment entre l'affirmation d'une vérité littérale et celle d'une vérité métaphorique, tant et si bien que dès qu'une chose est incapable de supporter le poids que la théologie chrétienne lui accorde – comme la résurrection – elle devient soudain purement *symbolique*. Et la religion – toutes les religions – n'existe que dans ce mouvement de va-et-vient.

– Mais il existe bien une vérité symbolique, non ?

C'était la seule chose qui me venait à l'esprit pour alimenter la conversation.

– La vérité symbolique n'est rien d'autre qu'une pirouette sophistiquée, Eddie, une façon d'avoir le beurre et l'argent du beurre, dit-il en tirant sur sa pipe. Il n'y a rien qui ne puisse être reconfiguré pour s'adapter à la croyance. Les croyants interprètent l'univers en fonction d'un certain plan divin et ils s'arrangent pour que tout événement, aussi violent et catastrophique soit-il, fasse partie de ce plan qu'ils considèrent comme noble et bienveillant malgré toutes les preuves du contraire. Dieu est censé combler les manques que l'homme ne peut pas expliquer. Quoi qu'il arrive, Dieu a toutes les cartes en main. C'est lui qui a le dernier mot et c'est lui qui rit le dernier. – Il gloussa lui-même bruyamment, comme pour rivaliser avec Dieu.

– Et le libre arbitre ne rentre pas en ligne de compte quelque part ?

La question pouvait sembler stupide, mais Sanderson approuva d'un hochement de tête.

– Tu as mis pile le doigt dessus, Eddie, répondit-il. Le libre arbitre n'est jamais mentionné que quand les religieux veulent pointer la stupidité de l'homme, et jamais la cruauté de leur Dieu prétendument bienveillant et de son horrible plan divin. C'est un fait que la religion prospère sur la peur, et même aujourd'hui, au XXIe siècle, sa propagation nous est imposée, comme la culture des patates sous le règne de Catherine de Russie. Les histoires fausses sont convaincantes – ça a toujours été le cas – et les religions procurent du réconfort, même si c'est un faux réconfort. En un sens, Eddie, Dieu est l'ami imaginaire suprême.

– Mais est-ce que nous n'avons pas tous un ami imaginaire sous une forme ou sous une autre ? Ce n'est pas forcément Dieu.

Je pensais à tous les doudous qui m'avaient permis de traverser l'enfance.

– Bien sûr, et c'est précisément ce que j'essaye de montrer. Nous croyons tous en quelque chose, qu'il s'agisse du destin, du hasard, de la magie ou de je ne sais quel vague phénomène inobservable – comme dans un vide-grenier métaphysique où l'on déniche une merveille pour pas cher. – De sa main enflée, il saisit dans l'air cette merveille imaginaire et la contempla. – Mais ça revient à se duper soi-même, à voir des feux follets.

Il ajouta que les illusions qu'on entretient soi-même sont un sujet vraiment intéressant. Cela a quelque chose de si paradoxal que certaines personnes, notamment des philosophes, ont prétendu que ça n'existait pas. Après tout, comment pourrait-on se duper *soi-même* ? On a forcément conscience de ce qu'on s'apprête à faire, ce qui devrait empêcher la duperie. Comment pourrait-on se forcer à croire à une chose que l'on sait illusoire ? Mais les philosophes ont toujours surestimé le côté rationnel du comportement humain, précisa-t-il. Ces illusions ont beau impliquer que la même personne soit trompeuse et trompée, nous savons tous parfaitement en quoi elles consistent. Nous faisons même preuve de beaucoup d'indulgence à leur égard, justement parce que nous considérons que nous ne pouvons pas nous en empêcher – une sorte de transgression qui s'apparente à une faute morale mineure et irrationnelle.

– Et c'est là que la littérature est plus instructive que la philosophie, poursuivit-il. Les romans sont pleins de gens malheureux, non pas parce que le bonheur est un sujet difficile à traiter, mais parce qu'il y a une tonne de souffrances inévitables dans le monde, et que c'est le rôle de l'écrivain d'attirer l'attention du lecteur sur elles. Et s'il *arrive* que le bonheur soit évoqué, il s'agit toujours d'un bonheur relatif et provisoire, semblable à celui que nous connaissons dans l'existence.

"Prends l'exemple d'*Anna Karénine*, dit-il en s'animant. C'est quand il part à la rencontre d'Anna que Vronski est le plus heureux, et non quand il est effectivement avec elle." Il marqua une pause pour bourrer sa pipe et l'allumer, et entre deux bouffées, il révéla qu'il avait découvert autre chose : ce sont les personnages les plus égarés qui sont souvent les plus heureux. Le bonheur pourrait presque passer pour une forme de folie.

"Peut-être que tu l'as remarqué toi aussi ? Songe à Mr Dick dans *David Copperfield*. C'est un doux dingue et sa simplicité d'esprit lui permet de se sortir de situations qui paralysent tous les autres personnages, ceux qui passent trop de temps à réfléchir. Et même si Mr Dick est obsédé par le soi-disant 'problème du roi Charles' – la décapitation de Charles Ier – il reste tendre et affectueux. Et il est *heureux*."

– Certes, mais je parie que vous ne voudriez pas prendre sa place !

– Je n'en suis pas si sûr, vraiment pas. – Sanderson ressemblait maintenant à une image en haute définition : la peau plus écarlate, le visage plus gonflé, les cheveux plus ébouriffés. – Une vie dénuée d'introspection est souvent méprisée. Pour Socrate, elle ne vaut pas d'être vécue. Mais en réalité trop d'introspection peut vous causer toutes sortes d'ennuis.

Après quoi nous rangeâmes tout l'équipement dans la voiture et reprîmes la route d'Édimbourg. Un peu plus tard, dans le pub où nous nous étions arrêtés pour prendre un verre, je le forçai à revenir à son point de départ, quand il avait reconnu avoir éprouvé du bonheur au début de son mariage. Il ressemblait maintenant à un homme qui essaie désespérément de se raccrocher à une chose avant qu'elle ne lui échappe des mains. Avec le recul, dit-il, il était certain de pouvoir encore discerner ce bonheur, comme un bateau qui s'éloigne à l'horizon. Mais quelque chose d'autre l'avait remplacé, dont il était difficile d'expliquer l'intensité. Cela n'avait en tout cas rien à voir avec ses sentiments initiaux, et c'était bien là le problème. Ses sentiments le laissaient désormais perplexe, il ne savait plus auxquels se fier ni lesquels ignorer – à supposer qu'on puisse ignorer un sentiment, ce qu'il jugeait impossible. La plupart du temps, sa femme et lui vivaient comme des gens sous hypnose, et leurs conversations étaient moribondes. Ils ne s'appelaient même plus par leurs prénoms quand ils se parlaient. Au tout début, il avait adoré son prénom, Carrie : non seulement il avait une consonance claire et joyeuse, mais il lui allait comme un gant. Elle, au contraire, le détestait : elle n'avait jamais pardonné à ses parents de l'avoir baptisée en référence à *Caritas* dans un accès d'enthousiasme pour les vertus théologales que sont la charité, la foi et l'espérance. Lors de leur première rencontre, Sanderson lui avait expliqué que c'était un beau nom, mille fois plus beau que ceux dont ses sœurs *Faith* et *Hope* étaient affublées. En plus, avec ses connotations d'amour altruiste, *Caritas* correspondait bien à ce qu'elle lui avait inspiré initialement. Mais ça, c'était avant que "tout s'empâte et s'embourbe", pour reprendre ses termes. Et avec cet enlisement, le nom de sa femme avait fini par sembler ridicule, presque un quolibet. Désormais il s'efforçait de le prononcer le moins possible. Si un "Carrie" sortait accidentellement de sa bouche, il considérait que c'était une faute de goût.

Venant de la part d'un homme aussi intelligent, cette dernière remarque me parut particulièrement stupide. C'était Sanderson et pas le nom de Carrie qui était ridicule. Et pourtant il s'agissait sûrement d'un autre symptôme de sa souffrance: sa douleur se focalisait sur un trouble mineur pour le distraire de son angoisse sous-jacente.

Cela avait même eu un impact sur son propre prénom, poursuivit-il. Il chercha à s'expliquer davantage, mais s'emportait de plus en plus. Ce qu'il pouvait détester former le "couple qui rime" *Harry & Carrie*! Mais comme il était étrange que ce doublet ait pu un jour sembler harmonieux! Aujourd'hui il était juste ridicule, "comme un jingle exaspérant ou un duo de comiques ringards"! Les clients du pub commençaient à nous jeter des regards, il était temps de partir. La journée au bord du loch avait été longue, et bien que je n'eus rien attrapé, mes mains et mes vêtements dégageaient curieusement une odeur de poisson. J'étais impatient de rentrer chez moi prendre une douche. Mais Sanderson ne semblait pas encore prêt à s'en aller.

Il ne se souvenait pas quand ça avait commencé, expliqua-t-il. Le doute. La consternation. Tout ça était flou dans son esprit. Sa femme n'était plus la même, depuis un moment. Il ne pouvait pas dire depuis combien de temps. Il y avait eu l'histoire du garçon bien sûr, mais c'était réglé maintenant. Et ça ne pouvait certainement pas tout expliquer. Il ne savait plus ce que sa femme avait en tête: elle évitait le plus possible de lui parler, sauf quand ils se disputaient, ce qui arrivait assez régulièrement. Comment était-ce possible ? Le déclin n'avait pas été linéaire mais plutôt sinueux et tortueux. Ils n'avaient pas plus tôt réglé une difficulté qu'elle réapparaissait mystérieusement et qu'il fallait recommencer à faire des pieds et des mains pour la résoudre. Comment cela avait-il pu arriver ? Il regrettait de ne pas le savoir. En fait, il ne se souvenait même pas des raisons de leur mariage, à supposer qu'il y ait eu de vraies *raisons*. Peut-être que son esprit avait été ailleurs, et que c'est sa femme qui avait tout arrangé ? Ha ha ! Nouveau rire en rafale. Il reconnut qu'il leur arrivait parfois de faire ensemble quelque chose d'utile et d'ardu, dans un effort délibéré pour se sortir du bourbier. Ainsi, la semaine précédente, ils avaient acheté ensemble une table chez IKEA, en guise de concession à une vie de couple normale. Pour Sanderson une table IKEA constituait une concession futile, mais néanmoins plus sérieuse qu'une table achetée ailleurs. *Futile* en raison de la facilité avec laquelle vous pouvez vous rendre au magasin en voiture parmi des centaines d'autres clients et simplement choisir la table, la payer et l'emporter avec vous, sur-le-champ, au lieu d'attendre une ou deux semaines qu'on vous la livre. Autant de choses qui vous poussent à croire que ce que vous faites est parfaitement normal et agréable, et reflète la parfaite harmonie de votre ménage, sinon pourquoi tant d'autres couples feraient-ils de même ? Mais une table IKEA est également quelque chose de *sérieux* parce qu'il reste à l'assembler une fois rentré chez soi. Il faut décrypter les schémas, se montrer patient et raisonnable, faire correspondre les dessins et autres instructions avec la masse terrifiante de pièces étalées sur le sol, et assembler les bonnes pièces, mâle dans femelle, vis dans écrou. Une métaphore de la vie de famille, en fait. Sanderson fit une pause et poussa un profond soupir, ce qui me donna une première occasion de demander :

– Qu'est-ce que c'est que cette histoire de garçon ? Que s'est-il passé ?

– Oh, il s'est mis à dérailler. À imaginer des choses. À entendre des voix. La totale. Ça arrive souvent apparemment.

Je ne pus m'empêcher de penser que tout ce que j'avais appris jusque-là sur Sanderson devait être lié à cette histoire plus générale. C'était juste une intuition, il était impossible d'en être certain. "Il est rare de voir les choses telles qu'elles sont vraiment" – c'est une autre remarque que mon père avait faite peu avant sa mort. Nous nous étions retrouvés pour déjeuner et j'avais essayé de le faire parler de la guerre, sujet sur lequel il rechignait à s'exprimer, ce qui m'exaspérait. Je voulais en savoir davantage sur ses missions en France, s'il avait eu peur, comment il avait trouvé le courage de continuer. Il avait répondu que ça n'avait pas été une question de courage, qu'il s'était contenté d'obéir aux ordres. Il n'avait pas vacillé, même sous pression. C'était une chose à laquelle on ne pensait pas, ajouta-t-il. On se faisait petit et on effectuait le travail demandé. Il fallait se souvenir qu'on était rarement en situation de voir le tableau dans son ensemble, *a fortiori* de le comprendre. On n'en percevait que des fragments, à partir desquels on élaborait une image en comblant les manques du mieux qu'on pouvait, en fonction de ce qu'on ressentait ou de ce qu'on nous rapportait, plutôt qu'en fonction de nos propres connaissances. Le tableau n'était jamais complet mais toujours bancal ou déformé. Comme dans un dessin d'enfant, la composition était souvent disproportionnée ou déséquilibrée. Il en va de même avec les gens, avait-il ajouté : "Ce qu'on sait d'un individu est limité, ce qu'on ne sait pas est illimité."

Mais c'est aller trop vite dans mon récit.

De retour dans son bureau ce jour-là, entre les effluves de fumée et celles du whisky, Sanderson était toujours remonté et préoccupé par ce qui s'était produit plus tôt.

– Aussi loin que je me souvienne, j'ai toujours assuré la réunion de rentrée des étudiants de philosophie, expliqua-t-il.

Ces réunions s'étaient même améliorées avec les années, ou du moins c'est ce qu'il aimait à penser. Il avait peaufiné ses plaisanteries, les avait affinées. Aujourd'hui, il pouvait les dire les doigts dans le nez.

– En fait c'est ce que je leur ai dit : "Je peux mener la réunion les doigts dans le nez, peut-être que vous préféreriez ça ? Au moins ça vous amuserait. Alors qu'en vérité il n'y a pas grand-chose d'amusant dans ce dont je vais vous parler. Ah, la *vérité* ! Ça y est, j'ai prononcé le mot : la vérité !"

Il était assis face à moi de l'autre côté de son bureau, mais à ce moment précis il se leva et se dirigea vers la fenêtre sur ses pieds douloureux. Il me tournait maintenant le dos et s'adressait à un auditoire imaginaire.

– Je suppose que certains d'entre vous pensent que la philosophie est une question de vérité. Permettez-moi de vous dire que vous vous trompez. La vérité est une sale garce. La plupart d'entre nous passons notre vie à la chercher, on est en quête de quelque chose qu'on puisse dire vrai. Quand on trouve cette chose – *si* on la trouve – on se sent plus en sécurité, et on la répète aux autres, le plus souvent pour l'affermir en nous-mêmes. Mais cette vérité n'est pas nécessairement valide, elle est temporaire, provisoire. Accepter une vérité, c'est en refuser une autre, et admettre cela est la chose la plus difficile qui soit. Certains parmi vous pensent probablement que la philosophie est là pour fournir des réponses. Ha ! Vous vous mettez le doigt dans l'œil. J'aimerais beaucoup pouvoir vous dire que la philosophie est un mode de vie, un vade-mecum pour l'expérience quotidienne… *Comment Mieux Vivre,* et autres salades. Mais il n'en est rien. Ce que la philosophie peut faire de mieux, c'est vous apprendre à identifier les problèmes.

Quand il eut terminé, il se retourna vers moi et garda le silence pendant un instant avant d'expliquer qu'à ce moment précis de sa présentation aux étudiants, il avait remarqué le regard réprobateur de Macrae – cette face de carotte flétrie – qui notait quelque chose dans un carnet. Ceci n'avait eu pour effet que de provoquer Sanderson, dont l'esprit s'était maintenant échauffé à en bouillir.

– C'est alors que j'ai vidé mes deux barillets, dit-il, le regard brûlant, tout en avalant une nouvelle lampée de whisky. Je leur ai dit que de nos jours on racontait n'importe quoi sur la philosophie, et que plein de maquereaux ternissaient sa réputation.

Des *maquereaux*? J'imaginais une assemblée de proxénètes engagés dans un dialogue socratique.

– N'allez pas croire qu'étudier la philosophie va vous aider à surmonter le chaos de l'existence, avait-il conseillé aux étudiants. Rien ne peut vous aider sur ce sujet obscur. Il faut commencer par tout déconstruire avant de pouvoir apporter une réponse. Et à quoi bon, du reste? Mes collègues vont sans doute vous sermonner sur la raison, et sur la suprématie de la vie rationnelle. Mais c'est une vaste blague. On s'illusionne en pensant faire des choix purement rationnels. La raison, on la raccroche au choix *après* le désir ou l'impulsion initiale. Mais il y a une chose que je peux vous garantir: le désir est anarchique, imprévisible, il arrive sans qu'on s'y attende et il vous submerge. Ça, c'est la littérature qui vous l'enseignera. La philosophie ne vous sauvera pas, pas plus que les philosophes. Notre existence n'est pas moins grotesque que celle de n'importe qui.

Je pouvais difficilement le contredire sur ce dernier point. Sanderson avait une allure pitoyable, avec ses jambes de pantalon retroussées, ses sacs en plastique aux pieds et sa peau en lambeaux : on balançait entre la farce et la comédie. Il tendait en outre à surjouer sa diatribe, il y avait chez lui quelque chose de théâtral… une trace de l'influence d'Alice ? Pour revenir à l'histoire de Sanderson, le directeur du Département avait évidemment trouvé que cette mention "d'existence grotesque" dépassait les bornes et il s'était levé brusquement en mettant fin à la réunion. Le détail des cours disponibles se trouvait sur une brochure à l'arrière de la salle, avait-il expliqué aux étudiants, et il était possible de prendre individuellement rendez-vous avec les enseignants pour toute question éventuelle.

– Qu'est-ce qui s'est passé ? avait-il demandé à Sanderson dès qu'ils avaient été seuls. Mais qu'est-ce qui s'est passé, nom d'un chien !

Sur son visage rouge de colère, les taches de rousseur s'étaient assombries.

– Qu'est-ce qui s'est passé ? Qu'est-ce qui s'est *passé* ? – Sanderson lui recracha ses questions à la figure, et en me racontant cela, il postillonna dans ma direction. – En tant que philosophe, vous devriez savoir qu'il est impossible de dire avec précision ce qui s'est *passé*. Tout est nimbé d'ambiguïté, il existe différentes interprétations, différentes visions. Donc choisissez la vôtre, mon jeune ami. C'est vous, le directeur du Département. Tirez vos propres conclusions. Voilà ce que je vous conseille.

Et pour faire bonne mesure, il avait lancé un tonitruant "Je vous emmerde !" avant de s'éclipser.

Je me demandais pourquoi il me racontait tout ça. À ce moment-là, nous nous connaissions à peine. Le jour suivant, notre partie de pêche allait créer entre nous une sorte de camaraderie, mais pour l'heure nos liens étaient encore ténus. Son comportement au travail ne me regardait en rien. Et pourtant, il avait vidé son sac sans que je le demande, comme s'il ne pouvait s'empêcher de tout déverser. J'étais déchiré entre un sentiment de malaise, un voyeurisme morbide et un désir de l'aider, doublé du sentiment plus puissant qu'il n'y avait rien à faire. C'était sans conteste un homme en pleine crise, une crise qui éclatait sous mes yeux, et le plus étrange est que je me sentais à la fois détaché et happé par elle. Le détachement me venait naturellement, tandis que l'autre impulsion ne m'était pas coutumière et me troublait. Quant à Sanderson, il n'éprouvait à l'évidence pas la moindre gêne. Il semblait curieusement revigoré par ses épanchements. Il parlait comme si son existence même dépendait de ses paroles. Et il n'espérait quasiment rien de moi en retour. Parfois il demandait : "Tu vois ce que je veux dire ?" mais il n'attendait pas de réponse.

Ses soucis étaient-ils d'ordre professionnel ? Ou purement familial ? Je l'observai longuement, en quête d'indices. Son visage, qui devait être séduisant autrefois, était bouffi et légèrement écarlate. Sous sa peau couperosée, on devinait un système vasculaire complexe. Il s'était animé en racontant l'histoire, se balançant sur sa chaise, frappant le bureau de ses pieds emmaillotés, fendant l'air de sa pipe, son whisky à la main. Il me faisait penser au scarabée de Kafka, renversé sur le dos, agitant les pattes.

Le moment semblait opportun pour m'éclipser. Je me levai. Sanderson, qui sembla reprendre soudain conscience de ma présence, se tourna vers moi et me fixa. Tout en tirant sur sa pipe, son pouce au-dessus du foyer, il demanda :

– Est-ce qu'il t'arrive de penser à ce que tu aurais pu être, Eddie ? – Sa voix était maintenant plus calme. – Je veux dire, si tu n'étais pas devenu traducteur ?

En me rapprochant de la porte – gage de sécurité – je répondis que j'avais voulu devenir philosophe. L'ironie de la situation me fit rougir.

– Eh bien, tu l'as échappé belle !

– C'était à cause de mon père. Je suppose que tous les garçons, à un moment donné, veulent marcher dans les traces de leur père.

– Pas moi. – Il regarda son whisky. – Parfois j'ai honte de penser à quel point je ne voulais pas être comme mon père.

– Et pourquoi pas ?

– Pourquoi pas ? répéta-t-il, surpris par la question. Je ne sais pas vraiment. Je l'ai rarement considéré comme un individu, comme une personne à part entière. Il était juste là. Quelqu'un avec qui se disputer, et dont j'avais honte.

– Honte ?

– Oui, honte. Ha ! Quelle ironie du sort ! – Nouvel éclat de rire tonitruant. – Quand on songe que moi, aujourd'hui, j'ai honte d'avoir honte !

Sanderson cessa de parler de son père, mais il n'était pas encore disposé à se taire. Il expliqua qu'il lui arrivait parfois de songer à ce qu'il aurait pu être, à ce qu'il aurait pu faire. Après un bref silence, il dit :

– Plombier. Je pense que j'aurais aimé être plombier. Les gens sont toujours ravis de voir le plombier. Dans le monde entier, on l'accueille avec un mélange de soulagement et de gratitude. Personne n'éprouve jamais autant de joie à voir un professeur de philosophie morale ! – En fait, en dehors de l'enceinte protectrice de l'université, Sanderson était gêné d'avouer quelle était sa profession. S'il allait chez le dentiste ou le coiffeur, il n'en disait rien. – Tandis que personne n'aura jamais honte de dire qu'il est plombier.

Il lui avait fallu quarante ans pour s'apercevoir qu'une bonne part de ce qui compte dans le monde échappe aux universitaires. Ils croient connaître les choses importantes, et lui-même avait cru cela autrefois. Aujourd'hui, il ne lui arrivait que très rarement d'approuver une idée nouvelle ; le reste du temps sa réflexion était au point mort. Tout se résumait à tirer les bons leviers, à appuyer sur quelques boutons, comme on conduit une grue. Et pendant ce temps, l'administration voulait qu'il considère les étudiants comme des clients. Et ces clients exigeaient des réponses que la philosophie ne pouvait pas leur apporter. Il aurait dû s'en tenir à la littérature russe.

– Imagine le tragique de la situation, Eddie. Avant, j'adorais mon travail. Il y avait une connexion entre mon enseignement et le reste de l'existence. Il était difficile de distinguer le danseur de la danse. Le danseur *était* la danse, mais il était aussi *autre chose* que la danse. Quoi qu'il en soit, j'ose affirmer que j'étais plutôt bon dans mon domaine. Je pensais que ce que je faisais comptait, et les autres semblaient le penser aussi. Voici un an ou deux ans encore, j'étais quelqu'un qui avait un statut, une haute estime de soi, qui était respecté… tout ce que les évolutionnistes en vogue appellent le *facteur de désirabilité.* Aujourd'hui, me voilà assis les pieds dans l'huile, plongés dans une bassine que j'utilise pour vider les poissons, et ma peau part en lambeaux qui jonchent la moquette.

Il marqua une courte pause. Dans le couloir on entendait le ronflement lointain d'un aspirateur.

– Un jour, tu es un paon ; le lendemain, un plumeau. C'est une vieille, une très vieille histoire.

18

Le jour de notre partie de pêche, Sanderson vint me prendre en voiture sur la route de Calton Hill et nous sortîmes d'Édimbourg par la A7 en direction de Selkirk. Il avait deux rivières favorites, l'une au nord d'Édimbourg et l'autre au sud, mais pour ma première expérience de la pêche, il préféra m'emmener sur un petit loch car il me serait plus facile d'y apprendre les principes du lancer sans que le bas de ligne ne se prenne dans les branches, un risque fréquent sur les berges des rivières.

Après environ une heure de voiture, nous quittâmes la route principale et continuâmes le long d'une piste cahoteuse, pour finir la dernière centaine de mètres à pied le long d'un sentier pierreux. Le paysage semblait s'étendre dans toutes les directions et des nuances variées de vert se mélangeaient à perte de vue. On apercevait au loin un patchwork de murets de pierre et de barrières qui indiquaient que ces terres avaient des propriétaires et de la valeur.

Dans sa tenue de pêcheur – des cuissardes, un imperméable et une casquette – Sanderson semblait en meilleure santé que l'individu claudiquant et maladif que j'avais vu la veille au soir. Les vêtements dissimulent en même temps qu'ils habillent. Seules ses mains révélaient des traces de sa maladie : un abcès ou deux étaient à vif et sanguinolents.

Le loch était long et étroit, lové entre de douces collines. Sanderson expliqua qu'il s'y formait des vagues comme sur l'océan Atlantique. Mais ce jour-là, la brise était légère et fripait à peine la peau de l'eau. Nous restâmes un moment sur la berge à scruter le lac, comme si cela faisait partie du programme, sans dire un mot.

Après quoi Sanderson se mit à préparer le matériel, en commençant par sortir de son étui sa canne à pêche à emmanchement et par disposer sur le sol ses trois sections, belles et délicates. Puis il roula la housse et la coinça sous une pierre avant de poser le moulinet et la boîte à mouches à côté de la canne. L'ensemble du processus fut exécuté avec la solennité d'un sacrement. Il me montra ensuite comment on assemblait la canne. Chaque section ou brin comportait à son extrémité un embout en cuivre appelé *virole*, fixé par du fil rouge enroulé qu'on nomme *ligature* ou *whipping*. Sanderson assembla les viroles mâles et femelles – "remarque comme elles s'ajustent parfaitement" – et pour en faire la démonstration il tira fort sur les deux viroles pour les détacher de nouveau. En se séparant, elles émirent un "plop!" – le bruit le plus doux qu'il soit donné d'entendre, glissa-t-il dans un large sourire: "Ça vaut largement un bouchon de champagne!" Lentement, avec déférence, il assembla les sections, attacha le moulinet et passa la soie entre les anneaux de métal qui étaient fixés par des ligatures à intervalles réguliers le long de la canne.

– Ta mouche sera accrochée au bas de ligne par une petite boucle ou connecteur, expliqua-t-il. Et rappelle-toi que la mouche elle-même ne pèse quasiment rien, c'est juste de la soie et des plumes sur un petit crochet. Ça veut dire qu'avant de lancer, il faut sortir de la soie du moulinet et la tendre en faisant avec la canne un mouvement de l'avant vers l'arrière.

Pour apprendre à lancer, me conseilla-t-il, mieux valait d'abord que je regarde, puis que j'écoute ses explications. Il choisit une mouche dans la boîte, l'attacha d'une main experte, et à ma grande surprise sortit de son sac de pêche un carré de tissu de la taille d'un mouchoir de poche qu'il plaça sur le sol; puis il disposa quelques galets sur chaque coin du tissu pour qu'il ne s'envole pas, avant de s'en écarter d'une vingtaine de mètres.

– L'astuce, c'est d'essayer de poser ta mouche dessus, de la mettre en plein centre – et en disant cela il redressa habilement la canne d'un coup sec si bien que la soie se déroula derrière lui, puis il lui donna une impulsion vers l'avant par un mouvement souple du poignet comme s'il frappait un xylophone, ce qui propulsa la soie dans l'air en une parabole parfaite avant qu'elle ne se tende et n'atterrisse sans bruit sur le mouchoir, la mouche en plein cœur de la cible. Il répéta plusieurs fois cet exploit avec une précision millimétrique, et je me sentis complètement fasciné tant par la grande habileté du geste que par la dignité tranquille de l'homme.

– C'est la canne qui contient l'énergie, et cette énergie se transfère à la soie pour lui donner une élégance serpentine. – L'explication avait la grâce de la poésie, et j'étais face à un poète.

Quand il eut fini cette démonstration au sol, il pénétra dans l'eau en avançant lentement à la recherche d'appuis fermes. À environ dix mètres de distance il commença à lancer, de l'arrière vers l'avant, de l'arrière vers l'avant, en balançant son avant-bras dans un mouvement de va-et-vient et en fouettant l'air avec la boucle de sa soie. Cela semblait simple et naturel, j'aurais pu le contempler avec plaisir toute la journée. C'était comme regarder un tour de magie, ou un numéro de cirque qui vous coupe le souffle. J'étais face à un dresseur de lions muni d'un fouet d'une longueur exceptionnelle, le maître suprême de l'arène.

Lorsque ce fut mon tour, il me tendit sa seconde canne à pêche et se tint debout derrière moi, son bras sous le mien, sa main m'agrippant le poignet. Il souleva doucement mon bras puis le rabaissa. J'étais raide et mal à l'aise au début, gêné par le fait qu'il me touche.

– Décontracte-toi, plie le bras, trouve le rythme, assouplis ton poignet. Le secret d'un bon lancer, c'est de commencer en gardant la soie droite. La mouche va bouger avec la soie, et la soie suivre l'extrémité de la canne. À un moment donné durant la projection, tu devras stopper la canne, et c'est à ce moment que la soie sera propulsée dans la direction que suivait la canne avant que tu ne l'arrêtes. Imagine que tu essores d'un geste un pinceau de peinture : plus le coup est sec, plus tu projettes de peinture, et plus elle va loin. Ici la distance n'est pas essentielle, surtout au début. Il faut plutôt se concentrer pour que l'avant-bras qui lance la soie exécute un mouvement continu, en commençant lentement et en augmentant progressivement le rythme, avant de marquer un coup d'arrêt pour voir où se dirige la soie.

Cela faisait beaucoup de choses à mémoriser, et comme je ne suis pas un pêcheur-né, je grognai intérieurement en constatant qu'à ma première tentative la soie forma au ralenti une boucle derrière ma tête avant de s'emmêler dans les herbes qui bordaient le loch.

– Pas de souci, dit-il. Le premier lancer, c'est comme la première crêpe, ça ne compte pas.

Sanderson était un professeur patient, doux et encourageant. Ses paroles claires et légères n'étaient plus plombées par le désespoir de la veille. C'était en réalité l'ensemble de son être qui semblait s'être transformé en quelqu'un de plus sympathique et de plus à l'aise avec lui-même. Comme s'il lisait mes pensées, il me donna une tape dans le dos et déclara qu'un jour tous mes efforts seraient récompensés – le plus grand plaisir de l'existence consistant à attraper une truite avec une mouche sèche qu'on a montée soi-même.

– C'est ce qu'il y a de plus proche de la transcendance, à condition de s'y prendre de la bonne manière (la manière dure) et de respecter les règles.

Lorsque nous fîmes une pause-déjeuner une ou deux heures plus tard, c'est son côté obscur qui reprit le dessus. Carrie avait préparé un panier-repas pour nous deux.

"Encore de la bouffe pour lapins", grommela-t-il en ouvrant le panier. Mais il avait tort : il y avait là une baguette croustillante ainsi que deux fromages différents, des olives et des prunes. Nous nous assîmes sur la berge herbeuse, le soleil dessinait des ombres allongées jusqu'au centre du loch, et tout en déjeunant, j'appris plus de choses que je ne l'aurais voulu sur ce que Sanderson appela la "ruine de son mariage". Comme nous étions assis côte à côte, le regard tourné vers l'eau sombre, ses paroles semblaient moins s'adresser à moi qu'à des témoins invisibles et lointains, qui pouvaient ou non prêter l'oreille ; et peut-être parce que nous mangions de la nourriture préparée par Carrie, j'eus le sentiment que nous étions en train de dévorer sa personne même, plantant nos canines dans son être avant d'ingurgiter son esprit. Tout cela respirait la trahison. Le récit de Sanderson était exaspérant à force d'être sinueux et je désespérais de réussir à le cadrer – qu'il fournisse des dates, des heures, des raisons et des circonstances ! – au lieu de quoi je le laissai tout me raconter à sa manière sans l'interrompre. C'est alors que "le garçon" fut mentionné pour la première fois, tandis qu'il parlait du comportement et des lubies de Carrie, telles que la méditation ou les techniques de respiration. Le récit s'orientait dans toutes sortes de directions, certaines ne menant nulle part, mais lorsque nous eûmes fini de déjeuner, les doigts engourdis par le froid, une image de la vie de famille de Sanderson commençait à se former dans mon esprit.

19

Carrie McLeod avait fait irruption dans la vie de Sanderson comme étudiante de première année dans son cours de philosophie morale. Il l'avait aussitôt remarquée en raison de son cou juvénile qui était aussi long, doux et gracile que celui d'un cygne ; et ensuite parce qu'elle répondait rapidement aux questions, même si elle avait un côté rêveur et donnait le sentiment de n'être jamais pleinement présente en classe. Elle avait coutume de s'asseoir du côté des fenêtres, le coude au creux d'une main, le menton niché dans l'autre. Pour Sanderson, son visage avait la qualité des portraits de saints médiévaux : les yeux très écartés, les traits doux mais puissants, riches de promesses de guérison et de protection. À la différence des autres étudiants, elle ne semblait pas faire partie d'un groupe. Sanderson en avait conclu qu'elle était trop peu conventionnelle pour cela, ou qu'elle suscitait l'envie et s'en trouvait donc exclue. Bien qu'elle eût obtenu de bons résultats aux examens, elle quitta l'université sans terminer sa licence.

À l'époque, Sanderson sortait avec une avocate, Elsa King, une femme ambitieuse qui avait le même âge que lui, soit un peu plus de quarante ans. Elsa conseillait l'université en matière juridique et siégeait au Conseil d'administration. Cela faisait environ trois ans qu'elle et Sanderson se fréquentaient sans habiter ensemble : ils se voyaient régulièrement tout en ayant des exigences réduites l'un envers l'autre. Elle avait déjà été mariée et il était clair qu'elle ne souhaitait pas emprunter de nouveau cette voie, ce qui convenait parfaitement à Sanderson. Il ne cherchait pas non plus à s'engager, et il aimait l'idée de n'être pas responsable de son bonheur, pas plus qu'elle du sien. Il appréciait aussi le fait qu'ils ne se créent pas de problèmes mutuels et qu'ils n'aient pas grand-chose à partager en dehors de leurs corps. L'université proposait un plan d'épargne-retraite qu'une plaquette publicitaire vantait ainsi : "faible apport, rendement élevé, conditions variables, zéro risque", et c'est en ces mêmes termes qu'il avait fini par considérer sa relation avec Elsa. Il y était incité par le fait qu'elle pouvait dissocier l'amour du sexe, ce dont il croyait seuls les hommes capables. Selon son expérience, les femmes en demandaient plus, et de ce point de vue Elsa se révélait agréablement différente. Sans pour autant être parfaite. Il trouvait parfois qu'elle avait une approche un peu trop technocratique du sexe, comme si elle cochait des cases sur une liste et donnait des notes de un à dix : durée, positions, préliminaires, imagination etc. Cela pouvait mettre un homme à rude épreuve, expliqua-t-il en m'invitant à lui donner raison, ce qui me fit rougir. En outre, quand ils faisaient l'amour, elle hurlait à tue-tête, ce qui lui laissait supposer qu'elle avait atteint des sommets d'extase. Mais sitôt après l'orgasme, elle était capable de prononcer d'une voix normale des phrases aussi banales que "tu as vu mon coupe-ongle ?" ou "il faut que j'emmène le chat chez le vétérinaire", ce qui avait tendance à rompre le charme et donnait à Sanderson le sentiment qu'il échouait à retenir son attention.

Un jour, il s'était rendu à la bibliothèque du Palais de Justice, The Signet Library, sur Parliament Square, où il savait qu'Elsa devait se faire tirer le portrait. En effet, l'Association des juristes d'Écosse avait demandé aux trois meilleurs étudiants de la faculté des Beaux-Arts de peindre les portraits d'un certain nombre de juristes d'exception, dont Elsa faisait partie. Sanderson était entré dans la bibliothèque, splendide exemple d'architecture georgienne au cœur de la vieille ville d'Édimbourg, un lieu que le roi George IV avait jadis décrit comme "la plus belle salle de réception d'Europe". Et c'était là, alors qu'il se tenait debout dans l'encadrement de la porte de la salle du bas, que sa vie avait changé de direction. Au début il n'avait pas reconnu l'artiste. Elle lui tournait le dos, et c'est ce dos dont il avait admiré les mouvements vigoureux, en parfaite harmonie avec ceux du pinceau. C'était un spectacle magnifique, puissant, vital et envoûtant. Comparée à l'artiste qui accomplissait son œuvre dans un tel jaillissement d'énergie – ce qui, vu de dos, sautait aux yeux – le sujet du portrait, Elsa, semblait raide et sans vie, comme vidée de son sang et de toute vigueur. Sanderson resta debout pendant un moment, à l'abri de leurs regards, à contempler cette scène et à considérer ses implications.

Au début, il n'avait pas remarqué le petit garçon, si menu et si tranquille, qui était perché sur l'une des chaises ouvragées au fond de la salle. Mais lorsque celui-ci leva la tête de son livre, Sanderson perçut ce mouvement et fut intrigué. C'est alors qu'il s'avança dans la pièce gigantesque, jugeant qu'il valait mieux révéler sa présence. L'artiste se retourna, et il fut stupéfait de reconnaître Carrie McLeod, l'étudiante brillante et vive qui n'avait été qu'à demi présente dans son cours plusieurs années auparavant. Désormais elle semblait pleinement là, sûre d'elle, reliée aux autres. Cette découverte eut pour Sanderson une saveur douce et piquante. Elle ne l'eut pas plus tôt salué – avec ce même accent mélodieux et envoûtant des Hébrides qu'il avait remarqué dans son cours – qu'il sentit la morsure du désir et l'attrait encore fugace d'une possible conquête. Dès lors sa relation avec Elsa se dégonfla lentement comme un pneu abîmé.

Le second choc fut la découverte que ce garçonnet, qui n'avait que deux ans environ à l'époque, était le fils de Carrie. Tout enfant a un père, pensa-t-il, et ce père viendrait sûrement bouleverser le plan qui commençait déjà à se former dans son imagination. Mais il réussit à établir rapidement – avec suffisamment de discrétion, espérait-il – que Carrie était mère célibataire. Qui que fût le père, il était complètement absent de la vie de son fils et de celle de Carrie.

Le choc suivant survint plus tard, lorsqu'il se rendit compte qu'il quittait Elsa presque sans regret. Et dire qu'ils allaient si bien ensemble! "Comme je l'ai dit, c'était un arrangement parfait." C'était bien sûr une erreur commune que d'assimiler sexe et amour. Il fut malgré tout surpris de constater qu'ils avaient pu satisfaire le besoin de celui-ci sans susciter celui-là.

20

Quelques semaines plus tard, lors d'une conversation avec Carrie, j'eus des raisons de me souvenir de cette partie du monologue de Sanderson. Pour décrire ses premiers sentiments quand elle avait revu son ancien professeur, Carrie expliqua, elle, qu'elle avait craqué pour lui, avant de se reprendre et d'évoquer un "cracottement".

– C'était comme un coup de cœur, mais rien qu'on puisse appeler de l'amour. Mon père venait de mourir et Harry comblait ce vide.

Mais revenons au récit de Sanderson sur les berges du loch. Avant sa rencontre avec Carrie, il n'avait jamais réellement envisagé de se marier. Et à supposer qu'il y eût songé de manière abstraite, il espérait n'avoir jamais à peser le pour et le contre : avec un peu de chance, il *saurait* qu'il devait sauter le pas. Et en ce qui concernait Carrie, il l'avait effectivement su, mais n'avait pas pu s'empêcher de mettre malgré tout les choses dans la balance, rien que pour constater avec plaisir qu'elle pesait en faveur du "pour". Carrie correspondait exactement à ce qu'il lui fallait : elle était vulnérable, il la protégerait ; elle était l'artiste, désordonnée et libre d'esprit, lui serait le penseur, rigoureux et discipliné ; elle était jeune, presque encore adolescente et manquait beaucoup de maturité, lui était nettement plus âgé, riche des avantages que l'expérience peut procurer. Et pour couronner le tout, elle avait déjà un enfant – il n'aurait donc pas besoin d'engendrer. Le cadre général étant posé, les détails se régleraient tout seuls. Ils se marièrent moins d'un mois plus tard.

Dans le pub, après la pêche, l'humeur de Sanderson s'était assombrie. La jalousie était le dernier sentiment qu'il s'était attendu à éprouver, expliqua-t-il, et pourtant elle l'avait submergé ; et le choc de ressentir une chose dont il se croyait incapable ne lui avait pas permis de l'endiguer.

– Je voulais son attention tout entière, détailla-t-il.

Mais Carrie était complètement absorbée par ce garçonnet. Cela affectait tout, même son jugement. Elle se sacrifiait pour lui avec abnégation et sans jamais se plaindre tandis que lui, Sanderson, devait se contenter des miettes – "des résidus d'émotion", dit-il en sortant son paquet de tabac. Avec les doigts d'une main, il fit rouler les brins de tabac dans la paume de son autre main jusqu'à ce qu'ils soient assez émiettés pour bourrer sa pipe.

– J'ai révisé mes attentes et je me suis dit que c'était dans la nature du mariage. Mais je savais que c'était faux : c'était dans la nature d'une forme particulière de maternité.

Sa propre mère avait toujours affirmé qu'il fallait éviter de montrer aux enfants qu'on les aimait car cela leur donnait envie de s'élever au-dessus de leur condition. Si Sanderson avait été père, c'est un conseil qu'il aurait suivi à la lettre, alors que Carrie "dilapidait l'amour", du moins dans le cas de son fils. Elle semblait incapable de s'en empêcher.

– À mesure que le garçon grandissait, poursuivit Sanderson, tout ce que les gens considèrent comme bon et miraculeux dans l'enfance devint moins bon, et moins miraculeux. L'innocence fit place à l'entêtement, l'étonnement à la rationalité, l'enjouement à une humeur maussade. À l'âge de quinze ans, il était devenu morose et renfrogné, inaccessible. Pour moi, du moins. Sa mère parvenait encore à l'atteindre.

– Et qu'est-ce qu'il lui est arrivé ?

– Il s'est mis à délirer. Au début je pensais qu'il jouait la comédie, mais il a fini par être admis dans un service psychiatrique qui a diagnostiqué une schizophrénie.

– C'était il y a combien de temps ?

Sanderson prit le temps de réfléchir avant de répondre.

– Il y a près de trois ans, je pense. Mais on croirait plus.

– Quel est son nom ?

– Son nom ? répéta-t-il, comme s'il était dérouté par la question. Alfie, il s'appelle Alfie.

Pendant un instant nous restâmes tous deux sans parler. Puis Sanderson brisa le silence.

– Tu n'as pas d'enfant, dis-moi ?

– Non.

– Suis mon conseil, Eddie. Reste comme ça. On choisit sa partenaire, mais on ne choisit pas son enfant.

21

En rentrant du loch, alors que nous roulions sur un étroit tronçon de route, Sanderson observait un silence inhabituel. Nous étions bloqués derrière un énorme camion dont l'arrière était couvert de messages ; l'un d'eux invitait à appeler un numéro pour donner son avis sur la conduite du chauffeur. Je retournai cela dans mon esprit et me demandai quel genre de personne pouvait bien répondre à une telle requête.

Quand Sanderson se décida enfin à parler, ce fut au sujet de la galerie d'art d'Alice. Parfois il entamait une conversation de façon latérale, à la manière d'un crabe.

– Tu devrais y aller, ça vaut le coup d'œil.

Puis sur un ton complètement neutre, il annonça abruptement qu'Alice avait renoncé à lui.

– Renoncé ? Que voulez-vous dire ?

– Précisément ce que je dis. Renoncé à être ma maîtresse. Renoncé à avoir une liaison. Renoncé à baiser avec moi. Renoncé à *moi*.

Une information simple et concise, mais qui restait tout de même difficile à assimiler.

– Et… pourquoi ?

Ce n'était pas la bonne question, mais rien d'autre ne me traversa l'esprit.

– Qu'est-ce que tu veux dire par *pourquoi* ?

– Pourquoi est-ce qu'elle a renoncé à vous ?

– Qu'est-ce que c'est que cette question ? Comment est-ce que je pourrais le savoir ?

– Euh, désolé. Je ne voyais pas quoi dire de mieux.

– Ne sois pas désolé. Ça ne mène jamais à rien d'être désolé.

Un instant plus tard il admit qu'il se l'était lui-même demandé – pourquoi avait-elle renoncé à lui ? Ça avait fonctionné parfaitement pendant plus de dix ans et n'avait en rien menacé leurs mariages respectifs. Alice et son mari s'entendaient très bien, bien mieux que la plupart des couples. "Si leur mariage était un tableau, ce serait une peinture à l'huile avec des touches lisses, beaucoup de balayages répétés, sans rien de violent ni d'incongru."

Le mari d'Alice, Charles, travaillait comme astronome à l'Observatoire, tandis qu'elle s'occupait de la galerie, expliqua-t-il. C'étaient des hôtes extraordinaires qui savaient fort bien recevoir leurs nombreux amis. Charles était gay, incorrigiblement gay, et bien que lui et Alice dorment dans le même lit, il ne se passait jamais rien entre eux. Ils partageaient d'autres choses : les obligations du mariage, la vie sociale, les amitiés et le rythme tranquille de leur vie sous le même toit.

– Comme je le disais, c'est un arrangement parfait. Un modèle du genre.

– Vous êtes amoureux d'elle ?

Il me regarda comme si ma question était une atteinte à la bienséance. Pour changer d'approche, je lui demandai comment ils s'étaient connus. C'est toujours intéressant de savoir comment les gens se sont mis ensemble.

– Par l'intermédiaire de ma femme, répondit-il en reniflant de manière énigmatique. Quand elle a commencé à exposer dans la galerie d'Alice.

Je lui demandai si Carrie était au courant. Certainement pas, me répondit-il, avant de citer Tchekhov, qui pensait que chacun vivait sa vie réelle, sa vie la plus intéressante, sous le manteau du secret.

– Je suis plutôt d'accord, pas toi ? – En plus, ce que sa femme ignorait ne pouvait pas lui faire de mal. – L'ignorance protège, elle réduit la souffrance.

– Et l'honnêteté ?

– L'honnêteté ? – Il répéta comme s'il venait d'apprendre un nouveau mot et s'entraînait à le prononcer. – Écoute-moi bien, Eddie, suis le conseil d'un homme plus âgé. L'honnêteté est une vertu surestimée, parmi d'autres. Dans une situation comme celle-là, le choix est simple : dire, ou ne pas dire. Chaque possibilité est comme un pôle magnétique et si tu n'y prends pas garde tu risques de te retrouver écartelé entre les deux. Donc mieux vaut se taire. Parler comporte toujours le risque de briser des vies.

– Et ne rien dire, ça ne peut pas briser des vies ?

Il marqua une courte pause et détourna les yeux de la route pour me lancer un regard plein de pitié avant de me reprocher d'avoir lu trop de romans. Il s'exprimait comme s'il avait accès à des sources de savoir particulières, comme s'il n'était pas, lui aussi, contraint de se débrouiller tant bien que mal avec ce qui était accessible au commun des mortels.

– Les gens qui défendent des positions honorables ne le font souvent que pour donner une bonne image d'eux-mêmes.

Je fus piqué au vif, mais ne rétorquai rien. C'était l'une de ces répliques cinglantes auxquelles il est impossible de répondre sans risquer de se comporter précisément comme on vous le reproche. Je songeai à la pauvre Carrie et à la douleur qu'elle ne manquerait pas d'éprouver. Peut-être que Sanderson avait raison : mieux valait qu'elle ne sache pas. Et maintenant que la liaison était terminée, il n'y avait aucun besoin qu'elle l'apprenne.

Il s'avéra qu'Alice n'avait fait part de sa décision à Sanderson que quelques jours auparavant, la veille de la rentrée universitaire. Ce qui expliquait peut-être les débordements de ce dernier face aux étudiants, et sa fébrilité les jours suivants. Elle n'avait pas fourni de raison, en dehors du fait qu'il était temps de "passer à autre chose". Sanderson avait réagi avec dédain :

– Tu pourrais trouver mieux comme excuse ! lui avait-il lancé. Passer à autre chose !

C'était aussi consternant que le jargon managérial qu'on entendait à l'université. Mais elle s'était contentée d'un sourire qui signifiait que le sujet était clos.

– On est resté ensemble douze ans !

– C'est long, dis-je, en regrettant de ne pas trouver de réplique moins banale.

– Et au cours de ces douze années, nous avons fait l'amour quatre cents fois. Quatre cent une, pour être exact.

– Vous avez fait le compte ?

– J'ai tenu un livre de bord. Il est dans mon bureau, avec mon carnet de pêche.

– Mais pourquoi ?

Une fois encore la question semblait faiblarde. Mais ce que je me demandais vraiment, c'est si j'aurais moi-même tenu un journal dans des circonstances pareilles. Sanderson possédait un côté maniaque qui m'intriguait tout en m'étant familier.

– Difficile à dire. Je suppose que c'était une façon de consigner que j'étais toujours vivant. Tu sais, de ce monde. En vie. C'est probablement ce qui explique la plupart des liaisons, ajouta-t-il. Avec le sentiment de renouveau.

– Je vois.

– Tu sais, Eddie, l'un des miracles du comportement sexuel, c'est de voir une femme imperturbable, maîtresse d'elle-même, raffinée, dotée de tonnes de sang-froid et de bienséance américaine, se métamorphoser soudain en une tigresse en chaleur, aux désirs insatiables et qui vous supplie de la défoncer encore et encore, et toujours plus profond.

J'essayai d'imaginer la scène : Alice et Sanderson ensemble, le clapotement mécanique des corps qui s'enchevêtrent. Ce n'était pas possible.

– Et tu sais quoi ? Quatre cents coups, ce n'est pas tant que ça. Pas sur douze ans. C'est très étonnant : ça semble beaucoup, mais c'est moins d'une fois par semaine.

Il ajouta qu'au début de leur relation ils se voyaient plus souvent, mais que les choses avaient commencé à se calmer depuis un an ou deux. Et presque plus rien depuis ses inflammations de peau. Sûrement qu'aujourd'hui, il la dégoûtait, comme il se dégoûtait lui-même.

– Comme cela a-t-il commencé ? Votre liaison, je veux dire.

– Je ne m'en souviens pas précisément. C'était un de ces trucs. – Il émit un claquement sec de la langue. – Parfois des actes impulsifs se transforment en arrangements permanents. La raison de départ est vite oubliée (si tant est qu'elle ait jamais existé) et la chose perdure. Un peu comme le mariage en fin de compte.

Il leva le menton, comme pour humer l'air, ou pour prouver son stoïcisme, la tête haute. J'hésitais entre les deux.

– Je suppose que je voulais quelque chose de rapide et de commode, sans les complications de l'engagement, tu sais, les "pour toujours" du mariage.

Et, après une pause :

– Tout ça te choque, Eddie ?

– À vrai dire, beaucoup de choses me choquent.

– Ça ne veut pas dire qu'elles soient intrinsèquement choquantes, bien sûr.

– Non, bien sûr.

– De toute façon, je pensais que les Français savaient tout sur ce genre de choses.

– Tout dépend de ce que vous entendez par "ce genre de choses". Balzac, par exemple, pensait qu'il ne pouvait y avoir d'infidélité là où il n'y avait pas eu d'amour.

Sanderson pianotait sur le volant comme s'il hésitait à contredire Balzac.

– Eh bien, finit-il par répondre, une définition possible d'un homme infidèle (celle que je préfère aussi, en définitive) c'est un homme doublement au fond du trou.

Je m'esclaffai.

– Ça ressemble un peu à un plaidoyer *pro domo*.

– En fait, une autre façon de voir les choses, c'est que les fruits du péché sont plus digestes aujourd'hui. Ils procurent juste des plaisirs, transitoires, comme le reste de l'existence.

22

Je brûlais d'envie de rentrer chez moi. On avait bien assez parlé pour une seule journée. Mais Sanderson avait une autre idée en tête :

– Allons prendre un petit verre pour bien finir la journée !

Et il s'arrêta devant un pub de la Vieille Ville.

– C'est l'un des rares pubs qui ne soient pas pris d'assaut par nos amis gays, lança-t-il alors que nous nous installions au Chardon Bleu, un bar traditionnel avec plafond à caissons, vitraux et miroirs gravés. Avant d'ajouter, après réflexion :

– Tu n'es pas gay, dis-moi ?

– Non.

– C'est bien ce qui me semblait.

En buvant sa bière, Sanderson s'aventura dans une nouvelle vallée de larmes. Je dus faire l'effort de me rappeler qu'il ne racontait pas un drame en cours : tout ce qui lui arrivait avait déjà eu lieu. Il ne faisait que relater des événements passés, même s'ils étaient très récents, à l'instar de la décision d'Alice de rompre avec lui. Il apparut cependant qu'il venait d'encaisser un autre coup dur ce matin-là. Ces temps-ci, la majeure partie de ce que lui disait sa femme ne retenait guère son attention, il en oubliait l'essentiel. Il avait une fois entendu une leçon inaugurale intitulée "La mémoire : à vous de jouer" durant laquelle l'orateur, un jeune homme tiré à quatre épingles, expliquait la différence entre mémoire à court terme et mémoire à long terme, et pourquoi certains événements atteignaient l'hippocampe, d'autres pas. Sanderson avait oublié l'essentiel de la conférence, mais il se souvenait avoir regretté que le conférencier n'eût pas mieux démystifié le fonctionnement de la mémoire. Selon Sanderson, nous effaçons de notre mémoire la plupart des événements pour éviter de sombrer dans le chaos, mais certains d'eux sont si pénibles qu'ils ne peuvent pas être oubliés ; tout ce que vous pouvez faire, c'est déformer ces souvenirs pour rendre votre vie supportable. Un exemple probant s'était produit le matin même, quand Sanderson avait demandé à Carrie à quoi elle pensait quand ils faisaient l'amour.

– Elle a pris son temps pour répondre, et je savais qu'elle pesait mentalement le pour et le contre, entre vérité et mensonge. Quand elle a fini par parler, sa réponse fut cinglante. J'ai su immédiatement que je ne pourrais pas l'effacer.

– Qu'a-t-elle répondu ?

– Auchan.

– Aux champs ?

J'imaginai des couleurs vives, des herbes odorantes, des fleurs sauvages.

– Oui, qu'elle pensait à Auchan, au coin de la rue. Et comme supermarché ce n'est même pas du haut de gamme.

Sa mâchoire s'affaissa soudain, sa bouche béait comme celle d'un épagneul.

– Comment en est-on arrivé là ? demanda-t-il. – *Parlait-il de nous ?* – Je veux dire, comment est-on passé de la situation de départ à la situation actuelle ? – *Non, il ne parlait pas de nous.* – C'est ça que j'aimerais savoir. Nous avions ce que les gens appellent une vie sexuelle épanouie. Maintenant, ma femme s'échappe du lit conjugal pour se réfugier dans un supermarché virtuel… elle descend une allée, en remonte une autre, se faufile entre les fruits et les légumes en passant par les laitages, les plats tout prêts, la bouffe pour chiens et les granulés à poissons rouges… tout cela pour échapper à la réalité d'être baisée par son mari !

Pendant cette diatribe, il poussait un caddie imaginaire, qu'il faisait rouler, sans prêter attention à rien, aux quatre coins de son désespoir.

Quand il reprit la parole, il expliqua que jamais leur mariage n'aurait pu satisfaire ses espoirs à lui, ni leurs espoirs communs. Le jour où il l'avait aperçue dans la Signet Library, il avait été saisi d'un immense élan de pure allégresse. Il ne savait pas encore qu'il n'éprouverait plus jamais ce sentiment avec une telle intensité, ni avec la même immédiateté.

– Mais pour briser un mariage il faut vouloir s'en extirper, plutôt que de rester tranquillement chez soi.

Il n'était pas sûr d'avoir atteint ce stade ; il avait l'esprit trop embrouillé pour faire face à cette question.

– Pour être honnête, ce que je veux, c'est que ma femme me désire et m'accepte tel que je suis.

– C'est comme Montaigne qui pensait qu'il était bien pire d'être accepté par pitié que d'être rejeté.

Sanderson renifla.

– Est-ce que tu essaies de me remonter le moral, Eddie ? Parce que si c'est le cas, c'est raté.

Mais il esquissa un sourire, ce qui allégea un peu l'ambiance lugubre. Nous finîmes nos verres et nous levâmes pour partir.

– Je pense que le mariage implique qu'on entretienne la foi, conclut-il alors que nous étions maintenant au milieu d'une rue animée, grouillante de vie. C'est une condition nécessaire, mais non suffisante, de sa pérennité.

Là, c'est le philosophe qui s'exprimait.

Sur le chemin de la maison ce soir-là, je réfléchis aux mystères du mariage. Il était clair pour moi qu'il constituait bien une sorte de fondement de l'existence. Mais il était tout aussi clair qu'il impliquait de la douleur et de la souffrance morale pour l'un ou l'autre des époux. Ou plutôt pour les deux, parce qu'à coup sûr, si l'un est malheureux, l'autre le sera aussi. Comment pourrait-il en être autrement ? On parle d'amour inconditionnel entre un homme et une femme, mais cet amour, avec ou sans conditions, échappe entièrement à ma propre expérience. Ce n'est que dans un court instant d'égarement que j'avais imaginé pouvoir vivre avec quelqu'un, sans même parler de mariage. Je m'étais résolu il y a bien longtemps à ne rien envisager d'autre qu'une vie solitaire. Le tumulte de ce que je comprenais de la vie normale m'incitait à garder mes distances. Rien que l'idée de partager une salle de bains – toutes ces crèmes et potions, le dentier dans l'armoire de toilette – me donnait des sueurs froides. Cette seule perspective me plongeait dans une sorte de terreur. Ce qui explique pourquoi les livres ont joué pour moi un rôle de compensation. Les livres vous permettent de croire que vous entretenez des liens avec les autres, c'est une illusion importante quand on vit seul.

En même temps je n'étais pas complètement dupe : les livres ne valent pas l'expérience réelle. Parfois, pour tester mon courage, j'essayais de m'imaginer vieux et sombrant dans les pires travers d'une existence solitaire : une hygiène personnelle déficiente, des repas sous cellophane, personne à qui parler, des chagrins non partagés, l'enfer de la téléréalité, une vue qui baisse, des dents pourries, des chaussettes qui puent, des sous-vêtements maculés de sperme sec. Quand cette vision devenait insupportable, je faisais une incursion occasionnelle du côté de l'expérience réelle : la chaleur humaine, l'intimité, la chair tendre.

Depuis mon plus jeune âge, j'ai aimé aller au cinéma, pas seulement pour voir des films mais pour l'ensemble de l'expérience : les lumières qui s'éteignent progressivement, les rideaux qui s'ouvrent, la magie du grand écran. Toutes les deux semaines environ, j'avais coutume de me rendre dans le cinéma d'art et d'essai du quartier, spécialisé dans les films étrangers ainsi que dans les films culte, les classiques indémodables et le cinéma expérimental. Il y avait parfois un débat après la projection, le plus souvent en présence du réalisateur. Il y a des années de cela, lors d'un de ces débats, Bertrand Tavernier était venu parler de *La Vie et rien d'autre,* ce film qui dresse le portrait d'un homme dont la mission est d'identifier des soldats inconnus morts au front pendant la Première Guerre mondiale, et qui a une liaison avec une femme en quête de son mari disparu. Pendant le débat, une personne assise deux ou trois rangées derrière moi posa une question sur la difficulté de concilier les grands thèmes épiques avec des récits beaucoup plus modestes et intimistes. Je m'étais retourné pour voir qui posait la question, et j'eus la surprise de reconnaître l'une des correctrices de la maison d'édition qui me commandait la plupart de mes traductions. Après le débat, j'allai me présenter et je découvris qu'elle travaillait toujours pour cette maison d'édition, mais en free-lance. Elle s'appelait Amandine Pommelet. Comme l'un des prénoms de ma mère était également Amandine, je savais que le nom signifiait "celle qui doit être aimée". Chaque fois que ma mère se comportait mal envers moi, je m'efforçais de me le rappeler. Et voilà que je murmurai intérieurement ce nom : *Amandine.* Ce soir-là, nous allâmes prendre un verre puis dîner dans un petit restaurant à côté du cinéma. Nous nous retrouvâmes à la séance suivante deux semaines plus tard, et cette fois je lui demandai où elle habitait et si je pouvais la raccompagner chez elle. On était fin novembre et les rues semblaient vitreuses comme du granit. Ce soir-là il aurait pu neiger s'il n'avait pas fait si froid.

– Ce n'est pas facile pour moi de dire ça, avait-elle répondu en se mordant la lèvre, mais *je ne vis pas seule**.

– Tu as un petit ami ? avais-je demandé, en me préparant déjà à la réponse que j'anticipais.

– Non, ce n'est pas ça. Je vis avec ma sœur. Je m'occupe d'elle.

Il s'avéra qu'elle prenait soin de sa sœur jumelle, qui avait souffert de lésions cérébrales suite à un grave accident de la route deux ans auparavant. Depuis lors, l'existence d'Amandine s'était rétrécie : son mari l'avait quittée, la plupart de ses amis l'avaient abandonnée et elle avait pris un emploi à mi-temps. Une fois par mois, une association venait prodiguer des soins, ce qui lui permettait de souffler pendant vingt-quatre heures. Elle ne vivait que pour ces jours de répit, qu'elle planifiait méticuleusement et utilisait à bon escient. Parfois elle se rendait dans des galeries d'art ou s'offrait de nouveaux vêtements ; parfois, elle s'asseyait dans un parc, mangeait un sandwich et observait le monde autour d'elle, savourant juste le loisir de pouvoir le faire. Ses plaisirs étaient devenus tout simples, mais le bonheur qu'ils procuraient n'en était pas plus faible ; en fait, son bonheur était même plus vif et plus doux à présent. Durant son unique soirée disponible, une fois par mois, il était important pour elle de sortir, la plupart du temps dans un cinéma d'art et d'essai. Le reste du temps, elle était d'astreinte.

J'en vins à penser que cette liaison était plus facile que d'autres. La sœur hémiplégique y mettait des bornes, ce dont je lui étais reconnaissant. Elle servait, malgré elle, à me rappeler que chaque nouveau plaisir contient la promesse d'une souffrance.

De temps à autre, je passais chez Amandine avec une bouteille de vin. Elle regardait beaucoup la télévision, qui était toujours allumée en arrière-plan sur une chaîne d'infos en continu. "*C'est en marche pour ma sœur*[*]", avait-elle coutume de dire. Officiellement c'était pour sa sœur, mais ma théorie était que les infos lui permettaient de se sentir reliée aux drames du monde, une façon de se défendre contre la routine et la banalité de sa vie quotidienne.

Parfois, je cuisinais un repas simple pour nous deux tandis qu'elle mettait sa sœur au lit. J'éteignais la télévision, et pendant le dîner Amandine me distrayait en parlant des romans sur lesquels elle était en train de travailler, sans omettre de faire des commentaires éditoriaux acerbes : trop de noms abstraits, pas assez de verbes, l'importance du point-virgule, les énormes ficelles nécessaires pour faire tenir le roman. Tout cela me plaisait au plus haut point.

Son salon regorgeait de meubles, de tissus doux, de tapis et de coussins confortables : la pièce était encombrée mais douillette, sans angles ni lignes dures. Même si ce n'était pas mon style préféré, je fus séduit au début car c'était un style d'intérieur qu'une femme pouvait proposer à un homme, mais auquel un homme ne songerait pas de lui-même. L'ambiance était opulente, confortable et accueillante. Avec le temps cependant, cet appartement finit par ressembler à une cellule capitonnée : on s'y sentait en sécurité parce qu'on ne pouvait pas s'y blesser, mais ça n'en restait pas moins une sorte de prison.

De temps à autre, perdus dans ce paysage féminin, nous nous livrions à ce que je finis par qualifier avec désinvolture d'ébats de *sans-culottes**, qui se concluaient par une petite gratification (c'était une formule que j'avais trouvée dans un roman anglais rempli d'euphémismes, un bon exemple de ce que les Anglais appellent "tourner autour du pot"). Bien qu'il me soit difficile de l'admettre, mon expérience du sexe était pitoyablement limitée. À la manière d'un critique d'art amateur, je n'y connaissais quasiment rien, mais je savais ce que j'aimais. Et je fis quelques découvertes en cours de route : que le sexe est un chemin périlleux vers la connaissance de soi ; qu'il pouvait faire disparaître les symptômes d'une dépression sans en traiter les causes sous-jacentes ; et qu'il était sans doute préférable que les choses restent marginales et secondaires. Il m'arrivait très occasionnellement de passer la nuit chez elle, mais il valait mieux que je m'en abstienne car le protocole du matin dissipait chaque fois l'état d'esprit de la veille. Ma relation avec Amandine n'était pas dépourvue de chaleur humaine ni de tendresse, mais je ne la concevais qu'au temps présent, et je crois qu'elle pensait de même. Elle ne semblait pas attendre grand-chose de notre liaison, juste un peu de réconfort mutuel. "Un peu d'amour, c'est homéopathique, m'avait-elle dit une fois. Comme une petite dose d'arsenic." Son regard s'était voilé. "*Le semblable est soigné par le semblable**."

Lorsque je finis enfin par arriver chez moi, après avoir quitté Sanderson à l'extérieur du pub, le jour s'était assombri de plusieurs teintes. Partout les lumières s'allumaient dans les appartements. Comme chacun le sait, la plupart des centres-villes se sont dépeuplés, mais pas à Édimbourg. Au travers des fenêtres éclairées, j'entrevoyais des scènes de vie familiale, des choses ordinaires qui étaient hors de ma portée : de jeunes enfants en pyjama, des familles réunies autour de la table de la cuisine, une femme âgée jouant du piano, et je sentis l'appel d'une chose que je ne savais pas nommer.

23

De retour dans mon cottage, quelque chose me semblait anormal, comme si quelqu'un y avait pénétré en mon absence. Ce sentiment m'envahit à peine la clé introduite dans la serrure et la porte entrouverte. Je pensai d'abord à la femme de ménage, mais nous n'étions pas mardi, et Mme Bannerman était une femme qui respectait une routine stricte, comme elle me l'avait dit à plusieurs reprises. Juste pour m'en assurer, je vérifiai l'eau des W-C, dont le bleu était toujours plus profond après son passage. Mais pas aujourd'hui. De toute manière, la maison n'avait ni l'aspect ni l'odeur d'un lieu fraîchement nettoyé. Mon sentiment était beaucoup plus diffus, juste l'impression que quelque chose avait changé. Ou que quelqu'un était venu, puis reparti.

En même temps je me méfiai de ce sentiment, parce qu'après quelques instants je crus y reconnaître un écho de mon enfance. Aujourd'hui encore je ne sais pas comment le qualifier : intuition ? intime conviction ? Mais quand il s'installe, j'en viens à soupçonner que je ne suis pas entièrement seul. C'est un sentiment qui s'est manifesté par intermittence pendant toute ma prime enfance, à divers degrés d'intensité. Je ne peux pas situer précisément son apparition, ni dire s'il est antérieur ou postérieur à la révélation par ma mère de l'existence et du sort de mes frères et sœurs. Il est réapparu à des moments étranges pendant mon adolescence et quand j'étais étudiant, un scintillement mystérieux et très lointain, qui, sans m'obséder, me rappelait que toute chose a des précédents, qu'il existe une suite infinie d'événements liés entre eux et que certains phénomènes échappent à notre compréhension.

Cet "écho", s'il faut l'appeler ainsi, me renvoie à mes tout premiers souvenirs. Précisons d'emblée que je suis assez méfiant à l'égard de l'enfance, en raison du poids énorme qu'on lui fait porter et de l'importance qu'on lui donne. Mais il est vain de prétendre qu'on peut échapper à ses conséquences, ou de douter qu'elle constitue le grain du parchemin qu'on appellera plus tard notre vie. C'est pourquoi les gens inspectent leur prime enfance à la recherche d'indices leur permettant de comprendre les adultes qu'ils sont devenus. Ce n'est pas toujours une bonne idée, mais on ne peut pas s'en empêcher.

Tout le monde a ses théories fétiches. L'une des miennes est que trois personnes liées par la chair et par le sang peuvent vivre dans la même maison sans vraiment se connaître. C'était sans conteste mon cas et celui de mes parents. Nous habitions le même appartement de cent mètres carrés environ au-dessus de la librairie, mais chacun s'occupait de ses affaires et nous n'étions pas très impliqués dans la vie les uns des autres. Le domaine de mon père, c'était la librairie. C'était à l'évidence là qu'il se sentait chez lui : il ne montait dans l'appartement que pour manger et y dormir. Bien plus, après la transformation de la boutique en café-librairie, où les clients pouvaient lire en prenant un café et un croissant, il restait en général déjeuner en bas et ne prenait plus que le repas du soir à la maison. Mes parents étaient de ces gens qui considèrent que parler et manger sont deux activités complètement différentes, et que c'est une erreur de les mêler. De ce point de vue, notre famille ne ressemblait pas à celle des autres. Chaque fois que je me rendais chez mon ami Jean-Claude, la cuisine, pleine de vie, était la scène de bavardages bruyants et sympathiques, et parfois de quelques disputes ; tandis que nos repas, toujours précédés par un court bénédicité que récitait ma mère, nous les prenions dans un silence interrompu seulement par une série complexe de mouvements de tête et de murmure que toute personne étrangère à la famille aurait été incapable de comprendre.

Une autre de mes théories est que les enfants sont instinctivement conscients des défauts de leurs parents, mais qu'ils les leur pardonnent volontiers et s'efforcent même de les ignorer. Est-ce l'amour qui les pousse à agir ainsi ? Ou la dépendance ? Ou est-ce la conscience élémentaire que le rôle des enfants est de plaire à leurs parents ? Quelle que soit la réponse, quand il s'agit de décrire notre propre enfance, les mots ne suffisent pas. Tant de choses sont liées à nos sens, ainsi qu'aux visions qui nous reviennent tout au long de notre vie, sous forme d'images figées et isolées de ce qui les a précédées ou suivies ! Il est impossible d'effacer ces images, même si on le souhaite : elles ne cessent de surgir comme des diapos qui avancent dans le carrousel d'un projecteur, certaines floues, d'autres dans le désordre, et se combinent pour constituer un film au rythme saccadé. Quant au montage, il semble fait au hasard, car les jeunes enfants n'ont pas la notion du temps et encore moins de la chronologie.

Du plus loin que je me souvienne, je voulais devenir comme mon père, parce que tout le monde l'aimait, et peut-être aussi parce qu'il dissimulait une partie de lui-même. Je l'observais longuement, j'étudiais ses habitudes, sa manière de garder le dos droit quand il se mettait debout, son pas décidé, son rituel comique avant d'allumer une cigarette. Je me disais que plus tard je ferais pareil. Mon père produisait en moi une impression de mystère mais aussi de robustesse, comme les lourds cartons qui étaient empilés dans la boutique. Sa connaissance des vieux livres et de leur contenu était presque miraculeuse, et il semblait avoir réponse à tout. Il jouissait d'une excellente réputation parmi ses clients : ils l'admiraient comme on admire un prêtre ou un sage, et prenaient plaisir à tester ses connaissances et son érudition. Parfois ses réponses s'apparentaient à une performance théâtrale en raison de ses gestes exagérés, proches de la pantomime : sa façon de se gratter la tête, l'illumination soudaine, l'ascension rapide de l'échelle suivie d'un "*Voilà!*[*]" triomphal, alors qu'il retirait un livre de l'étagère du haut. Cela s'accompagnait parfois d'une salve d'applaudissements ou de soupirs de stupéfaction, ce qui renforçait toujours mon sentiment de fierté. Mais parfois à la fierté se mêlait un autre sentiment, de malaise celui-là, à l'idée que mon père se donnait en spectacle comme un singe savant ou un ours danseur. Dans un livre sur l'Inde, j'avais vu une image attristante de l'un de ces ours, qui "dansait" parce qu'on le forçait en réalité à marcher sur des charbons ardents tandis que son gardien jouait d'un instrument appelé "ektar". Je m'étais dit qu'il y avait quelque chose de mon père dans cet ours.

En grandissant, je pris conscience que la librairie était un lieu où les clients venaient avec leurs problèmes tout autant qu'avec leurs questions. Ils trouvaient du réconfort dans les livres, mais aussi de l'évasion, quelle que fût leur raison de s'évader. Les Français ont la réputation d'être trop intellectuels pour leur propre bien, d'être cartésiens à l'excès et de passer leur temps à se réunir dans des cafés pour parler, l'air lugubre, d'existentialisme et de nihilisme. Tout cela est certainement vrai, mais dans la librairie de mon père, si l'on trouvait de la misère existentielle en abondance (à distinguer de la misère intellectuelle), l'humanité ne manquait pas non plus. Et mon père en était l'incarnation : ses clients obtenaient de lui bien plus que les livres qu'ils lui achetaient, et il donnait aux autres sans compter et sans ostentation. En feignant de ne s'intéresser qu'aux livres qu'ils recherchaient et à leur contenu, mon père réussissait à s'attaquer à leurs problèmes sous-jacents et à les résoudre, alors qu'ils n'auraient jamais répondu à une question plus directe de sa part.

La première fois que je compris que mon père était différent des autres, ce fut lorsqu'un camarade de classe déplora devant moi qu'il fût *étranger**. Je n'avais pas la moindre idée de ce qu'il entendait par là. "*Étranger ? Ça veut dire quoi ?**" Mon ami répéta le mot et m'expliqua que c'était le nom donné à une personne non française. Il ne pensait pas à mal mais je me sentis malgré tout piqué au vif, comme s'il m'avait transpercé la chair. Et curieusement, cela ne fit qu'accroître l'amour que j'éprouvais pour mon père.

À la maison j'avais essayé d'en savoir plus, mais ce n'était pas chose facile. La plupart du temps je ne faisais que subodorer des secrets de famille, et même s'ils étaient parfois difficiles à déchiffrer, leur parfum m'envahissait les narines. Ma mère rechignait à répondre à la moindre question sur le passé et mon père semblait suivre son exemple. L'astuce consistait à lui parler seul à seul. Parfois il me demandait de l'accompagner pour récupérer des cartons de livres chez des particuliers, et j'en profitais pour obtenir des informations supplémentaires. Je glissais une ou deux questions, juste assez pour ne pas l'agacer. Je découvris progressivement qu'il était né dans un minuscule village près de la mer, situé dans un pays appelé *Grande-Bretagne**, dans la partie la plus au nord qu'on nommait l'*Écosse**; qu'il avait grandi en parlant l'anglais et non le français, mais qu'il avait tellement aimé la France qu'il avait décidé de s'y installer. Plus tard, il me révélerait qu'il avait rencontré ma mère pendant la guerre, lors d'une mission secrète en Normandie.

C'est tout ce que je réussis à savoir à l'époque – mon imagination fit le reste. Des années durant, j'ai comblé les lacunes à partir de nombreux films de guerre, surtout des films britanniques sous-titrés en français : les classiques en noir et blanc pleins d'héroïsme et de sacrifices personnels. Surgissaient de l'écran les images d'un soldat qui reçoit une balle en pleine poitrine, de prisonniers qui s'échappent d'un camp en creusant un tunnel, de sous-marins et de tanks, de mitrailleuses et de masques à gaz. Ces images vinrent tisser un nouveau récit qui était autant une construction que les films eux-mêmes. Je pouvais attribuer n'importe quel rôle à mon père : pilote de guerre, survivant unique d'une attaque ennemie, ou déchiffreur de code qui sauve des milliers de vies. Dès lors il devenait facile d'impressionner mes camarades de classe : "Mon père, eh bien, il a combattu avec la France libre, tu vois… c'était un pilier de la Résistance… un vrai *maquisard**." À cette époque, la fierté qu'il m'inspirait était sans limite, tout comme les exploits que je lui faisais accomplir.

24

Ce n'est que bien plus tard, le jour de mon treizième anniversaire pour être précis, que je me mis pour la première fois à parler anglais avec mon père. Jusqu'alors cette langue avait été une sorte de cité interdite, rendue inaccessible par ma mère, qui voulait désespérément que nous soyons une "famille française normale". Être normal était une notion élastique dans notre famille, mais dès qu'il s'agissait de parler français, la règle devenait inflexible. Selon ma mère, mélanger de l'anglais avec notre langue revenait à tailler des brèches dans notre identité jusqu'à la réduire en poussière – ce qu'elle expliquait en saisissant dans l'air un marteau et un burin imaginaires et en émettant une saccade de sons stridents avec ses outils meurtriers. Mes parents parlaient de moi au-dessus de ma tête, comme si des mots prononcés à une telle altitude ne pouvaient être perçus par l'oreille d'un enfant.

– Le cerveau de ce garçon est *comme une éponge*[*], disait mon père, il absorbe tout magnifiquement.

– Mais alors il aura les idées confuses sur *ses racines*[*], rétorquait ma mère.

À en juger par le ton de la voix de mon père, et l'utilisation du mot "magnifiquement", j'avais conclu qu'avoir le cerveau comme une éponge n'était pas forcément une mauvaise chose, aussi troublante que fût cette image. Tandis que l'idée d'avoir des racines, que j'associais aux mauvaises herbes et à tout ce qui était fixé dans le sol, me gênait profondément. La mise en garde ainsi que l'autorité morale perceptibles dans la voix de ma mère étaient fort convaincantes et témoignaient de sa capacité à prévoir l'avenir. Déjà à cette époque les preuves de ses pouvoirs extraordinaires abondaient, et ses admonestations régulières sur la nécessité de parler français et rien que français n'en étaient qu'une autre manifestation.

Je n'avais bien sûr pas la moindre idée de ce qu'était l'*identité,* ni de ce que ce terme pouvait signifier, mais cela ne réduisait en rien la puissance du concept. Grâce à la brillante métaphore maternelle du marteau et du burin, j'imaginai que l'identité était un bloc de pierre assez massif pour être transformé en statue, à l'instar de celle de Balzac au coin du boulevard Montparnasse, mais qui, à force de laisser-aller et d'indiscipline, pourrait tout aussi bien se réduire à l'un des vulgaires pavés de notre cour.

Les pouvoirs spéciaux de ma mère me furent révélés tandis que je jouais avec des soldats de plomb dans le couloir, à l'extérieur de la chambre de mes parents. La porte était entrouverte et alors que j'étais à plat ventre en train de préparer mes soldats à la bataille, j'aperçus ma mère assise devant sa coiffeuse en forme de haricot. Elle me tournait le dos et portait sa jolie robe bleu marine à fleurs blanches. Peut-être qu'elle allait enfiler ses bas, qui étaient accrochés au dossier de la chaise? J'adorais la regarder faire: cette façon habile de prendre un bas, puis l'autre, de le replier en un petit accordéon avant d'y introduire son pied délicat puis d'étirer la jambe. Mais ce que je vis cette fois-là était un spectacle entièrement nouveau. À mon grand étonnement, elle retira d'un seul coup ses cheveux et les posa en vrac sur la table devant elle. Quel tour de magie impressionnant! Plus fort encore que lorsque mon père réussissait à se retirer l'extrémité du pouce puis à le remettre en place sans verser une goutte de sang. Je me levai d'un bond, poussai la porte et exultai: "Montre-moi comment tu fais! Montre-moi comment tu fais!" Elle se tourna vers moi et je vis à cet instant précis combien elle était belle. Je brûlai de toucher, de caresser et de presser contre ma joue ce visage aux contours doux et pâles. Mais elle leva la main pour m'en empêcher, et de l'autre main elle saisit ses cheveux et se les remit sur la tête, puis elle posa l'index sur ses lèvres pour me signifier que c'était un secret. Encore aujourd'hui, quand ma mère m'apparaît en rêve, c'est avec cette tête douce, pâle et sans cheveux.

Quant à l'anglais, il devint – comme toute cité interdite – un lieu particulièrement attirant. Il recelait plein de trésors, de richesses et de secrets qui ne demandaient qu'à être découverts. Je m'entraînais seul dans ma chambre à prononcer à voix haute les rares mots que je connaissais, en les dégustant comme des morceaux de nourriture exotique. "Arrête ça tout de suite !" me lançait ma mère quand elle me prenait sur le fait : "Ta bouche se déforme de façon horrible." Mais pour moi c'était aussi agréable que se trémousser sur de la musique ou danser sur un plancher à ressorts, comme nous le faisions parfois à l'école.

Quand on est âgé de sept ou huit ans, on imagine difficilement qu'on aura treize ans un jour. "Pourquoi treize ans ?" demandais-je. Mais la réponse était toujours la même : "Tu comprendras quand tu auras treize ans." Le type de réponse que les enfants détestent. Et ce n'est que bien plus tard que vint l'explication : à treize ans, j'allais pouvoir célébrer ma confirmation dans l'église de ma mère – une chose que mon père considérait avec horreur. Or il avait passé un marché avec elle : ce rituel absurde en échange du droit de parler à son fils dans sa langue maternelle.

Des mythes redoutables circulent au sujet de l'enfance, notamment l'idée que les enfants considèrent tout ce qui leur arrive comme "normal". En tant qu'ancien enfant, je ne suis pas d'accord : les enfants *acceptent* peut-être plus facilement ce qui leur arrive qu'un adulte aguerri, mais cela ne les empêche pas de s'interroger, voire de remettre les choses en question. La capacité à relier entre eux les événements et à discerner des tendances dans leur vie passée ne leur vient que plus tard, quand ils sont devenus incapables de dissocier leurs pensées d'alors des idées qui leur sont venues ensuite, et de faire une différence entre les deux. C'est ce qui rend le passé à la fois statique et mouvant.

Si je mentionne tout cela, c'est parce que je pense qu'il est vain de croire – comme je le fis pendant un temps – qu'on est immunisé contre les effets de l'enfance, ne serait-ce que parce qu'on reste un enfant toute sa vie.

Sans que rien n'en fût dit ouvertement, il était évident que mon père n'était pas partie prenante de l'embargo sur la langue anglaise. S'il ne contredisait pas ma mère, son attitude m'indiquait qu'il ne la soutenait pas pour autant. Lors de ces moments de désaccord, il sortait son étui à cigarettes en argent de la poche intérieure de sa veste et le faisait tourner plusieurs fois entre ses mains comme s'il cherchait un signe sur sa surface lisse. Il ouvrait alors l'étui et en retirait une cigarette, avec laquelle il jonglait entre ses doigts. Puis il en tassait le tabac en tapotant chacune de ses extrémités sur l'étui, avant de refermer celui-ci d'un coup sec.

J'avais attendu ce jour pendant des années, et m'y étais préparé avec ferveur. Je lui avais même donné un nom: *Le jour anglais**. Tels furent les mots que j'inscrivis, alors tout jeune garçon, sur un carnet à reliure de cuir dans lequel je copiai des expressions anglaises et des extraits de livres. Au début, il ne m'était pas essentiel de comprendre le sens de ces mots. Il me suffisait de les recueillir et de les admirer. Le carnet se remplit rapidement, et il me fallut vite m'en procurer un second, puis un troisième. Le titre de ces carnets-là était *The English Day* car il me paraissait désormais absurde de donner un nom français à quelque chose de fondamentalement anglais. Chaque lettre était tracée avec beaucoup de soin dans ce que j'imaginais être des caractères anglo-saxons gras.

En attendant, j'écumais les rayonnages de mes parents à la recherche de livres en anglais. La librairie était une extension de notre espace de vie et faisait pour moi office de cour de récréation intérieure. Mes parents n'y voyaient pas d'objection, et les clients, surtout les clients réguliers, avaient l'habitude de m'y trouver. Je créais des champs de bataille dans différents angles du magasin et je posais des avions en plastique en haut des escabeaux. Et tout en faisant voler mes avions le long des étagères les plus hautes, j'inspectais le dos des livres à la recherche de titres en anglais. Je commençai par des livres illustrés, en essayant de faire coïncider les images et leur légende. Tant et si bien que quand je fus assez âgé pour prendre des leçons d'anglais à l'école, j'avais déjà beaucoup d'avance sur les autres élèves.

Au fil des ans, j'observais attentivement mon père pour découvrir chez lui des indices de son anglicité. C'était peut-être un exercice futile, voire insultant, puisqu'il était né et avait été élevé dans les Hautes Terres d'Écosse. Mais à l'époque, j'ignorais presque tout de son passé : comme pour sa langue maternelle, on y faisait rarement allusion sauf pour bannir toute référence à celui-ci ; et comme dans la plupart des secrets de famille, il me manquait beaucoup de données factuelles. Mon père était au centre de mon existence, et pourtant une moitié de lui-même, celle que ma mère avait bannie, m'était inaccessible.

Un jour en revenant de l'école je me précipitai au premier étage pour apprendre une grande nouvelle à ma mère : Jean-Claude, mon meilleur ami, avait annoncé qu'un bébé était né dans sa famille pendant la nuit et que – "attends, *maman** tu ne vas pas y croire !" – il m'invitait chez lui pour examiner son petit frère. "Le bébé a moins d'un jour, tu te rends compte ! Il n'a même pas encore vraiment ouvert les yeux. Est-ce que je peux y aller, s'il te plaît, je peux?" Peut-être que dans mon enthousiasme j'avais glissé que moi aussi j'aimerais avoir un petit frère à la maison, je ne m'en souviens pas. Ce dont je me souviens très clairement, c'est du mouchoir de coton bleu bordé de dentelle que ma mère sortit de sa manche et porta à son visage qui se couvrait de larmes. Jusqu'alors, je ne savais pas que les adultes aussi pouvaient pleurer.

Ce qui se passa ensuite est moins clair, et ma mémoire est embrumée par l'étrangeté et le mystère de la situation. Ma mère ouvrit le tiroir de sa coiffeuse et en sortit trois petits pots ronds en verre épais, fermés par un bouchon de liège, semblables à ceux que l'on pouvait voir dans la vitrine de la pharmacie du coin. Chaque pot était muni d'une étiquette sur laquelle un nom était inscrit : au lieu du nom d'une pommade ou d'un médicament, on lisait celui d'une personne. "*Ce sont tes frères et ta sœur**", dit-elle, et le ton de sa voix m'indiquait qu'il ne s'agissait ni d'une plaisanterie, ni d'un tour de passe-passe comme lorsqu'elle avait ôté ses cheveux, mais d'une révélation importante. Pendant ce qui me sembla une éternité mais ne dura probablement que quelques instants, je fixai, interloqué, les pots de verre. *Mes frères et ma sœur**. Les pots ne contenaient rien qui ressemblât à ce que j'imaginais avoir été des créatures vivantes, *a fortiori* des frères et une sœur, et encore moins à des créatures en devenir. On n'y voyait que de petites choses minuscules et sans vie qui ressemblaient un peu à des champignons sauvages, sombres et rabougris, immangeables depuis longtemps, le type de champignons que les adultes vous interdisent de toucher. "*Mes pauvres enfants chéris**", souffla-t-elle.

Après cela, je me sentis moins prêt à aller voir le frère de Jean-Claude. Mon enthousiasme s'était évanoui, et d'étranges émotions inconnues se bousculaient à l'intérieur de ma poitrine. Je ne savais pas quoi en faire, ni comment les apaiser.

Selon Proust, on peut tout retrouver dans notre mémoire, mais ce n'est pas vrai. Les détails qui entourent certains événements comme celui-là sont oblitérés, réduits à l'état de fragments avec lesquels, parvenu à l'âge adulte, si le besoin s'en fait sentir, on peut créer la mosaïque d'un récit porteur de sens. Même si j'avais voulu échapper à cette histoire, la mettre de côté et l'ignorer, je n'aurais pas pu. Parce qu'en un sens elle me définit et contribue à forger ma place dans le monde.

Mais à l'époque, perdu dans les brumes de l'enfance, je passai beaucoup de temps à m'interroger sur mes frères et ma sœur et à me demander pourquoi ils étaient conservés dans des pots. Peut-être qu'ils attendaient de naître ? Avais-je moi aussi, à un moment donné, été mis en conserve ? Était-ce ainsi que les bébés commençaient leur existence ? Mais dans ce cas pourquoi ma mère était-elle si triste ? En réalité je ne suis pas sûr d'avoir posé ces questions à ma mère, ni même d'y avoir songé. Lorsque je mentionnai les pots devant mon père, il afficha une expression étrange mais se contenta de répondre : "*On ne reviendra pas là-dessus. On n'en parlera plus**." Nous nous rendîmes complices du même déni.

C'est à mon avis cet événement singulier qui fit naître en moi le sentiment de n'être pas seul, que d'autres personnes avaient existé avant moi, qu'elles étaient à l'évidence enfermées dans des pots de verre, suspendues dans un état de non-existence, et que je devais m'efforcer d'échapper au même sort. Est-ce cela qui avait marqué le début de mon besoin compulsif de préserver mes rognures d'ongle et autres fragments de moi-même ? Je ne peux pas en être certain. À tant d'années de distance, il n'est plus possible d'être sûr de quoi que ce soit : on se contente de creuser dans le terreau du passé, de faire remonter des éléments des couches inférieures et de leur donner un sens.

Mon treizième anniversaire finit – enfin – par arriver. Je me souviens encore de mon sentiment d'excitation à l'approche du grand jour. J'avais passé les mois précédents à me demander quelles phrases mémorables mon père et moi allions pouvoir prononcer en anglais pour la première fois. Parfois je pensais que les mots allaient affluer dans mon cerveau et jaillir comme des feux d'artifice. À d'autres moments, j'imaginais des roulements de tambour, puissants et spectaculaires, comme avant une allocution du président de Gaulle. Mon père allait-il donner des conseils à son fils ? Me demanderait-il de m'asseoir avant de me révéler tout ce qu'il m'avait caché ? Allait-il enfin me raconter la guerre et ses missions secrètes ? Ces expériences décisives dont j'ignorais presque tout agissaient comme une barrière entre nous. Je désespérais de tout savoir alors que je n'avais eu droit qu'à des bribes. Et je savais que ces bribes ne me permettaient pas de comprendre.

Finalement l'événement se déroula de façon très terre à terre. "*Happy birthday, Eddie !*", s'exclama-t-il, en posant ses mains sur mes épaules et en les serrant très fort. "*You're practically grown up now !*" Tu es presque un adulte maintenant ! Des mots anglais simples, ordinaires, mais qui sonnaient fort bien à mon oreille et semblaient riches de promesses.

25

À un moment donné, il devint évident que ma mère n'allait pas bien. Je remarquai que les clients habituels de la librairie parlaient d'elle sur un ton particulier. "Et votre femme, *ça va** *?*" Une question banale, dont on sentait pourtant qu'elle n'était pas fortuite. Ils voulaient savoir si elle allait mieux, et leurs visages exprimaient comme de la pitié. Un jour – il m'est difficile de le dater précisément – j'interrogeai mon père sur la santé de ma mère. Je devais avoir au moins treize ans puisque je me souviens avoir posé la question en anglais. Mais la réponse, quand elle arriva, fut formulée en français, comme s'il eût été déloyal d'employer la langue anglaise à son sujet. Il resta silencieux pendant un moment, puis s'éclaircit la gorge avant de finir par répondre qu'elle n'était plus elle-même depuis plusieurs années, et que son état ne s'améliorerait probablement pas.

– Cancer ? – Je murmurai ce mot, car je savais que c'était la pire des maladies.

– Non, répondit-il. *C'est la tête qui va pas**.

Et il me serra fort dans ses bras. J'en déduisis que la situation était grave et que nous devions rester soudés.

Quelque temps avant cet échange, j'avais compris que ma mère portait une perruque, mais ce n'est que bien plus tard que mon père m'apprit qu'elle avait perdu tous ses cheveux en une seule nuit après la mort de son premier bébé. Cet événement était à l'évidence le fondement de tout le reste. Deux autres enfants allaient suivre, tous deux mort-nés, à plusieurs années de distance, avant que je ne vienne au monde, pleurant et braillant à pleins poumons – le bruit le plus plaisant jamais entendu dans la famille Logan, avait ajouté mon père.

Pendant les premiers temps, ma mère fut entièrement absorbée par la promesse de lendemains chantants et de nouveaux espoirs qui accompagne l'arrivée d'un bébé, mais en réalité le chagrin initial s'était installé au plus profond de son cœur et ne voulait pas disparaître. Au fil des ans, il allait prendre de plus en plus de place.

– Tu vois, Eddie, expliqua mon père, le nouveau bébé que tu étais a contribué à recoudre les plaies. – Il marqua un temps d'arrêt, ne sachant pas trop comment continuer. – Mais les plaies elles-mêmes n'avaient pas été nettoyées.

Il avait lui aussi cru que cette nouvelle vie protégerait ma mère de toute douleur supplémentaire, mais il s'était trompé. Durant les premières années, elle avait mis toute son énergie à s'occuper de son adorable garçon, à le protéger de tout danger et à contenir sa propre angoisse.

– Mais sous la surface, la tristesse la rongeait de l'intérieur comme un rat.

Celle-ci se transforma progressivement en une maladie monstrueuse qui lui fit perdre tout lien avec le monde extérieur.

Bien que nous n'ayons pas de souvenirs de notre prime enfance, je me suis souvent demandé si ce rat ne m'avait pas moi aussi mordu alors que j'étais trop jeune pour en avoir conscience. Peut-être que mon corps en porte encore la trace, ce qui expliquerait aujourd'hui mes douleurs occasionnelles à la poitrine.

Après le décès de ma mère, j'appris davantage de choses car mon père s'autorisait désormais à parler.

– Nous aurions peut-être dû apprendre ensemble à faire notre deuil, avait-il expliqué un jour, mais nous ne l'avons pas fait.

Ils avaient emprunté séparément une sorte de long tunnel sombre dont il était ressorti seul, alors que ma mère y était restée bloquée par le souffle du chagrin.

– On aurait cru qu'elle ne voulait pas se rétablir complètement. Une partie d'elle-même se disait que si elle se laissait trop aller, si elle cessait de souffrir et baissait la garde, toi aussi tu pourrais lui être arraché. Elle pensait devoir faire pénitence et passer un marché avec Dieu. Elle était convaincue de subir un châtiment pour être tombée amoureuse de moi, avoir rompu avec ses parents et refusé la vie qu'ils avaient prévue pour elle. Il était inutile de lui dire que Dieu n'existait pas, qu'il n'y avait personne avec qui négocier.

Il poussa un soupir en caressant chacun de ses doigts, comme pour détecter dans ses os fins la moindre fêlure.

– Avant le problème des bébés, ta mère et moi partagions le même point de vue. Nous étions d'accord avec Stendhal : à tel moment on peut marcher dans la rue en s'émerveillant devant le spectacle des étoiles, et l'instant d'après se faire renverser par une calèche. C'est comme ça que Stendhal percevait les choses, et c'est ainsi que va la vie. Pendant la guerre, nous en avions tous deux conscience et nous l'acceptions. Il est absurde de penser qu'on peut se protéger des calamités. Elles vous frappent complètement au hasard.

Mais au lieu de se fier à Stendhal, ma mère s'était efforcée de créer un cadre qui nous permette de survivre et de nous sentir tous en sécurité. Elle avait élaboré des règles complexes que nous devions observer – "un vain effort pour surmonter sa peur", avait commenté mon père. Il me raconta qu'elle voyait des problèmes partout et décelait du danger même dans les activités les plus inoffensives. Et bien qu'elle se sentît en contact permanent avec Dieu, elle était incapable de s'en remettre entièrement à Lui, même pour les grandes décisions. Elle croyait dans le pouvoir de la prière, mais pensait aussi qu'une fois que Dieu avait arrêté Son choix, aucune prière, aussi insistante fût-elle, ne pouvait Le faire changer d'avis.

En écoutant mon père, un incident de mon enfance me revint en mémoire. J'étais tombé dans l'escalier qui reliait l'appartement à la librairie et avais dévalé les six dernières marches. Ma tête avait heurté le sol en pierre dans un craquement, mais la douleur avait été aussi vive que la blessure superficielle. Et pourtant ma mère fut aussitôt prise d'une crise d'hystérie, elle me secoua vigoureusement en exigeant des réponses rapides à toute une série de questions – nom, adresse, âge – comme si elle arrêtait un suspect sur le lieu d'un crime. Mon père tenta de l'étreindre pour la calmer mais elle échappa à ses bras et se jeta sur le sol en remerciant Dieu d'avoir épargné son pauvre enfant.

En dehors de Dieu, ajouta mon père, il fallait également compter avec les lois de la nature. Et bien qu'elles pussent aussi être attribuées à Dieu, on ne pouvait savoir à quel moment une catastrophe éventuelle échapperait à Sa divine attention. Aucun désastre, aussi lointain ou improbable fût-il, ne pouvait être exclu. C'est pourquoi ma mère ne pouvait s'empêcher d'extrapoler à partir des récits terribles qu'elle lisait dans les journaux ou entendait à la radio : famines, tremblements de terre, meurtres en série – tout représentait une menace. Et c'était encore pire dans la rue, car le danger y était *visible :* tous les chiens étaient enragés, toutes les voitures meurtrières, tous les étrangers des psychopathes. Cela finit par affecter son équilibre psychique. Elle arrêta progressivement de travailler dans la librairie et finit par rester cloîtrée à l'intérieur de l'appartement. Parfois mon père la retrouvait dans l'escalier, perdue, ne sachant plus si elle le descendait ou le remontait, ni dans quel but.

Consigné froidement sur une page blanche, ce récit forme une bien triste histoire, pleine de souffrance. Et pourtant mon expérience vécue est très différente de ce qu'évoquent ces mots implacables. Il y avait certes de la tristesse en embuscade, et un bourdon sourd résonnait dans ma tête, mais c'était supportable. En fin de compte, ma mère était plus attachante dans son état affaibli que dans son incarnation antérieure. Une fois que j'eus fait mon deuil de ne plus pouvoir la qualifier de "mère" avec tout ce que cela implique habituellement, c'était un être chérissable. Elle était également plus calme qu'avant, et même si son angoisse ne la quitta jamais, à la fin de sa vie elle donnait l'impression qu'un étau s'était desserré.

26

À Édimbourg, les magasins restent ouverts tard le jeudi, comme de nombreux musées et galeries. Et c'est ainsi qu'un jeudi après le travail, je décidai de suivre le conseil de Sanderson et de visiter la galerie d'Alice dans la New Town. Il serait intéressant de voir Alice dans son univers à elle, et j'étais curieux de découvrir les toiles de Carrie dans un cadre moins informel que son atelier.

La nuit commençait à tomber quand j'attachai mon vélo, mais la galerie était tellement illuminée qu'on se serait cru en plein jour. Au fond de la galerie, la personne assise au bureau – qui n'était pas Alice mais un jeune homme frêle – bondit avec enthousiasme sitôt que j'eus poussé la porte.

– Je viens juste regarder, merci, lui dis-je. C'est alors qu'une voix se fit entendre depuis la mezzanine, et levant la tête, j'aperçus Alice qui se penchait à la balustrade ciselée, telle une héroïne de Shakespeare.

– Regarder ? Mais c'est ce qu'il y a de mieux à faire ! lança-t-elle en projetant sa voix comme si elle s'adressait à un auditorium bondé. Il faut regarder, regarder, *regarder*, et plus on regarde, plus on a de plaisir, plus les tableaux prennent vie, plus on voit les couleurs, le rythme et la beauté, et plus nos émotions sont nourries.

Il était évident qu'elle m'avait reconnu, mais pendant plusieurs minutes elle maintint cette distance théâtrale depuis le balcon et s'abstint de me saluer par mon nom. Elle poursuivit son soliloque sur l'art en prononçant de sa bouche aux dents immaculées et aux lèvres écarlates des phrases bien tournées qui résonnaient dans la galerie. Lorsqu'elle se tut, je me surpris à esquisser involontairement un geste théâtral, entre révérence et haussement d'épaules, et je confessai que je ne connaissais, hélas, quasiment rien à la peinture.

– Mais cela peut être un avantage, Eddie, répondit-elle en s'adressant enfin à moi par mon nom et en descendant l'escalier de fer forgé en colimaçon dans un concert de claquements de talons.

Je répliquai que curieusement, Carrie avait dit la même chose lors de notre première rencontre dans son atelier.

– C'est que ça doit être vrai ! s'esclaffa-t-elle.

Ma visite de la galerie d'Alice s'avéra mémorable, d'abord en raison des tableaux de Carrie, et ensuite, de façon plus surprenante, eu égard à mon propre métier. Mais avant cela, en réponse probable à un ordre invisible, le jeune gringalet nous apporta deux verres de vin blanc frais. Alice leva le sien sans attendre et proposa un toast "Aux traducteurs de tous les pays !", toast mystérieux dont le sens ne m'apparut que plus tard. Elle me prit alors par le bras et me fit faire le tour de la galerie en me parlant de chaque tableau comme si j'étais un acheteur potentiel. Il y avait plusieurs œuvres "locales", comme des scènes de rue à Édimbourg ou de grands panoramas dont un ou deux m'étaient déjà familiers. Alice commentait chaque toile sans se contenter de donner une appréciation ou une interprétation globale, mais en abordant aussi des aspects techniques comme les formes et la couleur, les traits et les tons. Tout cela me dépassait un peu, mais il lui suffisait de mentionner le lien entre les toiles et ce qu'elle appelait "le récit personnel" pour que je redevienne attentif.

Quant aux œuvres de Carrie, trois grandes toiles accrochées au fond de la galerie, Alice les garda pour la fin, sans doute parce qu'elle avait compris que c'était ce qui m'intéressait le plus.

– Dans ses meilleurs tableaux, elle a le pouvoir de vous transporter, comme seule une grande artiste sait le faire, expliqua Alice. – Carrie était avant tout une figurative, même si au cours des deux dernières années elle s'était aventurée davantage sur le terrain de l'art perceptuel. – Elle peint essentiellement à partir de son expérience personnelle, de ce qu'elle perçoit dans son environnement quotidien. Bien sûr, avec les problèmes d'Alfie, son monde s'est fracturé, et cela transparaît dans ses œuvres les plus récentes, qui sont toutes fuyantes et troublantes.

Dans les tableaux exposés, Alice attira mon attention sur le traitement de l'espace, et particulièrement du vide. "Ce qui semble évidemment absurde, car comment pourrait-on peindre le vide?" Mais la chose était plus complexe que cela: Carrie s'intéressait à des espaces où l'on s'attend à voir une présence, comme une chambre, un lit ou une rue, et les remplissait de l'absence de figure humaine. En observant l'espace, on prenait conscience de cette absence.

– Parfois elle introduit une figure humaine, comme dans cette toile, expliqua-t-elle en pointant du doigt le tableau du milieu, mais comme tu le vois, c'est une figure évanescente, diminuée. Et c'est cette absence, cette évanescence qui devient centrale.

Alice ajouta que chaque toile contenait des éléments contraires, comme le clair et l'obscur, la joie et la tristesse:

– C'est une caresse, mais c'est aussi un cri.

Ces mots me firent frissonner. Nous restâmes tous deux debout côte à côte, admirant les tableaux de Carrie en silence. Même l'espace entre les toiles me semblait maintenant empli de chagrin. Puis, comme pour me rassurer, Alice se tourna vers moi et dit:

– Mais après tout, la perte est une chose naturelle. Comme la beauté.

– Est-ce que la perte peut être associée à la beauté? Elle ne s'apparente pas davantage à la laideur?

– Si, bien sûr, rétorqua-t-elle un peu trop rapidement, comme si la réponse allait de soi. Mais l'art se contente d'observer la vie, et la vie contient de la laideur, ajouta-t-elle en claquant la langue. Parfois on la trouve si laide qu'on a du mal à la supporter ne serait-ce que cinq minutes.

Elle rit à gorge déployée, et je me demandai si elle parlait en connaissance de cause, songeant à sa liaison avec Sanderson.

Alors que j'étais sur le point de repartir, Alice m'interrogea sur mon propre travail et sur l'avancement de ma traduction.

– J'éprouve un étrange intérêt pour la traduction, précisa-t-elle, presque gênée, comme si elle avouait un vice. Et elle se lança dans un nouveau monologue en arpentant le plancher et en marquant des pauses toujours très théâtrales. Quand elle était étudiante, sa meilleure amie, une femme merveilleuse dénommée Janet, avait épousé un homme d'affaires japonais peu après avoir obtenu son diplôme. Janet et son mari s'étaient installés à Kyoto où ils avaient élevé leurs trois enfants. Janet parlant japonais, les trois enfants avaient été éduqués dans les deux langues, et elle commença à traduire des romans japonais en anglais. Sa première traduction publiée fut un court roman d'une certaine Yuriko Mukoda, traduction qu'elle avait envoyée à Alice pour son anniversaire plusieurs années auparavant.

– Ce n'était pas vraiment mon truc, expliqua Alice. L'histoire se déroulait dans un village de pêcheurs au Moyen Âge, et on devinait rien qu'à la couverture qu'il y aurait beaucoup de misère et de souffrance. Et je n'aime pas trop le mélo – elle s'esclaffa rien qu'en y pensant – mais comme c'était un cadeau d'une amie proche, je décidai d'essayer.

Le roman était différent de tout ce qu'elle avait pu lire jusque-là, sans qu'Alice puisse expliquer précisément cette différence : cela tenait au style de la prose, “très épuré, distancié et formel, tu vois, très… *étranger*”.

Elle injecta un peu de venin dans le mot *étranger*, et se souvint trop tard qu'il s'appliquait à moi (mais aussi à elle, ne pus-je m'empêcher de penser).

– Ne te méprends pas, ajouta-t-elle en se recomposant un visage bienveillant, c'était juste *étrange*. Mais au fond, en même temps, *intéressant*. Et parvenue à la fin du livre, j'étais presque devenue fan !

Je me demandai où elle voulait bien en venir. Elle développa, comme si elle avait lu mes pensées :

– Et c'est là que ça devient vraiment dingue.

Un an ou deux plus tard, elle avait reçu un mail de Janet qui lui apprit une terrible nouvelle : renversée par une voiture, sa fille avait subi un traumatisme crânien et se trouvait à l'hôpital dans le coma.

Au cours des mois suivants, Janet avait envoyé régulièrement par mail à ses amis de longs bulletins de santé détaillant la situation de sa fille et son évolution : son retour progressif à la vie, le moment où elle était sortie du coma, ses premières réponses motrices, etc. Chose curieuse, Alice avait été captivée par ces bulletins. Elle aimait leur précision et leur côté dramatique, au point qu'elle attendait impatiemment l'arrivée du bulletin suivant. Et là, un jour, en lisant le dernier compte rendu, elle avait eu un fort sentiment de *déjà-vu*[*] – elle prononça ce terme d'une voix traînante : "dei – jah – vou".

– C'était comme si j'avais déjà lu cette histoire quelque part. Et pourtant je savais que ce n'était pas possible car tout cela se déroulait en temps réel et concernait la fille de mon amie, et non pas un personnage de roman. – Quand soudain, elle finit par saisir ce qui lui semblait si familier. Elle croyait relire le roman japonais depuis le début. Non pas l'histoire, pas la situation elle-même, mais la tonalité, le rythme, la texture, l'attention aux détails – on ne pouvait pas s'y tromper. – Cela revenait à réussir à identifier un tableau à partir des coups de pinceau qui le composent.

Alice expliqua que cela avait été “la chose la plus bizarre au monde”. Elle en était venue à se demander dans quelle mesure le roman était l’œuvre de Janet, ou celle de l’auteure japonaise. À moins que ce ne soit l’inverse : Janet aurait-elle pu adopter la personnalité de l’auteure sans s’en rendre compte ?

– Qu’en dis-tu, Eddie ?

– Je ne suis pas sûr, répondis-je en ayant un peu le sentiment de marcher au bord d’un gouffre. Je pense que des forces mystérieuses sont à l’œuvre quand on traduit.

Sur le chemin du retour ce soir-là, je sentis les effets du vin et du manque de nourriture. Dès que j’eus atteint la route de Calton Hill, je sus que je m’arrêterais au cimetière avant de rentrer à la maison. L’histoire d’Alice m’avait perturbé. J’avais le sentiment d’avoir reçu un cadeau non désiré et dont on ne peut refuser la livraison.

27

Sanderson n'avait pas tort : peut-être que j'avais lu trop de romans. Ce qui est sûr, c'est que je les avais lus d'une façon particulière. En tant que traducteur, on ne peut pas se contenter de parcourir le livre, d'en saisir les idées principales et de comprendre juste ce qu'il faut pour restituer le récit. Le travail est beaucoup plus intense que cela. Il faut observer chacun des mots, sans exception, et s'interroger sur leurs relations les uns aux autres. Après quoi on se sent parfois aussi épuisé que si l'on avait couru un marathon. Même quand on essaie d'oublier son travail en lisant simplement pour le plaisir, il est parfois impossible de ne pas remarquer certaines choses : l'ossature du livre, son teint, ce qui se cache sous son épiderme, les vaisseaux, les veines, toute la lumière et l'ombre que le langage projette sur la page. Les mots ne sont que des starting-blocks.

Le comble, c'est que j'ai d'abord été attiré par la traduction littéraire parce que cela apparaissait comme une solution sans risque. Après ma dépression, ce qu'il me fallait, c'était de la fiction, des histoires inventées qui me protégeraient de la réalité. Bien sûr, je n'ai pas tardé à découvrir que cette protection est limitée : si les personnages et l'intrigue sont inventés, tous les sentiments qui sous-tendent le récit – amour et perte, joie et tristesse – sont identiques à ceux qui ont cours dans la vie réelle. Et comme il doit accorder une attention minutieuse à chaque ligne – se glisser sous la peau du texte, pour ainsi dire – le traducteur y est encore plus exposé que le lecteur ordinaire. Je suis parfois frappé par l'injustice de cette situation, mais c'est comme ça. La quasi-totalité de mon expérience de la vie, les hauts et les bas, les espoirs et les déceptions, les complications sentimentales – tout ce qui compte, en fait – tout cela est passé chez moi par le biais de l'écrit. Le résultat, c'est que les romans m'ont donné le sentiment d'une connexion avec les autres, avec la texture de vies réelles, mais ce sentiment est peut-être illusoire. C'est ainsi que j'avais vécu pendant près de vingt-cinq ans et j'en avais tiré une forme de contentement. Ah, *contentement*, revoilà ce mot ! Sanderson aurait dit que je cherchais à éviter le terme "bonheur", mais je n'en suis pas si sûr : avec toutes les espérances et obligations qu'il comporte, le bonheur est une notion lourde de sens, alors que le contentement est beaucoup plus terre à terre, et correspond à ce qu'un honnête homme peut attendre de la vie. Or voilà qu'à Édimbourg, tout cela se trouva remis en question. Il aurait été plus facile de faire la connaissance de Sanderson dans un roman, d'assister à sa chute depuis une distance confortable ; mais quand c'est par le biais de romans que vous avez noué des liens avec les autres, la réalité a de quoi vous surprendre.

Or Sanderson était on ne peut plus réel. Apprendre à le connaître fut tout sauf lent ou progressif : c'était comme apprendre une nouvelle langue, non pas au moyen d'une grammaire ou d'un lexique, mais par immersion complète. À mesure que les jours passaient, j'étais stupéfait de le voir parler si ouvertement de lui-même, sans la moindre incitation de ma part. Il était difficile d'expliquer la soudaineté de ces déballages et l'incontinence verbale de Sanderson, sauf à considérer notre relation comme une sorte d'intermède imprévu, le genre d'échanges intimes que l'on peut observer pendant les vacances entre des étrangers, qui se livrent l'un à l'autre d'autant plus librement que leur rencontre est une collision éphémère, aussi intense et indiscrète qu'elle sera vite finie et oubliée. Sanderson avait trouvé quelqu'un à qui parler sans que cela n'ait beaucoup d'importance, sans que cela ne porte à conséquence puisqu'il savait qu'au bout de quelques mois j'aurais disparu de sa vie. Je pris conscience que la même possibilité m'était offerte, et qu'il ne tenait qu'à moi de la saisir.

Bien que nos conversations aient semblé porter sur des sujets libres et variés, je me rendis compte après coup qu'elles traitaient surtout des gens et de leur attitude les uns envers les autres. En dehors de son mariage, Sanderson parlait régulièrement de ses parents, qui étaient morts depuis longtemps mais demeuraient bien vivants dans sa mémoire et dans sa conscience. Il disait les regretter, non pas eux-mêmes précisément, mais plutôt l'idée qu'il se faisait d'eux ; et que leur relation eût été meilleure s'il avait fait l'effort de les apprécier. Il prenait maintenant conscience que c'étaient des gens bien.

– Peut-être que pour les générations précédentes il était plus facile de faire preuve de bonté au quotidien, dis-je en songeant à mon père.

– Qu'est-ce que tu veux dire par là ?

– Eh bien, que les gens éprouvaient les mêmes émotions qu'aujourd'hui : la souffrance, la colère, la culpabilité, la honte, mais qu'ils en parlaient rarement, ils restaient stoïques. C'était une attitude courante à l'époque.

– Le stoïcisme n'a pas grand-chose à voir avec la bonté.

– Ça peut y ressembler.

– Ha ! C'est sûr que personne ne m'a encore jamais reproché d'être bon. Mais toi, tu es encore jeune, tout est encore possible.

– J'ai quarante-cinq ans ! Ce n'est pas si jeune !

– Mais tu feras sans doute encore beaucoup d'erreurs. Tandis que les miennes, je les ai déjà commises. Mon avenir se conjugue au passé.

Il enfonça du tabac dans sa pipe aussi méticuleusement que s'il essayait de faire disparaître tout ce qui avait gâché sa vie.

– Quand je vivais chez mes parents, j'étais en conflit avec mon père : je me sentais supérieur à lui parce que je lisais des livres. Mon père n'avait pas le temps de penser. À ses yeux, une vie *sans introspection* était la seule qui valait d'être vécue… du moins c'est ce que je pensais de lui à l'époque. Or, si Socrate avait insisté sur l'importance de l'introspection, celle-ci avait fini par lui coûter la vie, expliqua Sanderson. En définitive, mon père était peut-être plus sage que Socrate, sourit-il. Il travaillait, partait pêcher, s'occupait de son jardin. Même la plus ordinaire des existences nous indique tout ce qu'il faut savoir pour bien vivre. Il m'aura fallu une vie entière pour le comprendre.

Son père était mineur et travaillait à extraire du charbon, sous terre, dans l'obscurité, avec pour toute compagnie une lampe et un canari. Sa vie durant, il avait évité les sujets difficiles ; si l'un d'eux pointait le bout de son nez, il déviait la conversation vers un sujet consensuel, comme les dahlias.

– Il disait toujours qu'avec les dahlias, on ne pouvait pas faire de faux pas.

Son père était un homme qui faisait toujours profil bas – "le genre d'homme qui cherche la paix à tout prix" – et qui disparaissait au fond du jardin au moindre signe de conflit. Sanderson le considérait aujourd'hui comme un homme d'une infinie courtoisie, aux mœurs irréprochables : "rien de raffiné ni d'artificiel, mais une attitude qui lui venait du cœur." Il lui semblait avoir été l'incarnation même de ce que les Grecs anciens nommaient *eudaimonia* : non pas le bonheur tel que nous le concevons de nos jours, mais un concept beaucoup plus proche du *bien vivre*, du fait d'être bon. La meilleure façon d'atteindre l'*eudaimonia* était l'ataraxie, un état que l'on pourrait décrire comme une forme d'imperturbabilité : rester calme, ne pas céder à la panique. Les philosophes débattent depuis des siècles sur la meilleure façon de l'atteindre. Et pourtant, Sanderson mesurait maintenant que son père avait trouvé la solution. Pourquoi ne l'avait-il pas compris à l'époque, pourquoi n'avait-il rien appris de lui ? Comparé à son père, il se sentait irresponsable, faible et bon à rien, et aujourd'hui aurait tout donné pour passer une heure en sa compagnie. Il fit une pause et s'éclaircit la gorge.

– Bien sûr, les pères des autres garçons avaient fait la guerre, poursuivit-il d'une voix plus assurée.

L'un d'entre eux y avait perdu une jambe, signe indéniable d'héroïsme et de bravoure. Mais parce que la mine était considérée comme un domaine stratégique, le père de Sanderson n'avait pas été envoyé au front, "ce qui l'avait exposé aux railleries des écoliers et aux médisances des ignares". Pourtant cela n'avait pas eu l'air de le gêner.

– Il descendait lui-même d'une longue lignée de rabroueurs, donc il comprenait le rabrouement mieux que quiconque.

Or la mine ne lui avait pas sauvé la vie, loin de là.

– Toute cette poussière de charbon noir avait dû pénétrer son organisme et il a développé une maladie des poumons. C'était le genre d'homme qui considère la maladie comme un signe déplorable de faiblesse de caractère et qui souffre horriblement sans jamais se plaindre. Il a fait de son mieux pour mourir discrètement. Je suis allé le voir peu avant sa mort. Le médecin m'avait prévenu qu'il ne passerait pas la nuit, mais mon père n'aurait jamais accepté de mourir en présence d'un visiteur, *a fortiori* de son propre fils. Il s'est éteint le lendemain de mon départ.

Sur sa mère, Sanderson était moins loquace. Il révéla seulement qu'elle s'était épuisée à penser aux autres, à trouver comment les nourrir et prendre soin d'eux. Elle agissait par devoir et non par amour.

– Elle n'aurait jamais admis avoir éprouvé de l'amour, ça non, jamais de la vie !

Pour elle, l'amour était un sentiment qui pouvait créer beaucoup de problèmes, surtout si on en parlait. Ce qu'elle ne fit jamais. Le sens du devoir l'opprimait, mais en même temps il la définissait. Après la mort de son mari, lorsqu'elle n'eut plus personne de qui se soucier en dehors d'elle-même, elle se trouva privée de but : le jour du décès de son époux, sa vie avait calé comme un moteur, et elle ne parvint jamais à le faire redémarrer. Partie à la dérive, elle mourut peu après.

28

Vers la fin du mois de septembre, cela recommença. J'étais rentré de la bibliothèque à vélo après mon étape habituelle au cimetière pour rendre hommage à Hume. Comme je venais de finir de traduire un nouvel essai, je voulais solenniser l'événement en me recueillant sur sa tombe. Mais sitôt pénétré dans le cottage, je sentis que quelque chose n'allait pas. J'entrai dans le salon et allumai toutes les lumières. Tout était à sa place, rien ne semblait avoir été touché. Et pourtant, malgré le manque de signes tangibles, je restais persuadé que quelqu'un était venu en mon absence. Deux jours après, j'eus de nouveau la même sensation. Je demeurai à l'affût dans le vestibule pendant une minute ou deux, les oreilles et les yeux grand ouverts. Mais à l'affût de quoi, au juste ? Quelques jours plus tard, lorsque je m'aperçus que la porte du débarras était restée ouverte, j'eus la certitude que mes soupçons étaient fondés. Je suis assez maniaque en matière de portes : elles doivent rester fermées sauf quand je suis à l'intérieur d'une pièce, auquel cas elles demeurent grand ouvertes. On a ses manies quand on vit seul.

J'entrai dans le débarras et tournai la poignée de la porte menant au garage, mais elle était toujours verrouillée. Je collai mon œil à la serrure : le noir total. Tous les accessoires de ménage étant rangés dans ce débarras – aspirateur, balais et serpillière, gants en caoutchouc – ça ne pouvait qu'être Mme Bannerman. On était mardi, son jour habituel de ménage, mais comme j'avais quitté la maison après elle, toutes les portes auraient dû être refermées. À moins qu'elle n'ait oublié quelque chose et ne soit venue le récupérer ? Ce n'était sans doute pas plus compliqué que ça. Je m'efforçai de me sortir ces soupçons de l'esprit, ou du moins de les empêcher d'y prendre racine et de se muer en une peur tentaculaire et incontrôlable. Mais bien sûr c'était impossible. Le matin suivant, je plaçai une enveloppe verticalement contre la porte, côté intérieur. Si quelqu'un ouvrait la porte, elle tomberait sur le paillasson et donnerait l'impression que je n'avais pas ramassé le courrier. À mon retour, comme je m'y attendais, l'enveloppe était à plat sur le paillasson. Mais comme le facteur avait glissé d'autres lettres dans la boîte, il était possible que cela ait contrarié mon petit stratagème.

Le jour d'après, je décidai de modifier ma routine quotidienne et de retourner à la maison en milieu d'après-midi. Rien. Je ressortis et scrutai un moment la petite cour digne d'un village de poupées. Aucun des *mews cottages* n'avait de rideaux aux fenêtres, ou s'ils en avaient, ils n'étaient jamais fermés. Je balayai toutes les fenêtres d'un regard panoramique, à la recherche de signes de vie, mais n'en remarquai aucun. Dans le coin opposé à ma maison, à l'autre extrémité de la cour, un chien dormait sur le pas de la porte, apparemment le seul être vivant à la ronde. Et pourtant je ne réussissais pas à me défaire du sentiment d'être observé. Je verrouillai la porte d'entrée avec une conscience accrue du moindre de mes mouvements et enfourchai mon vélo pour rejoindre la rue principale.

Le jour suivant, après avoir quitté la maison pour aller travailler, je m'arrêtai à une centaine de mètres de mon domicile, attachai mon vélo à un lampadaire et fis le tour du pâté de maisons pour entrer dans la cour en passant par un cottage. La plupart des garages avaient été incorporés aux cottages, convertis en ateliers ou simplement utilisés pour agrandir la pièce du rez-de-chaussée. Cependant, au moins deux d'entre eux servaient encore à garer des voitures et j'avais remarqué que lorsque mes voisins partaient travailler le matin, ils laissaient souvent les portes ouvertes. J'avais également observé par ces portes ouvertes que chacun des garages possédait une seconde entrée qui devait probablement donner sur la petite allée visible depuis ma fenêtre de derrière au premier étage. Une grille donnait sur cette allée étroite qui longeait l'arrière des maisonnettes. Je la poussai. Le cœur battant plus vite que d'habitude, je préparai une excuse en cas d'interpellation : Français, égaré, nouvellement arrivé à Édimbourg et locataire de l'un des cottages, je cherchais l'entrée arrière de ma maison.

Comme la première porte était verrouillée, j'essayai une autre porte trois maisons plus loin. Elle s'ouvrit sur le garage vide qui donnait sur la cour centrale. Une fois de retour dans la cour, je poussai un soupir de soulagement et pris une pose censée paraître naturelle : appuyé contre le hêtre pourpre, les mains dans les poches, comme si j'attendais quelqu'un. En penchant légèrement la tête, j'avais une bonne vue sur ma propre porte d'entrée. Au loin on percevait les bruits assourdis du trafic de la ville. En dehors de cela, seul le bruissement léger du vent dans les feuilles qui commençaient à tomber se faisait entendre. J'attendis encore et encore, conscient du lent écoulement du temps, mais aussi de la qualité étrange du silence. J'étais persuadé de pouvoir entendre le tintement des pensées qui s'entrechoquaient dans mon cerveau, et même mes poils de barbe en train de pousser.

Tout à coup, un bruit distinctement humain retentit à proximité de moi : un homme se mouchait sans discrétion. Je lançai un coup d'œil de l'autre côté du tronc du hêtre et fus stupéfait de voir Sanderson à quelques mètres de moi, le dos tourné, les jambes dissimulées par des arbustes. Depuis combien de temps était-il là ? Y aurait-il passé la nuit ? Il portait un pardessus élimé dont il avait remonté le col, mais on reconnaissait aisément sa silhouette et son attitude. Il se comportait bizarrement, feintant et esquivant comme un boxeur, caché derrière un grand cotonéaster. Je l'observai pendant une minute ou deux, le temps d'établir qu'il était lui aussi en train d'observer ma maisonnette. Mais *pourquoi* ? Que cherchait-il ? Que pouvait-il bien faire là ? Je restai figé, incapable de bouger, osant à peine respirer, éprouvant un inexplicable sentiment de culpabilité qui se mua vite en ressentiment. Après tout, il était sur *mon* territoire. J'étais dans mon droit, c'est Sanderson qui me devait une explication. Pourquoi n'était-il pas au travail ? Qu'est-ce qu'il me voulait ? Cherchait-il à m'espionner, à épier mes mouvements ? Et *pourquoi* ?

J'essayai de déterminer quoi faire. Il était impossible de retourner dans la maison ou même de quitter le jardin sans révéler ma présence. La panique me prit aux tripes. Alors, que faire ? Se montrer ? Oui. Me confronter à lui. Le sommer de s'expliquer. Mais je n'en fis rien, saisi par une sorte de paralysie, puis par l'absurdité de la situation : deux hommes adultes, sans but précis, jouant à cache-cache dans un jardin privé au cœur de la capitale écossaise. Après un certain temps, une odeur de tabac me monta aux narines. Sanderson avait sûrement allumé sa pipe, ce qui poussa mon irritation à son comble. Traîner à l'extérieur du domicile d'un autre homme ne le gênait visiblement en rien. Et quelques instants plus tard, il eut le toupet de se soulager contre le cotonéaster : un filet de liquide ambré coula le long des racines de l'arbuste pour former une petite flaque dans un creux à deux mètres de l'endroit où je me trouvais.

29

Quand Sanderson finit par s'extraire des feuillages pour regagner l'entrée de la cour, la nuit commençait à tomber. À la fin de cette journée, j'étais perclus d'anxiété et de fatigue. Je n'avais rien trouvé de concluant et manquais d'énergie pour me remettre au travail. Une fois dans mon lit, en cherchant le sommeil, je me résolus à demander des comptes à Sanderson. Au matin, c'était un vendredi de la fin du mois de septembre, je me rendis directement dans son bureau de David Hume Tower, mais trouvai un avis sur sa porte qui renvoyait les étudiants vers un autre membre du Département. Au secrétariat, on m'informa que Sanderson était en arrêt maladie. Je songeai aussitôt à ses lésions purulentes.

– Ah oui, ses problèmes de peau, dis-je, mon indignation se muant rapidement en compassion. La secrétaire fit la moue. Elle se comportait de manière étrange : maladresse ou gêne, il était difficile de trancher.

– Vous êtes de la presse ? demanda-t-elle.

Elle semblait nerveuse.

– La presse ?

– Oui, les médias, répondit-elle, en prononçant *mêêdia*.

Je répondis que j'avais une bourse de recherche dans le Département et que Sanderson était l'un de mes collègues. Elle marmonna des excuses et ajouta qu'elle n'avait pas plus d'informations.

Lorsque je me rendis à l'appartement des Sanderson, Carrie fut étonnée de me voir, tellement étonnée que je redoutai d'avoir commis un terrible impair. Elle commença une phrase, puis se reprit avant d'expliquer qu'elle me croyait plongé dans mon travail. “Votre *routine*", dit-elle en appuyant sur le mot, avant de me réciter ce que je lui avais expliqué sur l'organisation de mes journées : le matin chez moi, l'après-midi à la bibliothèque. Me taquinait-elle, ou se moquait-elle franchement de moi ? Les deux étaient possibles et cela me décontenança. Je fus alors envahi par un sentiment puissant, une bouffée d'émotion paralysante que je ne parvins pas à identifier, que je pris d'abord pour de la gêne mais qui se transforma en un désir irrépressible de la comprendre, de lire dans son cœur. Sous sa blouse de peintre, elle portait un pantalon ample taillé dans un joli batik coloré. Elle croisa les bras, un coude dans chaque main. Il flottait un sentiment de malaise, mais je ne parvenais pas à savoir s'il venait d'elle ou de moi. Elle m'aurait bien invité à prendre le café, dit-elle, mais elle était sur le point de sortir.

– Non, non… répondis-je, toujours en proie à ce sentiment d'étrangeté. – De toute façon je ne pouvais pas rester. Je voulais juste dire un mot rapide à Sanderson pour vérifier les arrangements de la partie de pêche du lendemain.

– Harry ? Mais il est au travail ! Il est au Département tous les jours dès 9 heures du matin.

Il y avait de la nervosité dans son comportement. Ou si ce n'était pas de la nervosité, une forme d'affliction. Je me demandai si elle allait bien, mais subodorai qu'elle couvrait Sanderson, qui devait se cacher dans son cagibi et assembler une mouche en savourant mon embarras. "Harry aussi a sa routine, vous savez", ajouta-t-elle sur un ton badin mais qui indiquait qu'elle doutait que je sois venu parler à son mari. Ce qui impliquait que, dans son esprit, c'était elle que j'étais venu voir, et que j'espérais la trouver seule. Je détalai le plus vite possible.

30

Mes interactions sociales pouvaient encore me poser bien des problèmes, il me restait beaucoup à apprendre. Après tout, ce que je savais du tempérament des hommes, je le tirais surtout de la lecture des romans. Or la fiction ne peut pas vous enseigner comment vivre, ni même quels mots employer : vous devez l'apprendre par vous-même. Il en va de même avec l'amour, ce sentiment dont regorgent la plupart des romans mais qu'il est difficile d'identifier hors de leurs pages. Et si l'on y parvient, on ne sait pas comment réagir.

Il m'arrivait de me dire qu'au fil des ans j'aurais dû m'inspirer davantage d'Antoine, qui possédait toutes ces qualités pour lesquelles les Anglais n'ont pas de nom : *le panache, l'éclat, l'élan**. Mon amitié avec Antoine datait de l'université, il était en fait la seule personne que je puisse considérer comme ami, et sa vie était si riche en complications qu'elle en devenait édifiante ; sa vie amoureuse, quant à elle, était plus déconcertante qu'instructive. Nous ne nous voyions que de façon sporadique – il pouvait s'écouler un an entre deux rencontres – et la plupart du temps à l'instigation d'Antoine. Il m'appelait pour me proposer de dîner ou de prendre un verre, généralement à la dernière minute, ce qui signifiait à coup sûr qu'il souhaitait me parler de ses derniers démêlés sentimentaux. C'était quelqu'un qui ne se sentait vraiment vivant que lorsqu'il s'embarquait dans une nouvelle histoire d'amour, qui naissait toujours des cendres de la précédente. Et il aimait à se présenter comme une victime que sa sensibilité exacerbée exposait aux affres de l'amour autant qu'à ses délices.

– C'est comparable à une infection par voie aérienne, expliquait-il. On attrape la maladie, et il n'y a pas de remède. – Sur quoi il haussait les épaules comme pour dire qu'il n'y était pour rien.

J'avais renoncé à dénombrer les mariages, quasi-mariages et autres liaisons d'Antoine, qui semblait avoir un appétit insatiable pour les nouveaux commencements. Il entamait chaque liaison avec ferveur et cherchait en général à la pérenniser par un mariage, gagné qu'il était par un optimisme sans borne. À chaque fois, il était certain d'avoir trouvé la femme qui allait lui vouer un amour inconditionnel et l'adorer (amour et adoration étant deux mots bien distincts dans son vocabulaire amoureux). Nos conversations suivaient toujours la même trame : Antoine me racontait son dernier coup de foudre, et son récit évoquait une passion en tout point identique à celle qu'il avait éprouvée à la naissance de son précédent amour, aujourd'hui en coma dépassé. J'y décelai une soif d'intensité : il ne se sentait vivant que s'il était au cœur d'un drame. Chaque nouvelle liaison lui permettait de se réinventer, ce qui alimentait son infidélité jusqu'à ce que le besoin fébrile de changement se manifeste de nouveau. C'était une carrière à part entière, presque une vocation. Le plus étonnant, c'est qu'il trouvait le temps de travailler. Depuis qu'il avait quitté l'université, il était employé comme rédacteur dans une agence de publicité en vue, où l'on travaillait tard en ingurgitant des litres de café. Tous les employés s'efforçaient de susciter des désirs irrépressibles pour des produits divers. L'atmosphère était enivrante, j'y voyais un cocktail idéal pour Antoine dans sa quête perpétuelle de changement. Pour ma part, j'avais une piètre opinion de la publicité, qui trahit notre confiance avec ses exagérations, ses mensonges, ses allégations toutes parées de beaux atours et de slogans aguicheurs. C'était peut-être là une des raisons du comportement d'Antoine. Dans sa vie privée, il ne pouvait s'empêcher de créer les mêmes illusions que celles qu'exigeait sa vie professionnelle.

– N'importe quoi ! avait-il rétorqué quand je lui avais présenté ma théorie. – Comment pouvais-je ne pas comprendre ? Il n'avait pas *besoin* de travestir son amour, pas besoin d'hyperbole. La réalité était merveilleuse par elle-même.

Après avoir entendu le récit de sa dernière infidélité, je répliquais parfois :

– Mais à quoi bon, Antoine ? Comme tu es en quête perpétuelle de nouveauté, le neuf vieillit et se périme vite, et doit être aussitôt remplacé pour satisfaire ton addiction au renouveau permanent.

Mais cette question-là, je ne la posais jamais sérieusement. Mon rôle, et nous le comprenions tous deux à mi-mot, se réduisait à le questionner pour semer le doute. Antoine ne s'attendait pas à moins car cela lui permettait de se persuader de l'intensité de son nouvel amour, de sa perfection, de sa nécessité pour son bien-être à venir, et de sa parfaite inéluctabilité. Et si jamais je rechignais à le croire, il se contentait d'un haussement d'épaules. Tout était si simple. Pourquoi ne comprenais-je pas ? *Les choses s'arrangent, mais autrement*[*].

Même si mes objections étaient de pure forme, je lui demandais parfois pourquoi sa conjointe du moment lui convenait désormais si peu qu'il devait la remplacer par une autre.

– C'est impossible à expliquer, répondait-il. C'est comme ça.

En général, il essayait quand même en cherchant une image ou une comparaison susceptible d'illustrer la nature du problème. Quand il finissait par en trouver une, on croyait entendre la plaidoirie d'un avocat ou d'un homme politique faisant l'éloge d'une chose qu'il s'apprête à démolir, avec des phrases du type "C'est triste à dire, mais…".

– C'est triste à dire, mais les femmes sont comme ces serviettes qu'on distribue dans les avions. Au début elles sont trop chaudes pour qu'on les manipule, puis il y a un court moment où elles sont à la bonne température : on se sent choyé et détendu. Et enfin, sans qu'on s'y attende, elles deviennent froides et collantes et on est impatient de s'en débarrasser.

– Mais peut-être que tu devrais laisser du temps au temps, plutôt que d'infliger tant de douleur et de souffrance ?

C'est le genre de propos que je tenais, en m'efforçant toujours de concilier tact et naïveté. Antoine balayait cette remarque d'un revers de la main et me disait que j'étais à côté de la plaque. Il s'agissait *d'amour*, et il avait offert son *cœur*. De belles paroles sur l'amour, pensais-je, mais rien qui réchauffe le cœur.

– Ce n'est pas ton cœur qui est en jeu, mais plus petitement ton pénis, lui avais-je asséné un jour.

– Il ne faut jamais accoler le mot *petit* à un pénis. En tout cas, pas au mien ! avait-il protesté.

Il pouvait parler de sexe avec beaucoup de solennité, ce qui faisait son charme. Nier la puissance d'un nouvel amour n'est pas envisageable, disait-il souvent. L'énormité de ce déni rendrait la vie impossible. Ce qu'on fait ensemble, ce qu'on possède ensemble, se justifie par soi-même. Cela s'autodéfinit et cela nous définit en retour. "*On fait l'amour, et l'amour nous fait**." Ce genre de phrase sonnait mieux en français ; en anglais, cela semblerait assez ridicule.

Pour Antoine, coucher avec une partenaire nouvelle, récente, était ce qui se rapprochait le plus d'une joie pure. Il en sortait transfiguré. "*L'amour nous crée à nouveau**." C'est comme ça qu'il en parlait. Le sexe était comme la nuée avant l'orage, il vous emportait comme une crue soudaine et, dans l'intervalle, il était semblable aux chauds rayons du soleil après la pluie. Chaque fois qu'il parlait d'amour physique, on était assuré d'entendre un bulletin météo. Ou pire, un bulletin sismologique, plein de tremblements de terre, d'éruptions volcaniques et de tectonique des plaques.

Parfois, il appelait même les philosophes à la rescousse.

– Aurais-tu oublié Schopenhauer ? me lança-t-il une fois, sur la défensive. Les idées abstraites sont inutiles, tout comme l'apprentissage des concepts théoriques, qui sont déterminés par la langue dans laquelle on choisit de les décrire. La vraie connaissance ne peut être acquise que par l'expérience immédiate. *En vivant enfin**. Et puis Socrate a bien montré les dangers de l'attachement érotique envers un seul individu : c'est une existence indigne d'un être humain libre. Nous devons essayer de briser ces entraves et de nous libérer en multipliant les objets de désir.

– C'est absurde, avais-je rétorqué, tout en sachant que mes objections étaient vaines. Présenter la position de Socrate, c'est déjà présenter ce qu'elle contient d'erroné. Il est impossible de se libérer de ses attachements, et même stupide d'essayer. Le problème n'est pas l'attachement lui-même mais le type d'attachement, qui n'est peut-être pas toujours le bon.

Et ainsi de suite. Ce dont nous ne parlions pas, c'était du présupposé d'Antoine, selon lequel moi, par rapport à lui, je ne savais rien de la vie chaotique et désordonnée de la plupart des gens. À ses yeux, je n'avais quasiment pas vécu, dans la mesure où je ne connaissais presque rien de l'amour – ce qui n'était pas faux. Dans un monde idéal et imaginaire, il en serait allé autrement. Jeune homme, j'avais rêvé d'avoir un jour une épouse et une famille, de fonder un foyer dans lequel tout le monde s'épanouirait. Mais mon expérience ressemblait plus à celle d'un témoin innocent : si je me retrouvais impliqué, c'était souvent par hasard. Je n'avais pas sciemment renoncé au sexe, c'est juste que les événements en avaient décidé autrement. Sans oublier Amandine bien sûr, qui mérite d'être prise en compte, même si ce qui s'était passé entre nous reste difficile à définir. Cela avait eu lieu dans une zone grise, et à de rares occasions, autant que la décence le permettait. Certes, il y avait eu des moments où j'avais pu être happé par le sentiment de possession, par le plaisir de donner et de recevoir, mais dans le calme qui succédait, je savais que je me retrouvais de nouveau seul. Mes rares liaisons, aussi instructives qu'elles pussent avoir été, m'avaient confirmé que le sexe n'est pas le terreau de l'amour. Le sexe est censé être simple et sans conséquences, mais une telle idée est fallacieuse. C'est difficile et mystérieux. Une épreuve de maturité. Un test pour l'imagination.

31

À l'époque de mon séjour à Édimbourg, cela faisait plus de vingt ans que j'allais bien – c'est-à-dire que je n'avais plus fait de dépression. Mais aussi loin qu'il m'en souvienne, je m'étais toujours senti quelque peu étranger au monde. Mon expérience de la vie se faisait au travers d'un prisme qui m'éloignait de l'existence ordinaire. La plupart du temps je m'en sortais bien, mais de temps à autre ce sentiment d'étrangeté s'intensifiait et me tétanisait. L'embarras que je ressentais en société se manifestait de manière anarchique : il n'en faisait qu'à sa tête et s'invitait à tout moment. Ma voix en arrivait à se briser, ou mes yeux à me brûler. Face à une attaque sévère, ma stratégie s'apparentait à celle qu'on adopte dans les situations d'urgence comme les incendies ou les crues soudaines : s'éloigner sans paniquer de la source des flammes ou de l'inondation. Parfois, quand je ne parvenais pas à expliquer l'aggravation brutale de ce que je concevais comme ma *condition,* à la manière d'un invalide, je faisais l'inverse et me forçais à braver la cause de mes troubles. Affronte la bête, saisis-la par la nuque et dompte-la ! Dans de tels cas, je me dirigeais généralement vers la gare du Nord, qui était la gare la plus accessible et répondait bien à mes objectifs.

Comment définir ces objectifs ? Dit simplement, il s'agissait de regarder, d'écouter et d'apprendre. J'étais persuadé qu'en observant les autres d'assez près, je parviendrais à les imiter ; et à terme, que les choses me viendraient peut-être naturellement. L'idée n'était pas si saugrenue que ça. Même au cours de mes discussions avec Antoine autour d'un verre, certaines de ses manières déteignaient sur moi : son haussement d'épaules bien français, cette façon de parler en portant le regard au loin ou de se mordre la lèvre quand il considérait l'intensité de sa dernière flamme.

Terrains fertiles pour les échanges intimes ou les drames humains, les gares sont des lieux parfaits d'observation et d'apprentissage. Le foyer d'un théâtre ou d'une salle de concerts juste avant un spectacle convient également. Ce sont des lieux où l'on peut rester debout à fixer les gens pendant des heures sans passer pour un dangereux pervers. Les visages sont souvent vides et fermés ; l'astuce est de combler ce vide et d'accéder à ce qui est fermé. Je néglige généralement les gens seuls, à moins qu'ils n'attendent quelqu'un, auquel cas je reste à l'affût de cet instant particulier – l'instant où les regards se croisent, quand les visages s'illuminent et le contact humain s'établit. Qu'il s'agisse d'amis, de parents ou d'amants, ce moment mérite toujours qu'on le guette. Mais la plupart du temps, je concentre mes recherches sur les couples déjà formés, ceux qui arrivent ensemble, bras dessus, bras dessous, joue contre joue. J'essaie de me rapprocher le plus possible d'eux afin de pouvoir passer au crible leur façon d'être ensemble. Tout cela m'absorbe complètement.

J'ai toujours manqué de certitudes au sujet du monde et de ses convenances. Cela pourrait passer pour une forme d'innocence, mais contrairement à l'innocence, ce doute n'est pas bénin. Il peut ravager votre vie, vous mettre à distance des choses, vous dissocier de l'expérience ordinaire des hommes et vous donner le sentiment de courir sans cesse derrière une chose qui se dérobe dès qu'elle est à portée de main. D'aussi loin que je me souvienne, je suis certain d'avoir toujours éprouvé ce sentiment, qui s'apparente moins à une perte qu'à un manque.

Quand j'étais enfant, mon père me racontait avant de m'endormir des histoires qu'il tirait non pas de livres mais de son imagination. Parfois il me donnait l'impression de connaître toutes les histoires jamais racontées. Il ne s'agissait pas de contes de fées ni de ces fables qu'on a coutume de réciter aux enfants, mais d'anecdotes tirées de l'existence, des *histoires de la vie**, ou plus souvent de casse-têtes philosophiques qu'il rendait drôles et intéressants. Je m'endormais ainsi en songeant au paradoxe d'Achille et de la tortue, selon lequel Achille, bien que beaucoup plus rapide, ne réussit jamais à rattraper la tortue; ou encore à Tristram Shandy qui pensait ne jamais réussir à terminer son autobiographie car il lui avait déjà fallu deux ans pour raconter deux jours de sa vie. Le problème que j'aimais le moins, parce qu'il me troublait le plus, était le paradoxe du menteur: si un menteur dit qu'il ment, ne dit-il pas, en fait, la vérité? Même si mon malaise faisait sourire mon père, ce dernier me rassurait en me disant que j'avais raison de m'inquiéter: il existait une peur universelle du mensonge, et tout le monde ou presque, y compris les philosophes, convenait qu'il était mal de mentir, sans nécessairement s'accorder sur le *pourquoi* de la chose. D'un autre côté, mentir était une chose que les humains faisaient spontanément, par le simple fait d'être humains. "Ils mentent si bien qu'on pourrait croire qu'ils l'apprennent dès la naissance", ajoutait-il. Et en guise de compensation, il me raconta l'histoire des Houyhnhnms, les chevaux parlants des *Voyages de Gulliver,* qui ne possédaient pas de mot pour dire "mentir" mais avaient une périphrase de substitution: *dire la chose qui n'est pas**. Mon père m'expliqua que Gulliver adorait les Houyhnhnms, qu'il se sentait proche d'eux et préférait la compagnie de ces étranges chevaux à celle de ses congénères. Mais il allait y avoir un prix à payer: à son retour, Gulliver sera amené à vivre dans une écurie, des herbes dans les narines pour bloquer l'odeur des humains, qu'il ne pouvait plus supporter. Sa femme lui semblera un "odieux animal" et il ne tolérera plus sa compagnie ni celle de ses enfants. Et pire, bien pire que la puanteur, il lui manquera ce qu'on peut appeler la bonté humaine ordinaire : des sentiments comme l'amour, la passion et la compassion.

À d'autres moments, mon père me racontait d'époustouflants voyages dans le temps, comme l'histoire de ce garçon qui retourne dans le passé pour assassiner ses grands-parents et empêche ainsi sa propre naissance. Ou la célèbre expérience de pensée du chat, qui est simultanément mort et vivant dans une boîte fermée. Même si l'effort que je fournissais pour résoudre ces énigmes m'échauffait parfois les méninges, ces moments passés avec mon père m'étaient particulièrement précieux. Parfois je me sentais si proche de lui que j'en avais du mal à respirer. Il me donnait l'impression qu'ensemble nous savions des choses que nul autre ne pouvait savoir.

Un soir, il me raconta l'histoire de David Hume et de la mystérieuse nuance de bleu. C'était la première fois que mon père me parlait de Hume, et l'admiration qu'il lui vouait était manifeste. Il commença par m'expliquer que Hume était à la fois un grand philosophe et un grand homme – *l'un des plus grands que ce monde ait jamais connus*[*]. Il était né en Écosse mais avait vécu en France quand il était jeune et avait écrit sa meilleure œuvre dans une petite ville à cent kilomètres au sud de Paris. Les Français l'appréciaient et finirent par l'adorer, au point de se battre pour l'avoir à leur table. Ils le surnommèrent *le bon David,* "et c'est pourquoi j'ai donné ce nom à la librairie, en hommage à cet homme admirable", ajouta-t-il. Il m'expliqua que pour Hume, toute connaissance vient de nos cinq sens, "une autre façon de dire que tout ce que nous savons provient de notre expérience du monde". Nous étions assis côte à côte sur mon lit, adossés au mur, les genoux remontés contre la poitrine.

– Par exemple, tu ne peux pas savoir que le feu te brûle avant de l'avoir touché, ou avant d'avoir senti sa chaleur sur ton visage. Voir un feu ne suffit pas.

Selon Hume, c'est ainsi que les gens acquièrent des connaissances : tout ce qui existe dans notre esprit, qu'il s'agisse d'idées simples ou d'idées complexes, doit d'abord avoir été éprouvé par l'un ou plusieurs de nos sens. Et pourtant, "et c'est là que ça devient vraiment intéressant", il y a une exception merveilleuse à cette règle.

– Et Hume seul y a pensé, ajouta mon père, le regard pétillant. – À ce moment précis, il se pencha vers l'avant et posa son menton sur ses genoux. – Hume nous demande d'imaginer un homme doté d'une vue normale, qui est familier de toute la gamme des couleurs à l'exception d'une nuance particulière de bleu. Ce n'est pas un homme stupide, loin de là, c'est un sage qui connaît beaucoup de choses et en a vu tout autant ; le genre d'homme qui a contemplé le ciel azuré et la mer de saphir ; qui s'est aussi émerveillé devant les bleuets et les œufs couleur layette du canard colvert. Ce même homme a navigué dans les eaux aigue-marine de l'océan Pacifique et croisé la route d'un poisson-ange bleu. Et parmi ses trésors les plus précieux, il possède une boîte afghane faite de lapis-lazuli, le bleu le plus intense qu'il soit donné d'admirer. Et pourtant, il y a une nuance précise de bleu sur laquelle ce sage n'a jamais posé le regard.

Mon père marqua une pause. Je retins ma respiration.

– *C'est la mystérieuse nuance de bleu**.

Hume était convaincu que si l'on plaçait côte à côte devant cet homme toutes les autres nuances de bleu, en allant graduellement de la plus foncée à la plus claire, et en laissant un espace pour la nuance manquante, il parviendrait à combler ce manque. *Avec sa propre imagination**, sans l'avoir jamais vue !

Après que mon père fut sorti de la chambre, je restai allongé dans mon lit, les yeux fermés, et j'essayai d'imaginer une multitude d'œufs, de poissons et de bleuets, disposés en rangs, classés par couleur. Mais je ne vis rien qu'une masse informe, sombre et floue avec un léger grain, comme l'écran de la télévision quand la transmission était mauvaise. Rouvrant les yeux, je sélectionnai différentes couleurs parmi les motifs de mon couvre-lit et m'efforçai de penser à celles qui n'étaient pas en relation avec les autres. Mais je n'y parvins pas. Mon esprit refusait de fonctionner comme j'en avais besoin.

Pour autant qu'un jeune garçon puisse éprouver un sentiment d'échec, c'est ce que je ressentis à ce moment-là. Et depuis lors, à différents moments de ma vie, j'ai eu le même sentiment, suivi du même doute : réussirais-je à identifier la mystérieuse nuance de bleu ? Serais-je capable de connaître quelque chose sans l'avoir préalablement éprouvé ?

32

Après mon saut chez les Sanderson, j'enfourchai mon vélo et me rendis directement à Waverley, la gare centrale d'Édimbourg. L'idée même de retourner travailler était inconcevable, j'étais bien trop énervé. Passer une heure ou deux à la gare me permettrait de retrouver mes esprits. Après avoir attaché mon vélo aux grilles, je descendis les Waverley Steps, un escalier extérieur aussi venteux qu'une soufflerie, et me dirigeai vers la zone d'attente principale, qui avait été conçue comme une grande terrasse de café avec quelques boutiques à chaque extrémité. Je restai debout quelques minutes sous le tableau d'information géant qui indiquait les heures de départ et d'arrivée des trains. À la gare du Nord, à Paris, il m'était arrivé de faire pareil à de nombreuses reprises : je faisais mine de vérifier les informations sur un train, alors qu'en réalité je cherchais un bon emplacement et me mettais en condition pour observer.

À Waverley, j'avais dans mon champ de vision une cinquantaine de personnes qui traversaient la zone d'attente pour se diriger vers les guichets, les toilettes ou les snacks. Il y régnait le brouhaha habituel des gares : le ding-dong des annonces, le bip-bip des balayeuses se frayant un chemin entre les groupes de voyageurs, et la clameur collective d'une foule de gens en train de passer ou de recevoir des appels sur leur portable. Derrière moi, un homme confia à son compagnon : “Elle a dit qu'elle avait une de ses fameuses migraines, mais je l'ai pas crue”, et il était difficile de savoir s'il exprimait de l'indignation ou du dépit. Le vendredi est un jour où la plupart des gares sont bondées, ce qui me convient bien : dans pareille foule, personne ne peut me remarquer. Je commandai un café et me perchai sur un tabouret de bar devant une table haute qui permettait de bien observer les allées et venues. Mon regard est toujours attiré par ceux qui font le pied de grue, qu'ils soient sur le départ ou attendent l'arrivée de quelqu'un. J'ai souvent remarqué que l'attente est un temps mort étrange, qui ne se situe qu'en partie dans le présent, et pour l'essentiel dans un autre espace, indéfini. C'est un temps qu'il faut tuer, et la plupart des gens semblent impatients de lui régler son compte.

Les grandes portes vitrées coulissantes donnant sur les quais s'ouvraient toutes les cinq secondes comme des rideaux de théâtre, révélant de petites scènes d'adieux et de retrouvailles. Ces portes avaient un effet hypnotique et apaisant. Des rencontres et des séparations : voilà ce qui résume sans doute l'essentiel de l'existence.

A l'extrémité de ce qui s'appelle l'espace voyageurs se trouvaient plusieurs rangées de sièges, tous occupés. Lorsque je réussis à détourner mon regard des portes, je me livrai à mon activité favorite dans l'espace public : me servir de mes yeux comme d'un objectif d'appareil photo, prendre des clichés grand angle de la foule, avant de zoomer sur un visage particulier en le scrutant assez longtemps pour y trouver des indications sur l'existence que mène cette personne, et confirmer ma théorie selon laquelle nous cherchons tous à échapper à quelque chose – un mariage, un secret de famille, un passé criminel.

Au début je crus l'avoir imaginé, l'avoir fait surgir des confins obscurs de mon esprit. Mais les cheveux mal peignés, le manteau élimé et les traits d'acier moulé à la fonderie ne laissaient pas de place à l'erreur. Cela aurait pu être l'un des clochards d'*En attendant Godot,* un homme qui tente désespérément de retirer ses chaussures. Il était assis au coin du bar qui donne sur la zone d'attente. "Elle est belle, sa routine", me dis-je. Avec ses éléments de décor et ses petits auvents, le café constituait un endroit idéal pour l'observer sans être vu. Que pouvait-il bien faire à la gare ? Il n'était pas impossible qu'il soit venu accueillir quelqu'un à sa descente du train – peut-être un philosophe en visite – mais c'était peu probable, surtout après ce que la secrétaire m'avait dit. Il y avait plus de chances que ce soit lui qui soit en partance, même si sa sacoche constituait son seul bagage. Il devint vite évident qu'il était là pour boire. En l'espace de deux heures, il ne quitta son siège qu'à deux reprises, chaque fois pour commander un verre au bar. Pendant ce temps, je bus moi aussi des quantités déraisonnables de café. J'étais venu à la gare pour y retrouver mon calme, au lieu de quoi j'avais maintenant la tête qui vrombissait.

Tout à coup, il vida son verre et quitta le café. Il se dirigea vers la sortie de la gare côté Princes Street, avançant lentement en raison de ses pieds douloureux, mais d'un pas assuré. Le prendre en filature fut la seule idée qui me traversa l'esprit. Au milieu de l'escalier de Waverley Steps il marqua une pause, en s'agrippant à la rampe pour reprendre son souffle. J'étais assez proche de lui pour apercevoir les plaies suppurantes sur le dos de ses mains. Il était sûrement en arrêt maladie, c'était l'explication la plus probante, et avait décidé de le cacher à Carrie.

En haut de l'escalier il tourna vers la droite et au feu il traversa North Bridge. Tout en me frayant un chemin entre les piétons et les poussettes, je conservai une distance raisonnable pour ne pas le perdre de vue parmi la foule qui faisait ses courses, et je me demandais déjà quelle excuse j'allais pouvoir me fournir plus tard à moi-même pour justifier mon comportement. Passé le carrefour, il continua de s'éloigner du centre-ville et commença à monter vers Calton Hill en direction des *mews cottages*. C'est alors que je décidai de récupérer mon vélo et de le suivre pendant qu'il gravissait la colline :

ainsi ma présence semblerait-elle parfaitement innocente si jamais il me remarquait. Je serais juste quelqu'un qui rentre chez lui, et non pas un individu au comportement suspect qui en poursuit un autre au comportement tout aussi suspect. D'un autre côté, je songeais combien il était injuste que ce soit moi qui me sente coupable.

Lorsque Sanderson quitta la rue principale pour emprunter la petite rue qui menait vers mon cottage, il me sembla préférable de le laisser prendre un peu d'avance. Ainsi, il aurait le temps de faire ce qu'il avait à faire avant que je ne le prenne la main dans le sac – quoi que celui-ci contienne. Mais une fois que j'eus pénétré à vélo dans la cour pavée, il s'était volatilisé. Et pourtant il devait bien être quelque part, il n'y avait qu'un seul accès à la cour. Était-il déjà à l'intérieur de ma maison ? Restons calme, tout va s'expliquer. Après avoir attaché mon vélo contre le mur du cottage, je sortis la clé du fond de ma poche. Je jetai alors un coup d'œil au jardin de la cour qui se reflétait dans la vitre de ma porte, et pendant un instant fugace, je remarquai sans erreur possible le mouvement caractéristique d'une silhouette humaine. Sanderson était de nouveau tapi dans les buissons.

Pendant quelques secondes, je restai pétrifié dans l'attente qu'une machette vienne me fendre le crâne en deux. Au cours des semaines écoulées, l'homme complexe et perturbé qu'il était m'avait impressionné, mais je n'avais pas envisagé une seconde qu'il puisse être un dangereux psychopathe. Nerveux, certes, et parfois surmené, mais certainement pas diabolique. Et pourtant, pourquoi un homme irait-il traîner devant le domicile d'un autre s'il était dénué de mauvaises intentions ? Ce n'était pas la première fois que je regrettais de ne pas être plus perspicace dans mon appréciation d'autrui : l'important est de savoir relier les points entre eux ; connaître les points eux-mêmes est intéressant, mais cela ne suffit pas.

Tout tremblant, je pénétrai dans la maison le plus vite possible et refermai la porte derrière moi en la poussant de tout mon corps ; adossé contre elle comme pour empêcher le monde de partir en vrille, j'essayai de reprendre mes esprits. Avant même que la moindre idée ne me vienne, un autre sentiment m'envahit : je n'étais pas seul dans la maison. J'inspectai chaque pièce successivement, à la façon d'un détective qui ignorerait ce qu'il cherche. Je touchai les meubles et palpai les murs comme pour m'assurer qu'ils étaient encore solides. De retour dans l'entrée, une odeur légère me pénétra les narines, un parfum subtil et oriental, comme du bois de santal ou du musc. Mon nez me conduisit jusqu'au petit débarras. Rien de visible. Comme les fois précédentes, je collai mon œil à la serrure de la porte qui menait au garage. Mais cette fois, au lieu de ne voir que l'obscurité, je discernai de l'autre côté de la porte deux formes ovales, blanches à l'extérieur, noires au centre, et légèrement luisantes. Une paire d'yeux humains !

Je m'enfuis loin du cottage sans fermer la porte sans me retourner mon cœur palpite dans ma gorge je dévale Calton Hill dépasse le cimetière contourne la gare me précipite vers Holyrood Park et les falaises de Salisbury Crags et cours plus loin encore jusqu'aux pentes de Arthur Seat qui m'éclatent les poumons et là, je m'écroule dans l'herbe, la tête entre les mains pour l'arrêter de marteler. Une envie terrible de pleurer me submerge et je dois me concentrer pour empêcher la moindre larme de couler – ça me semble important, pour une raison étrange. J'entends un gémissement, qui semble venir de moi. Je ramasse une petite pierre et l'envoie en l'air aussi haut que possible ; puis une seconde ; puis une troisième. Le soleil timide a désormais laissé place à une masse de veines violacées dans le ciel immense, un mélange de nuages et d'obscurité naissante. Dans le parc, les gens vaquent à leurs occupations ordinaires – ils courent, promènent le chien ou tapent dans des ballons – mais je les remarque à peine. Ils sont dans un autre univers, très éloigné du mien. Ce que je vois, encore et toujours, ce sont les yeux de l'autre côté de la porte, vision troublante d'un phénomène inexplicable au cœur des choses.

Qui sait combien de temps je restai assis là et ce que je fis ? Finalement le froid qui pénétrait mon corps me fit retrouver mes esprits. Tout en boutonnant ma chemise encore trempée de sueur, je pris soudain conscience d'un mouvement dans mon champ de vision, derrière de petits buissons. Dans la demi-pénombre, on pouvait tout juste discerner un couple allongé dans l'herbe. Quelle chance ils avaient d'être ensemble, d'être étendus dans les bras l'un de l'autre un vendredi soir, plutôt que de frissonner dans une chemise humide – telles furent les pensées qui vinrent à mon esprit embrumé – lorsque tout à coup l'homme, qui semblait à peine plus âgé qu'un adolescent, se redressa et commença à hurler dans ma direction en faisant de grands gestes : "tu t'rinces bien l'œil, connard ? Va t'faire foutre, sale pervers !"

J'éprouvai une chaleur intense de part et d'autre de mon cou tandis que je m'éloignais à pas vifs du couple en traversant l'étendue herbeuse, les mains levées comme si j'étais en état d'arrestation ou que je m'attendais à ce qu'on me tire dans le dos. Le sol pentu semblait se dérober sous mes pas. Je courus jusqu'au cimetière où je m'assis à côté de la tombe de Hume, restant immobile jusqu'à ce que la nuit finisse de tomber.

33

Le jour suivant, un samedi, Sanderson vint comme d'habitude me récupérer en voiture sur la route de Calton Hill. J'avais désormais mes propres cuissardes, des vêtements imperméables et un sac de pêche, tous achetés d'occasion dans un magasin caritatif. Déposer mon matériel dans le coffre de la voiture de Sanderson me sembla presque naturel, comme si j'étais fait depuis toujours pour les activités de plein air plutôt que pour vivre dans une grande ville française. Presque naturel, mais pas complètement. J'avais conscience que ce n'était qu'un jeu, que je m'essayais à quelque chose de nouveau. Je savais depuis longtemps qu'on passe une bonne partie de sa vie à se regarder jouer un rôle et à enfiler des tenues d'emprunt.

À l'exception de notre petit jeu de cache-cache, Sanderson et moi ne nous étions pas revus ni parlé depuis notre dernière partie de pêche, le samedi précédent. Sanderson m'avait sûrement vu m'enfuir du cottage la veille au soir, mais il n'en dit rien, et moi non plus.

– Vous avez passé une bonne semaine ? demandai-je en m'installant dans sa voiture. Mieux valait se comporter normalement.

– Oh, rien de neuf, vraiment. Juste la répétition incessante des mêmes emmerdes sur la route de l'oubli.

– Vous devez être bien occupé à la fac, maintenant que le semestre a commencé.

– Oui et non.

Il exhala bruyamment, son souffle sifflant entre ses dents tachées. "Je suppose que c'est comme se retrouver dans un tonneau rempli de vers. Étrangement silencieux, mais il se passe plein de choses."

– Comment va Carrie ?

– Difficile à dire. Prise par ses occupations de bouddhiste, à coup sûr.

– Et ça vous dérange ?

– Pas du tout, pourquoi ça devrait me déranger ? Tout le monde a besoin d'un passe-temps : moi, c'est la pêche.

Il était difficile de deviner son humeur. J'étais à l'affût du moindre indice pouvant expliquer son comportement des derniers jours. Mais il avait le regard fixé sur la route et il était bien calé face au volant, le dos droit, déterminé, comme un homme planifiant une campagne militaire. Vu de profil, il semblait vieilli et fatigué. Il avait un peu de sang sur le visage là où il s'était coupé en se rasant, et des traces de savon à barbe dans l'oreille. Sa peau était à vif par endroits – des taches rouges, enflammées et suintantes qui remontaient jusqu'au cuir chevelu.

Au bout d'un moment il prit la parole.

– Tu sais que si on met une grenouille dans une casserole pleine d'eau et qu'on la place sur le feu, la grenouille va cuire doucement et finir par mourir. Mais si on la plonge dans de l'eau bouillante, elle bondira aussitôt hors de l'eau, brûlée mais vivante. Autrefois j'étais cette deuxième grenouille, mais maintenant, si je considère mon existence, je m'identifie plutôt à la première.

C'est à ce moment-là qu'il m'apprit que sa femme "voyait quelqu'un", cette phrase que j'avais mal interprétée en pensant qu'elle consultait un médecin. Pas un médecin, avait répondu Sanderson : un autre homme. Nous n'échangeâmes ensuite plus le moindre mot jusqu'à notre arrivée. Et c'est en silence que nous sortîmes l'attirail de la voiture et empruntâmes le sentier désormais familier qui menait à travers les bois et sous-bois jusqu'aux berges de la rivière.

– Voyons ce qu'on peut trouver pour vous mettre en appétit, s'exclama-t-il en parlant aux poissons. Il ouvrit sa boîte à mouches et fit apparaître un magnifique assortiment de nymphes, de leurres, de mouches sèches et de mouches noyées montées à la perfection, qui représentaient autant de mets possibles pour des poissons affamés ou juste curieux. Chaque samedi, il me faisait découvrir de nouveaux modèles de mouches. Ce jour-là, il m'expliqua qu'elles se divisaient en deux catégories : les mouches incitatives et les mouches imitatives. Les incitatives étaient conçues pour stimuler les instincts de prédation et inciter à l'attaque. Les imitatives ressemblaient à de la vraie nourriture, aux choses indispensables aux poissons durant toute leur vie, aussi longue soit-elle. "Dans la pratique la différence est faible, mais je ne peux pas m'empêcher de considérer les incitatives comme des mouches mâles, et les imitatives comme des femelles, précisa-t-il. La mouche imitative donne au poisson l'illusion qu'on lui présente sa nourriture préférée – exactement comme le ferait une femme." Il grogna en enfilant ses cuissardes. De là où il se trouvait sur la rive couverte de galets, il leva le regard vers moi comme pour jauger ma réaction. "Je suppose que tu me trouves un peu injuste, ajouta-t-il sans attendre ma réponse. Mais en fait cette distinction joue plutôt contre les mâles : les mouches incitatives sont des choses inventées, artificielles, sans rapport avec ce qu'on trouve dans le monde naturel." Je songeai que c'était ainsi qu'il se percevait : une créature fabriquée et vulnérable aux attaques, faite d'éléments disparates et artificiels.

– De leur côté, tout en ressemblant trait pour trait à la chose réelle, les mouches imitatives cachent bien leur jeu. Ça aurait dû me servir de leçon, ajouta-t-il. La pêche aurait dû m'apprendre des choses sur la vie. Mais comme un pauvre poisson, je ne me suis pas méfié de ce qui était artificiel. Ça a causé ma perte.

– Est-ce qu'il n'est pas un peu erroné d'extrapoler trop rapidement du poisson à l'homme ? demandai-je en essayant d'alléger l'atmosphère. Mais Sanderson restait d'humeur sombre.

– Ça ne vaut pas que pour le poisson. Prends l'exemple des cerfs. Les mâles se font concurrence pour attirer l'attention des biches, ça, chacun le sait, mais ce qu'on sait moins, c'est que pendant que les cerfs dotés des plus grands bois s'épuisent en combats de rut, certaines des biches se taillent en douce pour aller se taper les mâles les moins présentables. C'est une découverte de John Maynard Smith, un célèbre biologiste de l'évolution, au cas où tu ne le connaîtrais pas. Tu devrais jeter un œil à son travail. Il a baptisé ces femelles des *baiseuses fourbes*. Et à juste titre.

J'avais fini par adorer cette rivière. Le loch où j'avais appris le lancer était magnifique, mais cette rivière avait quelque chose de plus vital. Parfois son flux était si calme et régulier qu'il était difficile de détecter le plus petit mouvement, à moins de prendre un point de repère inanimé comme un grand arbre, au loin, sur l'autre rive. Mais en cette journée d'octobre, en dépit de l'absence de vent, partout les flots grondaient et se brisaient suite aux grosses averses de la nuit, et là où la rivière s'étrécissait et se précipitait contre les rochers, son flot bouillonnant formait une écume tumultueuse. Sanderson avança dans l'eau de deux ou trois mètres pour atteindre le bassin où il se tenait habituellement. Il utilisait toujours un bâton de rivière, cette longue canne lestée de plomb, pour ne pas perdre pied car le fond était accidenté et glissant. Marcher dans une rivière est un jeu dangereux, avait-il expliqué plus d'une fois. L'un des côtés du bassin consistait en une masse rocheuse lissée par l'érosion millénaire. La roche était moins visible ce jour-là en raison du niveau de l'eau, qui arrivait à mi-hauteur de poitrine de la combinaison de Sanderson. Avec sa longue canne à pêche, qu'il tenait bien au-dessus de sa tête, et son épuisette suspendue à l'arrière de sa ceinture, il ressemblait à l'un de ces explorateurs excentriques du temps jadis qui avançaient à pas comptés vers l'inconnu dans l'espoir de capturer quelque créature exotique et sauvage.

Il y avait des arbres sur les deux berges : quelques grands hêtres et des saules qui se penchaient gracieusement sur l'eau de la rivière comme pour boire, mais surtout des bouleaux et des sorbiers, ces derniers couverts de baies écarlates. Je remontai un peu la berge le long du cours d'eau et m'installai sur une pierre pour observer Sanderson pêcher. Il avait évoqué la belle harmonie des matériaux de pêche : la ligne de soie, la canne vernie et les mouches montées avec soin. À présent, je pouvais observer cette harmonie dans les mouvements délicats de cet homme imposant, qui était capable d'envoyer la soie serpentine de l'autre côté de la rivière en formant un arc dont la pointe venait déposer délicatement la mouche à la surface de l'eau – on aurait cru un acte de prestidigitation qui confinait au miracle. Lors de ce moment passé sur le rocher, je décidai qu'aussi complexe que cet homme troublé pût être, en tant que pêcheur il était d'une intégrité admirable : sa patience pour enseigner, son talent pour monter des mouches, son simple enthousiasme, tout cela en faisait quelqu'un de bienveillant et d'attachant.

Après un moment, je me remis en marche sur la berge jusqu'à atteindre une trouée dans les arbres. Mon lancer n'était pas encore assez précis pour m'éviter d'emmêler la ligne dans les branches qui surplombaient la rivière, et bien que Sanderson m'eût enseigné une technique de lancer plus simple, le *Single Spey* comme il l'appelait, j'étais encore loin de le maîtriser. C'est un lancer roulé dont le secret réside dans la fluidité des gestes, en plaçant les mains de part et d'autre de la bobine afin d'avoir une bonne prise – comme quand on tient une batte de base-ball, avait-il expliqué. Mais c'est une action tout en douceur, qui implique de faire "flotter" la soie.

Il me restait encore beaucoup à apprendre sur les lieux où les truites étaient susceptibles de guetter leur repas. Selon Sanderson, la pêche nécessite un sens précis de l'observation, mais je n'étais pas encore capable de savoir exactement quoi observer, ni surtout quelles conclusions en tirer. Et pourtant cela ne me dissuadait pas d'aimer cette rivière dans toute sa variété : ses courants changeants, ses remous et tourbillons, ses cascades et méandres, ses gouttelettes rafraîchissantes par temps clair, son côté secret et obscur par temps couvert. Dès l'instant où je l'avais aperçue, elle m'avait procuré un immense plaisir. Et ce plaisir provenait en partie de ce que je ne la comprenais pas parfaitement mais qu'elle m'ouvrait de nouveaux horizons.

Une fois commencée la pêche proprement dite, nous laissions l'autre en paix, ce qui allait de soi. La pêche est sans nul doute une activité solitaire, qui nécessite une très grande concentration. Selon Sanderson, rien ne permet de focaliser son esprit aussi intensément que de lancer une mouche vers une truite prête à gober. Il m'avait conseillé de pêcher avec une nymphe, qui est conçue pour imiter une larve au fond de la rivière – "c'est bien dans ton style", avait-il précisé. Comme les larves constituent une large part de l'alimentation de la truite, cela me laissait une chance raisonnable d'attraper quelque chose. Quant à lui, c'était un puriste de la mouche sèche, ce qui signifie que sa mouche était conçue pour danser à la surface de l'eau en simulant une proie véritable.

– C'est comme la différence entre la prose et la poésie, expliqua-t-il. Une mouche correctement montée doit avoir toutes les qualités requises pour se comporter de façon naturelle et réaliste. On y parvient en choisissant des matériaux qui flottent bien, comme une plume de cou de coq et un hameçon léger. Dès qu'il arrivait à la rivière, il secouait les branches des arbres et observait les insectes qui s'envolaient. C'est ainsi qu'il déterminait quelle mouche il utiliserait pour le reste de la journée. Ensuite tout était question de jugement et d'habileté, mais aussi de ruse. Si la truite monte voir la mouche mais s'en détourne au dernier moment, il faut essayer de laisser la mouche survoler délicatement la surface de l'eau, en la soulevant puis en la reposant à un mètre environ plus en amont :

– C'est surprenant, mais bien souvent cette petite maligne de truite va y retourner.

Arrivé au niveau de la trouée, j'entrai dans l'eau et m'apprêtai à lancer comme Sanderson me l'avait appris. Selon lui, il valait mieux commencer avec une longueur de soie raisonnable et s'y tenir : on peut ainsi pêcher facilement et confortablement pendant des heures. C'était toujours une erreur de vouloir lancer la soie trop loin. Sanderson avait lesté ma nymphe avec du fil de plomb enroulé autour de la hampe de l'hameçon avant de monter le corps de la mouche. De cette façon, la nymphe coulerait plus rapidement au fond de la rivière, là où la vraie nymphe passe l'essentiel de sa vie. L'une des choses les plus difficiles était de placer la mouche dans la position souhaitée avant de laisser le courant l'emporter. Cela nécessitait un nombre infini de tentatives. Un poisson ne doit pas se douter qu'on essaie de le pêcher, avait expliqué Sanderson. Ce conseil me faisait maintenant sourire. Même le poisson le plus stupide m'aurait immédiatement identifié comme un débutant malchanceux.

Pendant une heure ou deux, le pied droit calé légèrement vers l'avant pour l'équilibre, je multipliai les lancers, d'arrière en avant, d'arrière en avant, en orientant la soie vers l'extrémité de la canne, suivant une ligne imaginaire qui partait de mon épaule droite. La répétition rythmée des mouvements vous reposait l'esprit et vous relaxait le corps comme rarement. Petit à petit, à mesure que je gagnais en assurance, mes lancers se firent plus fluides, jusqu'à ce que progressivement la canne et la soie, mouche comprise, ne semblèrent plus qu'une extension de mon propre corps, comme des parties de moi-même. Un jour, peut-être, je deviendrais un vrai pêcheur.

De temps à autre, je détournais le regard vers l'aval en direction de Sanderson, dont la silhouette distante était immergée jusqu'à la taille. Les couleurs étaient celles de l'automne naissant, les verts ayant cédé la place aux roux et aux bruns. À plusieurs reprises je crus voir la canne de Sanderson plier, signe de succès. La scène présentait les qualités d'un tableau : une idylle pastorale d'un autre siècle, un homme faisant corps avec la nature, au temps de l'innocence.

34

À un moment donné – il est difficile après coup de dire précisément quand – je crus entendre le cri d'alarme d'un oiseau, poussé à gorge déployée mais assourdi par le grondement puissant de l'eau qui déferlait sur les rochers. Je levai les yeux, m'attendant à voir un oiseau qui alertait ses petits, mais c'est seulement lorsque le cri fut poussé une seconde fois, par une voix incontestablement humaine, que je tournai mon regard vers Sanderson. Qui était en difficulté. Il avait à l'évidence perdu l'équilibre et agitait frénétiquement les bras comme un funambule essayant de ne pas tomber de son fil. Je lâchai tout et courus vers lui le long de la berge. Mais dès que j'eus pénétré dans la rivière, l'eau me sembla solide et mes jambes pesantes, comme si j'essayais de courir dans du ciment frais.

– Ne bougez pas, j'arrive ! lui criai-je.

Or à chacun de mes pas, mes bottes étaient comme avalées par la rivière et s'enfonçaient dans le gravier vorace. Mes cuissardes ne tardèrent pas à se remplir d'une eau à la morsure glaciale. À les voir, celles de Sanderson semblaient elles aussi pleines d'eau. Ses pieds remontaient à la surface, ce qui indiquait à coup sûr que de l'air était coincé à l'intérieur. D'une main il s'agrippait à un large rocher, mais qui était trop lisse pour offrir une prise suffisante, et de l'autre il serrait sa canne à pêche.

– Lâchez la canne ! criai-je. Lâchez la canne !

Mais mes paroles étaient couvertes par le fracas de l'eau, et après un pas ou deux, le fond irrégulier de la rivière me fit perdre l'équilibre et je tombai moi aussi dans les flots bouillonnants. Au prix de grands efforts, je parvins à me stabiliser contre un grand bloc de pierre et réussis à reprendre pied. Sanderson était presque à portée de main et je voyais clairement ce qu'il fallait faire : l'aider à se redresser et le guider prudemment vers la berge. Je ne doutai pas un seul instant d'avoir la force d'accomplir cela : je me permis même une brève vision héroïque, où j'étais le galant *chevalier** venu au secours de son ami, qui n'aurait ensuite plus eu de raison de douter de la solidité du lien qui les unissait. Après avoir affronté le courant et retrouvé mon équilibre, je l'attrapai par les épaules et lui criai de lâcher le rocher et sa canne. Nos rôles étaient inversés, et pendant un instant j'éprouvai un sentiment proche de l'exaltation.

– Ne vous en faites pas, vous êtes sauvé maintenant !

Mais Sanderson ne semblait pas du tout soulagé de me voir. Pire encore, au lieu de me laisser lui porter secours, il se débattait comme un forcené. "Ça doit être la peur, pensai-je. Il croit qu'il va mourir" La terreur se lisait sur son visage, et dans sa panique il agitait les bras et frappait l'eau en faisant voler ses poings. À un moment donné, il me saisit même par la gorge en poussant un braillement terrifiant, comme un homme à l'agonie. Avant que je puisse reprendre le contrôle de la situation, Sanderson plaça sa grosse main sous mon menton et me repoussa brusquement la tête, qui heurta un rocher. Après quoi tout devint noir et silencieux – impossible de dire pendant combien de temps – j'éprouvai juste le sentiment fugace que tout était en train de se dissoudre, comme l'image sur l'écran d'un téléviseur ancien qu'on éteint et qui se réduit à un point minuscule en son centre. La dernière chose que je sentis fut la froideur de l'eau qui me recouvrait le visage, et au-dessus de moi un poids terrible – la masse imposante du corps de Sanderson.

Le danger physique fait resurgir des réflexes archaïques et produit dans votre cœur et dans votre esprit un élan qui vous permet de vous sortir de situations apparemment inextricables. C'est la seule façon que j'ai d'expliquer la force surhumaine que je réussis d'un coup à déployer pour nous arracher tous deux à l'étreinte sombre de la rivière. Je continuerai longtemps à m'émerveiller devant les ressources que je parvins à mobiliser pour mettre cet homme à demi noyé ainsi que moi-même en sécurité sur la terre ferme.

Nous restâmes assis pendant un long moment sur la berge herbeuse, sidérés et trempés. Quand le froid commença à nous transir, nous regagnâmes péniblement la voiture. Sanderson s'appuyait lourdement sur moi, et nous marchâmes à travers les hautes herbes et les orties urticantes, titubant et chancelant. Nous aurions pu passer pour un couple d'ivrognes qui tâchaient de rentrer chez eux le samedi soir ; sauf qu'on n'entendait ni rires ni déclamations, juste les grognements de Sanderson qui respirait avec difficulté et le bruit de succion de nos bottes en caoutchouc, semblable à celui d'essuie-glaces balayant un pare-brise sec.

Cette nuit-là, je rêvai que j'étais emporté par un courant rapide. Les flots agités m'entraînaient à vive allure de façon inexorable, et j'évitais de peu de gros rochers, des cadavres d'animaux et des souches d'arbres que je distinguais à peine tant tout défilait vite. "C'est sans espoir, c'est sans espoir", voilà la seule pensée qui me venait à l'esprit en dévalant la rivière. Le grondement des flots était assourdissant, et pourtant une voix me murmurait qu'il fallait que je traduise les mouvements de l'eau en français, cela seul pourrait me sauver. J'essayais désespérément de trouver les mots correspondants, mais en vain – je ne les connaissais même pas, et ma mère se tenait debout sur la berge, elle me criait quelque chose en français que je ne comprenais pas, et agitait au-dessus de sa tête chauve un mouchoir dont la couleur alternait entre le bleu clair et le bleu foncé. Et à côté de ma mère, flottant autour d'elle, cherchant désespérément le visage auquel ils appartenaient, une paire d'yeux me fixait.

35

Quand nous finîmes par parler de ce qui s'était passé ce jour-là, Sanderson expliqua qu'il avait perdu pied. Il avait aperçu une truite qui remontait à la surface à quelques mètres de sa mouche et il avait essayé de lancer sa ligne un peu plus loin pour l'atteindre. La vigueur du courant l'avait surpris et fait basculer en arrière. Ses cuissardes avaient commencé à se remplir d'eau, et c'est à ce moment-là qu'il avait crié à l'aide. L'explication était limpide et il n'y avait aucune raison de douter de sa véracité. Et pourtant, j'en doutai. Non pas sur le moment, ni sur le trajet du retour, ni même lorsque j'eus enfin retiré mes vêtements mouillés, pris une douche chaude et éprouvé le soulagement de retrouver chez moi le confort de ma solitude ; pas même encore tandis que je nettoyais la plaie sur mon front et repassais dans mon esprit le film des événements en m'interrogeant sur les différentes fins possibles. Non, ce n'est que plus tard, sans m'y attendre, lors d'un autre échange curieux qui allait avoir lieu le samedi suivant. Bien que sauver un homme de la noyade fût une expérience nouvelle pour moi, quelque chose me chiffonnait au sujet de l'incident. Ce n'était pas tant que Sanderson se soit débattu quand je m'étais porté à son secours – et pourtant il *s'était* débattu – mais surtout qu'il m'ait délibérément brutalisé et mis en danger. Telle avait peut-être été son intention première.

En même temps, quelque chose d'autre me préoccupait : le mystère du garage et des choses – ou des personnes – qui s'y trouvaient. Je relus le message de Martin Blandford : "Comme le garage contient mes affaires personnelles, il est fermé à clé." Mais mon regard fut attiré par une autre phrase : "Il y a un trousseau de clés de secours au numéro 16 si jamais vous restez coincé dehors..."

Ce soir-là, j'allai sonner à la porte du n° 16. Après m'être présenté à l'aimable voisine, j'expliquai que j'étais le locataire de Martin Blandford et que j'avais oublié mes clés. Au bout de quelques secondes, j'avais le trousseau de secours en main.

– Il n'y a pas d'urgence, sourit la voisine tandis que je promettais de le rendre rapidement.

Comme ces petites tromperies sont faciles à réaliser, et comme elles sont utiles ! Ainsi que je l'espérais, il y avait une clé supplémentaire dans le trousseau, qui ouvrait la porte d'accès au garage.

Je m'étais préparé mentalement à toutes les éventualités, mais malgré cela je fus ébahi par le spectacle de l'intérieur du garage. Je ne réussis que lentement à m'imprégner de ce que je voyais, comme si je vivais un rêve éveillé que seul un pincement aurait pu interrompre. À première vue, la pièce ressemblait à une tente de Bédouin : les murs et le sol couverts de tapis, des petits drapeaux de prière colorés suspendus à chacun des angles de la pièce, et partout des textiles somptueux et savamment tissés. Il n'y avait pas d'éclairage en dehors de la lumière venue du petit débarras, et il n'y avait pas non plus d'interrupteur, juste des bougeoirs accrochés aux murs qui contenaient de grosses chandelles. J'en allumai certaines, qui firent danser des ombres sur les tapisseries murales au tissage irrégulier, et la pièce révéla progressivement toute sa splendeur. Contre le mur du fond se trouvait une chaise basse, recouverte d'un kilim couleur terre de Sienne brûlée ; sur les tapis il y avait plusieurs pots en terre cuite, de grands coussins à motifs, deux lanternes en cuivre ouvragé aux vitres décorées, une table basse en bois ornée de mosaïque sur laquelle étaient posés des bâtons d'encens et de petites bougies. Les tons ocre de la pièce étaient chaleureux, comme tirés d'une palette d'épices orientales, ce qui donnait un caractère opulent et fastueux à la pièce, très différent du reste du cottage. On se serait cru dans un bazar marocain.

Devant la table se trouvait une chaise étrange, au dossier haut et rembourré, mais dépourvue de pieds – le type de chaise qu'on voit dans les restaurants japonais – et qui était tournée face à la porte d'accès au petit débarras. Je me rendis compte que ce que j'avais aperçu à travers la serrure, c'étaient les yeux de la personne assise sur cette chaise. Sur un petit tabouret en bois près de la chaise était posé un livre ouvert, *La Méditation : pour un esprit serein.* Les marges comportaient des annotations au crayon, et une feuille de papier pliée et dactylographiée servait de marque-page. Je m'assis pour la lire à la lueur de l'une des chandelles :

> Ma chère Carrie,
> Voilà quelques notes à garder près de toi en mon absence. J'ai essayé de décrire le processus tel que je le perçois, et comment il peut t'apporter du réconfort quand rien d'autre ne marche. Cela t'aidera peut-être de le concevoir comme une sorte de reddition tranquille.
> Bon courage,
> Bien affectueusement,
> Martin
>
> Lorsqu'on reste assis pendant un long moment face à un mur, il n'y a nulle part où aller sinon vers l'intérieur. En fait on n'a pas l'impression de rentrer en soi-même : c'est plutôt notre intériorité qui s'extériorise. Au début, et parfois pendant longtemps, ne viennent qu'une suite de pensées, de sentiments, de rêves, d'idées, de souvenirs, chacun accompagné

d'une émotion propre. Dans le théâtre de notre esprit, toutes ces choses se succèdent en une sorte de danse, une conga de la demi-conscience : elles dansent pendant un temps, puis sont remplacées par la séquence suivante.

Parfois, ces choses sont douloureuses : des souvenirs de nos pertes surgissent de façon saisissante et nous font tressaillir. Parfois, elles sont incontrôlables : la peur, la colère ou la douleur nous étreignent et nous entraînent et on ne peut ni leur résister ni les maîtriser. Elles peuvent sembler avoir une existence propre. Parfois on ne veut pas s'en libérer, parfois on ne veut qu'une chose, c'est se débarrasser d'elles. Et même si elles finissent par disparaître, elles peuvent revenir sans cesse.

Avec le temps, même si une chose vous harcèle comme un pitbull enragé, il devient possible de s'en défaire. Mais cela peut prendre du temps. On peut se retrouver coincé dans un terrible corps-à-corps avec lui, le saisir à la gorge pour le faire reculer. Mais cela revient à le tenir quand même. Et ce qu'on apprend alors à faire, c'est à ne plus le tenir du tout, même à distance. Il faut s'en débarrasser, au sens où il faut le laisser tranquille – le laisser être là, devant soi, à l'intérieur de soi. Cela peut faire peur. Car à le laisser tranquille, tel qu'il est, on le voit toujours planté là, devant soi, repoussant. Et il n'y a pas d'échappatoire. On ne peut pas s'en libérer si on s'efforce de s'en libérer. On ne peut s'en libérer qu'en rendant les armes. Fini, les choses que l'on aime ou que l'on déteste : on accepte toute chose qui se présente à nous. On l'admet et on la laisse exister.

De cette façon, avec le temps, elle perd son pouvoir, sans nécessairement disparaître. Elle peut être encore présente un an ou cinq ans plus tard, mais

au lieu de la rejeter, ou de la maîtriser – ce qu'on ne réussit jamais à faire – on la laisse s'installer tranquillement au creux de sa main ouverte, ou au sein de sa poitrine, on la laisse être elle-même.
Il s'avère que si l'on veut renoncer à une chose, il ne faut pas essayer d'y renoncer, mais la laisser exister. Pas de rejet, pas de suppression, pas de résistance horrifiée. On l'accepte, tout entière, telle qu'elle est. Cela revient à capituler en permanence, jusqu'à comprendre ce qui se passe et retrouver l'immobilité et le calme de l'espace où tout se déroule. L'immobilité qui réside dans tout mouvement, la quiétude mouvante qui anime toute chose silencieuse et toute chose bruyante.

MB

Je restai assis immobile pendant un moment sur la chaise, en essayant de me raccrocher à l'espace familier de la maison que je connaissais, un espace qui était désormais occupé par quelque chose qui m'était étranger. Je finis par reposer la lettre, texte visible, sur l'étrange chaise sans pieds, je jetai un dernier regard à la pièce puis soufflai les bougies et la lanterne. Je sortis du garage par la porte de communication, que je refermai sans la verrouiller.

36

Maintenant qu'il était clair que la présence invisible dans ma maison n'était autre que Carrie, je fus envahi par un sentiment de soulagement, suivi d'une quiétude délicieuse. Il pourrait sembler étrange de n'avoir pas considéré cette présence comme une intrusion, voire une invasion. En fait, j'éprouvais un plaisir ridicule à l'idée que mon lieu de vie pût intéresser Carrie. L'imaginer en train d'ouvrir la porte d'entrée pour se faufiler dans le débarras menant au garage, avec tous ses tapis, ses coussins et ses kilims, me donnait le sentiment que ma vie avait miraculeusement pris une autre dimension. Mais par ailleurs mon cœur se serrait en songeant aux souffrances incomprises de cette femme dont je ne savais presque rien (en revanche, de l'homme qui partageait sa vie j'avais l'impression de savoir presque tout). Ces pensées ne firent que m'effleurer, je n'en étais même pas pleinement conscient. Rien ne m'obligeait à agir : il suffisait de patienter.

En attendant, je repris mon travail de traduction, et ce avec passion puisqu'il s'agissait de David Hume. Hume vous rappelle constamment que pour être un bon traducteur, il ne suffit jamais de bien maîtriser une langue, à quelque degré que ce soit. Il faut aussi être en harmonie avec l'auteur, savoir façonner et transformer ses mots en de nouveaux mots qui vont résonner dans l'esprit d'une série de lecteurs n'ayant pas lu le texte original. Un traducteur doit être scrupuleux et respectueux, mais pas seulement à l'égard des mots, car une rigidité de ce type peut tuer un texte : l'esprit compte autant que la lettre. Dante pensait que faire passer une œuvre d'une langue à une autre en détruit toute la douceur ; si cette observation contient sans doute une part de vérité, je crois malgré tout que faire mentir Dante mérite d'être tenté. C'est pourquoi j'impose un "test de douceur" à mes traductions à la fin de chaque journée de travail. Les traducteurs français ont la réputation de prendre des libertés avec le texte original, et quand on les accuse d'en modifier le sens, ils adoptent habituellement une ligne de défense on ne peut plus convenue : "Tout gagne à sonner un peu plus français, c'est évident, et comme ça le texte sent moins la traduction." En ce qui me concerne, je m'insurge contre une approche aussi cavalière, qui rompt le lien de confiance entre auteur et traducteur. Quant à la langue française, comme toute autre langue, elle doit s'ouvrir à d'autres tendances et influences pour s'épanouir. La pureté d'une langue est un mythe, la voie la plus sûre vers l'atrophie.

La traduction vous expose à d'autres façons de penser, d'autres mœurs, d'autres possibilités, c'est ce qui en fait toute la beauté. Elle vous permet d'imaginer des mondes que vous n'avez pas eu la chance de voir. Et cela vaut pour le lecteur autant que pour le traducteur. Il faut se sentir en confiance quand on s'y plonge. Les traductions ne sont pas toujours à la hauteur de cette confiance, mais lorsqu'elles le sont, la récompense est immense.

Dans le cas des essais de Hume, le défi était de restituer l'éclat admirable de ses idées ainsi que le raffinement de son style. Je lui étais reconnaissant de cette élégance, ne serait-ce que parce que l'élégance est ce que les lecteurs attendent d'une traduction ; si elle fait défaut, le traducteur est toujours le principal suspect. Je n'ai jamais oublié le compliment équivoque que m'avait adressé le critique de l'un de mes romans policiers : "élégant *même en traduction.**" Comme si l'élégance était une chose à laquelle les traducteurs tordaient d'ordinaire le cou, juste par plaisir ; et si une seule once de cette élégance parvenait à subsister, c'était purement accidentel. On manque de bienveillance à l'égard des traducteurs et il est difficile de savoir pourquoi.

Avec la présente entreprise, une partie de moi-même nourrissait l'ambition de rétablir la foi en la traduction. Cela peut sembler un objectif ridiculement prétentieux, mais il n'y avait pas de risque que je me prenne trop au sérieux : mon travail quotidien me remettait constamment à ma place, c'était dans sa nature même. Malgré cela, dans un coin de ma tête, je nourrissais l'espoir furtif que si je m'y prenais bien, ma traduction de Hume pourrait un jour se montrer digne de confiance, voire d'éloges. La tâche était immense mais à certains moments je me sentais à la hauteur, surtout lorsque je venais de mettre la dernière touche à un essai.

L'un des objectifs déclarés de Hume est de réconcilier la philosophie avec ce qu'il appelle la "vie commune", c'est pourquoi il s'efforce constamment de rendre ses essais aussi utiles qu'accessibles. Ainsi qu'il l'écrit : "Je ne puis que me considérer comme une sorte de ministre résident ou d'ambassadeur des provinces du savoir auprès de celles de la conversation, et je tiendrai pour mon devoir le plus constant la promotion d'un commerce fécond entre ces deux États, qui dépendent tellement l'un de l'autre." Son premier livre, le *Traité de la nature humaine,* sur lequel Hume avait fondé de très grands espoirs, n'avait pas rencontré son public ; l'ouvrage était "tombé mort-né des presses", comme il l'écrivit non sans amertume. Bien décidé à ne pas répéter la même erreur, il utilise dans ses essais un vocabulaire qui appartient à la langue commune de son temps. C'est pourquoi ces textes auraient raisonnablement pu être traduits dans un français courant équivalent – une traduction moderne ordinaire – et il ne fait aucun doute que c'est ce qu'aurait préféré M. Mauvignier, mon éditeur aux prétentions intellectuelles limitées. Mais j'avais rejeté cette option dès le départ. Il me semblait essentiel de ne pas gommer la variété et la richesse du vocabulaire de Hume, et tout aussi essentiel, par l'emploi de termes français légèrement archaïques, de conserver l'élégance de sa plume et de restituer la vraie teneur de certains des paradigmes qui caractérisaient son époque. Je ne prenais pas de libertés avec le texte : mon but était toujours de restituer son sens de façon aussi précise que possible, sans rien ajouter ni omettre. Il était important de rendre le style de Hume sans en imposer un qui me soit propre. C'est ainsi qu'il m'arrivait de passer une journée entière sur un seul mot, déchiré entre la volonté de trouver le terme exact et le désespoir de ne pas rendre justice au texte. À titre d'exemple, je m'étais rongé les sangs dernièrement sur la meilleure façon de traduire le terme *commonwealth*, qui désignait du temps de Hume tout à la fois le corps politique, l'État, la communauté et la république, sans qu'il n'existe d'adéquation parfaite avec aucun de ces termes. *République** ne convenait pas : le terme est trop général, trop français, et implique que le *commonwealth* se réduit à une forme de régime républicain. Après une journée d'hésitation, je m'arrêtai sur la tombe de Hume en rentrant à la maison et passai quelques minutes à le consulter à voix basse, une stratégie qui aboutissait toujours à une résolution heureuse des problèmes. Je quittai le cimetière d'un pas léger car mon souci s'évanouissait déjà dans le crépuscule. Une fois prise, la décision semblait évidente : le terme *commonwealth* ne pouvait pas être remplacé, il n'avait pas d'équivalent français. J'allais donc le conserver en mettant une note de bas de page.

C'est plein d'espoir et d'expectative que je m'étais orienté vers l'anglais, et cet optimisme ne m'avait jamais vraiment quitté. Comme il était satisfaisant d'en tirer de quoi gagner sa vie, et de quoi la remplir ! Surtout une vie comme la mienne, si discrète qu'elle frisait l'invisibilité !

Dans mes moments les plus fantasques, je m'imaginais comme une sorte de pont humain entre deux cultures – une idée peut-être assez prétentieuse, mais compensée par un désir sincère de voir les gens traverser ce pont sans remarquer ma présence.

Il y a bien longtemps de cela, quand je lui avais annoncé ma décision de devenir traducteur, mon père s'était dit fier d'avoir un fils qui allait travailler avec les mots. Il pensait que le langage est ce qui nous raccroche au monde. "Quand on y songe, c'est le tissu conjonctif dont les organes vitaux ne peuvent se passer." Mais il émit une réserve. Le langage peut aussi constituer une barrière, un écran opacifiant ; même lorsque deux personnes parlent la même langue, il est rare qu'elles se comprennent parfaitement. "Lorsque cela se produit, cela tient du miracle."

Notre mémoire conserve soigneusement de tels moments, marqués du sceau de l'approbation paternelle. Et ce ne sont pas seulement ses mots dont je me souvenais. Comme devant un film, je revoyais mon père avec une précision extrême, chacun de ses hochements de tête, chacun de ses mouvements de mains et son regard lointain.

Je garde dans mon portefeuille une photo de lui dans la librairie, adossé aux rayonnages, cigarette à la main. J'adore cette photo parce qu'elle saisit aussi parfaitement le cadre de sa vie que les circonstances de sa mort. C'était un homme qui se levait souvent aux premières lueurs du jour et descendait au rez-de-chaussée pour aller s'asseoir parmi les livres. Et c'est parmi ces livres que sa vie prit fin. Je sors souvent la photo de mon portefeuille et je passe ma main sur sa surface comme pour sentir le tweed rugueux de sa veste et me remémorer le mélange subtil d'odeurs dont son tissu sans âge était imprégné : des Gitane sans filtre, de la poussière, de l'antimite.

Le jour de sa mort, nous avions prévu de nous retrouver pour le petit-déjeuner. Il fit probablement une crise cardiaque en rangeant des livres sur les plus hautes étagères. Lorsque je suis arrivé dans la librairie, il était étendu par terre, encore vivant, et à première vue tout semblait indiquer un cambriolage : l'escabeau renversé, des livres éparpillés, et du sang qui coulait d'une plaie à sa tête. Je m'étais agenouillé près de lui, lui avais soutenu la tête en lui expliquant que j'étais là, que tout irait bien. Il ne pouvait plus parler mais son dernier regard pénétrant semblait dire : "Ne t'en fais pas, c'est comme ça, mon heure est venue, je te montre comment faire, ainsi quand ton heure viendra, tu sauras." Au cours de ces derniers instants intenses avant l'arrivée des secours, je lui parlai doucement, je prononçai des paroles réconfortantes dans sa langue maternelle, et me remémorai tous ces moments anciens où la relation était inverse, où c'était lui qui m'avait pris dans ses bras et réconforté. Désormais, savoir qui était qui n'avait plus d'importance. Nous ne faisions qu'un.

Après son décès, je fus obligé de trier les livres de la librairie. Pendant des semaines, j'eus le sentiment de disloquer mon père et l'existence qu'il avait menée. Chaque nouveau carton était comme un coup que je lui portais, et lorsque j'eus terminé, je me retrouvai dans une pièce nue, vide de sens. Pendant longtemps je fus hanté par un terrible sentiment de perte, qui était toujours perceptible dans le rétroviseur. Et même après s'être réduit à une ou deux apparitions fugitives comme de lointains feux follets, ce sentiment ne disparut jamais complètement.

37

Dans la demi-pénombre d'une soirée de début novembre nous étions assis dans mon cottage, et l'attente était palpable : si je patientais suffisamment, elle se mettrait à parler. Elle me confierait son secret – la raison pour laquelle elle s'était introduite chez moi sans permission – et me dirait à quel point elle était désolée, et combien elle avait été stupide et fuyante. Et je répondrais que non, que ce n'était pas grave, qu'il n'y avait pas de mal, et que nous faisions tous des choses étranges que nous finissons par regretter. Tout cela serait exécuté avec la grâce et la beauté dépouillée d'une cérémonie du thé au Japon.

Le mot qu'elle avait laissé était simple et direct. Je l'avais trouvé la veille, posé sur la petite table du vestibule : "Je suis vraiment désolée. Je vous dois une explication. Je passerai demain après le travail. C."

Dans les pleins et déliés de son écriture, je devinais les contours de son visage. Ses yeux bien écartés au regard inquisiteur flottaient devant moi, ils dansaient dans un flou onirique au-dessus du dessin incurvé de chaque mot. Même son écriture me troublait.

Et maintenant nous voilà assis face à face dans mon salon sommairement meublé, et qui me semble encore plus ascétique si je songe au garage richement décoré de l'autre côté du mur. Nous avons chacun un verre de vin blanc frais à la main. La pièce paraît vide, peu chaleureuse, éclairée par une lumière froide et blanche digne d'un bloc opératoire. La nudité de mes quartiers de vie me semble incapable d'apporter du réconfort. Je suis envahi par le désir pervers d'un coussin de sol moelleux ou d'un tissu mural pour adoucir la pièce.

Elle porte un haut vert foncé sans manches. La couleur fait ressortir sa peau blanche, qui, dans la fraîcheur de la pièce, se bosselle comme la surface d'une orange. Je remarque le fin duvet blanc dressé sur ses bras. "A-t-elle assez chaud?" lui demandé-je en me levant d'un coup comme si je pouvais lui fournir instantanément de la chaleur. Elle hoche la tête en tremblant légèrement et en courbant le dos, ce qui me permet de distinguer ses os fins qui forment un sillon le long de sa colonne vertébrale. Elle reste immobile pendant un moment, perturbant aussi peu l'air qu'une statue de marbre. La tension est palpable. Mais à force d'attendre, une explication va arriver. Elle se décide enfin à parler.

– Ce n'est pas ce que vous pensez. – À dire vrai, je n'ai pas la moindre idée de ce que je pense. – Je suppose que ça donne l'image d'un mariage catastrophique.

– Qu'est-ce qui vous fait dire ça?

– Ne soyez pas gêné. N'importe quel observateur parviendrait à cette conclusion.

Elle semble sur la défensive.

– Je n'ai pas vraiment tiré de conclusion. – Cela ne pouvait pas être plus exact.

– Quand Harry m'enseignait la philosophie, il y a de nombreuses années, il pouvait être assez intimidant. Intelligent, sûr de lui, peut-être même un peu pédant, en tout cas désireux de montrer de quoi il était capable. Quand on s'est revus quelques années plus tard, je ne l'ai pas perçu de la même façon. Il était moins sûr de lui. À vrai dire il était gauche. – Elle marque une pause, comme si elle cherchait à se souvenir de sa gaucherie. – Et ça me plaisait. Ça le rendait vulnérable. Moi aussi, j'étais vulnérable.

Les hommes qui comptaient dans sa vie – le père de son fils mais aussi son propre père – avaient disparu peu de temps auparavant. Harry lui avait fait la cour, et elle avait cédé. Avant même d'en avoir conscience, elle avait craqué pour lui.

– Un craquement léger. Un “cracottement”, pourrait-on dire. – Elle sourit. – En tout cas, c’était juste un coup de cœur. Rien qu’on puisse qualifier d’amour. Mon père venait de mourir et Harry comblait ce vide. Mais nous ne nous sommes jamais aimés corps et âme.

– Un mariage de convenance, alors ? me surpris-je à demander.

– Oh, c’est une phrase toute faite, qui ne veut pas dire grand-chose. – Elle eut un rire désabusé. – Les gens se marient depuis des siècles pour toutes sortes de raisons, et sans se comprendre, c’est certain.

– Mais il doit bien y avoir quelque chose qui vous a attirée au départ ? Même si ça n’était que le champ des possibles qui s’ouvrait ?

– Je suppose que oui. Mais aujourd’hui il est difficile de dire quoi précisément. – Elle sourit encore, cette fois-ci avec indulgence.

– Quand je l’ai connu, il ne ressemblait à rien, c’était un bon gros monstre débraillé, ce qui ne me dérangeait pas. Il portait des pantalons de grand-père, des pantalons de flanelle, vous voyez ce que je veux dire. Des pantalons à pinces, trois centimètres trop courts, qui remontent trop haut sur la taille et sont plus serrés au niveau du mollet que de la cuisse. Et ses bras qui sortaient de ses chemises à manches courtes semblaient chétifs et sans défense. Tout ça faisait pitié à voir et vous incitait à vouloir prendre soin de lui. Notre différence d’âge aussi était un point positif. Un homme plus jeune peut s’orienter dans toutes sortes de directions, tandis que Harry avait probablement cessé d’évoluer. Ce qui me laissait penser que je savais à quoi m’attendre.

– Et les faits vous ont donné raison ?

– Oui, en un sens. Mes parents avaient toujours fait pour le mieux, en vertu d’une sorte de gratitude nébuleuse envers Dieu. Tout ce qui arrivait était dicté par la volonté du Tout-Puissant. Ou du moins, c'est ce qu'ils croyaient. Ils enduraient ce que le sort leur réservait en louant Dieu à tout bout de champ.

Grandir dans ce type d'environnement était assez oppressant, expliqua-t-elle. Tandis que Harry faisait souvent tout pour le pire. On pouvait compter sur lui pour aggraver chaque situation – ou du moins faire en sorte qu'elle semble plus grave qu'elle n'était. Et bizarrement, c'était libérateur.

– Est-ce qu'il n'y avait pas de l'amour dans tout ça ? – Voilà que mes présupposés allaient être mis à mal.

– C'est probablement un pari risqué de mettre l'amour au cœur du mariage, non ? C'est ce que j'avais fait avec le père de mon fils, et regardez où ça m'a menée. Il faut sûrement du temps pour que l'amour finisse par faire sens, vous ne pensez pas ?

Je n'arrive plus à penser. Pendant qu'elle parle, j'observe le mouvement de ses lèvres. J'aurais pu lui répondre que je n'ai aucune expérience de ce qu'elle raconte ; que par bien des aspects ma vie d'adulte n'est qu'une prolongation de mon enfance ; que je porte encore le deuil de mes parents ; que j'ai toujours eu peur de la folie – de celle dont on hérite autant que de la sienne propre ; que je manifeste une dépendance névrotique à la routine quotidienne ; que je suis assailli de peurs irrationnelles, et que je n'ai jamais eu le courage de changer grand-chose à ma vie. J'aurais pu lui dire tout cela si je n'étais pas ce que je crains d'être devenu.

– Je ne suis pas sûr.

– Les mariages se brisent si on ne leur laisse pas suffisamment le temps, explique-t-elle. C'est en tout cas mon avis. Les gens s'imaginent que les autres mènent des vies plus heureuses, que tout va bien chez le voisin. C'est peut-être vrai, mais c'est peu probable.

Elle ferme les yeux pendant un instant, et je remarque la pâleur de ses longs cils.

– Le problème, poursuit-elle en faisant tourner son alliance en or sur son doigt, c'est que dès que vous essayez d'expliquer des choses de ce type, des choses importantes comme le mariage, qui implique deux personnes avec tous leurs défauts et toutes leurs faiblesses, vous commencez à mentir. Soit à vous-même, soit aux autres. Et en un rien de temps vous avez échafaudé toute une histoire qui n'a aucun rapport avec les faits.

Là, je comprends enfin de quoi elle parle. J'ai fait ça toute ma vie.

– Les gens de mon entourage qui ont quitté leur mari ou leur femme l'ont fait sur un coup de tête. Et ils se sont arrangés après coup pour que leur histoire corresponde aux faits.

Elle examine ses mains comme si elles détenaient la clé de tout ce qu'elle raconte.

– Mais je suppose que la plupart des mariages ne sont ni complètement ceci, ni complètement cela. On se débrouille juste pour avancer sur des chemins parallèles, et soit on s'entend, soit on ne s'entend pas.

Elle lève le regard vers moi pour observer ma réaction. Ses yeux sont comme deux profonds bassins d'eau bleue.

– Mais il faut dire et redire que l'homme que j'ai épousé est différent de celui qu'il est devenu. Aujourd'hui, il prête à la caricature car ses défauts sautent aux yeux et paraissent risibles. Et pourtant il était loin de se réduire à ça, à ce personnage grotesque qu'on pourrait façonner à partir de ses défauts. Quelque chose a dû arriver sans que je m'en aperçoive.

– Quel genre de chose ?

– Qui sait ? réplique-t-elle en tournant la tête vers la fenêtre, comme si la réponse se trouvait au-dehors.

Ce n'est qu'au cours des deux dernières années qu'elle a commencé à remarquer un changement. Elle a été accaparée par tant d'autres choses.

– Je commence à me demander s'il n'est pas déprimé. Pas juste lassé de son existence actuelle, mais vraiment malade. Une sorte de dépression nerveuse sous-jacente.

– Qu'est-ce qui vous fait dire ça ?

– Toutes sortes de raisons, mais une en particulier, le type de chose que l'on ne remarque que si l'on vit avec quelqu'un. Son odeur est différente, affirme-t-elle, l'air soudain perplexe.

Elle a lu quelque part que les gens déprimés ont une odeur bien distincte, dont ils ne peuvent se débarrasser, même en se lavant. Et elle ajoute que Harry est trop centré non pas juste *sur* lui-même, mais *en* lui-même. Il traverse une mauvaise passe, c'est sûr, et ça l'accable. Quand ils se sont rencontrés, il était prêt à tout pour éviter les scènes de ménage, en raison de son éducation. Non pas que ses parents aient été des gens coincés ou snobs, avec un balai dans les fesses, loin de là. C'étaient juste des gens droits et sans histoires qui étaient terrifiés à l'idée d'attirer l'attention sur eux.

– Et ce type d'attitude, ça se grave en nous bien avant qu'on en ait conscience.

Elle s'exprime désormais par à-coups, revenant sur ses propos, nuançant la remarque précédente, remettant en cause la suivante avant même de l'avoir formulée.

– Autre chose. Il a commencé à se comparer aux autres : la chute des cheveux, les dents qui tombent, et tout ça. Il anticipe son déclin. Surtout maintenant qu'Alice l'a plaqué.

– Vous êtes au courant de *ça* ?

En disant cela, je révélai aussi, sans le vouloir, que j'étais moi-même au courant, ce qui faisait de moi un traître.

– Ne vous en faites pas, ça n'avait pas grande importance. Je m'en fichais un peu. – Elle semble plus calme à présent. – En fait, c'était mieux pour moi tant que cette liaison durait. C'est bien pire aujourd'hui.

– Qu'est-ce que vous voulez dire ?

Elle hésite. Elle regarde derrière moi, évite mes yeux.

– Je ne devrais pas vraiment vous parler de la sorte, je vous connais à peine.

Elle se redresse, se tourne et pose sur moi un long regard réfléchi, comme si j'étais un plat dans une assiette au restaurant, que l'on hésite à manger ou à renvoyer en cuisine.

– Mais c'est parce que je vous connais à peine que je peux vous parler. C'est plus facile avec un étranger.

Un étranger, voilà ce que je suis. *Un étranger**, comme mon père avant moi.

– Comment le formuler ? hésita-t-elle.

La formule qu'elle finit par trouver, c'est que cet aspect de la relation avec Harry ne l'avait jamais vraiment "enthousiasmée", ni même satisfaite. Cela faisait des années que c'était juste une rapide escale technique.

– On met de l'huile dans les rouages, vous savez. On rafraîchit la coupe, l'équivalent charnel de "vous me dégagez la nuque et les oreilles", si vous voyez ce que je veux dire. Alors ça réchauffe, c'est vrai, mais dans l'ensemble c'est devenu quelque chose d'insipide, comme de la nourriture périmée – nourrissant, mais pas plus que de la vanille. Sans couleur. – Elle s'était sentie soulagée de savoir qu'il s'amusait ailleurs. Ça mettait moins de pression sur elle.

Elle parle désormais par vagues, chacune d'elles couverte d'écume. Sa voix résonne dans ma tête comme une mélodie.

– Ce qui est étonnant, c'est qu'Alice ait pu le supporter aussi longtemps. Plus il est désespéré, avec ses éruptions cutanées et tout le reste, et plus il essaie de se prouver des choses à lui-même. Maintenant, tout contact physique fait l'effet d'une collision frontale. Il est comme un pilier de rugby qui pousse, charge et esquive pour avancer sur le terrain.

J'éprouve un léger sentiment de panique. Et un besoin urgent de consulter mes dictionnaires. Certaines phrases peuvent vous faire perdre l'équilibre. On connaît les mots pris isolément, mais mis bout à bout, ils ne veulent plus rien dire. Ce n'est pas la première fois que je pense que les limites du langage correspondent aux limites de l'expérience. Pendant que je réfléchis aux "escales techniques" et autres "piliers de rugby", Carrie change de registre.

– Je pense qu'il se demande aussi s'il pourra encore être surpris par ses étudiants. Ou même par la vie.

– Vous pensez qu'il a fait ce métier trop longtemps ? demandé-je, tentant de revenir sur un terrain moins glissant.

– Oui, ou quelque chose d'approchant. C'est devenu une corvée. Je pense que ça arrive à beaucoup d'universitaires. Et il est dur avec lui-même. Il fut un temps où il aimait ce qu'il faisait, et y croyait, où il pensait pouvoir faire la différence, où il admirait ses collègues et appréciait ses étudiants. Ils participaient tous à un même processus et chacun en tirait des enseignements. Mais à un moment donné, il a commencé à éprouver du mépris pour ses collègues. Et pour sa discipline. La philosophie avait perdu de son attrait. Aujourd'hui, il la pratique de façon machinale : il se contente de couvrir le programme sans faire de vagues. Ou du moins c'est ce qu'il dit, même si je pense qu'il *aime* noircir le tableau. – Elle a un petit rire indulgent.

– Au moins, il vous en parle. C'est mieux que de garder ça pour lui.

– Parfois je me demande. – Elle baisse les yeux et serre les lèvres. – Il a perdu ses illusions sur lui-même et ça se traduit par une perte de ses illusions sur le monde, et sur moi. Il s'adresse de plus en plus à moi sur un ton particulier, comme s'il parlait à une imbécile. Ce que je suis sans doute en partie devenue.

J'ai une envie impérieuse de la défendre, mais je me retiens et lui demande à la place si elle a lu le livre de Sanderson sur le bonheur.

– Oui, j'en ai lu les épreuves. Rien de très inattendu, explique-t-elle. En gros, c'est un ouvrage universitaire qui présente les différentes approches du bonheur et les termes du débat. Seul l'épilogue est plus révélateur, il permet de mieux cerner l'individu qu'est Harry et confirme nos discussions : ses désillusions apparaissent clairement au fil des pages. Du moins, moi je les perçois. Mais son humanité est également présente. – La voix de Carrie est hypnotique, elle est si mélodieuse et chantante qu'il serait facile de négliger les paroles tant la musique est envoûtante. – Cela ne fait aucun doute, affirme-t-elle en me tendant son verre pour que je le remplisse : la philosophie peut nuire gravement à la santé.

– C'est bien ce que pensait David Hume, dis-je. – Je la surplombe en lui versant du vin et elle me semble petite et vulnérable sur le sofa. – Bien qu'étant un penseur de génie, un excès de philosophie avait provoqué chez lui une dépression profonde. Son médecin l'avait appelée "la maladie des érudits".

– Et quel avait été le remède ?

– Tout faire plus modérément, marcher tous les jours, arrêter de travailler avant d'éprouver de la *lassitude*, comme il disait.

– Et ça a marché ?

– Oui. Il a fini par comprendre qu'une vie heureuse est faite de moments tout à fait ordinaires, comme dîner, boire avec des amis, rester actif et ne pas trop réfléchir.

Cela paraît simple, mais elle m'explique que ce que nous recherchons le plus, comme le bonheur et l'amour, a toujours tendance à nous échapper.

– Pourquoi le bonheur est-il aussi insaisissable ? demandé-je en laissant de côté l'amour, mais en éprouvant maintenant un sentiment d'exaltation car je me sens libéré de ma timidité. Elle me lance un regard en coin, pas vraiment désapprobateur, plutôt pour signifier qu'elle a conscience que la soirée se transforme en un jeu de questions/réponses.

– Parce que ce n'est pas une chose à laquelle on est censé réfléchir, c'est une chose qui arrive, un point c'est tout. Si vous me demandiez ce qui me rendrait heureuse en ce moment, je dirais : être vivante et ouverte au monde, avec pour seuls soucis les petits tracas du quotidien. Mais si cela devait se réaliser, alors le bonheur prendrait un sens complètement différent. – De ses doigts, elle abaisse les commissures de sa bouche, ce qui lui donne un air de clown triste. – Les gens disent qu'ils seraient heureux s'ils avaient une jolie maison de campagne ou une vie tranquille avec un mari et deux gosses ; mais quand ils les auraient obtenues, ils ne cesseraient pas pour autant de désirer des choses supplémentaires.

– C'est vrai, mais vous ne pensez pas qu'on accorde trop d'importance au bonheur ? C'est devenu une sorte de culte, de drogue. Vous ne trouvez pas ? Cela nous pousse à avoir peur de la tristesse, à la rejeter loin de nous.

– Que voulez-vous dire par là ?

– Eh bien, c'est comme s'il existait un devoir d'être heureux, une injonction à laquelle on doit se plier en permanence en repoussant tout ce qui est négatif ou triste. Par exemple, les gens ne portent quasiment plus le deuil, du moins pas en France. Ça ne se fait plus. Nous étions très bons dans ce domaine mais désormais on nous dissuade de le faire.

– Peut-être que nous n'avons plus le même besoin d'être en deuil ?

– Ce n'est pas vrai dans mon cas. – Ce qui nous surprend tous deux. – Je suis encore en deuil de mes parents. Tout ce que je fais est presque une forme de deuil en leur hommage. – Elle pose sur moi un long regard pénétrant. – Mais bien sûr, ce n'est pas le genre de chose qu'on crie sur les toits, on se contente de se l'avouer à soi-même.

Nous commençons alors à discuter des différentes approches du bonheur dans nos deux pays.

– En français le mot pour *happiness* est "*bonheur*"*, qui est un terme ancien pour dire "chance". Et c'est le cas dans de nombreuses langues, y compris en anglais. La racine *happ* signifie "chance" en vieil anglais, comme dans *happenstance,* qui désigne une rencontre fortuite. Mais le terme moderne a perdu toute connotation de chance et je pense que c'est dommage. D'un autre côté, *joie** est un mot beaucoup plus utile que bonheur.

– *Joie de vivre* ! s'exclame-t-elle avec une inflexion gaélique amusante.

– Exactement, mais la *joie** implique l'acceptation de la vie avec ses bons *et* ses mauvais côtés.

La lumière de la lampe semble désormais trop forte et froide pour une telle conversation. Je m'excuse un instant et vais chercher des bougies dans le garage. Elle m'observe tandis que je procède à ces petits aménagements.

– C'est mieux comme ça, dit-elle après que j'ai éteint la lampe et allumé les bougies.

Et c'est sous cette lumière douce que je lui demande de me décrire le Sanderson qu'elle a rencontré quinze ans plus tôt. Elle commence par rire.

– Que de questions! s'exclame-t-elle – mais ça ne semble pas du tout la gêner. Il a toujours tenu davantage de Rochester que de Darcy, explique-t-elle: saturnien, mélancolique, un rien menaçant, mais en même temps, dynamique et audacieux*. Dans les dîners en ville il racontait souvent notre rencontre, expliquant que ce dont il était tombé amoureux, c'était de mon dos,

* Rochester est l'un des personnages principaux du roman *Jane Eyre* de Charlotte Brontë. Darcy apparaît dans *Orgueil et Préjugés* de Jane Austen.

merveilleusement mis en valeur sous les dorures de la Signet Library… et les convives grommelaient parce qu'ils avaient entendu cette histoire bien trop souvent. Mais il avait beaucoup d'humour. En fait, il aurait pu donner un spectacle comique en solo, jouant l'auguste et le clown blanc tour à tour. Son sens du tempo était impeccable.

Dans les premières années, il s'était montré sentimental en amour et cela l'avait déconcertée. Parfois il lui écrivait de petits mots, des *billets doux** pliés méticuleusement en quatre qu'il glissait sous la porte de son atelier. À d'autres moments, il plaçait des cartes ici ou là dans l'appartement et attendait qu'elle les découvre. Elles commençaient invariablement par “Mon épouse préférée”, ce qui sous-entendait qu'il en avait plusieurs.

– Les messages se poursuivaient d'ordinaire par un peu d'autoflagellation, ce qui semblait aussi complaisant qu'insincère, et par des phrases du type *je dois sûrement te décevoir* ou *je suis désolé de te négliger;* ils se terminaient sur une formule maladroitement affectueuse qui dégoulinait de la feuille.

Les jours où il laissait traîner de tels messages, Harry souriait à Carrie d'un air entendu. Cela semblait confirmer qu'il se les destinait à lui-même plutôt qu'à elle, ce qu'elle avait subodoré depuis le début. De plus, elle était intriguée par le contenu des messages. L'idée qu'elle pût être négligée, ou qu'il fût absent trop souvent ne lui avait jamais traversé l'esprit. En fait ce qui la gênait – à supposer qu'elle fût gênée par quelque chose – c'était précisément l'inverse : il semblait être présent *en permanence* dans l'appartement, apparaissant et réapparaissant au mauvais moment, ce qui perturbait le rythme naturel de sa journée de travail.

– Vous n'avez jamais été marié, je crois ?

Le ton de la question ne contient ni accusation ni apitoiement.

– Non, mais le sujet m'intéresse, répondis-je avec le sentiment d'avoir échoué à un test. – Rire embarrassé. – J'ai beaucoup de curiosité pour d'autres modes de vie.

Je veux jouer pleinement mon rôle dans cette conversation, partager des informations et mon expérience, d'égale à égal. C'est comme ça que ça doit fonctionner : on écoute l'histoire de l'autre et ensuite on raconte la sienne, une véritable interaction, on donne et on reçoit, on nourrit et on est nourri en retour. Pourquoi y suis-je si mal préparé ? J'essaie de m'impliquer dans la conversation, mais tout sonne faux. Même mes réponses les plus rudimentaires – un hochement compatissant de la tête, un geste tendre de la main – semblent théâtrales et trop préparées, ce qui les rend doublement ridicules dans un rôle aussi mineur que le mien.

– Est-ce qu'il laisse encore traîner des messages de ce type ? – C'est tout ce que je parviens à dire.

– Non, pas de la même manière, répond-elle.

Elle précise qu'il ressent le besoin de solenniser les moments importants de son existence en rédigeant des lettres. En général fort longues, s'étalant parfois sur une dizaine de pages, et toujours ponctuées avec soin et parsemées d'allusions et de parenthèses.

– De la même façon que certaines personnes ont besoin de prendre des photos pour immortaliser les grands événements... comme si sans photo, rien n'était crédible... Harry a tendance à baliser les hauts et les bas de son existence, et particulièrement les bas, au moyen d'une sorte de décharge écrite.

Elle reste silencieuse pendant une minute ou deux, et dans la lumière vacillante semble abattue. Mais quelqu'un d'abattu ne se livrerait pas à des commentaires aussi ironiques sur les habitudes épistolaires de Sanderson, et je commence à me demander si cette apparence triste ne dissimule pas une autre personne, plus vive et spirituelle.

– Je me dis parfois qu'écrire des lettres lui apporte plus de satisfaction que n'importe quoi d'autre. À l'exception peut-être du montage des mouches. Selon moi, les lettres lui permettent de figer dans le temps un moment qui sans cela disparaîtrait sans laisser de trace. Il aime imaginer qu'on les reçoit, qu'on les lit, qu'on les relit, qu'on s'endort sur elles et qu'on en rêve. Tout cela lui procure un plaisir immense, pur et inaltéré car il en est le seul maître.

Elle est maintenant assise de profil. Je ne peux pas la regarder dans les yeux, mais je perçois son amusement.

– Il y a des choses qu'on ne parvient à comprendre que de l'intérieur, ajoute-t-elle en retrouvant son sérieux. Des choses auxquelles on s'habitue, et qu'une autre personne trouverait difficiles à croire ou impossibles à comprendre. Quand j'étais jeune, je pensais qu'on pouvait rompre un mariage raté aussi simplement qu'on raccroche le téléphone après un appel indésirable. Mais ce n'est pas si simple. Les gens peuvent se comporter très, très mal dans un couple, et malgré tout continuer d'être aimés et chéris. Dans ma précédente relation, dont je pensais qu'elle déboucherait sur un mariage et sur le bonheur éternel, mon ex a décampé sans un regard en arrière. Par peur, je suppose.

Un long silence. Elle baisse les yeux.

– On s'habitue à l'autre, à sa présence au petit-déjeuner, à la forme de son corps sous la couette. Avec le temps, ça compte de plus en plus. Le familier engendre le familier. C'est de cela que nos existences sont faites. Ça, et les choses terribles qu'on se fait subir l'un l'autre.

– Et cette familiarité suffit ?

La question reste un moment en suspens, attendant sa réponse.

– La plupart du temps, oui.

Elle se redresse d'une façon qui suggère qu'elle est sur le point de clore la discussion, ayant fait le tour du sujet.

– Je suppose que je n'ai pas le droit de m'étonner. Un mariage n'est jamais de tout repos. Harry a toujours été exaspérant par sa manie de chercher la petite bête dans la plus simple des affirmations. De ce point de vue, je savais à quoi m'attendre. Mais jusqu'il y a quelques années, il était comme la plupart des gens : un peu contrarié, pas en forme, déçu par le monde, râlant à la moindre occasion…

Sa phrase reste inachevée mais laisse son empreinte sur la soirée. Son regard parcourt la pièce avant de rencontrer le mien.

– En fait, non, je pense que ce qui a vraiment changé, c'est ma capacité à le supporter. Ça, et les obstacles que la vie a placés sur ma route.

38

Le récit des obstacles que la vie avait placés devant Carrie était plein d'amour et de compassion. Harry avait parfaitement raison, expliqua-t-elle. L'amour qu'une mère éprouve pour son enfant éclipse tout le reste. Elle n'avait pas voulu cette grossesse, mais dès la naissance de son fils elle était tombée en extase. On avait posé le nouveau-né sur son ventre doux et moite, et ce qu'elle avait éprouvé en le voyant pour la première fois était resté à jamais gravé en elle. Depuis, rien n'avait égalé l'importance et l'intensité de ce sentiment. Au début le bébé était une créature étrange qui ressemblait à un petit elfe, avec son visage plein de sagesse, ses petites jambes rougies et le duvet noir qui lui couvrait le dos. Ce fut le coup de foudre. Elle l'avait prénommé Alfie, un nom qui signifie "le sage conseiller de l'elfe". Il avait été un bébé modèle – nul n'avait jamais souri, ne s'était retourné, ne s'était assis ni n'avait fait ses premiers pas aussi parfaitement que lui. Il était devenu un enfant doux et sensible, très attentif à son entourage et aux sentiments d'autrui. Carrie et lui étaient très proches, presque inséparables. Un accord tacite avait été passé avec Harry pour qu'il ne joue pas le rôle de père et elle n'en avait pas souffert. En fait, elle désirait secrètement garder Alfie pour elle seule et aurait presque eu du mal à le partager. Et elle savait qu'Harry n'aurait jamais pu lui apporter autant d'amour qu'elle-même. Le problème n'était pas seulement qu'il n'éprouvait pas d'attrait naturel pour les enfants, mais qu'il n'avait pas de *connexion* physique avec Alfie ; ce lien-là n'existait qu'avec elle. Elle se remémorait de nombreuses années de bonheur, emplies d'une sorte d'insouciance. Ce fut un âge d'or, expliqua-t-elle. Mais au fil des ans, la nature avait fini par lui jouer un de ses tours cruels. D'abord la joie, puis le coup de massue pour vous l'ôter. La joie avait duré bien après le début de l'adolescence – ce dont elle était reconnaissante – mais la suite était arrivée presque sans prévenir. Les premiers signes de malaise apparurent quand Alfie se mit à se renfermer sur lui-même. Il se cloîtrait dans sa chambre de plus en plus longtemps, manquait les repas et cessa de se laver. "Mais c'est typique d'un adolescent", avait estimé Harry. Puis advinrent les attitudes étranges. Selon Harry, Alfie se comportait mal et il fallait s'y attendre. Pourtant son comportement n'était pas mauvais, il était juste bizarre et imprévisible. Il se mit à entendre des voix, à percevoir des signes. Au début, cela semblait positif, sans rien de pathologique : les associations qu'il faisait étaient intéressantes et puissantes, voire géniales. Mais les voix devinrent trop nombreuses, les signes se manifestaient partout : dans les fissures du trottoir, les feuilles des arbres, les formations nuageuses. Il avait lu des choses sur le réseau de caveaux et de chambres souterraines qui s'étend sous la ville d'Édimbourg et s'était persuadé qu'ils recelaient des forces diaboliques venues le chercher. Il commença à s'exprimer avec une voix de prophète et avertissait Carrie d'un désastre imminent. Leur seule chance de salut était de l'écouter, de prendre garde – c'est ce qu'il répétait sans cesse. Lui seul pouvait percevoir des signes. Il se prétendait fort et courageux, mais c'était la bravoure de quelqu'un qui sifflote dans le noir. En réalité, il était terrifié et avec le temps cette peur prit toute la place. Il se mit à réarranger l'ameublement de la maison, à porter plusieurs pulls l'un au-dessus de l'autre, à emballer les robinets dans des sacs en plastique… tout cela pour contenir les forces du mal, et sa peur. Il pensait qu'on le surveillait avec des caméras et des micros, qu'on pouvait l'atteindre par les cheminées et les câbles téléphoniques. Les messages se multiplièrent. Il se persuada que les micros étaient placés dans ses canaux auditifs, dans ses plombages, dans ses follicules capillaires. Il supplia qu'on lui obture les oreilles, qu'on lui arrache les dents et qu'on lui rase le crâne. C'est à ce moment-là qu'elle se décida à l'emmener voir un médecin, puis un psychiatre.

Aujourd'hui, elle avait honte de son assurance petite-bourgeoise d'alors : tout cela devait être un malentendu, se disait-elle, tout va finir par rentrer dans l'ordre. Quand les médecins rencontreraient Alfie, ils comprendraient. Ils verraient à quel point elle l'aimait et s'occupait bien de lui, et ils riraient en assurant que c'était juste un garçon brillant à l'imagination un peu trop débridée, rien d'inquiétant. Mais ce n'est pas ce qu'ils lui dirent. Ils utilisèrent des mots comme "délirant" et "paranoïa" ou "crise aiguë". Ils allaient devoir l'hospitaliser, faire une évaluation en bonne et due forme, lui prescrire un traitement médicamenteux. Alfie détesta l'hôpital dès le départ. Selon lui, sa chambre était remplie de Nigériens qui voulaient sa peau. Une attaque était imminente. Ce serait une attaque au gaz, qui passerait par le plafonnier et le pommeau de douche. "Tu ne resteras pas longtemps", lui avait-elle dit, bien consciente que c'était un mensonge. "C'est un hôpital, ils sont là pour t'aider à aller mieux." Mais il n'alla pas mieux. Ils lui donnèrent des neuroleptiques qu'il ne prit pas, ou pire, qu'il fit semblant de prendre. De son point de vue, il n'était pas malade, c'était un complot contre lui. Elle lui rendait visite tous les jours et rentrait chez elle en larmes. Elle haïssait le fait de le laisser là-bas, elle avait le sentiment de le trahir. Le ton rassurant du personnel de l'hôpital et les manières joviales et désinvoltes des gentilles infirmières lui donnaient envie de hurler intérieurement. Et même lorsque Alfie réussissait à s'échapper – ce qu'il fit plusieurs fois au début – ils répondaient : "Ne vous en faites pas, ce sont des choses qui *arrivent*, c'est *normal*."

Mais non, ce n'était pas normal, il n'y a pas de mots pour dire combien c'est épouvantable d'imaginer son fils malade, terrifié, en cavale ; de ne pas savoir si on vous le ramènera vivant ou mort ; ou d'entendre l'officier de police chargé des disparitions le décrire comme dangereux, alors qu'il était avant tout un danger pour lui-même. Elle en fut vite réduite à ne rien pouvoir faire d'autre que pleurer. Les tout premiers mois, elle ne réussissait même plus à peindre. Harry affirmait qu'Alfie était un succube venu vider de son sang son hôte, c'est-à-dire sa famille. Les amis s'abstenaient de parler de leurs propres enfants, et si par mégarde cela leur arrivait, ils s'efforçaient de rectifier aussitôt ce faux pas. Quand vous avez des problèmes de ce type dans votre existence, expliqua-t-elle, vous faites fuir les gens. Même vos amis pensent qu'ils peuvent être contaminés, que leurs enfants risquent d'attraper quelque chose. Et donc ils gardent leurs distances. Les gens ne veulent pas de souffrance dans leur salon, même si c'est la souffrance d'une amie. Ils compatissent autant qu'ils le peuvent, mais ils ne veulent pas laisser cette menace interférer avec leur propre vie. Alors ils extrapolent pendant une minute ou deux, autant que leur sensibilité le leur permet. Et puis vlan ! ils referment la porte. Ce qu'ils désirent avant tout – et cette remarque faisait écho à ce qu'elle avait dit précédemment – c'est du bonheur, des pensées positives. Tout ce qui est négatif doit être tenu à distance. Seule Alice ne semblait pas gênée, mais c'est parce qu'elle n'avait pas d'enfants et qu'à l'époque elle couchait avec Harry. Chaque fois que vous parlez à d'autres parents de votre enfant malade, poursuivit Carrie, vous entendez votre propre voix prendre un ton étrange, comme si vous étiez un professionnel de santé et que vous aviez besoin de rester maître de vous-même, alors que vous n'êtes qu'une mère éperdue, folle d'angoisse pour son fils adoré. Et ce ton, ce contrôle de soi, c'est quelque chose que vous faites pour *eux*, pour que *eux* puissent ne pas se sentir mal à l'aise. Plusieurs personnes, Harry compris, semblaient penser qu'Alfie avait lui-même causé ses propres troubles, qu'il l'avait bien cherché. Ou pire encore, que c'est *Carrie* qui en était à l'origine, avec son amour et ses gâteries excessives. Et maintenant que la maladie s'était installée, elle continuait d'y contribuer. Les gens peuvent échafauder à l'infini des théories épouvantables. Et puis progressivement elle avait senti le sol se dérober sous ses pieds. Elle ne savait plus comment continuer à avancer, ni même comment rester tranquille. Elle s'était mise à errer dans les rues pour essayer d'atténuer la douleur, en quête de semblables signes de souffrance chez les autres. "Il doit bien exister une communauté de personnes qui souffrent, s'était-elle dit, et qui ne le crient pas sur les toits." Elle pleurait sans cesse. Et Harry, qui détestait la voir pleurer, n'arrêtait pas de boire. Sa propre mère lui avait soutenu qu'elle était elle-même responsable de cette calamité, que c'était un châtiment divin. Elle aurait dû obéir au commandement de Dieu, il y a de nombreuses années, et épouser le père du garçon. Harry avait traité sa belle-mère de femme nocive et réactionnaire. Naturellement il lui avait décoché une de ses missives et s'était vu répondre que la souffrance était spirituellement édifiante, et que cela allait faire entrer le Christ vivant dans la vie de sa fille.

En fin de compte ce fut Martin Blandford qui l'avait empêchée de devenir folle. Les hindous affirment que lorsque vous avez besoin d'un professeur, un professeur va apparaître, expliqua-t-elle. Et il était apparu sous les traits de Martin, qui lui avait appris à accepter la douleur, à ne pas l'alimenter ni la nier mais à s'ouvrir à elle pour accepter son existence, comme d'autres choses qui sont simplement là. Martin et elle restaient assis pendant des heures, en silence, dans une quiétude parfaite. Il avait lui aussi perdu quelqu'un : l'homme qu'il aimait s'était suicidé quelques années plus tôt. Il était plus que quiconque à même de comprendre son désespoir et de lui venir en aide. Le garage de Martin n'avait pas tardé à devenir son refuge. Il lui avait confié une clé pour qu'elle puisse s'y rendre à tout moment. Et quand il était parti en congé sabbatique, elle avait gardé la clé.

Lorsqu'elle a cessé de parler, le silence s'installe, et je finis par le briser en disant à quel point je suis désolé, que c'est l'une des histoires les plus tristes qu'il m'ait été donné d'entendre.

– Ce n'est pas vraiment une histoire, explique-t-elle. Il n'y a pas d'intégrité narrative. – Elle saisit le petit peigne qui tient ses cheveux et le remet en place à plusieurs reprises. – Tout est de guingois, comme dans une peinture d'enfant. Tout est flou, pris dans un brouillard épais, éclairé seulement par des moments de douceur poignante. – Puis elle retire le peigne et laisse ses cheveux retomber sur son visage comme un rideau de sécurité. – C'est comme une plaie qui ne se referme jamais.

Ce qui me rappelle les plaies de ma mère il y a bien longtemps : suturées et pansées, mais impossibles à nettoyer.

– Et comment va Alfie à présent ?

Cela me semble la bonne question à poser.

– C'est gentil de me le demander, répond-elle, la gorge serrée. Plus personne n'ose. Pas même Harry. Il a peur de le faire, peur de toute cette émotion.

Je sens mes paupières se gonfler de larmes tièdes.

– Il me rappelle tout le temps que la raison est son gagne-pain. – Elle développe d'autres arguments de la même veine et à la fin inspire profondément. – J'hésite un peu à le dire tout haut, mais Alfie commence vraiment à faire des progrès. On lui donne un nouveau traitement et pour la première fois en trois ans, il y a des signes d'espoir.

Tandis qu'elle se tient sur le pas de la porte pour repartir, je lui demande si Sanderson sait qu'elle vient méditer dans mon garage.

– Non, répond-elle, il ne le sait pas. Et je ne compte pas le lui dire. Il ne comprendrait pas.

Je suis sur le point de l'informer que Sanderson rôde souvent à l'extérieur du cottage, mais je me retiens. Elle a eu suffisamment d'émotions pour la soirée.

Cette nuit-là je me couchai en pensant à la vie de Carrie, aux souffrances qu'elle avait endurées, et à tout l'amour qu'elle avait donné à Alfie depuis sa naissance. Qu'était devenu cet amour ? Où était-il désormais ? Je pensai aussi à tout l'amour inemployé dont je devais être empli, moi qui n'ai jamais eu d'enfant. Il devrait exister une réserve d'amour, de l'amour de rechange. Où pouvait-il bien être ? Ma pensée se tourna aussi vers Martin Blandford, vers la bonté de cet homme que je n'avais jamais rencontré mais dans la maison duquel je vivais, dans le lit duquel j'étais même à présent allongé. Il avait apporté tant d'aide à Carrie, ce dont Sanderson avait été – et serait toujours – incapable. Ce n'était pas étonnant qu'il soit si jaloux. Et pourtant il devait sûrement savoir que Martin était gay ? Je n'avais pas du tout été surpris de l'apprendre par Carrie ce soir, même si j'avais éprouvé une émotion si vertigineuse qu'elle devait correspondre à du soulagement. Me l'avouer à moi-même fut ma dernière pensée consciente de la soirée.

39

Je suis toujours parti du principe qu'un traducteur est comme un invité dans la maison de l'auteur, et qu'à ce titre il doit bien se comporter. La maison de Hume étant une demeure fort accueillante, cela vous vient naturellement. Toutefois la traduction vous fait prendre conscience de vos propres limites, notamment parce qu'elle ne saurait être qu'une version du texte parmi d'autres, et n'atteindra jamais la perfection. Même quand une traduction est achevée, elle ne peut être considérée comme définitive. Le travail du traducteur a en quelque sorte un caractère toujours provisoire, et cela a déteint sur mon existence, et créé en moi des bulles d'incertitude dans d'autres domaines. Je pense que cette circonspection, cette humilité est le plus grand défaut des traducteurs, alors que ce qui est requis, c'est ce que Danton préconisa pour sauver la France durant la Révolution : *De l'audace, encore de l'audace, toujours de l'audace*[*].

J'avais tout juste commencé à travailler sur le long essai de Hume intitulé “Le sceptique”, dans lequel il s'emploie à condamner “les décisions que prennent les philosophes en tout sujet”, et particulièrement “leurs raisonnements sur la vie humaine et sur les méthodes permettant d'atteindre le bonheur”, domaine dans lequel ils font preuve “d'infirmité”. Tout cela me fit songer à Sanderson. Selon Hume, les philosophes souffrent d'une étroitesse d'entendement qui les rend largement indifférents aux désirs et affections d'autrui, car ils sont complètement dominés par leurs propres inclinations. Hume lui-même ne s'exonérait pas de ce travers. Après avoir été frappé par la maladie des érudits, il s'était senti coupé de ses congénères et avait passé le reste de son existence à essayer de renouer des liens avec eux. Il ne se maria jamais, et même s'il appréciait la compagnie des femmes, il resta timide et réservé jusqu'à la fin de sa vie. Réussir à pratiquer la philosophie sans altérer sa santé mentale est l'un des problèmes auxquels il fut confronté. La solution qu'il trouva fut de multiplier les dîners entre amis, de faire de l'exercice et de jouer autant que possible au backgammon. Et aussi, d'appliquer le précepte que mon père affectionnait tant, "soyez philosophe, mais au milieu de toute votre philosophie, soyez toujours un homme". Le problème qu'identifia Hume est que les philosophes, ces *soi-disant** hommes sages, ne savent absolument pas comment se comporter. Ou pour reprendre les termes de Sanderson : "Ils pètent plus haut que leur cul." Vers la fin de l'essai, Hume aborde la question des faiblesses humaines. Une phrase en particulier reste gravée dans mon esprit : "Si un homme est sujet à quelque vice ou imperfection, il arrive souvent qu'il possède en même temps quelque bonne qualité qui le rend plus malheureux encore que s'il était entièrement vicieux."

J'avais encore ces mots à l'esprit lorsque je retournai pêcher avec Sanderson. Il semblait bien que la remarque de Hume pouvait s'appliquer à lui : il combinait de façon tellement frappante bien et mal, robustesse et fragilité, qu'on aurait dit une pièce de monnaie dont la face et le revers comportent des valeurs incompatibles. Tout ce que Carrie avait exprimé l'autre soir, même ses critiques, était empreint de compassion et de sympathie. Selon elle, il était victime du désespoir qui frappe parfois les hommes intelligents, prisonnier d'un solipsisme infernal qu'il avait forgé lui-même. Mais, en même temps, c'était un homme bon et attachant.

Nous étions de retour à la rivière qui avait été le théâtre de tant de drames la semaine précédente. Elle était beaucoup plus calme qu'avant – presque domptée – mais Sanderson, lui, semblait nerveux. Il avait l'air vieilli et fatigué. Il sentait l'alcool. Ses yeux vitreux, laiteux, étaient semblables à ceux d'un poisson mort depuis longtemps. Tandis que j'enfilais mes cuissardes et commençais à préparer ma canne, il resta assis sur la berge comme si le moteur de la journée avait calé et refusait de redémarrer.

Alors que dans la voiture il était resté inhabituellement silencieux et s'était cramponné au volant comme à un doudou, il finit par se lancer dans un long monologue tellement détaillé qu'il aurait pu rivaliser avec un rapport d'enquête criminelle. Il parlait calmement, avec une certaine raideur dans l'élocution et sur un ton neutre – presque impersonnel et mécanique – qui rappelait celui d'employés habitués à informer quotidiennement le public. Il fixait l'herbe du regard.

L'incident avait eu lieu plusieurs semaines auparavant. Ce jour-là, il rentrait à la maison après la fac. La journée avait été lumineuse mais l'obscurité commençait à envelopper la ville. Il s'était arrêté comme d'habitude au coin de sa rue et avait regardé des deux côtés avant de traverser : d'abord vers son immeuble, puis dans la direction d'où il venait. Cela constituait une sorte de rituel, expliqua-t-il, un sas entre sa vie d'universitaire et sa vie domestique. Il s'était interrogé brièvement sur ce que peut ressentir un homme qui se réjouit de rentrer chez lui et de retrouver les consolations de la vie familiale, ce parfait antidote à une dure journée de travail. Tandis qu'il approchait de son immeuble, il discerna une silhouette assise sur les marches devant l'entrée du bâtiment. Il avait déjà vu cet individu récemment, affalé sur le trottoir au pied du muret qui bordait son immeuble : une masse sans âge et débraillée qui agrippait une bouteille de ses mains protégées par des mitaines. Ce jour-là l'homme se tenait plus près de l'entrée, et les morceaux de carton disposés autour de lui laissaient penser que le seuil de l'immeuble allait devenir son lieu permanent de résidence. En Écosse le mois de septembre est l'époque où les SDF, pareils à des oiseaux migrateurs, doivent commencer à se soucier de leurs quartiers d'hiver. C'est la pensée qui traversa l'esprit de Sanderson tandis qu'il l'enjambait pour pouvoir insérer sa clé dans la serrure, tout en marmonnant une salutation embarrassée. Il m'expliqua qu'il n'avait pas de stratégie face aux sans-logis ou aux mendiants, du moins pas de stratégie satisfaisante ou qui témoignât d'un minimum de bienveillance.

Il tourna la tête vers moi. Il avait des soucoupes sombres sous les yeux, et le bord inférieur de ses paupières était rougi et enflammé, comme de la viande fraîchement découpée. "C'est étrange, et tu l'as peut-être remarqué, mais les gens qui boivent trop deviennent gras et bedonnants comme moi, tandis que les vrais alcoolos, les poivrots de rue, sont minces comme des haricots." Tout cela fut prononcé sans la moindre expressivité, d'une voix digne d'une messagerie à synthèse vocale. Il détourna le visage, aussi impénétrable qu'une forteresse.

La porte principale de son immeuble était munie d'un groom et d'ordinaire il la laissait se refermer toute seule. Mais cette fois-ci, il avait attendu un instant qu'elle se verrouille, et durant cet instant l'odeur fétide du nouveau résident lui était montée aux narines. Tout en gravissant les quatre étages de l'escalier de pierre, il continua de penser à ce sans-abri et à sa cruauté envers lui. Mais dès qu'il eut ouvert la porte de son appartement il inhala un autre parfum, un mélange doucereux de pin et de lavande qui lui indiquait que sa femme prenait son bain. "Elle aime les essences de bain", expliqua-t-il en faisant la moue dans ma direction, comme s'il s'agissait d'une faute morale. "C'est l'une des nombreuses différences entre nous." Lorsqu'il était entré dans la salle de bains, il l'avait trouvée plongée jusqu'au cou dans la mousse.

C'était un spectacle qui le réjouissait toujours, ajouta-t-il, et pas seulement parce qu'il était plutôt comique de voir ce visage rose et humide émerger d'une masse de bulles qui lui faisait office de corps, mais aussi parce que quand elle était allongée dans son bain elle avait l'innocence du nouveau-né, et cela accréditait l'idée, pendant un instant ou deux, que tout allait bien. Il lui était même arrivé de ressentir l'élan d'allégresse qui accompagne d'ordinaire les nouvelles espérances.

À cette étape de son récit tortueux, il marqua un long temps d'arrêt. Il appuya sa lourde silhouette sur son coude et jeta un regard vers la rivière. Il avait l'air bouffi et mal dans sa peau. Son ventre protubérant semblait avoir une vie propre. De sa main libre aux doigts gonflés et suintants, il le caressait comme s'il s'agissait d'un chien endormi recroquevillé contre lui. Puis, avec cette même main qui avait caressé le chien, il alla puiser au fond de son sac de pêche un minuscule pot de verre qu'il plaça soigneusement sur le sol entre nous, et écarta très lentement la main. On aurait cru un petit engin explosif prêt à se déclencher à tout moment.

Je passai en revue les explications possibles. L'une d'elles était que chaque épisode significatif de ma vie impliquait fatalement la présence d'un pot de verre. Je fixai longuement ce pot, comme si cela allait l'aider à justifier sa présence. Tout commençait à devenir un peu flottant, et un bruit de verre brisé retentit dans ma tête. J'avançais à tâtons dans cet espace infime qui sépare la réalité de l'illusion en m'efforçant de donner du sens à ce qui m'arrivait.

– Indice numéro 1, expliqua enfin Sanderson. Il a été prélevé dans le bain.

– Le bain ?

– Oui, il flottait dans l'eau après que ma femme en était sortie, après la disparition de la mousse.

– Il flottait dans l'eau ?
– Je l'ai repêché avec un verre à dents.
– Verre à dents ?
– Puis je l'ai mis dans un de mes vieux pots à vers.
– Pot à vers ?
C'était insensé de répéter chacun de ses mots, j'en avais bien conscience.
– Tu sais ce que c'est ?
– Non.
– Réfléchis bien.
– Je réfléchis.
J'avais l'esprit vide. Était-ce une façon habituelle de se parler entre hommes ? Je me sentais trop proche de Sanderson, au sens propre du terme : il n'y avait pas assez d'espace entre nous pour que je sois à l'aise. J'avais la même impression de confinement que lorsque je m'asseyais au premier rang dans un cinéma. C'était trop près de l'action, trop intime, ça vous donnait la nausée. Je brûlais d'envie de me mettre en sûreté au dernier rang.
– C'est la jute d'un autre homme. Voilà ce que c'est.
– La jute ?
– Oui, Eddie, la *jute*.
– Vous êtes sûr ?
Pour ma part je n'étais sûr de rien. Autant que je sache, la jute, c'était un tissu.
– Sûr et certain.
– Vous avez ça depuis combien de temps ?
Était-ce la bonne question ? Je n'en savais rien. La réponse fusa comme un missile.
– Depuis que tu es entré dans nos vies. Depuis que tu es venu dîner chez nous. Depuis que tu as apporté des fleurs à ma femme. Depuis que je l'ai suivie jusque chez toi. Depuis que je l'ai vue y pénétrer avec sa propre clé.
Après quoi tout sembla tomber sous le sens, et tout sembla en manquer. Mes points de repère mentaux

avaient disparu. J'étais à côté de la plaque. Se faire des amis m'avait paru impossible avant que je ne rencontre Sanderson, et j'avais eu la présomption de penser qu'il en avait été de même pour lui jusqu'à ce que nous percevions mutuellement la possible amitié qui existait chez l'autre. Est-ce que je m'étais trompé sur toute la ligne ? Est-ce que rien n'était comme je l'avais imaginé ? De son propre aveu, c'était un homme jaloux, mais je n'avais pas envisagé une seconde pouvoir être, moi, l'objet de ses soupçons délirants. Je restai assis sur la berge, les tempes brûlantes.

Entre-temps Sanderson était parti faire ce qu'il aimait le plus au monde : lancer une mouche sèche à la surface de l'eau. Après son *coup de théâtre**, il avait simplement ramassé le pot incriminé, l'avait remis dans son sac de pêche, s'était relevé lentement et dirigé vers la rivière, comme si de rien n'était. J'essayai de me rappeler comment était la vie avant Sanderson, avant tout cela. Je me livrai même à un petit jeu avec moi-même : imaginer que je ne l'avais jamais rencontré, que c'était juste un personnage de roman. Mais ça ne marchait pas. Je l'observai, immergé jusqu'à la poitrine, en train de lancer d'avant en arrière sa soie verte, dont la boucle fendait l'air. S'il tombe maintenant, pensai-je, je ne bougerai pas l'ombre d'un orteil pour le sauver.

40

C'était le type d'incident qui peut changer le cours d'une amitié, un événement isolé qui, avec le recul, semble être la cause de tout ce qui va suivre. Sanderson finit par présenter des excuses, mais à contrecœur et en fixant ses pieds. Il expliqua qu'il avait été accablé par la jalousie, par l'idée que Carrie puisse avoir des aventures.

– On peut échafauder tout et n'importe quoi à partir de pas grand-chose, tu sais.

Il semblait vulnérable, un homme à qui on avait fait un tort irréparable, et pourtant plein d'animosité et toujours capable de vous décocher une bonne droite. Bien sûr qu'il avait conscience de sa propre duplicité, reconnut-il en levant la tête et en me regardant maintenant droit dans les yeux – il était donc parfaitement inutile que je mentionne ça.

– Mais je n'avais pas l'intention de le faire, répondis-je, piqué au vif d'être ainsi injustement placé sur la défensive. Mais j'ai l'impression que vous traversez une sorte de crise. Peut-être que vous devriez… – je cherchai l'expression – … *voir quelqu'un*? Mais il avait déjà refermé les écoutilles.

– Crise? Quelle crise? Je suis comme mon vieil ami Tchekhov sur ce coup-là, Eddie. N'importe quel imbécile peut surmonter une crise ponctuelle. Ce qui est épuisant, c'est de devoir supporter la vie jour après jour.

L'idée de parler de tout cela à Carrie m'avait traversé l'esprit, mais une chose m'en avait dissuadé: l'éventualité qu'au lieu de prendre mon parti avec indignation (comme je l'aurais espéré), elle puisse trouver une façon tordue d'excuser le comportement de Sanderson. Un tel risque n'en valait pas la peine, d'autant moins que nous nous entendions à merveille. Les nouvelles d'Alfie continuaient d'être positives, et désormais dans sa vie la lumière semblait gagner sur l'obscurité. Son regard avait un nouvel éclat et je refusai qu'il puisse s'assombrir. Elle avait pris l'habitude de rester bavarder avec moi autour d'un verre en début de soirée après sa séance de méditation. J'avais remplacé l'éclairage froid du salon par une lumière beaucoup plus douce et chaude, et emprunté quelques coussins du garage. Maintenant qu'il n'y avait plus de secrets entre nous – ou presque – tout allait infiniment mieux et ses visites couronnaient mes journées à la perfection. Je commençais à mesurer la différence entre les périodes de travail et les autres événements de la journée, ce que je n'avais jamais ressenti auparavant. Converser avec Carrie était devenu pour moi facile, naturel et enrichissant, si bien que le temps que nous passions ensemble avait fini par revêtir une importance considérable et ne se résumait pas à quelques brefs instants volés au reste de notre existence. Peut-être aurions-nous dû parler du garage à Sanderson, mais nous ne trouvâmes jamais le moment approprié pour le faire.

Un soir, Carrie et moi parlions de nos métiers respectifs et de la manière dont ils avaient façonné notre personnalité.

– Il m'arrive parfois de considérer que les traducteurs sont en retrait de la vie, dis-je en nous versant un verre de bon vin français. Il y a quelque chose de transitoire chez eux. Ils savent qu'ils ne sont ni les initiateurs, ni la force motrice. Et cela peut déteindre sur leur existence en faisant d'eux des gens assez réservés. Mais bien sûr il est difficile de généraliser.

– Combien de traducteurs connaissez-vous effectivement ?

– À vrai dire quasiment aucun, répondis-je en me moquant un peu de moi-même.

– Je l'aurais parié ! s'esclaffa-t-elle en applaudissant de plaisir.

– Mais tels que je les imagine, ce sont surtout des hommes d'un certain âge qui portent des pardessus élimés et vivent encore chez leur mère. Personne ne les remarque quand on les croise dans la rue.

Au début de notre conversation, j'avais avancé l'idée qu'il était difficile de parler du processus de traduction car les gens ne savent pas le décrire ni l'expliquer. Carrie avait le même sentiment au sujet de la peinture. Elle n'aimait pas décrire ce qu'elle faisait, ni comment elle le faisait, et préférait nettement que le processus conserve son mystère, y compris à ses propres yeux.

– Je me dis que ça fait passer l'art pour quelque chose de trompeur, et l'artiste pour un charlatan. Ce qui compte, c'est de peindre.

– C'est sans aucun doute important pour le peintre, mais *quid* des autres ? Est-ce qu'il n'est pas utile de les aider à apprécier et à comprendre l'art ?

– Je n'en suis pas si sûre. Ce qui compte avant tout, c'est de regarder. D'observer et de ressentir. Et non de s'entendre dire quoi penser. Une œuvre d'art est faite pour stimuler les émotions. On débite plein d'âneries prétentieuses sur la peinture, et parfois les peintres eux-mêmes sont les premiers fautifs. Ils parlent de *signification,* parce que tout le monde veut toujours savoir ce qu'une chose *veut dire*. Alors qu'en réalité on fait des taches sur une toile sans connaître leur sens. Au départ elles ne signifient rien, mais du sens finit par émerger. C'est un processus inexplicable.

– La traduction aussi est un processus mystérieux, répondis-je en savourant cet échange. – J'aurais voulu ralentir le temps pour qu'il dure des heures. – On se surprend à chercher des métaphores, comme si la traduction ne pouvait être rien d'autre que ce qu'elle est. Ce qui est étrange, puisqu'elle n'a pas besoin d'avoir d'autre fonction que la sienne propre.

– Est-ce si gênant que ça? Est-ce que nous n'utilisons pas tous des métaphores pour décrire nos activités?

– Si, c'est vrai. Ce ne sont pas les métaphores qui sont gênantes, ce n'est pas ce que je voulais dire. Mais on les emploie toujours *à la place* de la chose réelle. Et donc on parle presque toujours de la traduction en des termes qui se rapportent à autre chose. Les gens (enfin, ceux qui traduisent) la comparent toujours à d'autres activités: ils diront par exemple que c'est comme transplanter une créature vivante de son pays natal dans un autre pays. Ou comme démonter une maison, brique par brique, pour la reconstruire sur un autre site: c'est en apparence la même maison, mais par bien des aspects essentiels c'est aussi une maison différente et nouvelle, peut-être décorée autrement. D'autres encore comparent la traduction à une représentation musicale ou théâtrale: le traducteur est comme un chef d'orchestre ou un metteur en scène qui travaille à partir d'une partition ou d'un texte original, mais l'adapte pour un public différent. Vous voyez ce que je veux dire: on se retrouve toujours à proposer une métaphore qui vient s'ajouter aux précédentes.

En avais-je trop dit? Je n'étais pas habitué à parler de moi-même, ni à m'aventurer au-delà des confins de mon propre esprit.

– Continuez, ça m'intéresse. Et dites-moi, quand vous traduisez un roman, est-ce que vous essayez de vous mettre, pour ainsi dire, dans la peau du romancier?

– Il s'agit moins de devenir le romancier que de trouver sa voix. On devient l'ombre du romancier, on vit par son intermédiaire. Mais avant tout on est un lecteur, le lecteur le plus attentif que le livre aura jamais. Et votre traduction, c'est votre lecture de l'auteur, votre façon de restituer sa voix.

Je sentis un besoin impérieux de bouger pour briser l'intensité de l'échange. Je me levai et m'approchai de la table sur laquelle était posée la bouteille de vin.

– Moi-même je ne pourrais jamais être écrivain. Pour être écrivain, il faut avoir quelque chose à dire. Le travail du traducteur consiste à trouver des façons d'exprimer ce que l'auteur a déjà dit.

– Cela semble très différent de la peinture ou du dessin, répondit-elle, parce qu'on commence toujours par une toile blanche.

Elle pencha la tête d'un côté et la lumière du soir éclaira une partie de son visage.

– En fait, le traducteur commence lui aussi avec une toile blanche, ou plus exactement avec une page blanche. – Je lui offris un peu de vin. – C'est vrai que l'on ne part jamais de rien, il y a toujours une création antérieure, l'œuvre originale. Mais ça n'est que le point de départ. Il faut ensuite créer autre chose à partir d'elle.

Elle voulait savoir précisément comment je m'y prenais. Est-ce qu'il existait des règles, des choses à faire ou à éviter ? Elle avait maintenant enlevé ses chaussures et replié ses jambes de sorte que ses pieds délicats avaient disparu sous sa robe de coton.

– Eh bien, vous commencez par lire, et dans un deuxième temps vous écrivez. Tout l'inverse de ce que fait l'auteur.

– Dans ce cas, en fin de compte, ce n'est peut-être pas si éloigné de la peinture, rétorqua-t-elle. Dans la mesure où la peinture est une façon de regarder les choses avec intensité. Il faut d'abord regarder, puis on interprète ce qu'on voit. Mais il y a sûrement plus de contraintes dans la traduction. Vous êtes moins libre d'écrire comme vous voulez, non ?

– Oui et non. La traduction n'obéit pas à tant de contraintes que ça. Il n'y a pas d'équivalence exacte entre les langues, non seulement parce qu'elles ont des structures et des grammaires différentes, mais aussi parce que leur texture, leurs lignes de faille, varient. Les gens décrivent parfois la traduction comme un processus mimétique, mais c'est une idée trompeuse. On fait toujours de nouvelles découvertes, on trouve des choses qui n'existaient pas dans sa propre langue. Et quand vous traduisez, vous mettez la langue en tension, vous en testez les limites. Cela va au-delà du fait de recopier ce que vous voyez sur la page. Il s'agit davantage de reproduire et de recréer. Il faut bien sûr restituer le sens du texte original, et lui être le plus fidèle possible. Mais pour être proche du sens du texte que vous avez sous les yeux, il faut savoir parfois s'écarter de ce dernier. Et il est étonnant de voir jusqu'où la quête du mot juste ou de la bonne expression peut souvent vous mener.

– Est-ce que vous craignez parfois de trahir le livre ? De trahir son auteur ?

– C'est une chose à laquelle on pense, une idée que l'on garde dans un coin de sa tête, mais on essaie de faire en sorte qu'elle n'entrave pas notre travail. Les traducteurs ont une responsabilité vis-à-vis de l'auteur bien sûr, mais aussi vis-à-vis du lecteur dans la langue d'arrivée. La manière dont les mots sont disposés sur la page, la cadence, le rythme, tout cela entre en jeu. Entre les mains du traducteur, un livre peut se transformer complètement, devenir très inférieur à l'œuvre originale. Si c'est le cas, on doit l'accepter. Comme on doit accepter de faire des erreurs : c'est dans la nature même du travail et il est impossible de ne pas en faire, malgré tous nos efforts.

– Peut-être qu'accepter ses erreurs est une bonne façon d'aborder la vie ?

– Vous savez, c'est curieux, le terme français "erreur" correspond au terme *error* en anglais, mais quand on parle en français d'une erreur linguistique, on emploie le mot *faute*[*], qui signifie *fault* ou faute morale en anglais.

En d'autres termes, dans notre pays, ne pas maîtriser la langue renvoie à des notions de péché et de culpabilité.

– Vous avez toujours vécu seul ? – Il était bien soudain, ce changement de conversation. Le simple fait de vivre seul pouvait susciter la compassion. – Parce qu'en ce qui me concerne, j'ai oublié comment c'était. Ce qui s'en rapproche le plus, c'est la méditation. Et c'est une bénédiction.

Donc il ne s'agissait pas de compassion.

– Mon père disait toujours qu'un homme doit d'abord apprendre à vivre seul. Sans quoi il partira à la dérive dans le vaste monde.

– Qu'entendait-il par là ?

– Bonne question, répondis-je en riant. Je n'en ai pas la moindre idée. Je suppose qu'il a parfois eu du mal à vivre avec ma mère. Mais j'imagine qu'il voulait dire autre chose, en lien avec ce qu'on appelle *le moi profond**. C'est toujours seul qu'on en fait l'expérience.

Tandis qu'elle se levait pour partir, je l'interrogeai sur Sanderson.

– Jour après jour, Harry et moi menons des existences de plus en plus séparées. Du moins c'est ce qu'il me semble. Il est tellement centré sur lui-même. Ce n'est pas sain.

L'expression de son visage oscillait entre le regret et la critique, comme si elle restait encore indécise. Elle enfila ses chaussures, ajusta sa robe et noua sa grande écharpe autour de son cou. Ses mouvements me firent penser à une série de coups de pinceau raffinés.

– Je me fais du souci pour lui. Son comportement est étrange. Comme s'il était sur le point de s'effondrer. Je pense que je vais aller voir le doyen de l'université pour lui expliquer qu'il ne va pas bien.

– Ne faites pas ça !

Les mots sortirent de ma bouche de façon bien plus rapide et brutale que je ne le souhaitais.

– Ne le faites pas, dis-je plus doucement. Il vaut mieux laisser les choses suivre leur cours.

41

Un bruit étrange rompit mon sommeil, des coups sourds et répétés, synchrones avec le rythme de mon rêve. Je descendis l'escalier en titubant, l'esprit cotonneux, ébloui par la lumière. Carrie se tenait sur le seuil de la porte, blafarde apparition. Derrière elle les arbres sombres se dressaient comme une montagne. Elle parut s'ébrouer à la façon d'un petit animal trempé. On ne voyait que ses yeux scintillants, comme recouverts d'une membrane de verre qui réfléchissait la lumière, un regard que les Français auraient qualifié de *chatoyant**. Je me dis d'abord : le besoin de méditer peut-il être si pressant ? Puis : pourquoi n'utilise-t-elle pas sa clé ? Et enfin : entre mon pyjama de flanelle et mes charentaises, je vais passer pour un cas désespéré !

Il ne s'agissait pas de méditation. Elle n'avait pas fermé l'œil de la nuit. Sanderson n'avait pas arrêté de boire et était d'humeur sombre et hostile. Il arpentait la pièce comme un animal sauvage en cage, en fulminant contre le monde entier.

– Mon Dieu ! m'exclamai-je. Il ne vous a pas fait mal ?

– Non, non, rien de la sorte. C'est pire, bien pire.

Rien ne pourrait être pire, pensai-je intérieurement.

– Harry a été suspendu. De l'université.

– Suspendu ? Mais pourquoi ?

– En attendant le rapport d'enquête.

– D'enquête ?

Voilà que je me remettais à tout répéter bêtement.

– Il y a des allégations : "Comportement inapproprié", c'est comme ça qu'ils le formulent. Envers une étudiante.

Je préparai du thé et tâchai de trouver ce que je pourrais dire. Asseyez-vous. Donnez-moi votre manteau. Essayez de ne pas trop vous en faire. Les mots ne me venaient plus aussi facilement qu'avant. Je les assemblais avec maladresse. Je n'étais pas habitué aux femmes, à leurs manières. Ses cheveux mouillés collaient à sa nuque. Je pouvais voir son pouls battre dans son cou. Les émotions sont si désordonnées. Et le comportement humain si compliqué, chaotique, imparfait. Ma maison vide et nue me sembla soudain bien encombrée.

42

Il y avait au moins trois versions différentes des faits, dont deux que je recueillis de première main. La version de Sanderson me frappa par son côté verbeux et finalement assez pathétique. Elle était pleine d'incises oiseuses du type "en quelque sorte", "d'une certaine manière", chacune parfaitement compréhensible si on les prenait isolément, mais dont l'accumulation devenait accablante pour lui. En dépit de sa longueur, on avait l'impression de n'entendre qu'un préambule, quelque chose qui devait être dit avant d'affronter la véritable explication. Quand il me l'avait présentée, je m'étais tout juste remis de l'épisode du pot à vers, et de la preuve prétendument irréfutable qu'il contenait. Si bien que j'étais partagé entre deux sentiments, la pitié et la colère, qui ressemblaient à deux champs magnétiques. La colère parce que j'avais été accusé à tort, et de façon grotesque, par un homme que je croyais être mon ami. La pitié, car Sanderson semblait porté à l'autodestruction. La pitié est pire que la colère car elle vous scie les jambes. Dans d'autres circonstances j'aurais jugé que cet homme n'était pas digne de compassion, mais je voyais bien que son comportement avait quelque chose de déchirant. Tel un acteur dans une tragédie, il ne voyait plus ce qui était advenu de lui, et ne pouvait plus se sauver, ni être sauvé.

Sanderson me raconta les faits à peu près en ces termes :

Il évalue l'étudiante qui est face à lui. *Évaluer* : il aime ce mot, peut-être en raison de la notion de valeur d'où il tire ses racines, une valeur qui reste encore à définir. Elle a des problèmes avec sa dissertation, explique-t-elle. Platon ? Il n'a même pas besoin de poser la question.

Il sait parfaitement que c'est Platon. Oui, c'est bien Platon dit-elle. *L'Apologie de Socrate.* Ah, Socrate, dit-il. Il aimerait retrouver la posture qu'il avait au début de sa carrière. À la fois sûr de lui-même et légèrement distant. Elle est américaine, comme le sont tant d'étudiants de nos jours. Elle a un accent du Midwest à couper au couteau, riche comme un cheese-cake, avec des voyelles aussi longues qu'une limousine blanche. Il se dit qu'elle pourrait être une héritière, la fille d'un magnat du pétrole. Elle a les mains douces et manucurées d'une jeune femme qui n'a jamais fait la vaisselle. Il les observe, ces doigts fins, repliés sur eux-mêmes. Ses doigts à lui ressemblent à des vieux piquets de cricket tout abîmés. Il se sent épuisé, il a besoin de boire un coup, sa peau lui semble couverte d'insectes. Il a atteint un âge où il sait qu'il n'est plus jeune, et où les autres le savent aussi. Que puis-je faire pour vous, mademoiselle Suzello ? De nos jours, les tuteurs ont tendance à appeler les étudiants par leur prénom, mais elle s'appelle Chelsea, et d'une certaine manière, il ne peut pas se résoudre à prononcer un prénom pareil. De toute façon, il préfère les manières anciennes. Qui sont ringardes, il le sait parfaitement. De nos jours, on recherche la camaraderie, tout le monde au même niveau, égaux en toute chose – à l'exception de cette entreprise triviale qu'est le savoir. Quel est votre problème? lui demande-t-il. On pourrait croire un médecin se renseignant sur les symptômes d'un patient. Mais ses symptômes à lui viennent interférer : la douleur causée par des pustules purulentes, le besoin de boire et de fumer, et peut-être même de tirer un coup bien réconfortant. Du reste, quand s'est-il offert pour la dernière fois ce réconfort-là, ailleurs que dans son imagination ? Il ne s'en souvient pas. Parfois il pense aux formes harmonieuses et à la chair luisante d'Alice. Mais bien sûr c'est ridicule. Alice, c'est du passé, comme tant d'autres choses. Ses pensées ont peu de rapport avec les souvenirs réels qu'il a d'elle. Elles constituent seulement une sorte de rêverie agréable, une petite gratification qu'il dirige et contrôle. Au début, les images sont toujours un peu abstraites, puis sans que cela dépende encore de sa volonté, elles se précisent. Il ne fait rien pour les chasser de son esprit. Pour commencer, il suffit qu'elle soit assise tranquillement au bord du lit en lui souriant, sans faire la coquette, mais dans une posture qui sussure une invitation au sexe. Il adore cette image et la fait surgir sans cesse. Après un moment, lorsqu'il s'en est suffisamment repu, il commence à l'animer, Alice se met à bouger, mais par à-coups, comme dans une scène de film vue image par image. Il peut lui faire croiser puis décroiser les jambes de sorte que sa jupe remonte et redescende sur le haut de ses cuisses. Il peut la faire se déshabiller, dans un ordre particulier que lui seul contrôle. L'effeuillage est lent et pudique à sa manière, rien de cru ni d'obscène. Il ressent la chaleur de son corps, légèrement moite, et il entend les brefs halètements qui révèlent son désir. Tout cela présuppose la certitude – qu'il sait pourtant illusoire – qu'Alice l'attend, le veut, le guette et ne peut se passer de lui. Comme ce fut le cas jadis. Parfois les images surgissent de façon plus pressante, urgente, comme une histoire impatiente d'être racontée. Il s'abandonne librement à leur élaboration. Il n'éprouve aucun sentiment de culpabilité, mais plutôt la crainte de ne plus être capable de les faire apparaître si jamais il essaie de les chasser. Rien de tout cela, observe-t-il, n'a le moindre rapport avec Mlle Suzello. Qui le regarde maintenant, dans l'expectative. En attente de sagesse. Il vient de donner un cours sur l'impératif catégorique. La philosophie qu'il enseigne est pour l'essentiel de nature abstraite. Mais pas l'impératif catégorique, ce concept qui fournit des principes d'action rationnels à l'aune desquels chacun peut examiner et évaluer ses propres désirs et espoirs égoïstes. L'impératif catégorique nous donne des raisons premières d'agir moralement. Effectivement. La certitude de ce que nous *devons* faire est au cœur de la morale. Tout cela, il le sait. J'ai lu ce que Platon dit sur Socrate, explique Mlle Suzello, et malgré ça je ne comprends pas du tout pourquoi Socrate n'a pas choisi, genre, de se sauver lui-même. Elle soulève ses lourdes paupières et laisse apparaître des yeux noirs comme du charbon et un regard d'une profondeur insondable. Je veux dire, pourquoi quelqu'un, genre, ferait *ça*? Choisirait de *mourir* quand il peut, genre, rester *en vie*? Elle prononce ces phrases avec les inflexions qu'on entend partout chez les jeunes. Ce qui l'irrite normalement au plus haut point, mais chez Mlle Suzello, il trouve cela charmant. Il envisage de répondre qu'un vrai philosophe est serein à l'approche de la mort, et particulièrement quelqu'un comme Socrate, qui considérait que l'essence même de la philosophie est d'apprendre à mourir. Mais Mlle Suzello est si ridiculement jeune et pleine de vie que la seule mention de la mort lui semble grotesque. Son cahier est ouvert et elle attend des éclaircissements immédiats pour en noircir les pages. Sa chemise de coton blanc, aussi, est ouverte, et dévoile sa gorge. Il y a cinq boutons, remarque-t-il, le dernier est caché sous sa ceinture. Sa silhouette est aussi mince et ferme que celle d'un garçon, à l'exception des courbes douces de sa poitrine. Ses lèvres sont bien dessinées, sans rouge à lèvres, juste un peu de brillant. Sa jeunesse, sa vivacité, son optimisme, tout cela lui arrache le cœur. Elle continue de le regarder, impatiente d'entendre ses réponses. Il sait qu'il s'agit d'un jeu, d'une sorte de danse courtoise dans laquelle chacun doit faire les bons pas. Pendant un instant il envisage de l'interroger sur sa vie, de lui demander si elle est heureuse. "Êtes-vous *heureuse*?" lance-t-il, à sa grande surprise. "Dans la vie, je veux dire." "Et ma *dissertation?*" répond-elle, en levant la voix. Il sent qu'un gouffre s'ouvre entre lui et le monde extérieur. "Tout va bien, Dr Sanderson ?" demande-t-elle. Après ce qui lui semble un temps interminable – au cours duquel il prend conscience, apparemment pour la première fois, que chaque moment de l'existence s'écoule et ne revient jamais – il s'entend répondre "Non, non, non !", et c'est alors qu'il atteint le point de non-retour, ce point n'étant rien d'autre que les cuisses de Mlle Suzello, entre lesquelles il a réussi à enfouir son visage et pleure maintenant à chaudes larmes. Il ne prend conscience que plus tard, à travers un brouillard humide, de l'endroit où il s'est effondré. Ce n'est pas le genre d'homme à pleurer, et si vous lui aviez posé la question auparavant, il vous aurait probablement répondu qu'il a oublié comment on pleure, à supposer qu'il l'ait jamais su. Mais une fois qu'elles vous montent aux yeux, les larmes coulent en abondance. Dans son souvenir, la jeune Américaine ne l'avait pas repoussé – cela aura son importance plus tard – mais il est difficile de dire si c'est parce qu'elle était pétrifiée d'horreur ou de dégoût (les deux choses n'étant pas incompatibles, concédera-t-il ultérieurement). Tout en essuyant ses larmes salées sur sa jupe, il remarque un petit trou dans le tissu, qui part dans toutes les directions, comme les points d'une boussole. C'est le dernier instant de la journée qui revête un caractère ordinaire.

Tout le reste est chaotique et cauchemardesque.

– Vous n'auriez pas pu vous en empêcher ? demandai-je quand il eut enfin cessé de parler. Ce n'était pas censé être un reproche. Je me remémorai cette fois où, il y a bien longtemps, j'avais perdu les pédales en cours de philo. J'étais curieux de savoir si ses actions avaient été délibérées ou pas. Ou s'il avait eu l'impression qu'elles échappaient à son contrôle, ce qui aurait témoigné d'une emprise fragile sur le monde. Mais il ne répondit pas. Selon Montaigne, la caractéristique la plus fondamentale de la nature humaine est la faillibilité des hommes. Rousseau lui reprocha d'être malhonnête car s'il avait bien concédé quelques faiblesses dans son autoportrait, il ne s'agissait que de défauts charmants. Personne n'aurait pu reprocher à Sanderson de n'avoir que des défauts charmants. Et pourtant il était loin d'être ce que les Français appellent *une véritable ordure*[*].

La version de l'étudiante américaine, qui ne tarda pas à circuler à l'université, était plus succincte. Dans son souvenir, le Dr Sanderson, qui se comportait bizarrement et sentait fort l'alcool, lui était tombé brusquement dessus en pleurant et en gémissant. Quand elle lui avait demandé ce qui n'allait pas, il avait répondu (elle prétend s'en souvenir précisément et avoir transcrit à la lettre ces propos dans le procès-verbal) : "Ma femme ne veut plus coucher avec moi. Elle ne supporte plus que je la touche. Elle s'imagine faire ses courses au supermarché pendant que nous faisons l'amour. Et moi je note des dissertations pour gagner ma vie. Les dissertations sont nulles à chier et ma vie est une montagne de merde." Dans sa déclaration aux autorités universitaires, elle avait aussi prétendu que le Dr Sanderson, en sa présence, s'était touché fréquemment les parties génitales. (Plus tard, quand on demanda à Sanderson de commenter ce point précis, il avait répondu sur un ton de défi : "Les parties génitales, comme vous les appelez, sont censées se mouvoir librement à température ambiante. Je pensais que des gens aussi intelligents que vous le savaient. Il ne faut pas les comprimer dans des slips en polyester. Elles ont besoin d'être remises en place en permanence.")

Mais c'est la version bizarre de Carrie que j'entendis en premier. Après m'avoir informé de la suspension de Sanderson, elle m'expliqua que ça avait été un terrible malentendu. Le prétendu "comportement inapproprié" était une pure fiction. Une étudiante éprouvait des difficultés avec sa dissertation et avait demandé de l'aide à Harry. Il n'était pas en forme ce jour-là : il se sentait déprimé, sa peau le faisait souffrir plus que jamais et le semestre n'avait pas bien commencé.

– Et en plus, Alice venait tout juste de le plaquer. Ça, ce n'est pas lui qui m'en a parlé, mais je l'ai déduit à partir des dates.

Ses phrases étaient entrecoupées de silence, comme si elle cherchait à rassembler ses forces.

– L'étudiante a bien vu qu'il n'était pas en forme. Elle s'est préoccupée de sa santé, lui a demandé si tout allait bien…

Lorsqu'elle marqua une nouvelle pause, je sentis mon cuir chevelu se contracter – sa gêne était contagieuse.

– Et c'est à ce moment précis que Harry, fut, disons… dérouté par sa bonté.

– *Dérouté par sa bonté ?* Qu'est-ce que ça signifie ?

– Je ne sais pas vraiment ce que ça veut dire. Mais je ne vois pas comment le décrire autrement.

Elle m'expliqua que Harry s'était habitué à attendre le pire des autres, y compris d'elle-même – c'était une sorte de bouclier – mais que lorsque cette jeune Américaine lui avait tendu la main et témoigné de la compassion, il avait perdu tout contrôle de lui-même et avait fondu en larmes dans ses bras.

Le récit de Carrie était étrangement séduisant mais je restai dubitatif. Elle était sous l'influence de Sanderson. Si elle faisait preuve d'une loyauté admirable dans sa justification des événements, son récit avait quelque chose de désespéré, comme la plaidoirie d'un avocat de la défense qui demanderait que l'on retienne comme circonstance atténuante la personnalité attachante du meurtrier.

– Cette fille lui a fait perdre toute sa *vaillance*, c'est comme ça qu'il s'explique. Et maintenant, ajouta

Carrie, elle a décidé pour une raison mystérieuse de porter plainte contre lui. Et la direction de l'université a choisi de prendre cette plainte au sérieux. Ils n'ont évidemment pas le choix. Ils ont peur d'être eux-mêmes attaqués en justice. Les Américains sont toujours bardés d'avocats. Mais ça ne veut pas dire que les accusations aient le moindre *fondement.* C'est sans doute un acte insensé et qui manque de retenue, mais qui était entièrement inoffensif. Il arrive aux gens intelligents aussi de faire des bêtises, vous ne pensez pas ? me demanda-t-elle. Et Harry ne fait pas exception. Il est juste… – elle chercha ses mots – désespérément touchant.

C'est probablement ainsi que s'expriment les gens mariés quand leur union traverse une crise. Je suppose que dans les moments difficiles, leurs liens se resserrent au point qu'ils en perdent tout bon sens et tout sang-froid. Pour quelle autre raison une femme aussi intelligente que Carrie aurait-elle laissé son jugement de côté et clamé ainsi l'innocence de son mari ? De telles pensées étaient déloyales. Je me transformais en témoin à charge.

43

Les responsables de l'université – les "gardiens de la morale publique", comme les appelait Sanderson – lui avaient donné tout juste une heure pour vider son bureau, et cela sous leur surveillance. Se présenta la directrice des ressources humaines, "une créature aux dents pointues, qui ressemblait à une souris", selon Sanderson. Il avait répété après elle l'énoncé de sa fonction avec un dédain à peine dissimulé : "Directrice des ressources humaines, rien que ça ! Tenez bon, et vous deviendrez peut-être directrice des relégations humaines. Ça vous fera une belle promotion !" La souris ne réagit pas, insensible à l'ironie. "Ça n'est pas tombé dans l'oreille d'une sourde" avait-elle rétorqué, avant d'expliquer qu'il s'agissait d'une suspension *préventive,* en attendant les résultats de l'enquête ouverte sur la base de certaines allégations. Puis elle avait entrepris de lire à voix haute un texte imprimé sur une feuille A4, et son expression faciale semblait détachée des mots qu'elle prononçait. Conformément aux procédures disciplinaires de l'université, la suspension serait réexaminée sous trente jours. Dans l'intervalle, Sanderson devait s'abstenir de pénétrer dans les locaux de l'université et d'avoir le moindre contact avec tout employé, étudiant, prestataire ou fournisseur dudit établissement. "Tout prestataire ou fournisseur ?" avait glapi Sanderson, n'en croyant pas ses oreilles. "Mais vous avez perdu la boule !" Est-ce qu'il représentait maintenant un danger pour les prestataires et les fournisseurs ? Si oui, il espérait qu'on les avait mis en garde, au cas où il irait trafiquer leurs tractopelles ou leurs gobelets. "Ça n'est pas tombé dans l'oreille d'une sourde", avait répété la femme-souris.

– Les ressources humaines, tu vois un peu le truc? se gaussa-t-il en me lançant un regard mauvais. Nous étions assis dans son cagibi lugubre. Dans l'étau fixé à son bureau, il y avait une mouche à demi montée, un superbe spécimen avec un corps zébré et des ailes aux couleurs exotiques. L'air était saturé d'effluves de whisky et de tabac, et de quelque chose d'astringent que j'identifierais plus tard comme de la vaseline. Sanderson était torse nu, sa peau écarlate couverte d'ampoules – le résultat d'un traitement trop prolongé aux ultraviolets à l'hôpital, avait-il expliqué sur un ton détaché.

– Ce terme dit tout ce qu'il y a à savoir. Dans un autre contexte, les ressources renvoient à la *propriété* ou aux *possessions*, quelque chose dont on doit tirer profit à tout prix. C'est pour ça qu'ils ont ajouté "humaines", pour qu'on comprenne qu'ils parlent de *gens*.

La femme des RH, expliqua-t-il en se servant un autre whisky, était escortée par "sa petite armée d'assistants" qui lui avaient jeté des regards glaciaux, comme s'il était déjà condamné. Il avait saisi au vol un échange murmuré entre eux sur des *troubles du comportement*.

– J'aurais tout aussi bien pu être une pièce à conviction dans une enquête criminelle, quelque chose qu'on met sous scellés dans un sac en plastique avant de l'exhiber au tribunal.

Un sac en plastique? manquai-je de rétorquer. Et pourquoi pas un petit pot en verre? La causticité de Sanderson était contagieuse.

Tels des huissiers dûment autorisés, ils s'étaient mis à saisir méthodiquement ses biens. "Est-ce que tout le monde pourrait se calmer un peu, bordel de merde!" avait-il crié. En vain: ils emportaient maintenant son ordinateur ainsi que de grandes quantités d'huile d'olive, des sacs, des élastiques et une bassine en plastique.

– Je leur ai dit qu'ils perdaient leur temps, que c'était juste mon barda pour soigner mes pieds crevassés, pas des accessoires pour une orgie bestiale ! Mais ils se sont contentés de me regarder comme s'ils avaient peur d'être contaminés.

Je retournai tout cela dans ma tête. Un dépôt blanchâtre s'était formé à la commissure des lèvres de Sanderson, signe pitoyable de son déclin. Je détournai le regard pour admirer la magnifique mouche puis le ramenai sur Sanderson. *Un homme qui passe son temps à assembler des mouches ne peut pas être mauvais.* Ce n'était pas la première fois que cette pensée me traversait l'esprit.

– Est-ce qu'il y a quoi que ce soit de compromettant dans votre ordinateur ?

– Mais, Eddie, ces imbéciles seraient capables de trouver des trucs compromettants dans la *République* de Platon !

Pendant quelques minutes il continua de pester contre ses collègues, qui n'étaient désormais plus ses collègues, mais des flics sans une once d'intelligence.

– Des philosophes, tu parles ! Plutôt une bande de sombres crétins !

Chaque bouffée de colère suintait le mépris et l'aigreur. Il fulminait contre tout l'univers. Et pourtant, il ne faisait pas de doute que son univers à lui était en train de rétrécir. Ses éructations étaient entrecoupées de silence, mais pas plus longtemps qu'il ne faut à un enfant braillard pour reprendre sa respiration avant de se remettre à hurler. Jadis, l'université était un lieu débordant de flair et d'imagination, expliqua-t-il, mais désormais c'est une fourmilière. Grouillante de vie, certes, mais pas intelligente au sens ordinaire du terme, juste un amas de créatures qui mangent et défèquent et font tout ce qui est nécessaire pour perpétuer la colonie. La philosophie nous éclairait autrefois sur la façon de mener notre existence, elle nous parlait de quelque chose de plus vaste qu'elle-même ; aujourd'hui, elle s'est détachée de l'humanité. La folie se lisait dans son regard. Tout ce qui fait la cohésion d'un individu en avait disparu. Il fixait le vide comme un prophète de malheur vitupérant contre un monde qui aurait mal tourné. Tout cela semblait bien trop mélodramatique pour le décor d'un simple cagibi dans la New Town d'Édimbourg. Avec son torse nu et rougi, et son air ténébreux, il aurait pu passer pour Anthony Quinn interprétant Crazy Horse dans *La Charge fantastique,* prêt à tout moment à assommer et scalper le premier venu.

Lorsqu'il se fut calmé, il confessa qu'on pourrait certainement dénicher des "contenus douteux" dans son ordinateur. Il avait récemment fait sur Internet des recherches sur "fluides corporels féminins", "détecteur de sperme" et "sécrétions féminines", entre autres choses.

– Mais *pourquoi* ?

Je n'avais pas plus tôt posé la question que je redoutais d'entendre la réponse.

– J'avais besoin de vérifier le bidule. Le bidule qui flottait dans son bain. Je pensais savoir ce que c'était, mais j'avais besoin d'en être certain.

En surfant sur Internet il avait trouvé un produit qui correspondait exactement à ses besoins. Ça s'appelle MateCheck, une invention américaine qu'on peut recevoir à domicile par la poste. Comme il était risqué de se faire livrer directement chez lui quelque chose de "suspect", il avait réussi à trouver le seul dépositaire du produit dans la capitale, une pharmacie ouverte vingt-quatre heures sur vingt-quatre heures sur la Royal Mile.

– Je m'y suis rendu tard un soir, sous le couvert de l'obscurité. Je pensais que la pharmacie serait déserte, mais il y avait plus de monde qu'au pub. L'humanité entière était là : des drogués, des prostituées, des insomniaques, toutes les créatures de la nuit.

– Et ce MateCheck, ça fonctionne comment ? – C'est sordide, pensai-je intérieurement.

– Oh, tu n'en croirais pas tes yeux ! C'est comme du vaudou, un vrai tour de sorcellerie ! Tu prends une petite languette semblable à du papier tournesol, et ça détecte une enzyme qui se trouve dans le sperme. Cette enzyme ne disparaît pas tout de suite, si bien que le test continue de fonctionner longtemps après un rapport sexuel. C'est ce qui en fait tout l'intérêt! On en trouve des traces invisibles sur les sous-vêtements de la femme, ou à l'arrière de sa jupe ou de tout ce qu'elle porte après la relation sexuelle.

– Et même après lavage?

– T'es pas bête, Eddie, faut le reconnaître. T'es pas juste un joli minois. Normal que tu aies été mon principal suspect.

Et il me gratifia d'un sourire grimaçant pour signifier que tout était oublié et que nous étions de nouveau amis.

– Malheureusement, c'est tout le problème.

Il marqua une pause pour mieux récapituler la difficulté rencontrée, ou plutôt la terrible déception qu'il avait éprouvée. Selon le mode d'emploi, qu'il avait étudié avec soin, si le papier vire au violet au bout de cinq minutes, le résultat est positif. Bingo! Le problème, c'est ce qui est écrit en petits caractères: il y est précisé qu'une fois l'échantillon lavé en machine ou à sec, *la détection n'est plus garantie*.

– Totalement inutile! vociféra-t-il. Dieu sait combien de temps cela faisait que le bidule flottait dans l'eau du bain avant que je le repêche. Mais suffisamment longtemps pour noyer la plus petite molécule de cette fichue enzyme.

Alors il s'était engagé dans une sorte de "croisade" pour ne pas gâcher les neuf autres tests de la boîte: il avait passé au crible tout le tiroir à lingerie de sa femme en quête de sous-vêtements compromettants.

– Évidemment ils étaient tous *propres*, déplora-t-il avec mépris. Pas de foutu violet. Pas de couleur du tout. – Il s'était senti trahi, abandonné. Il avait dépensé une petite fortune pour ce kit de détection et il n'y avait même pas de preuve que ça marche.

– Et donc je me suis mis à tester mon propre pantalon, expliqua-t-il, celui que je porte en ce moment. – Il en frappa le velours élimé de sa paume. – Il n'a pas été lavé depuis des années.

– Et que s'est-il passé ?

Sordide, je le disais bien.

– Il a viré au violet immédiatement ! Ça n'a même pas pris les cinq minutes annoncées !

Tout cela avait quelque chose de prodigieusement vulgaire mais traduisait un désespoir criant, tout en donnant le sentiment que plus rien ne comptait sur le plan humain. Cette vulgarité empestait l'air au point qu'il était impossible de ne pas l'inhaler et d'être contaminé. J'avais l'impression d'être le valet de chambre qui s'occupe des sous-vêtements souillés, et je ressortis de cet échange souillé moi-même, comme si j'avais de la merde sous les ongles.

44

Je ne suis pas de ceux qui accordent beaucoup d'importance au synchronisme des événements. Soit les choses arrivent en même temps, soit elles arrivent séparément. Mais plus tard je finirais par penser que si certains événements n'avaient pas coïncidé, les calamités qui ont suivi auraient pu être évitées. Avec le recul, le moindre incident, le plus petit détail semblera prendre une importance accrue.

La sortie du livre de Sanderson, *Le bonheur : un guide philosophique*, était prévue pour la mi-novembre. "C'est un non-événement, Eddie", m'avait assuré Sanderson peu de temps avant. "Toi tu es absorbé par un travail qui en vaut la peine, alors que dans le meilleur des cas mon livre aidera juste les lecteurs à s'endormir, je te le garantis. Au mieux il fera d'ici un an ou deux l'objet d'une brève recension dans une obscure revue philosophique. Mais il est plus probable qu'il moisira sur les étagères des bibliothèques universitaires."

Sa prédiction se révéla complètement erronée. Il se trouve qu'au lendemain de la parution, des scientifiques de l'université de Californie prétendirent avoir isolé le "gène du bonheur", et tout à coup tous les médias de part et d'autre de l'Atlantique ne parlaient plus que du bonheur, comme s'il s'agissait d'un phénomène entièrement nouveau.

Se pouvait-il vraiment que le bonheur soit héréditaire, qu'il dépende de nos ancêtres plutôt que de notre environnement ? Était-il possible qu'on soit prédestiné à être heureux ? Ceux qui établissent le menu de l'actualité internationale eurent tôt fait de décider que le bonheur était *le* sujet du jour, et les rédacteurs en chef du monde entier s'efforcèrent de trouver des angles intéressants pour en parler.

Comme l'humeur de Sanderson le rendait imperméable à tout ce qui pouvait se passer dans le monde, il fut stupéfait de recevoir une invitation pour une interview dans une matinale à la télévision. Il fut contacté à brûle-pourpoint par un “jeune assistant plutôt futé” qui voulait donner un “angle philosophique” à une discussion sur cette étonnante découverte du gène du bonheur. Et c'est ainsi qu'il s'était retrouvé de bon matin dans un studio TV d'Édimbourg, interviewé en duplex pour *Good Morning Britain* par un couple de présentateurs enjoués assis à Londres sur un canapé couleur pastel. Le présentateur tiré à quatre épingles souriait de façon inepte en brandissant face à la caméra un exemplaire du livre de Sanderson.

– Alors, Dr Sanderson, le bonheur est-il toujours la chasse gardée des philosophes, ou bien est-ce qu'il suffit que nos parents aient été heureux pour l'être nous aussi ? demanda la présentatrice à la jovialité aussi intense que suspecte.

Sanderson donnait l'impression de sortir tout juste d'une longue hibernation qui l'avait coupé du monde extérieur. Il avait les yeux chassieux et le regard trouble, et son visage était couvert d'abcès semblables à des cratères que la maquilleuse avait imparfaitement comblés. Il eut l'air déconcerté par la question et tourna la tête en tout sens comme pour déterminer la provenance de la voix.

– Eh bien… tout dépend bien sûr de ce que vous entendez par *bonheur,* répondit-il. Les gens parlent du bonheur de façon très approximative, alors qu'en réalité il n'existe rien de la sorte.

Il semblait hésitant, peu sûr de lui.

– Rien de la sorte ? – C'était au tour du présentateur au sourire permanent de parler. Et pourtant vous venez de consacrer un livre entier au sujet, n'est-ce pas, Dr Sanderson ?

Ses dents parfaites étincelaient de blancheur.

– C'est exact, mais ce n'est pas vraiment moi qui l'ai choisi. Ce n'était pas une question de libre arbitre, comprenez-vous. Et soit dit en passant, l'une des choses qui pourraient vous conduire à qualifier (même vainement) une vie de "malheureuse", c'est justement lorsque vos choix sont contraints par l'intervention d'autrui.

– Oui, bon, revenons-en à notre sujet de la matinée : en quoi consiste précisément cette chose qu'on nomme le bonheur, selon vous ? D'un point de vue philosophique, je veux dire.

Cet homme souriant semblait satisfait de lui-même sans raison.

Sanderson s'exprimait avec le manque d'assurance de quelqu'un qui craint les coups du sort. Aristote enseignait que la vie idéale a pour but l'*eudaimonia* – un terme que l'on traduit habituellement par "bonheur". Mais ce concept est sans aucun rapport avec l'acception moderne et illusoire du terme "bonheur". Il implique le fait de mener une vie régie par la raison, par la vertu, par le devoir – autant de choses qui sonnent creux aujourd'hui. Même s'il est vrai que depuis Aristote les philosophes croient que l'*eudaimonia* est pour les hommes la forme la plus élevée du Bien et s'efforcent de déterminer les meilleures façons de l'atteindre, cela est sans lien avec ce qu'on appelle communément *bonheur,* qui est essentiellement un état subjectif, une évaluation personnelle de sa propre qualité de vie, liée le plus souvent au plaisir des sens et aux gratifications instantanées.

– Ah oui, interrompit la présentatrice allègre après avoir jeté un coup d'œil à ses notes, mais est-ce qu'il vaut mieux être un porc heureux que Socrate malheureux ?

Elle avait la tête d'une femme aussi peu familière de Socrate que des porcs.

– Oh, cette histoire éculée ! répondit Sanderson. Le porc heureux ou Socrate malheureux… Eh bien si vous voulez jouer à ça, je dirais qu'il vaut nettement mieux être Socrate heureux. Le problème est que personne n'a jamais proposé de méthode sensée pour mesurer le bonheur, terme qui est généralement employé pour parler de *plaisir*. Il est impossible de quantifier le plaisir que l'on éprouve à regarder un match de foot ou à lire de la poésie. Il n'y a pas de hiérarchie. On ne peut pas le mesurer. Les goûts varient. Certains aiment la pêche, d'autres préfèrent rester assis en silence à fixer un mur. C'est aussi simple que ça. On ne peut pas établir de classement.

– Ah mais si, on peut ! – C'était au tour de l'homme souriant cette fois, qui rayonnait comme s'il avait réussi à coincer Sanderson. – C'est justement ce que les gouvernements sont en train de faire. Selon le ministre de l'Intérieur, notre administration est en train d'élaborer un Référentiel du Bonheur à l'heure même où nous parlons.

– Mais c'est typiquement le genre de choses insensées que font les gouvernements, répondit Sanderson. Ils nous disent déjà quoi manger, où fumer, combien d'unités d'alcool consommer. Les prochains gouvernements nous diront probablement comment aimer, quel comportement avoir quand on est en couple, et que faire quand on se sépare !

Une certaine nervosité commençait à se lire sur le visage de la femme enjouée.

– Alors qu'est-ce que vous répondriez à Léon Tolstoï, qui pensait que toutes les familles heureuses sont semblables mais que chaque famille malheureuse l'est de façon différente ? En plus, Tolstoï, il était un peu philosophe comme vous-même, non ? ajouta-t-elle.

Sanderson poussa un grognement et expliqua que Tolstoï était juste friand d'épigrammes. Non, toutes les familles heureuses ne se ressemblent pas. Chaque famille heureuse, pour peu qu'il en existe, a simplement eu la chance de trouver une façon de surmonter les obstacles à son bonheur, au milieu de ce bourbier épouvantable qu'est la famille. Les familles malheureuses le sont la plupart du temps pour des raisons quasi identiques, qui sont toutes liées aux affres de la famille.

Sur quoi les deux présentateurs, qui n'avaient pas cessé de sourire, remercièrent à l'unisson le Dr Sanderson et mirent brusquement fin à l'interview.

J'avais regardé l'émission partagé entre admiration et inquiétude chaque fois que Sanderson refusait de dire ce qu'on attendait de lui. Mais je souhaitais qu'il s'en sorte bien, et globalement j'éprouvai un étrange sentiment de fierté. Voilà un homme qui était au bord du gouffre, dont la peau partait en lambeaux, qui avait été démis de ses fonctions, qui nourrissait des soupçons paranoïaques vis-à-vis de sa femme et avait développé une certaine haine de soi. Qu'un tel homme ait réussi à mobiliser ses facultés dans des circonstances pareilles, c'était impressionnant.

– Vous vous en êtes bien sorti !

Voilà ce que je lui dis après coup. Il me répondit qu'il s'était contenté de participer à une mascarade absurde.

– Quand vous faites la promotion d'un livre, vous vous adonnez à la magie noire. Cette fille était conne comme la lune.

La magie noire ne faisait que commencer. L'interview télévisée fut rapidement suivie d'un article dans le *New York Times,* écrit par la correspondante du journal à Londres, qui avait été fascinée par Sanderson et ce qu'elle décrivait comme "son souci sincère de la vérité" et "son style d'une franchise rafraîchissante." L'article du *New York Times* eut un effet immédiat : qui est cet Anglais qui ose se prononcer sur la question du bonheur ? Est-ce un prêtre ou un prophète ?

En un rien de temps, Sanderson fut submergé d'invitations à apparaître sur les plateaux des principales chaînes américaines, ce qui ne fit que renforcer l'intérêt qu'il suscitait en Grande-Bretagne. Il continuait d'éviter toute démagogie mais cela avait pour effet paradoxal d'accroître sa popularité. Plus il mettait les gens en garde contre le bonheur, et plus les gens réclamaient de l'entendre. En l'espace d'une semaine, il devint l'objet d'un véritable emballement médiatique. Pendant ce temps, les responsables politiques américains se mirent à déferler sur les écrans pour rappeler à leurs voisins d'outre-Atlantique que la recherche du bonheur était l'un des droits inaliénables définis par Jefferson et les Pères fondateurs dans la Déclaration d'Indépendance. Peut-être bien, avait répondu Sanderson, mais la recherche du bonheur s'est transformée en une simple quête des biens de consommation, et les pionniers ne sont certainement pas morts pour défendre le droit à une cupidité sans limite. Et de toute façon ce n'est pas vraiment le bonheur qui est en cause. Il s'agit d'une affaire beaucoup plus complexe.

La célébrité de Sanderson atteignit de nouveaux sommets lorsqu'il apparut sur le principal magazine d'actualité de la BBC en duplex avec un sénateur américain à Washington. L'intervieweuse, une femme plutôt jeune au cou gracile comme celui d'un cygne, affichait un air de surprise permanente. Ses cheveux retombaient sans cesse sur l'avant de son visage à la manière d'un rideau et elle fixait Sanderson en écarquillant les yeux comme pour dire : "Regardez ! Un philosophe ! Voyons quels tours il peut accomplir !" La caméra fit un plan serré sur le visage de ce dernier. Il avait une barbe de trois jours semblable à du duvet de pêche. Sa peau ne supportait plus le rasage, ça ne faisait pas de doute. La journaliste commença par souligner à l'attention du sénateur que le débat s'était élargi : il était passé de la génétique à la question de savoir si la recherche du bonheur est vraiment une ambition raisonnable. Le sénateur était sur la défensive mais faisait de grands efforts pour paraître posé, en utilisant un grand nombre de "hum, hum" et de "ok", comme s'il s'occupait d'un jeune enfant avec une patience infinie. Puis il se mit à employer un parler populaire à grand renfort d'interjections, d'élisions et d'expressions familières. Il rappela que la recherche du bonheur était un droit inscrit dans le texte fondateur des États-Unis. Au même titre que la vie et que la liberté, il faisait partie de l'idéal américain. Et il en serait toujours ainsi. C'était aussi simple que ça.

C'est alors que Sanderson répliqua qu'il est impossible de trouver le bonheur, tel qu'on l'entend en général, là où l'on s'ingénie à le chercher. Il ne saurait être qu'un effet collatéral positif, jamais une chose calculée ou réfléchie. Et de surcroît, non seulement il est vain de rechercher le bonheur, mais au mieux cette recherche ne peut qu'être moralement équivoque, et au pire parfaitement immorale. Cela parce que la recherche de son propre bonheur implique presque toujours qu'on porte préjudice à autrui. En toute bonne logique, pour être heureux, il nous faut supprimer tous les obstacles à notre propre bonheur, qu'il s'agisse de la pauvreté ou de la frustration sexuelle, pour ne donner que ces deux exemples. Il ne faut pas beaucoup d'imagination pour concevoir quel type de préjudice on peut porter à autrui en cherchant à lever ces obstacles, ni même le nombre de personnes qui peuvent se faire baiser dans le processus – "au sens propre du terme", précisa-t-il avec un sourire larmoyant.

Visiblement troublé par un tel assaut contre ce droit inaliénable, le sénateur orienta la conversation vers le domaine de la religion, en employant les notions dont il savait par expérience qu'elles le sortiraient de cette mauvaise passe : les Pères fondateurs croyaient que le droit à la recherche du bonheur était un don de Dieu, et jusqu'à aujourd'hui cette croyance continue d'être solidement ancrée aux États-Unis.

– Voyez-vous, mon cher ami, il est vrai que les Américains ont pour la croyance une appétence naturelle, rétorqua Sanderson qui tournait désormais à plein régime. – Je fus surpris de l'entendre employer ces tournures pompeuses. – Ils croient à la vérité littérale de nombreux phénomènes qui sont rejetés d'emblée dans mon pays. La pensée critique n'est pas très développée chez vous : des millions d'Américains croient par exemple qu'ils ont un jour été enlevés par des extraterrestres. Et dans mon propre pays, nous avons un Premier ministre qui croit que ses décisions épouvantables sont approuvées par le Tout-Puissant. La croyance, cher ami, n'est pas toujours une chose positive ni raisonnable.

Le sénateur américain interrompit Sanderson pour lui rappeler que l'idée chrétienne du bonheur est étroitement liée à l'amour du prochain. Il ne s'agit donc pas juste de vouloir "s'en mettre plein les poches" comme l'avait dit le philosophe, ce qui constituait d'ailleurs une remise en cause consternante de la nature humaine. Les Américains croient sincèrement qu'une dose quotidienne de louanges à Dieu assortie de bonnes actions peut vous apporter le bonheur éternel promis par Jésus-Christ.

– En fait, répliqua Sanderson, l'idée chrétienne du bonheur telle que je la comprends concerne avant tout le salut de notre âme. Elle implique la quête personnelle d'un état de grâce, quoi qu'on entende par ce terme. Cette quête peut nécessiter de faire des bonnes actions, mais a pu aussi entraîner par le passé l'organisation de quelques croisades… Aujourd'hui, cela a plus de chance d'impliquer des adorateurs de Jésus qui lèvent les bras au ciel en tapant sur des tambourins, même si bien sûr cela peut également reposer sur une vie monacale, passée dans la réclusion à prier pour le salut de l'âme des autres. Quelle que soit la situation, cette idée implique de la souffrance – plus il y a de poux dans votre cilice, mieux c'est.

Il ajouta que ce n'était qu'un des paradoxes de la religion. Pourquoi quelqu'un irait-il rechercher la douleur si les plaisirs ordinaires lui sont accessibles ? Mais c'était une autre question. Quelle que soit la façon dont on interprète le plan divin, ce dernier demeure une construction humaine. Et cela ne contribue certainement pas à le rendre valable, et encore moins raisonnable. Les gens croient à des choses non pas parce qu'elles sont vraies, mais parce que croire les aide à se sentir mieux. Considérez simplement le mantra profondément fallacieux de Tony Blair : envahir l'Irak était "la bonne chose à faire". Comme si cette conviction avait contribué en quoi que ce soit à réduire les conséquences catastrophiques de cette invasion pour le reste du monde. Quant à la croyance en une vie après la mort et au bonheur éternel, on a montré qu'elle était déterminée culturellement :

– Par exemple quand des Chinois qui ont frôlé la mort racontent ce qu'ils ont "vu", ils disent avoir été confrontés à toutes les petites créatures dont l'existence a été sacrifiée pour leur permettre à eux de vivre, ainsi qu'à la figure d'un juge qui inflige des châtiments pour ces méfaits. Tandis que dans ma société, et certainement aussi dans la vôtre, on parle généralement d'une lumière blanche et de mains tendues nous accueillant "chez nous", c'est-à-dire invariablement dans les bras de Jésus.

Et il continua ainsi d'avancer des arguments toujours plus audacieux, sans trébucher. Le sénateur, quant à lui, était visiblement ébranlé. Chaque plaie était minuscule mais leur accumulation lui fut fatale. J'étais stupéfait de constater que Sanderson s'exprimait sans mépris ni arrogance. Il semblait toujours vulnérable et mal à l'aise sous les projecteurs du studio, mais il donnait le sentiment d'aborder les problèmes avec un mélange de perplexité et d'amusement, comme si ce procès du bonheur devait déboucher sur un non-lieu.

Au cours des semaines suivantes, son étoile continua de monter, au point qu'il devint une improbable célébrité. On le saluait dans la presse et sur les ondes comme quelqu'un qui, malgré une existence difficile, avait conservé une vision du monde étonnamment raisonnable et ouverte. Son livre qui, selon toute prévision, aurait dû languir dans l'ombre, se retrouva catapulté sur la liste des meilleures ventes, notamment grâce à la férocité de ses critiques. "Vous faites mieux que *L'éloge du désir sexuel* de Simon Blackburn" lui expliqua son éditeur au téléphone, sur un ton où l'exultation se mêlait à l'incrédulité. Et pendant ce temps-là, l'université fut submergée par tant de sollicitations de la part des médias qu'elle publia un communiqué de presse expliquant que le Dr Sanderson était un universitaire hors pair dont le talent avait été reconnu à juste titre par le Collège de Philosophie pour sa recherche novatrice ; mais comme il était en congé sabbatique, le service de presse n'était pas en mesure d'organiser la moindre interview jusqu'à nouvel ordre.

– Quelle ironie ! lui dis-je, en pensant à sa suspension et au moment où elle avait eu lieu.

– L'ironie, c'est l'humour des vaincus, répondit-il. C'est pour cela que nous y excellons.

45

Le dernier vendredi de novembre, le vernissage de l'exposition des œuvres récentes de Carrie avait lieu à la galerie d'Alice. J'avais bien sûr déjà visité des expositions de peinture, mais être invité à un vernissage était une expérience nouvelle et excitante. Qui suscitait aussi en moi une certaine anxiété. L'art a quelque chose de mystérieux, et je n'étais pas sûr de pouvoir en parler de façon intelligente. Je mis plus de temps que d'habitude à me préparer, je réfléchis longuement à ce que j'allais porter et finis par choisir une chemise de soie grise, sans cravate.

L'atmosphère était enjouée comme pour une grande fête, ponctuée de salutations chaleureuses et de grands éclats de rire. Tout ceci semblait légèrement excessif mais néanmoins sincère. Rayonnante dans sa robe rouge diaphane, Alice me salua comme si j'étais un ami de longue date. Je me dirigeai docilement vers elle et elle me présenta à son mari, Charles, un homme séduisant aux belles mains douces, aux ongles impeccables et aux manières exquises. J'éprouvai aussitôt un sentiment de panique à l'idée que j'avais été mis dans la confidence de la liaison de sa femme avec Sanderson. Et cela d'autant plus que Charles et Alice non seulement semblaient des hôtes idéaux, mais formaient le couple idéal : beaux, charmants et se mettant mutuellement en valeur – pas seulement par leur apparence physique mais aussi par leur attitude individuelle et leur comportement l'un envers l'autre. Charles faisait preuve d'une attention bienveillante à l'égard d'Alice, il se penchait vers elle pour entendre ce qu'elle lui disait, posait tendrement la main sur elle tout en manifestant un raffinement à l'ancienne. Ils paraissaient si bien assortis qu'il me semblait inconcevable qu'ils ne fussent pas amants. Les apparences sont trompeuses, finis-je par conclure, et les préférences sexuelles ne se discutent pas. Ce qui me frappait aussi, c'est à quel point Charles faisait ressortir le charme d'Alice. Lors de notre première rencontre chez les Sanderson, et plus tard lors de ma visite à la galerie, elle m'avait semblé artificielle et maniérée. Mais en présence de son mari, elle paraissait franche, entière et pleine de détermination. Elle n'avait rien perdu de sa présence théâtrale – en l'occurrence c'est la vaste galerie qui constituait son théâtre – mais son jeu semblait plus naturel, comme si elle avait cessé de cabotiner pour incarner pleinement son personnage.

Les toiles – ou tout au moins ces toiles-là – me semblaient plus explicites qu'un texte, et en même temps plus ambiguës. Je passai lentement de l'une à l'autre en songeant à toute l'énergie et à toute l'émotion qu'il avait fallu mobiliser pour les peindre. L'exposition était intitulée *Déplacements* et il ne faisait pas de doute, même pour un regard profane, que les douze tableaux étaient des variations sur un même thème. Chacune de ces grandes toiles représentait une silhouette, toujours à la marge, jamais au centre. Cette figure humaine avait une forte présence, mais comme Alice l'avait suggéré, un type de présence qui impliquait l'absence : toujours vue de dos, les contours à peine esquissés, le visage tourné, regardant vers l'extérieur du tableau, comme si la silhouette était sur le point de quitter notre monde. Le vaste espace autour d'elle avait une puissance singulière et il était légèrement menaçant – du moins c'est ainsi que je le percevais. Claires au centre, les couleurs s'assombrissaient sur les côtés. Il ne faisait aucun doute que la tristesse de l'artiste imprégnait ces toiles, qu'elles en étaient imbibées de part en part. Sur deux ou trois tableaux on discernait une autre silhouette : une image plus frêle, plus tremblante et hésitante, que j'interprétai comme une représentation de Carrie – un ange gardien flottant en arrière-plan.

– Pas du tout, répondit Carrie quelque temps après, lorsque j'évoquais en ces termes cette seconde silhouette. C'est probablement une sorte d'esprit bienveillant, mais aussi vain et inutile qu'une ombre.

– Mais alors pourquoi est-il là ?

– Qui sait ? Les choses bouillonnent doucement sous la surface, et parfois les bouillons augmentent et éclaboussent la toile. La peinture n'est qu'une façon de se connecter au monde, de s'y sentir vivant, mais en un sens aussi, de le tenir à distance. Une idée voyage en vous de l'intérieur vers l'extérieur, et peut surgir aussi bien comme arrière-pensée que comme pensée délibérée. Elle semble provenir de la même graine, mais à chaque fois la germination est légèrement différente. – Carrie supposait qu'il y avait une sorte d'interaction entre la peinture et l'existence, mais cette interaction n'avait rien de certain et sa nature était mal comprise. – C'est un peu comme vos traductions : provisoires, au mieux.

– C'est vrai, mais pourquoi tant de pessimisme, pourquoi êtes-vous si dure avec vous-même ?

– Mais ce n'est pas le cas, rétorqua-t-elle en un éclair, comme s'il y avait un terrible malentendu. – Elle me fixa du regard. – C'est ainsi que *vous* le voyez, moi pas. Et vous ne faites que projeter sur moi vos propres perceptions.

J'observai la foule assemblée dans la galerie. Alice avait expliqué que la période des fêtes de Noël était un bon moment pour organiser une exposition : les gens sont de bonne humeur et enclins à dépenser de l'argent. Et c'est un fait que des gommettes rouges avaient déjà été collées à côté de plusieurs tableaux. Plus tard, lorsque je demandai à Carrie si elle éprouvait des sentiments mitigés à l'idée de se séparer d'eux, elle avait pris un peu de temps pour réfléchir puis avait répondu :

– Je suppose que c'est comme voir un enfant quitter le foyer : un mélange de joie et de tristesse.

Bien que le milieu de l'art, tout comme le milieu universitaire, ait la réputation d'être gangrené par la jalousie, je n'en décelai pas parmi les visiteurs de la galerie. Il devait y avoir une centaine de personnes, toutes absorbées par de vives conversations. L'espace entier semblait animé par une allégresse et une bonhomie non feintes. J'imaginai ces gens de retour chez eux après le vernissage, dans leur studio ou leur appartement, refermant leur porte et reprenant le cours habituel de leur vie, tout en parvenant aisément à s'inventer ou à se réinventer. En les observant et en les écoutant, j'éprouvais le sentiment diffus et douloureusement familier d'être différent d'eux. Ce sentiment ancien se manifesta par un goût amer dans ma bouche, que ni le vin ni les canapés qui circulaient sur de petits plateaux d'argent ne parvinrent à dissiper. Cela m'était déjà arrivé, surtout lorsque je prenais conscience que j'étais éternellement cantonné à l'extérieur de l'histoire des autres, sans que jamais personne ne me rejoigne à l'intérieur de la mienne. À partir de là, nul besoin d'un grand effort pour m'imaginer sous la forme d'une figure triste et solitaire traînant à la périphérie de l'une des vastes toiles de Carrie. Sanderson fit soudain irruption à mes côtés, plissant les yeux sous la lumière vive.

Ses vêtements étaient chiffonnés et sales, l'uniforme d'une vie sans espoir. Il n'aurait pas déparé en compagnie du clochard aux cartons en bas de chez lui. Avec son apparence négligée, ses abcès suintants, ses poils hirsutes et ses ongles noirs de crasse, il faisait passer le mari d'Alice pour un dieu grec. L'éclairage de la galerie lui donnait l'air malade, ce qui renforçait son apparence macabre : les yeux injectés de sang, la peau craquelée, les dents sales, des taches de sueur sous les aisselles. Il renifla et s'exclama : "Bienvenue dans le monde de l'art,

Eddie!", en me gratifiant de son haleine fétide. Terrible. Le produit de sa putréfaction interne s'exhalait-il désormais par les pores de sa peau et par sa bouche ouverte ? Carrie avait mentionné l'odeur de la dépression, mais à coup sûr aucune dépression ne pouvait expliquer une puanteur aussi extrême : des effluves de gaz s'échappant d'un amas en décomposition. Comment en était-il arrivé là ? Cette évolution était récente. Sinon, qui aurait pu survivre au partage de son intimité ?

Malgré le sentiment familier de n'être pas à ma place, je rechignais à quitter la galerie et son atmosphère de fête. C'est parce que je détectais un autre sentiment, l'impression fugace que j'étais en train de me libérer de la personne que j'étais au quotidien, de toutes les choses qui m'entravaient et me faisaient tourner en rond. Sanderson se tenait au-dehors dans l'encadrement de la porte, où il essayait d'allumer sa pipe.

– Tu as envie de manger un morceau, Eddie? bredouilla-t-il entre deux bouffées de tabac. Est-ce qu'on attend l'artiste au sommet de sa gloire ?

Lorsque Carrie finit par sortir, le visage empourpré par l'excitation de la soirée, elle nous sourit et s'accrocha vigoureusement à nos deux bras, tandis qu'elle avançait d'un pas qui balançait entre la marche et la danse. Avec son béret rouge vif qui coiffait ses cheveux et l'écharpe de soie qui flottait à son cou, elle me fit songer un instant à Jeanne Moreau dans *Jules et Jim,* qui captivait deux hommes par son esprit et ses caprices. Et puis je me souvins que dans le film de Truffaut la relation ne durait pas, et pire, qu'elle finissait mal.

46

Le lendemain matin, qui était le dernier samedi de novembre, je retournai à la rivière avec Sanderson. La saison de la truite était désormais terminée mais on pouvait encore pêcher des ombres. Pendant les mois d'hiver, expliqua-t-il, il est plus facile de les attraper avec une nymphe lancée dans les eaux profondes, où ils viennent chercher l'essentiel de leur nourriture. Mais malgré cela, il allait rester fidèle à la mouche sèche.

– La pêche à la nymphe, c'est pour les *wimps*, maugréa-t-il en attachant une nymphe plombée à mon bas de ligne. Je prétendis ne pas comprendre le mot *wimp*, et lorsqu'il m'expliqua que cela signifiait "mauviette", je répondis qu'il n'y avait pas d'équivalent français.

– Ça doit être une spécificité britannique, ajoutai-je en souriant, fier de mon espièglerie.

Bien que ce fût une journée lumineuse, au froid tranchant mais prometteur, Sanderson était d'humeur sombre. Il m'expliqua qu'en allant chercher sa voiture il était tombé nez à nez dans la rue avec la secrétaire du Département de philosophie. C'était une femme bienveillante, naturellement pleine d'empathie, sans doute en raison des grandes souffrances qu'elle endurait :

– Son mari est un sale poivrot qui boit toutes les économies du ménage mais elle réussit à ne pas se laisser abattre.

Elle lui avait demandé de ses nouvelles et s'était dit navrée qu'il traverse tant de difficultés.

– C'était touchant, jusqu'à ce qu'elle me conseille un remède susceptible de m'aider : apprendre à écouter mes émotions.

S'il ne lui avait pas aussitôt fracassé le crâne, c'est uniquement parce que c'était une brave dame. Même au moment où il relatait cet échange, il s'imaginait encore la plaquer contre le mur, la regarder droit dans les yeux et s'écrier : "Écouter mes émotions ? Et vous croyez vraiment que je peux éviter de les écouter, mes émotions ? Bordel de Dieu, est-ce que vous savez ce que je donnerais pour NE PLUS LES ENTENDRE, mes foutues émotions ?" La réplique ultime de cette femme bien intentionnée avait été qu'il ne devait pas s'en vouloir ("Ah oui ? Et pourquoi diable je ne devrais pas ?"). Il s'était fendu d'un sourire forcé et lui avait fait un signe d'adieu de la main.

Tandis que nous arpentions le chemin qui menait à la rivière, je lui confiai ce que j'avais prévu de lui dire :

– Carrie m'a tout raconté sur Alfie, hier soir à la galerie. Ça doit être dur à porter.

Les mots résonnaient mollement dans l'air humide.

– Hem, une sale histoire, répondit Sanderson, une sale histoire.

Mais au lieu de développer, il se lança dans une longue diatribe contre la folie de procréer.

– Toute cette peur, tout ce souci... Un enfant occupe une place bien trop centrale dans la vie de sa mère. Et les parents en général sont bien trop *impliqués* dans la vie de leurs enfants. C'était mieux à l'ère édouardienne, quand les parents – et à coup sûr les pères – étaient beaucoup plus distants et néanmoins respectés par leurs enfants.

Je ne savais pas comment interpréter cette sortie. Était-ce de la crainte ? Éprouvait-il une véritable animosité contre les enfants ? Son cœur semblait de glace. Ce qui me fit penser à Rousseau, ce *tartuffe** qui avait osé pontifier sur la sensibilité et la bonté naturelle de l'Homme tout en abandonnant à l'orphelinat des Enfants-Trouvés à Paris les cinq enfants qu'il avait eus avec sa maîtresse. De même que j'étais contrarié de savoir que Hume, cet homme véritablement bon, avait eu des contacts avec Rousseau, je ne pouvais croire que Sanderson pût partager le manque de cœur du philosophe genevois. Aussi me raccrochai-je à ce que m'avait dit Carrie lors de notre longue discussion : "Le cynisme de Harry n'est que de la comédie. C'est ce qui l'empêche de devenir fou. C'est comme ça qu'il tient le coup. Une façon d'atténuer l'insatisfaction qu'il éprouve vis-à-vis de lui-même."

– En ce qui concerne ce garçon, poursuivit Sanderson en évitant de prononcer le prénom d'Alfie, les problèmes sont apparus dès le début. J'ai toujours détesté que ma femme s'adresse à moi par *son* biais, ce qu'elle faisait au commencement.

Et il n'avait pas supporté tout ce parler bébé si commun. Un parler bébé qui ne disparaît jamais complètement, ajouta-t-il : il prend juste d'autres formes.

– Les enfants font des ravages dans la vie des adultes, et les adultes s'en accommodent. C'est l'un des grands mystères du monde.

– Mais c'est ainsi que la vie se perpétue, répliquai-je faiblement, nous avons tous été des enfants.

– Et c'est là un des arguments les moins convaincants en faveur de la paternité, cette idée de créer des versions miniatures de soi-même. Je ne parle pas ici du danger qu'il y aurait à reproduire à l'identique une enfance malheureuse – comme celle d'un orphelin roumain –, non, mais de l'idée de sublimer par le biais de sa progéniture toutes les souffrances normales de sa propre enfance… eh bien c'est une idée grotesque.

Ce qui est vraiment grotesque, pensai-je intérieurement, c'est l'état d'esprit de Sanderson, son attitude. Il manifeste chaque jour plus d'excès, plus de laisser-aller.

– Dans le calendrier chinois je suis lapin, ajouta Sanderson, semblant changer soudain de sujet de conversation, mais ce n'était pas le cas. C'est apparemment le signe le plus chanceux du Zodiaque, mais depuis que j'ai appris ça dans ma jeunesse, je suis terrifié à l'idée d'engendrer toute une série de lapereaux avec leurs montagnes de crottes.

Tandis que nous préparions nos cannes à pêche, j'orientai la conversation vers des sujets que j'espérais moins risqués : le livre de Sanderson et sa célébrité subite. C'était un bel accomplissement, dis-je. Il devait sûrement être ravi par le tour des événements.

– En tout cas, je suis ravi pour vous.

Il se moqua de moi et poussa ses grognements de modestie habituels, mais soudain ses objections semblèrent se coincer dans sa gorge et pendant quelques brefs instants je crus déceler chez lui du plaisir et peut-être même de la fierté – autant de lueurs colorées dans un océan de négativité. Son air renfrogné s'effaça, et à le voir tirer sur sa pipe, il aurait pu passer pour un homme plutôt content de lui-même et de sa destinée. Mais tout aussi soudainement il retrouva son attitude initiale – celui qui ne s'en laisse pas conter. Les philosophes étaient dans l'ensemble des imposteurs, expliqua-t-il :

– Je suis bien placé pour le savoir : c'est ce que j'ai été toute ma vie. – Il partit d'un de ses éclats de rire caractéristiques : le tir de canonnade. – Et contrairement à ce qu'on croit, les philosophes ne sont certainement pas exempts de préjugés, ils sont même minés par eux. C'est pour l'essentiel une bande de mauviettes, des pleurnicheurs assis dans leur bureau bien chauffé, coupés du monde extérieur, qui passent leur temps à peaufiner leurs coups bas et leurs illusions de grandeur en respirant un air aseptisé, mais qui n'ont même pas donné leur nom à une maladie.

– N'oubliez pas qu'il y a quand même la maladie des érudits, répliquai-je quand il eut enfin terminé sa diatribe. Mais il n'était pas d'humeur à apprécier les taquineries.

– C'est bien le problème, Eddie, répondit-il plus calmement. Nous ne sommes pas des érudits. Nous ne le sommes plus.

Quant à son passage à la télévision, poursuivit-il, c'était une double malédiction : cela renforçait le ressentiment que les autres éprouvaient envers lui, tout en accroissant son dégoût de lui-même.

– Les gens sont intimidés par les philosophes : ils s'imaginent que leur cerveau est supérieur et qu'ils détiennent la vérité. Mais c'est si loin d'être le cas que c'en est risible. Autrefois la vérité était transmise par les oracles et par les sibylles, elle était nimbée de mystère et empreinte d'autorité. Et avant cela encore, dans le monde primitif, la vérité était ce sur quoi les hommes avaient les idées les mieux arrêtées. Aujourd'hui, quelque chose de semblable est en train de se reproduire. La vérité a éclaté en de multiples fragments de théories concurrentes qui revendiquent toutes la même validité, bien souvent pour la seule raison qu'elles ont chacune de fervents défenseurs. La vérité n'a plus de valeur en soi, indépendamment de celle que lui accordent ses fidèles. C'est une couleur gris sombre, trop opaque pour apporter la moindre illumination.

– Ça voudrait dire qu'on ne peut rien qualifier de vrai ?

– Si, on peut, et on ne s'en prive pas. Mais la vérité est un concept relatif, Eddie, qui dépend invariablement de la langue dans laquelle on l'exprime. Les mots sont vides de sens si on les prend isolément. Et il n'y a aucune garantie que le langage dans lequel nous formulons des vérités corresponde au monde dans lequel nous vivons. La vérité ne correspond à rien qui soit *ici-bas.* – Il pointa sa canne à pêche en direction du ciel puis la laissa se courber doucement comme pour indiquer où se trouvait cet *ici-bas.*

– Il m'est souvent arrivé de penser que c'est dans les romans que réside la vérité – mais sans doute pas une vérité qui vaille d'un point de vue philosophique.

Ce que je disais avait-il la moindre importance ? Tout comme la secrétaire du Département, j'étais bien intentionné, mais Sanderson ne semblait pas d'humeur à tolérer les bonnes intentions.

– La vérité des romans, comme la vérité de la vie, est au mieux provisoire. Dire que quelque chose est vrai dans un roman revient à dire que l'émotion qu'il suscite touche une corde sensible chez le lecteur. Une telle vérité n'a pas besoin de correspondre à quelque chose de réel, d'extérieur au récit.

Il parlait sur un ton complètement neutre, qui ne trahissait aucune émotion. Il avait maintenant posé sa canne et fouillait ses poches à la recherche de sa pipe et de son tabac.

– Tu sais, les Russes possèdent un terme, *vera,* qui désigne la certitude que telle chose est vraie, qu'on peut agir en conséquence et l'accomplir. Ce n'est pas le cas en anglais.

Vers la fin de l'après-midi, nous remballâmes nos affaires et regagnâmes la voiture. J'ignorais alors que c'était la dernière fois que nous pêchions ensemble. Lorsque nous arrivâmes à Édimbourg, le pâle soleil d'hiver commençait à disparaître derrière les immeubles, dardant de faibles rayons sur la route. Les gens entraient et sortaient des magasins, ils marchaient main dans la main sur le trottoir, promenaient des bébés dans leur landau. La vie des autres continuait donc comme si de rien n'était.

– Et si nous prenions un petit verre pour marquer la fin de la saison de la pêche ? suggéra-t-il. Tandis que nous nous installions dans le bar, je lui demandai comment il occupait ses week-ends quand il ne pêchait pas.

– Il y a toujours des mouches à monter, répondit-il avec lassitude en regardant ses mains comme si c'étaient celles d'un extraterrestre. Le type de mouches qu'on peut assembler est infini. – Il n'arrêtait pas de faire tourner son index sur le rebord du verre.

– Avez-vous eu des contacts avec l'université ?

– Non, grogna-t-il, et le délai de trente jours touche à sa fin. Remarque, il leur faudra plus de trente jours pour faire le tour de leur ego, ajouta-t-il, une lueur dans le regard.

Je compris qu'il n'avait pas encore dit son dernier mot ni perdu son sens de l'humour, même si ça ressemblait à l'humour d'un condamné. Il précisa qu'il y avait quand même une petite nouvelle positive. Il avait entendu dire que son accusatrice, Mlle Suzello, renonçait à ses poursuites et qu'elle se contentait d'une enquête interne.

– Ce qui constitue un progrès, je suppose, mais uniquement au sens où la chasse aux sorcières de Salem fut un progrès par rapport à l'Inquisition espagnole.

Il sourit en disant cela, mais c'était le genre de sourire qu'arbore Norman Bates dans *Psychose,* un sourire de désaxé.

– Pour être honnête, je pense que je m'en fiche pas mal désormais. Je veux dire, d'être suspendu. Au début je m'étais dit que c'était… euh… la fin de ce que je suis, la fin de tout. Je contemplais l'abîme au-dessous du parapet.

Désormais, il se sentait plutôt comme le vieux Gloucester devenu aveugle, convaincu qu'on l'avait mené au bord de la falaise et qu'il allait trouver la mort, avant de s'apercevoir qu'il n'était tombé que de quelques mètres*.

– En fait, ils m'ont rendu service. Je suis devenu comme une tierce partie dans mes propres affaires, largement étranger à moi-même. Il faut que je m'éclipse tant que j'ai encore une âme, quoi qu'on entende par âme.

Nous restâmes assis en silence pendant un moment. Sanderson jouait avec le sous-bock en le tournant en tout sens comme s'il y cherchait des indices. Il semblait en partie absent de sa propre existence.

---

* Dans l'acte IV du *Roi Lear* de Shakespeare, le comte de Gloucester qui a été énucléé croit qu'il va se précipiter du haut des falaises de Douvres mais ne fait que s'évanouir dans une prairie.

– Tu sais, Eddie, je me demande parfois quelle autre vie j'aurais pu avoir. – Son ton était redevenu factuel. – Est-ce que ça t'arrive aussi ? Parfois je m'interroge : et si j'avais grandi dans une maison pleine de livres ?

– Eh bien, j'ai grandi entouré de livres. J'ai passé toute mon enfance dans une librairie. Et mon père disait toujours que travailler au milieu des livres, c'est vivre dans la lumière. Mais ça ne résout pas tout.

– Non, mais je pense que la littérature peut résoudre plus de problèmes que la philosophie. La philosophie nous permet de poser des questions, mais c'est la littérature qui nous rapproche des réponses. Elle peut même nous sauver la vie, ce dont la philosophie semble incapable.

– Comment ça, nous *sauver la vie* ?

– Oh, c'est juste une façon de parler. Je pensais à ce qui soulage et à ce qui blesse, et au lien entre ces deux sentiments – ce que Henry James appelle *la félicité et l'infortune*. C'est dans les romans qu'on trouve ça, pas dans la philosophie. Et plus encore peut-être dans la poésie. Il existe au fond de nous quelque chose avec quoi la poésie entre en résonance.

Il ferma les yeux un instant. Ses paupières semblaient couvertes d'une membrane laiteuse veinée de violet.

– Le problème, poursuivit-il après avoir rouvert les yeux, c'est que lorsqu'on atteint mon âge, on ne peut pas s'empêcher de regarder derrière soi. Et dans mon cas, on contemple un passé qui regorge d'occasions manquées, de routes non empruntées.

– Mais c'est le cas de tout le monde ou presque. Et je vous garantis que c'est le mien. Une façon de surmonter cela n'est-elle pas de revisiter son passé pour le rendre moins douloureux ?

Et je me mis à lui parler de mon ami Antoine qui avait tant remanié sa propre histoire qu'elle ressemblait à une sculpture finement ciselée. Cela semblait l'aider à vivre malgré le champ de ruines qu'il avait laissé derrière lui.

– Pour moi, il est trop tard. On tourne le dos un instant, et tout est fini. Et à quoi ta vie se réduit-elle? À rien du tout.

– Vous êtes trop dur avec vous-même, répondis-je, pleinement conscient que cela ne changerait rien.

– Tu te trompes, Eddie. On ne peut s'aimer soi-même que si on est aimable aux yeux des autres.

– Et Carrie? Tout le monde voit qu'elle vous aime!

J'avais bien changé. Dans mon existence antérieure, jamais je ne me serais permis ce type de remarque beaucoup trop personnelle.

J'aurais développé ce propos si Sanderson n'avait pas décidé de reprendre la parole, cette fois-ci de façon timide et hésitante, d'abord en cherchant ses mots, puis en butant dessus. Il n'avait pas plus tôt entamé une phrase que les mots commençaient à lever le camp et à battre en retraite, ne laissant derrière eux qu'une infime trace de leur présence.

Finalement il murmura dans un filet de voix:

– L'amour et la pitié, ce sont deux choses différentes. Comment peux-tu ne pas le voir? Carrie a pitié de moi. Et la pitié tue l'amour.

Il hocha la tête, comme pour s'approuver lui-même. Le fixant du regard, j'observai son air dévasté, que j'essayais de concilier avec l'image des tiroirs soigneusement étiquetés dans son cagibi, et de ses mouches montées à la perfection. C'est alors qu'il s'écria, comme s'il lisait dans mes pensées:

– Enfin, regarde dans quel état je suis! Wittgenstein pensait que le corps était la meilleure image de l'âme humaine… tu parles d'une image! Et tu parles d'une âme!

S'ensuivit un torrent de paroles désespérées et dégradantes pour lui-même: il avait oublié l'art de vivre, l'art de penser, il était semblable à une limace qui traçait sa route sur le sol en laissant un filet de bave derrière elle – après quoi il ajouta qu'il ne fallait pas prendre ses propos trop au sérieux, qu'il se laissait emporter. Puis il dévia la conversation sur la question du libre arbitre, en la reprenant là où nous nous étions arrêtés lors de notre toute première partie de pêche.

– Tout au long de notre vie, nous pensons disposer de *libre arbitre* – il accentua le terme de façon déchirante – mais il est permis d'en douter vu la façon dont les schémas se répètent. Je ne suis pas en train de suggérer que tout est prédéterminé, mais le fait est que très peu de choses sont inattendues. L'idée selon laquelle les événements de notre vie sont uniques est une illusion, et une illusion à laquelle nous cédons tous.

Ma tête bourdonnait mais pour la première fois ou presque j'eus le sentiment que nous nous comprenions. Et cela malgré le gouffre abyssal qui séparait ma petite vie bien rangée du trouble chaotique qui caractérisait la sienne.

– Est-ce si problématique que ça ? demandai-je. Après tout, Hume avait déjà compris il y a trois cents ans que le libre arbitre n'existe pas, que la liberté est une illusion. Le libre arbitre requiert en effet l'existence d'un esprit, pas d'une simple collection d'impressions et de perceptions mentales.

– Ah, le mantra du sceptique ! s'exclama-t-il en esquissant un sourire ironique. Le libre arbitre n'est rien d'autre que notre ignorance de la cause et de l'effet, et puisque ceux-ci sont une illusion, le libre arbitre l'est également. Et voilà. C'est tout simple.

À certains moments il ressemblait à un mage, malicieux mais troublant ; à d'autres, comme maintenant, il était mélancolique et désespéré. Et il usait de son désespoir comme d'une drogue en s'émerveillant de sa propre addiction.

– Peut-être que le problème tient au fait de regarder derrière soi, suggérai-je. Il est impossible de faire autrement, mais c'est parfaitement inutile. On ne fait que se retrouver confronté à une série infinie d'événements antérieurs aux événements présents qui finissent eux-mêmes par rejoindre cette série pour devenir des précédents à leur tour.

– Eh bien... de quelque façon qu'on considère les choses, on ne dispose pas de la liberté qu'on croit posséder, soupira-t-il. Ce qu'on croit décider de faire a, dans une large mesure, déjà été préalablement décidé. On donne juste à tout ça une forme narrative pour entretenir l'illusion qu'on est aux manettes.

À dire vrai, ajouta-t-il, il en avait assez. Assez de l'université, assez de l'enseignement, assez de tout. Il souffrait de ce que les Russes appelaient *toska* – rien à voir avec l'opéra de Puccini. Cela s'écrivait T-O-S-K-A avec un accent sur la seconde syllabe – *tashkáh*.

– Il n'existe pas de mot anglais pour exprimer toutes les différentes nuances de *toska*. Je suppose qu'en français on s'en rapproche avec des termes comme *malaise** et *ennui**. Mais *toska* a un sens plus large. C'est une sorte d'angoisse profonde, un sentiment de nostalgie pour quelque chose qu'on comprend à peine. Il nous envahit sans raison précise, du moins sans raison identifiable, comme un désir ardent de ce qu'on ne possède pas, ou de ce qu'on possédait mais qu'on a perdu. Comme un sentiment permanent que l'histoire qui se déroule démontre en fait autre chose, à la manière d'une parabole, sauf que vous n'avez pas la moindre idée de ce que ça peut être.

Pendant la majeure partie de sa vie il avait eu le sentiment de vouloir résoudre quelque chose sans savoir précisément quoi. À de rares occasions il avait pensé toucher au but, mais à peine avait-il été sur le point d'atteindre cette chose, quelle qu'elle fût, qu'elle s'était volatilisée. Ce sentiment avait hanté ses rêves tout autant que sa vie éveillée.

– C'est le hasard qui détermine principalement l'avenir, ajouta Sanderson, avec le concours de ses cousines proches que sont la chance et l'absurdité. Au moment précis où vous pensez avoir réglé un problème, ce trio est là, tapi dans l'ombre, prêt à vous surprendre. Il est si difficile de se dégager de sa propre histoire ! On se contente de refaire, jour après jour, ce qu'on a toujours fait. Pourquoi ? Parce que c'est ce qui convient. – Il me regarda comme s'il attendait que je le contredise. – Un jour, on arrive à un point de son existence où l'on s'aperçoit qu'il n'est plus possible de rien changer. Il faut que j'agisse tant qu'il est encore temps.

Et là, tout à coup, il s'exclama qu'il devait filer, "nom de Dieu, regarde l'heure !". Je n'eus pas le réflexe de lui demander à quel rendez-vous il allait être en retard.

47

La sonnerie du téléphone retentit comme du verre qu'on fracasse. Elle brisa la nuit en deux, et ses bords tranchants faisaient saillie, prêts à m'entailler. Dans mon esprit embrumé, il devait s'agir de Mme Bannerman qui me prévenait qu'elle ne pourrait pas venir aujourd'hui. La femme de ménage servait décidément d'explication à beaucoup de choses. Sauf que ces explications étaient toujours fausses.

– Harry n'est pas rentré, je suis inquiète.

Carrie semblait désemparée. Elle ne contrôlait pas bien sa voix.

– Quand est-ce que tu l'as vu pour la dernière fois ? demandai-je en la tutoyant sans réfléchir.

– Hier matin, au petit-déjeuner.

– Et il allait bien ?

– Oui, il me semble. Il avait rendez-vous à l'hôpital pour son traitement aux ultraviolets. J'ai appelé l'hôpital. Il n'y est pas allé.

– Et aucune nouvelle depuis ?

– Aucune. J'ai pensé qu'il avait pu rester au pub toute la journée. J'attends toujours qu'il rentre.

– Donne-lui encore un peu de temps. Il y a sûrement une explication toute bête.

On était au milieu de la nuit mais je décidai de me lever et de descendre. C'en était fini de mon sommeil. Sans réfléchir j'ouvris la porte, m'attendant presque à trouver Sanderson planté devant chez moi ou tapi dans les buissons. Mais il n'y avait que le lampadaire auréolé d'un brouillard froid.

Le silence était palpable, comme si l'ensemble de la ville retenait sa respiration. Pris de frissons, je rentrai dans la maison en pensant à Carrie qui attendait, seule, le retour de Harry.

Ce jour-là, qui était un mardi, je parvins à peine à me concentrer sur mon travail. Le manque de sommeil pesait sur mon esprit comme une enclume, et je ne pouvais m'empêcher de penser à Carrie assise à côté du téléphone dans l'attente de nouvelles.

"Respecte ta routine", me dis-je. Je décidai donc de grimper sur les falaises des Salisbury Crags, en m'imaginant que c'est ce que faisait David Hume quand il était en proie à des difficultés. Après quoi je relus mes notes de la veille et les saisis au clavier de mon ordinateur tout en apportant les modifications et améliorations nécessaires. Mais mon esprit restait absorbé par Sanderson.

Mme Bannerman s'affairait en bas. J'avais toujours du mal à me concentrer quand elle était dans la maison. À un moment donné, fidèle à ses habitudes, elle apparut à la porte de mon bureau. "Je donne juste un petit coup d'aspirateur, vous remarquerez même pas que je suis là." C'est ce qu'elle disait à chaque fois. Elle passa son plumeau le long des rayonnages de la bibliothèque en effleurant à peine les livres. Elle ne comprenait pas trop l'intérêt des livres, comme elle me l'avait expliqué la première fois : "Tout ce qu'on a besoin de savoir, c'est la vie qui vous l'apprend." Le livre de Sanderson était posé sur mon bureau, dans sa jaquette impeccable, sans un gramme de poussière. Mme Bannerman l'épousseta malgré tout et fit la moue en lisant son titre en gros caractères. "Pfff, comme si on était sur terre pour être *heureux* ! lança-t-elle. Il devrait peut-être essayer de gagner sa vie en travaillant !" Mme Bannerman ne possédait pas le don de clarté mais elle exprimait ses idées on ne peut plus clairement. Après avoir marmonné trois mots d'excuse, je m'enfuis du cottage. J'avais décidé de me rendre à la bibliothèque plus tôt que d'habitude.

C'était une entorse à ma routine, mais quelle importance ? Or parvenu en bas de Calton Hill, je me surpris à prendre la direction de l'appartement des Sanderson, en passant par toutes ces rues aux noms liés à la dynastie des Hanovre : George Street, Hanover Street, Frederick Street, Queen Street.

Carrie me fit entrer et me prit aussitôt dans ses bras, non pas comme le ferait une femme, mais plutôt comme un enfant apeuré, en me serrant trop fort.

– Oh, Eddie, soupira-t-elle.

Je redoutai qu'elle ait reçu une terrible nouvelle. Mais non, il n'y avait rien. Elle était blafarde et sa voix tremblait. Je ne savais pas comment réagir face à une femme qui pleure. Je ne l'avais pas su face à ma mère toutes ces années auparavant, et je ne le savais toujours pas. Et pourtant j'éprouvais un besoin puissant de la réconforter. Il pouvait y avoir toutes sortes d'explications, avançai-je, et pas nécessairement sinistres. Avait-elle vérifié qu'il n'avait pas pris la voiture ? Elle n'était pas à sa place habituelle, répondit- elle, mais cela ne voulait rien dire. Nous bûmes du café, et encore du café, en essayant d'écarter de nous les pensées les plus sombres. Elle était assise à la table de la cuisine et n'arrêtait pas de plier et de déplier une petite feuille de papier. Il pouvait y avoir toutes sortes d'explications, répétai-je. Il arrive que les gens s'absentent de leur propre existence. C'est un trouble psychologique bien connu. En français, on s'appelle ça la *fugue dissociative**. Ça se produit brusquement, quand quelqu'un ne parvient plus à affronter les problèmes de son existence et prend la fuite avant de réapparaître au bout d'une semaine ou d'un mois, parfois même plus longtemps. Elle me demanda comment je connaissais ce syndrome. Est-ce que ça m'était arrivé ? De la tête je fis non, pas du tout. J'en avais entendu parler dans un livre sur la Première Guerre mondiale. Les gens avaient parfois assisté à des choses tellement horribles qu'ils s'échappaient de leur propre vie. C'était une sorte de disparition, mais pas au sens habituel du terme. À l'époque, personne ne comprenait de quoi il s'agissait. On avait même baptisé cela la maladie des tire-au-flanc, des simulateurs, on prenait ce comportement pour une forme de lâcheté. Certains furent même fusillés à cause de ça.

– Mais à quelle chose horrible Harry aurait-il pu assister ? demanda-t-elle.

Les veines saillaient sur son front.

– Oh, il n'est pas nécessaire qu'il ait vu quelque chose, répondis-je, regrettant de m'être aventuré sur ce terrain. Il peut y avoir divers éléments déclencheurs. Toutes sortes d'éléments, ça j'en suis sûr.

– Et tu penses que c'est ce qui a pu arriver à Harry ?

– Je ne sais pas.

Il était cruel de lui donner de faux espoirs.

Plus tard, au moment de partir, je lui dis :

– Si tu n'as pas de ses nouvelles rapidement, tu devrais peut-être contacter la police.

48

Une fois rentré au cottage en début de soirée, un double choc m'attendait. Le premier, ce fut de constater que l'écran de mon ordinateur était noir. J'étais pourtant certain d'avoir laissé l'appareil en veille au moment où je m'étais enfui loin de Mme Bannerman et de son aspirateur. Or je ne détectai même pas la lueur rassurante du petit voyant vert, et je constatai que l'interrupteur de la prise de courant avait été éteint. J'appelai Mme Bannerman, tout en sachant que ça ne servirait à rien. "Je voulais juste savoir pourquoi vous aviez éteint mon ordinateur", expliquai-je, en m'efforçant de ne pas lui parler trop durement. C'est une drôle de relation, qui lie la personne qui nettoie à celle qui l'emploie pour nettoyer. Elle répondit qu'elle s'assurait *toujours* d'avoir éteint les lumières avant de partir. C'est comme ça qu'on l'avait élevée : "Vous serez surpris de voir les économies que vous faites", ajouta-t-elle sur un ton enjoué. J'essayai de ressusciter mon ordinateur pendant des heures, mais rien n'y faisait. J'avais un tirage papier de la plupart des essais, mais pas des trois plus récents qui étaient encore dans l'ordinateur et pour lesquels je n'avais pas de sauvegarde externe.

Le second choc me parvint par la poste, sous la forme d'une lettre noyée parmi les dépliants publicitaires de Noël tombés sur mon paillasson. C'était une enveloppe A4 sur laquelle mon nom et mon adresse avaient été inscrits en grosses lettres à l'encre noire, et qui contenait une feuille imprimée. Une carte postale était attachée en haut de la feuille par un trombone. La photo montrait en gros plan une mouche de pêche au corps de couleur sombre dotée d'une longue queue, et comportait la légende suivante : *Thunder and Lightning, Traditional Scottish Salmon Fly* – "Tonnerre et Éclairs, une mouche à saumon écossaise traditionnelle." Au dos de la carte, Sanderson avait écrit :

Cher Eddie,
Merci d'avoir la gentillesse de transmettre la lettre ci-jointe à l'université. Avec mes amitiés
Harry

À QUI SE SENT CONCERNÉ
Toute lettre de démission se doit de comporter une épigraphe, vous ne croyez pas ? La mienne figure ci-dessous. Comprenne qui pourra. N'hésitez pas à l'incorporer dans vos lettres de mission.

SOCRATE : L'exemple de Thalès te le fera comprendre, Théodore. Il observait les astres et, comme il avait les yeux au ciel, il tomba dans un puits. Une servante de Thrace, fine et spirituelle, le railla, dit-on, en disant qu'il s'évertuait à savoir ce qui se passait dans le ciel, et qu'il ne prenait pas garde à ce qui était devant lui et à ses pieds. La même plaisanterie s'applique à tous ceux qui passent leur vie à philosopher. Il est certain, en effet, qu'un tel homme ne connaît ni proche ni voisin ; il ne sait pas ce qu'ils font, sait à peine si ce sont des hommes ou des créatures d'une autre espèce ; mais qu'est-ce que peut être l'homme et qu'est-ce qu'une telle nature doit faire ou supporter qui la distingue des autres êtres, voilà ce qu'il cherche et prend peine à découvrir. Tu comprends, je pense, Théodore ; ne comprends-tu pas ?
Platon, *Théétète*.

Comme Pascal, si j'avais eu plus de temps j'aurais écrit une lettre plus courte. Mais dans le cas d'une démission, la brièveté n'est pas essentielle. Cette missive vous parviendra par des chemins détournés car une des clauses de mon arrêté de suspension m'interdit tout contact avec le personnel de l'université. Elle vous sera donc remise par une partie tierce – un digne représentant de la Vieille Alliance, un homme que je suis heureux de considérer comme mon ami, et qui est suffisamment familier de David Hume pour ne pas se laisser intimider par ces deux sentinelles que sont la rectitude et l'orgueil, postées à l'entrée de vos ego pour protéger votre humaine médiocrité.

Trois mots sur ma suspension. Quel fut mon crime au juste? Un juge impartial dirait que ce fut seulement d'avoir pleuré sans précaution, comme on dit d'un conducteur qu'il a été imprudent. Pas vraiment un crime capital. À moins qu'on ne me punisse en vertu du *lacrimæ rerum**. Et si tel était le cas, que dire du bon vieil Héraclite, notre vénéré "philosophe qui pleure"? On célèbre sa sagesse et sa sensibilité, mais il est vrai qu'il vivait à l'ère présocratique. De nos jours, peut-être qu'à lui aussi on confisquerait son ordinateur. Hélas, il semblerait d'après les pistes de votre enquête que je sois accusé d'avoir honteusement molesté une étudiante, sur la base du témoignage de cette pauvre fille surmenée et de la découverte d'accessoires suspects, ce qui n'a pas manqué de nourrir les fantasmes scabreux de mes anciens collègues (de l'huile d'olive, des élastiques et des sacs en plastique, bordel de Dieu!) Eh

* Virgile, *Énéide* I. v. 462: *Sunt lacrimae rerum et mentem mortalia tangunt.* ("Toutes les choses ont leurs larmes qui émeuvent le cœur des mortels.")

bien, pour votre parfaite information, je n'ai pas levé l'ombre d'un doigt enflé et suppurant sur cette jeune Américaine. Il ne s'agit pas d'un déni à la Clinton (à moins peut-être que Mlle Suzello ne soit une proche cousine de Mlle Lewinski, et qu'elles partagent la même imagination fiévreuse ?) Fumer sans inhaler, et tout le bazar. Pour votre gouverne, sachez que je n'ai *jamais* raté une occasion d'inhaler, mais certainement pas avec Mlle Suzello. Dans ce cas précis, mon seul crime a été de verser des larmes, ce qui n'a à l'évidence pas manqué d'inquiéter ladite étudiante. Le comble, c'est que ma chère épouse m'a toujours reproché de ne pas savoir pleurer (du moins, pas dans les situations courantes). C'est un reproche que bien des femmes adressent à la gent masculine, l'absence de larmes. "Pourquoi est-ce mal de ne pas pleurer ? lui ai-je souvent objecté. Peut-être que c'est toi qui pleures trop. Est-ce qu'un excès de pleurs n'est pas néfaste lui aussi ?" Maintenant que j'ai enfin réussi à pleurer, voyez où ça m'a mené : suspendu de mes fonctions, et mon sort remis entre les mains d'âmes damnées. Combien je regrette de ne pas être un écrivain comme Tchekhov, capable de transformer toute cette banalité humaine en quelque chose qui vaille d'être immortalisé.

La pire des illusions, c'est de penser qu'on est indispensable et que si l'on disparaissait demain, cela ferait l'ombre d'une différence. Bien au contraire, si j'ai tiré une leçon de l'existence, c'est qu'on n'est jamais assis que sur son cul, comme le disait mon vieux père. C'est pourquoi je vous quitte sans illusion ni regret.

Et ne vous en faites pas, j'ai tout prévu. J'ai décidé d'accomplir enfin dans ma vie quelque chose d'utile. À partir de maintenant je vais utiliser mon cerveau pour résoudre des problèmes de siphons classiques et de siphons en S. Ma mission sera manichéenne :

stopper les inondations et rétablir l'eau. Mon lieu de travail ne sera plus un bureau surchauffé mais le dessous des éviers, les caves et les combles. Cela fait longtemps que j'ambitionne de devenir plombier, et je n'arrive pas à imaginer de métier plus important que celui-là. Personne n'a vraiment besoin de philosophes, tandis que tout le monde fait appel à un plombier à un moment ou à un autre de sa vie. Et ce moment est toujours délicat : un tuyau qui éclate, une chasse d'eau qui déborde, une évacuation qui se bouche – autant de symboles puissants d'une existence compliquée, *la condition humaine**. Ainsi chers collègues, lorsque vous ne trouverez pas vos robinets d'arrêt, ou lorsque vos toilettes refouleront, je ne doute pas que vous penserez à moi.
Pour conclure, à l'attention des membres du Département – ils se reconnaîtront – qui continuent de se raccrocher perversement à la foi en Dieu, permettez-moi de vous laisser sur les mots illustres de Woody Allen : "Non seulement Dieu n'existe pas, mais essayez donc de trouver un plombier le dimanche !"

(Signé) Harry Sanderson

NB. J'adore cette formule, pas vous ? "À qui se sent concerné." Elle semble si appropriée et si formelle, comme si tout était fait selon les règles, avec une parfaite retenue. "À qui" paraît fort diplomatique : cela évite de pointer qui que ce soit du doigt. "Se sent" n'impose rien et invite juste à se positionner : "Qui, moi ? Non, cela ne *me* concerne pas." Et enfin il y a "concerné". Un terme ambigu s'il en est, qui ouvre la possibilité que ce qui va suivre ait un rapport avec vous, sans cependant vous perturber outre mesure.

49

Durant les périodes d'effroi, le temps lui-même semble ralentir. L'attente est un supplice où l'on compte les heures qui s'égrènent. Mais bien vite, presque aussi soudainement qu'avait disparu Sanderson, fut repéré un corps correspondant à sa description. La police avait concentré ses recherches autour de ses lieux de pêche favoris, au sud d'Édimbourg, mais ce fut dans la rivière Tay, à soixante-quinze kilomètres au nord de la capitale, qu'ils l'avaient découvert, flottant à la surface de l'eau. "Mon Dieu!" s'était écriée Carrie. Ce que je répétai à mon tour. Mon Dieu. Nous étions prisonniers de cette absurde redite.

Au cours des nombreux jours et des nombreuses nuits qui suivirent, plus rien n'eut vraiment d'importance. Carrie se décrivait comme un assemblage de pièces déconnectées les unes des autres. Si elle agissait trop vite, elles risquaient de se dissocier et Carrie se disloquerait en un amas chaotique. Son cerveau envoyait des instructions à son corps, mais celui-ci ne semblait y obéir qu'avec beaucoup de retard. Son état psychique n'était plus au diapason de son état physique, déplorait-elle. Elle faisait les choses lentement, son sommeil était haché et elle devait s'appliquer une discipline de fer pour éviter de s'effondrer. Des idées à moitié formées lui traversaient l'esprit et se dissolvaient brusquement dès qu'elle essayait de les retenir, à la manière des motifs changeants d'un kaléidoscope. Durant cette période, elle passait des heures dans le garage à méditer comme une forcenée, comme si sa vie en dépendait. Une semaine environ s'écoula. Puis un beau matin quelque chose se dissipa, et il lui sembla que les rouages de son esprit s'étaient dégrippés. Ce ne fut pas délibéré, cela arriva spontanément, me dit-elle. Elle retrouva alors une sorte de quiétude qui lui permit d'accomplir des tâches simples. Mais chaque fois que Harry lui apparaissait en songe, c'était sous la forme d'un cadavre allongé sur un chariot dans une morgue. Malgré ses efforts, elle ne parvenait pas à chasser cette image ni à la modifier.

J'étais avec Carrie lorsqu'elle apprit la nouvelle. Évidemment ils n'utilisèrent pas les termes exacts. Ils ne dirent pas : "Votre mari est mort." Ils employèrent des tournures assez formelles, aussi éloignées de la réalité que la situation le permettait. La casquette de police lovée sous le bras, le visage grave, ils avaient deux choses à dire : qu'ils étaient quasiment certains d'avoir retrouvé Sanderson et que ce dernier ne reviendrait pas.

La police n'est pas la même partout – telle est du moins mon impression. En France, les policiers sont des voyous de catégorie supérieure, des gangsters en uniforme, tandis qu'à Édimbourg, ils sont plus aimables, ils n'ont pas encore été endurcis par ce qu'ils ont vu ou accompli.

La cuisine semblait trop petite pour accueillir deux personnes en uniforme. La policière demanda à Carrie s'il y avait une pièce où tout le monde pourrait s'asseoir, mais Carrie avait déjà cessé de réagir normalement. Au lieu de répondre, elle s'écarta des policiers et s'adossa à la cuisinière en fonte qui était allumée. De ses mains tournées vers l'arrière elle s'agrippait au rail de la cuisinière comme si c'était la seule chose qui la rattachait au monde. La bouilloire, dont l'eau frémissait, se moquait bien de la situation et commençait à entonner sa puissante mélodie. La pièce semblait se transformer : elle paraissait plus sombre, son air plus pesant. Les policiers faisaient tourner le bord de leur casquette entre leurs doigts.

– Madame Sanderson, dit le policier après s'être éclairci la gorge.

C'est donc lui qui allait lui apprendre la nouvelle, les hommes étant censés posséder une gravité qui sied aux occasions solennelles. Tandis que les policières sont là pour réconforter – une aptitude traditionnellement associée aux femmes. Malgré l'atténuation des distinctions de genre au cours des cinquante dernières années, en Écosse les rôles conventionnels continuaient à l'évidence de bien se porter, même en milieu urbain.

– À 14 h 30 aujourd'hui un corps a été découvert sur la rive nord de la rivière Tay, commença le policier en lisant les notes sur son carnet.

Je remarquai qu'il avait utilisé un passif. Est-ce que le fait de supprimer de la phrase l'agent responsable de la découverte était censé atténuer la douleur ? Mettre le verbe au passif plutôt qu'à l'actif allégeait-il le coup de massue ? L'usage des temps grammaticaux faisait-il partie de la formation des policiers ? Allait-il employer un subjonctif pour évoquer ce qui n'était encore que virtuel ?

– Des indices montrent que le corps a été immergé. Nous avons de bonnes raisons de penser que la dépouille est celle de votre mari, ajouta-t-il.

Il est toujours fascinant de voir comment les gens s'y prennent pour transmettre le sens ou à l'inverse pour le cacher, soit en exprimant les faits en peu de mots, soit en les enrobant dans des phrases à rallonge. Plus tard Carrie m'expliquerait que des expressions telles que “la dépouille” et “nous avons des raisons de penser” étaient typiques des séries policières télévisées. Elles n'avaient rien à faire dans sa cuisine, à prétendre l'aider à supporter l'énormité du message.

La bouilloire continuait de chanter. Comme le temps s'écoulait au ralenti, j'eus loisir d'observer les petites gouttelettes d'eau s'accumuler sur le carrelage mural, puis dégouliner le long des rainures entre les carreaux. Le joint était gris maintenant. Est-ce qu'il avait été blanc à l'origine ? Du joint de carrelage qui grisonne : cette observation terre à terre marqua le dernier moment de normalité de la journée. Tout le reste, jusqu'au plus petit détail, serait empreint de la douleur à venir.

50

Tant de questions se posaient, qui aboutissaient chacune à d'autres interrogations troublantes. Pourquoi être allé au nord d'Édimbourg, pourquoi avoir choisi la rivière Tay, dans laquelle, autant que Carrie le sût, Sanderson n'avait jamais pêché ? Sa canne préférée avait également été retrouvée, avec ses viroles en cuivre et ses ligatures écarlates. Tout semblait indiquer une partie de pêche planifiée à l'avance. L'une de ses magnifiques mouches à saumon était fixée à la ligne, alors qu'il était absurde d'utiliser une telle mouche au début du mois de décembre. Je voulus savoir si son bâton de rivière avait été retrouvé avec sa canne, suggérant qu'il avait peut-être perdu pied. Mais pourquoi n'avoir prévenu personne – Carrie posait la question en boucle – pourquoi n'avoir pas laissé de mot d'explication ? Je répondis que sa lettre de démission en faisait peut-être office. Personne n'employa le mot "suicide", mais nous l'avions tous à l'esprit, et parfois l'idée s'insinuait dans la discussion, notamment lorsque Carrie affirma : "Je ne pensais pas que ce soit *son genre*." Et le hasard voulut que l'essai de Hume que j'étais en train de traduire durant ces jours tragiques fût précisément "Du suicide", une coïncidence dont Sanderson aurait savouré l'ironie. Dans cet essai, Hume explique "qu'aucun homme n'a jamais refusé la vie tant qu'elle valait d'être conservée". Il ajoute que nous pourrions même considérer le suicide comme un *devoir envers nous-mêmes*, si nous ne parvenons plus à ressentir le bonheur ni le bien-être. J'envisageai d'en faire part à Carrie pour la réconforter, avant de me raviser. De toute façon, avec le temps, elle finit par se demander s'il était bien nécessaire de comprendre exactement ce qui s'était passé, et pour quelles raisons. Ce n'est pas comme si découvrir la succession exacte des événements pouvait les rendre plus supportables, expliqua-t-elle. En les replaçant dans un ordre précis, on ne fait que formaliser l'horreur de la chose. "Tu as raison, répondis-je, trop heureux d'abonder dans son sens, c'est sans doute une erreur de chercher à comprendre trop clairement la situation." "C'est vrai que les gens semblent souffrir davantage quand ils comprennent trop parfaitement les choses, renchérit-elle. Quand on regarde la vie de biais, on s'évite une part de sa cruauté : voir les choses en face vous tue, les voir de façon détournée vous sauve." C'est à cette idée qu'elle décida de se raccrocher, et tout ce qui suivit n'en fut qu'une déclinaison.

On vint nous chercher dans une voiture de police banalisée – "Je me suis dit que le véhicule de patrouille ne serait peut-être pas de votre goût", expliqua l'un des officiers de police sur un ton jovial – et on nous conduisit à Dundee, à soixante-quinze kilomètres de là. Carrie ne décolla pas le visage de la vitre pendant tout le trajet. Elle m'expliquera plus tard qu'elle s'était efforcée d'éloigner les pensées négatives en nommant tout ce qu'elle apercevait par la fenêtre, comme quelqu'un qui apprend une nouvelle langue. Le long de la côte, un train empruntait le pont de chemin de fer qui enjambe l'estuaire en formant une vaste courbe. Ce train de grande longueur dessinait un arc presque parfait à l'approche de la gare. La rivière qui avait ôté la vie à Sanderson scintillait innocemment dans l'éclat du soleil s'enfonçant dans la mer.

La morgue faisait partie d'un hôpital tentaculaire, un monument à la gloire de la planification urbaine mise en œuvre au nord-ouest de la ville. Cet énorme complexe avait été creusé dans le flanc d'une colline en pente douce et formait une sorte de vaste village en Lego qui dominait la vallée fluviale au cœur du Perthshire. Les abords de l'hôpital n'étaient que pavés et béton, rien qui soit susceptible d'apaiser l'esprit ni de soulager le regard.

Tandis que nous approchions de l'entrée, nous croisâmes un étrange assortiment d'individus sur le parvis de l'hôpital : ce n'était pas un comité d'accueil mais une escouade de fumeurs provisoirement mis à l'écart par leur addiction. Il y avait là, se tenant dans des poses diverses, des vieillards, des skinheads, des amputés en fauteuil roulant, des femmes enceintes... Tous prenaient de longues bouffées de cigarette et leurs mégots abandonnés, leurs allumettes brûlées, dessinaient d'étranges motifs sur le sol.

L'entrée principale était surplombée par une haute construction de verre et d'acier qui ressemblait à un porche. Les portes automatiques s'ouvraient et se refermaient toutes les cinq secondes et pourtant l'air à l'intérieur du bâtiment était chaud et vicié. Passé le porche, on arrivait dans une large zone semblable au hall principal d'un aéroport et tout aussi noire de monde. La moitié des gens se rendait quelque part, les autres étaient assis çà et là sans but précis. Il y avait des magasins de vêtements, des fleuristes et des cafés. À l'extérieur du kiosque à journaux, un chevalet de presse annonçait : "Un corps repêché dans la rivière Tay". Je tâchai de me concentrer sur le décor environnant. Je remarquai qu'il n'y avait pas de courbes, seulement des lignes droites et des colonnes cruciformes qui divisaient ce vaste espace en une nef et des transepts. Je me demandai si les architectes avaient voulu évoquer l'intérieur d'une église pour essayer d'adoucir les drames individuels qui s'y déroulaient.

Nous empruntâmes un couloir qui était aussi désert et désolant qu'une scène de théâtre vide et nous commençâmes une longue marche, précédés par les deux policiers qui se retournaient tous les trois pas pour vérifier que Carrie suivait toujours ou pour nous tenir la série de portes coupe-feu qui ponctuaient le couloir. Nous avancions en silence. Seul se faisait entendre le clic-clac des talons des bottes à lacets de Carrie sur le lino gris. Ne pas parler semblait la seule défense possible contre ce qui allait arriver.

Chacun d'entre nous se retrouvait contraint par le protocole du moment, même si pour ma part je n'avais pas la moindre idée de ce qu'il impliquait. Dans le cas des policiers, j'imaginais que cela faisait juste partie de leurs missions, au même titre que gérer la circulation ou enregistrer une déclaration de vol. Mais pour moi c'était un devoir dépourvu de sens, la conséquence de mon accointance avec un homme qui s'était très certainement noyé dans une rivière. En même temps, cela me donnait aussi le privilège étrange d'être aux côtés de Carrie en pareil moment. Le policier qui avait annoncé la nouvelle lui avait demandé de désigner une personne capable d'établir formellement l'identité du corps ; le procureur exigeait parfois la présence d'une seconde personne pour effectuer cette identification.

– Il doit s'agir de quelqu'un qui possède une bonne connaissance du défunt, avait-il précisé comme s'il récitait le règlement par cœur.

– Quelle expression étrange, me dit Carrie après coup : comme si on pouvait détenir le même type de savoir sur une personne que sur des faits !

Il lui avait fallu un long moment pour comprendre que le policier voulait simplement dire "quelqu'un qui *connaissait* Harry". Et c'est pour cela qu'elle avait répondu, en se tournant vers moi :

– Oh, mais… Eddie ! Edgar serait idéal.

– Edgar ? avait répété le policier. – Son carnet était ouvert, son crayon prêt à prendre des notes. – Et Edgar possède-t-il une bonne connaissance du Dr Sanderson ?

Nous arrivâmes devant une porte sur laquelle était inscrit "Accueil". Les policiers s'arrêtèrent de part et d'autre et nous invitèrent à entrer. La pièce aveugle, basse de plafond, faisait à peu près la taille d'une salle d'attente de dentiste. Plusieurs rangées de fauteuils bas étaient disposées autour d'une table à café à pieds tubulaires. Dans un coin se trouvait une porte ornée des lettres "W-C" en imitation or. Tout cela me rappela des souvenirs douloureux de ma chambre d'hôpital psychiatrique, il y a des années de cela. On aurait cru que la laideur était une condition requise pour ce type de lieux.

Nous prîmes tous place comme si cela avait été soigneusement planifié. J'eus le sentiment que l'atmosphère était bienveillante, que les policiers seraient aussi attentionnés que la situation le permettait. Il suffisait de les regarder pour comprendre qu'ils étaient venus ici à de nombreuses reprises. Après coup, Carrie me confia que l'idée que sa douleur n'était pas inédite, que de nombreuses personnes l'avaient éprouvée avant elle, la rendait encore plus difficile à supporter. Cela aurait dû être une source de réconfort, et pourtant, pour une raison étrange, elle aurait préféré que cette expérience soit unique, qu'elle lui appartienne à elle, et à elle seule.

– Madame Sanderson. – Le policier prit la parole. – Nous savons combien cela doit être pénible pour vous. – Ma gorge se serra. – Nous avons besoin d'une identification positive du corps que nous avons repéré, et nous espérons que M. Logan et vous-même serez en mesure de nous la fournir.

Ce policier avait les joues creuses, comme s'il venait de sucer un fruit acide.

– Dans quelques instants nous vous demanderons de vous tenir debout derrière cette fenêtre, d'où vous pourrez voir le corps.

De la tête il indiqua le côté opposé de la pièce, où se trouvait à hauteur de regard une ouverture vitrée dans le mur – il était difficile de la qualifier de "fenêtre". Elle était de forme ovale et faisait environ un mètre de longueur. Un rideau épais l'occultait de l'autre côté du mur, où se tenait un assistant prêt à dévoiler le corps au moment où Carrie le souhaiterait. Le temps manquait pour permettre à tous ces mots de faire sens. C'est trop épouvantable, pensai-je, cela ne peut pas être vrai.

– Êtes-vous prête, madame Sanderson ? Prenez votre temps.

Nous nous mîmes en rang devant l'ouverture, Carrie encadrée par les deux policiers. Je pouvais voir nos reflets grotesques dans la vitre. De sa grosse main, le policier appuya sur un bouton au mur. Une vibration sourde se fit entendre et le rideau commença à s'ouvrir.

Il y a des moments où l'on imagine qu'une histoire pourrait avoir d'autres dénouements. C'est l'idée qui me traversa l'esprit tandis que le rideau s'ouvrait. Ce fut un moment bref, mais qui me sembla durer une éternité vu son importance. On sentait que les choses étaient inexorables, et pourtant on essayait de leur résister de toutes nos forces.

De l'autre côté de la vitre, sur un chariot de métal, gisait Sanderson. Mort, cela ne faisait aucun doute. Nous l'aurions su même si on ne nous l'avait pas dit. Son corps avait visiblement gonflé, son teint était plus sombre, comme s'il avait absorbé la vase noire de la rivière. La peau marbrée de sa poitrine semblait avoir mariné comme celle d'une oie prête à être enfournée, tandis que le haut de ses mains avait blanchi et paraissait enflé. Là où elle avait été creusée par des abcès, sa peau semblait criblée de balles. Et pourtant ma révulsion ne fut que passagère – comment était-ce possible ? – et je me surpris à mémoriser le moindre détail de cette scène comme si j'allais devoir passer un examen sur le sujet. Les deux narines étaient de taille inégale, les ongles s'étaient décollés, ses yeux ressemblaient à ceux de Quasimodo, l'un plus enfoncé dans l'orbite que l'autre. Quant à ce que je pensais devoir *ressentir,* il n'y avait presque rien. Je n'éprouvais de la tristesse qu'indirectement, par le truchement de Carrie. Surtout lorsque celle-ci tendit d'instinct la main pour toucher la dépouille de son mari, et que la vitre arrêta son geste. Après coup, elle critiqua les cheveux trop lisses de Harry, et déplora que quelqu'un les ait gominés et coiffés dans le mauvais sens. Pourquoi avaient-ils fait ça?

– Est-ce que vous reconnaissez le corps, madame Sanderson?

– C'est bien Harry, répondit-elle, en serrant les mâchoires.

– Vous en êtes absolument certaine?

– Absolument.

Il est frappant de constater à quelle vitesse on digère et on assimile ce qui est extraordinaire, et au prix de quelle violence cela devient ordinaire: Sanderson, gisant sur un chariot et attendant d'être remis sans ménagement au frigo. Les gens parlent de la dignité des morts. Cela peut signifier beaucoup de choses, mais pas d'être étendu sous un drap bordeaux sur une table d'autopsie.

Dans les jours qui suivirent, tout fut très confus pour Carrie, du moins c'est ce qu'elle expliqua plus tard. Elle eut une activité frénétique: des appels téléphoniques, des visiteurs, les démarches épuisantes consécutives au décès, sans parler du choc et de la sidération. Mais cette activité lui semblait extérieure à elle-même, hors de sa portée. Elle avait le sentiment d'être invalide, une enfant trop impotente ou trop jeune pour prendre des décisions. Tout son environnement était nimbé d'une sorte de brouillard sépia dans lequel elle pataugeait et vacillait, tétanisée par sa seule épaisseur. Voulait-elle du thé? Avait-elle assez chaud? Et si on allait faire un tour? Aucune réponse n'était requise. Ces questions reflétaient avant tout les besoins de ceux qui les posaient.

Une fois ces premiers jours passés, Carrie expliqua qu'elle aurait été incapable de les reconstituer. Combien y en avait-il eu? Deux, trois, neuf, dix? Elle n'en avait pas la moindre idée. Les gens mettent toute leur énergie à obéir au mot d'ordre : La Vie Doit Continuer ! Mais là c'était une vie étrange, perçue à travers le brouillard. Ses sœurs arrivèrent, accompagnées de leur mari, l'air pieux et embarrassé. Elles lui tendirent des fleurs sous cellophane et échangèrent des regards horrifiés. Puis repartirent. Sa mère fit une courte apparition et parla du pouvoir de la prière. D'autres personnes lui rendirent visite et s'en allèrent en promettant qu'elles reviendraient. Elles ne parlaient que pour remplir le silence, elles papotaient parce qu'elles ne pouvaient pas faire autrement et chargeaient l'atmosphère de cette pitié profonde, teintée de culpabilité, qui ne se manifeste que pour le deuil des autres. Le téléphone sonnait à tout rompre mais Carrie ignorait les appels. Les voisins apportèrent de gros gâteaux et des marmites de soupe.

"Tant de nourriture!" murmura Carrie. D'autres visiteurs s'affairaient en accomplissant de petites tâches pratiques comme faire du café, plier les serviettes, extraire les miettes du grille-pain, nettoyer des plans de travail déjà parfaitement propres... Chaque émotion était convertie en une bonne action accomplie avec ardeur. Je me demandais s'il fallait attendre un décès pour que tout reluise de la sorte. Carrie le remarquait à peine. Quand elle évoqua ces journées, une fois la période passée, elle dit n'avoir gardé quasiment aucun souvenir de ces bonnes âmes. Elle n'avait aperçu la lueur de leurs visages qu'au travers d'une vitre dépolie, leurs voix n'étaient que murmures lointains, et elle avait surtout désespérément attendu que Harry descende de son chariot à la morgue pour rentrer à la maison.

Pendant ce temps, dans les rares moments qui ne furent pas consacrés au décès de Sanderson, je contemplai le désastre des essais disparus.

51

Deux jours après notre visite à la morgue, Carrie se rendit chez moi. Non pas pour méditer, mais pour hurler comme une hyène. Ce jour-là, elle avait trouvé des papiers froissés dans la corbeille du cagibi de Sanderson : des lettres à moitié rédigées adressées principalement à Alfie, et deux à elle-même qui étaient à peine ébauchées. La première débutait par "Mon cher amour rien qu'à moi" et contenait un seul vers du poète Douglas Dunn : "Compte sur les vivants, aime-les, et tiens bon." Dans l'autre lettre, la phrase "J'ai cherché l'amour partout au mauvais endroit" avait été raturée.

– Mais voici la lettre la plus poignante, dit-elle en me passant une feuille chiffonnée couverte d'une écriture généreuse, en gros caractères : "Cher Alfie, j'aurais dû t'apprendre à pêcher ou à monter des mouches. Cela aurait été bien de te transmettre ce savoir-faire comme mon père me l'avait transmis. Mais je ne l'ai pas fait, et je le regrette aujourd'hui. Peut-être qu'il n'est pas trop tard. Avec…"

Après avoir découvert ces lettres, elle avait téléphoné à l'hôpital et demandé qu'on lui passe la morgue. Elle avait besoin de revoir Harry.

– Avec quelle personne avez-vous le désir d'entrer en communication, madame ? – La standardiste semblait avoir suivi une formation trop poussée.

– Passez-moi le responsable, répondit Carrie.

– Il n'y a pas de responsable ici, madame, rétorqua la standardiste. – Était-ce par souci d'égalitarisme strict, ou juste l'anarchie ? Carrie dit à la standardiste que n'importe qui ferait l'affaire.

– Je vous passe la secrétaire, madame. – La standardiste semblait satisfaite d'elle-même.

“Peut-être que ses journées ne sont qu’une succession de petits triomphes et de petits désastres”, songea Carrie. Après s’être présentée à la secrétaire, Carrie demanda quand elle serait en mesure de faire inhumer son mari.

– Cela dépend du procureur, répondit la secrétaire, et non de l’hôpital. Un permis d’inhumer le défunt ne peut être délivré que lorsque le procureur est certain que les procédures d’usage ont été respectées.

– Mais qu’est-ce que ça signifie concrètement ? demanda Carrie.

La secrétaire lui répondit qu’un rapport d’autopsie établissant la cause du décès devait être soumis au procureur sous forme écrite par le médecin légiste. La police ne lui avait-elle pas expliqué tout cela ? Carrie ne se souvenait pas de ce que la police avait ou n’avait pas expliqué. Légiste ? Procureur ? Tout cela faisait partie du brouillard.

– Je ne comprends pas bien la procédure, dit-elle, se sentant pitoyable et trouvant cela injuste.

– Le procureur exige que lui soient référés tous les décès sans certificat, et cela comprend les personnes décédées dans des circonstances suspectes.

La secrétaire parlait lentement et calmement, à la manière d’un hypnotiseur qui essaie d’endormir son patient. Des circonstances suspectes ? Qu’est-ce que ça signifie ? Carrie trouvait bien assez difficile de supporter la disparition de Harry, sans avoir en plus à affronter les circonstances de sa mort. Tout en s’efforçant de garder son calme, elle expliqua à la secrétaire qu’elle souhaitait revoir son mari, que cela faisait trois jours qu’elle ne l’avait pas vu, qu’elle ne supportait pas l’idée qu’il soit conservé dans un tiroir, recouvert de ce drap bordeaux, c’était barbare, elle voulait être à ses côtés et non pas le voir à travers une vitre comme on observe des poissons dans un aquarium. Au final, tout cela était sorti sur un ton un peu plus strident qu'elle ne l'avait prévu, mais elle n'avait pu faire autrement.

– Je comprends parfaitement, madame Sanderson. – La voix semblait hésiter entre gêne et compassion. – Si vous souhaitez observer la dépouille, il vous faut contacter la police. Nous ne sommes pas en mesure de l'autoriser.

À ce stade, Carrie avait hurlé dans le combiné :

– Je ne souhaite pas "observer la dépouille", je souhaite voir mon mari, pour l'amour de Dieu !

Quelques heures plus tard, un officier de police qui se présenta comme le sergent Wallace lui téléphona pour confirmer que les autorités hospitalières avaient agi de façon réglementaire. Carrie n'en attendait pas moins. Il ajouta qu'il serait souhaitable qu'il lui rende une nouvelle visite en compagnie de la brigadière Andrews pour tout lui réexpliquer.

– Mais je n'ai pas besoin que vous veniez chez moi, répondit Carrie. Je veux juste revoir mon mari.

– En fait, nous vous le déconseillons vivement, dans les circonstances présentes.

– Quelles circonstances ?

– Les suites d'une autopsie. Les circonstances d'un examen post-mortem. L'expérience nous montre qu'il est préférable pour la famille du défunt de conserver le souvenir de l'être aimé tel qu'il était de son vivant, dans des circonstances plus joyeuses.

Quand Carrie déversa tout cela chez moi dans un torrent de larmes, elle m'expliqua qu'elle ne pouvait pas supporter tout ce bla-bla sur "l'être aimé" et qu'il y avait bien trop de "circonstances". Elle détestait l'idée d'être à la merci de ces "circonstances" et de quelqu'un comme le sergent Wallace. Elle était persuadée que dans la vraie vie, contrairement au rôle qu'il jouait dans cette grotesque parodie policière, c'était un homme si prodigieusement ennuyeux qu'elle se sentirait mal au bout de quelques minutes seulement en sa présence. Et pourtant voilà qu'elle se retrouvait suspendue à ses lèvres, tellement avide d'informations que même des bribes la contentaient.

– Au moins tu n'as pas perdu ta verve, lui dis-je en esquissant un sourire. Et je la pris maladroitement dans mes bras.

– Je veux juste le revoir, Eddie. Pas à travers une vitre. Je veux pouvoir le toucher. Ils vont arranger une visite pour demain. Tu veux bien y retourner avec moi ?

Nous retournâmes donc à l'hôpital et refîmes la longue marche jusqu'à la morgue. Cette fois-là nous dépassâmes la porte marquée "Accueil" pour nous arrêter devant une autre porte, un peu plus loin dans le couloir. Elle était surmontée d'une ampoule de couleur ambre en verre épais et du panneau "Ne pas entrer quand l'ampoule est allumée". Bien que la lumière fût éteinte, le sergent Wallace frappa trois coups secs puis colla son oreille à la porte comme s'il attendait qu'un message codé soit tapé en retour. Après quelques instants, un homme d'allure aimable portant une blouse blanche et des bottes assorties nous ouvrit la porte. Voilà un homme qui aime son travail, pensai-je. On nous conduisit dans une petite pièce où l'on nous donna des blouses blanches et des couvre-chaussures en plastique. Tout cela avait un côté un peu surréaliste. Munis de cet accoutrement, nous franchîmes une dernière porte qui menait à une grande pièce, celle que nous avions vue depuis l'autre côté de la vitre quelques jours plus tôt. Elle sentait les produits chimiques et la réfrigération.

– Dites-moi quand vous êtes prêts, dit l'homme affable. – Il se tenait à côté du chariot, prêt à ôter le drap bordeaux. – Prenez votre temps.

Après quelques instants, Carrie fit un signe de la tête pour indiquer que le drap pouvait être replié. Dans son chagrin, elle était resplendissante. Elle ne dit rien, pas le moindre mot. Elle était d'un calme absolu. Et quand le moment de partir fut arrivé, elle se pencha et déposa un baiser sur le front de Sanderson.

Après cela, nous nous rendîmes directement dans mon cottage sur Calton Hill. Carrie passa près d'une heure dans le garage avant de refaire surface, et j'eus le sentiment qu'un poids lui avait été enlevé. Un verre de vin à la main, elle expliqua qu'en embrassant le front de Harry, froid et dur comme du granit, elle avait fini par comprendre pourquoi on emploie l'expression "les restes" pour désigner un cadavre. Elle avait toujours trouvé ce terme étrange, presque déplacé, car il évoque ce qui reste d'un repas sur une assiette ou d'un bâtiment après sa destruction. Mais en un instant elle avait pris conscience, sans ambages, que les restes ne sont rien d'autre que ça. Ce qui *reste* après que la vie a cessé, les vestiges physiques d'une vie. Tout indiquait que Harry avait subi des manipulations.

– Tu as remarqué ? On lui a ôté ses vêtements, on l'a rasé de façon inepte et ses cheveux étaient de nouveau mal peignés. Il est entre les mains d'étrangers. Le Harry bien vivant, le Harry qui respire, ce Harry-là a disparu, il est dans l'au-delà. Sa vie, son souffle l'ont quitté. Il est au-delà de l'amour, au-delà de la raison, au-delà du rire, au-delà de la douleur, au-delà de tout sentiment. Il est mort, totalement mort, inexorablement mort, murmura-t-elle, et pas seulement mort aujourd'hui, mais aussi demain et tous les jours qui suivront, et pour toute éternité. Comment peut-on décrire une telle réalité ?

– Je ne suis pas sûr qu'on le puisse, répondis-je.

– C'est maintenant qu'on a besoin de tes métaphores, lança-t-elle sur un ton soudain épuisé. Pour traduire la mort dans sa réalité.

Je préparai un repas simple et nous restâmes discuter jusque tard dans la soirée. Je lui dis que c'était bien, que c'était salutaire d'avoir affronté la mort dans sa dimension physique.

– De façon générale on s'est détourné de cela et c'est dommage.

– Que veux-tu dire? demanda-t-elle. Je pensai qu'il était encore un peu tôt pour développer ce sujet, mais elle insista.

– Eh bien je trouve qu'on a trop tendance à éloigner la mort de nous, à en faire un sujet tabou, une chose qu'on cache et dont on ne parle pas. À toutes les autres époques, on avait un rapport beaucoup plus direct à la mort. Elle s'invitait jusque dans nos salons. Ce n'est plus le cas.

– Je ne suis pas sûre que je saurais faire face à la mort dans mon salon, rétorqua-t-elle en regardant autour d'elle comme si elle s'attendait à voir surgir un cadavre.

– C'est juste une façon de parler. Ce que j'essaie de dire, c'est que nous ne sommes plus en harmonie avec l'ordre naturel. Or la mort fait partie intégrante de cet ordre naturel. Contrairement à Hamlet au bord de la tombe, nous ne tenons jamais de crâne dans nos mains. Nous ne connaissons pas l'odeur de la mort, nous n'allumons plus les bûchers qui incinéraient nos défunts.

– Mais tu souhaiterais vraiment pouvoir le faire?

– Probablement pas. Mais il y a un prix à payer à ne pas le faire.

– Qui est?

– Une incapacité à accepter l'idée que la mort fait partie de la vie. Quand la veuve de l'homme de Néandertal était assise à côté du cadavre de son compagnon, plus ou moins longtemps après son décès (plutôt moins que plus) son nez lui indiquait qu'il était temps de faire quelque chose. Il fallait creuser un trou pour l'y déposer.

Ou le pousser du haut d'une falaise. Ou laisser les oiseaux se repaître du cadavre en haut d'une colline.

Carrie eut l'air plutôt horrifié.

– Mais qu'est-ce que tu veux dire par là ? demanda-t-elle.

– Simplement que je trouve que tu affrontes cette horrible affaire de la meilleure manière possible. J'ai vu le cadavre de mes deux parents, et curieusement je pense que cela m'a aidé. C'est important de pouvoir témoigner de la réalité.

52

Après le décès de ma mère, on avait placé son cercueil sur des tréteaux dans la *chambre d'amis**, une pièce qui en réalité ne servit jamais à ce à quoi son nom la destinait. Il n'y avait pas eu d'amis et personne n'était jamais resté chez nous. Tandis que je veillais ma mère qui gisait dans son cercueil tout simple, j'eus le sentiment que la pièce avait enfin trouvé sa raison d'être. Ce soir-là, au crépuscule, je sortis de l'appartement et errai sans but dans le *Quartier latin**. De retour à la maison quelques heures plus tard, je vis de la lumière dans la librairie. Depuis le trottoir d'en face, j'observai mon père qui arpentait le magasin de long en large à la manière d'une sentinelle, marquant régulièrement un temps d'arrêt pour caresser de la main le dos des livres. Ce geste simple semblait révéler tout ce que mon père cachait habituellement. J'y vis le signe qu'en dépit de ses espoirs envolés, ce n'était pas un homme brisé. Pas plus qu'il n'avait cessé d'aimer sa femme. Durant ce moment rare, tandis que je l'observais dans l'encadrement de la fenêtre, un sentiment de tendresse m'envahit.

Pendant la majeure partie de mon enfance, ma mère s'était pelotonnée dans un cocon de mal-être où il était difficile de pénétrer. Mais les enfants attrapent l'amour là où ils le peuvent – c'est ce que je finis par croire – et je parvins à trouver de l'amour auprès d'elle, même si c'était à dose homéopathique. Avec le temps, elle cessa progressivement de parler. Elle ne dépendait plus des mots, elle était passée dans un monde où ils sont superflus. Je m'émerveillais devant son silence et sa capacité à se suffire à elle-même. Après avoir appris qu'elle était malade, je guettai soigneusement tout signe de déclin. Je restais debout derrière sa porte à écouter sa respiration, et au moment de partir à l'école le matin je pris l'habitude de glisser son mouchoir bleu dans mon cartable: c'était ma façon enfantine de la protéger. Si je prenais suffisamment soin du mouchoir et ne le salissais pas, le mauvais sort serait déjoué et elle resterait en vie. Pendant plusieurs années son imagination malade la poussa à tout voir en noir, une affliction qui l'obligeait à rester constamment sur ses gardes. Mais à la fin de sa vie, une sorte de quiétude sembla s'installer, en même temps que son regard perdit de son éclat et qu'elle se recroquevillait sur elle-même. Elle ne descendait plus dans la librairie. La plupart du temps elle restait seule, sans rien dire, les membres raidis, la tête penchée de manière étrange, comme si son corps ne pouvait se mouvoir que dans l'axe du mal qui la rongeait. "Nous devons faire tout ce que nous pouvons pour qu'elle retrouve son équilibre", répétait mon père.

L'année suivante, au début du printemps, il aménagea pour elle un petit jardin dans la cour intérieure à l'arrière de la librairie. Il commença par faire livrer du terreau noir et gras. Puis il se procura des graines et des boutures ainsi que quantité de grands pots en terre cuite. Avec une patience infinie, sans jamais cesser de lui parler, il lui montra comment semer les graines et planter les jeunes pousses dans des godets. Il recommença jour après jour, et progressivement la répétition de ces gestes sembla apporter du réconfort à ma mère, comme cela réconforterait un enfant. Elle ne tarda pas à faire des semis par elle-même puis à replanter les jeunes fleurs dans le terreau. Le jardin devint son domaine. Il semblait l'aider à canaliser sa peur et la protéger de ses effets les plus indésirables. Elle ne retrouva pas vraiment son équilibre, mais on pouvait penser qu'une sorte de contentement commençait à poindre. Pas du *bonheur** ni de la *joie**, mais du *contentement**.

Le temps passant, elle se procura plus de pots et de boîtes à semis. Elle fit pousser des herbes aromatiques et des roses odorantes, des plantes grimpantes et des plantes rampantes. Tant et si bien que la cour finit par flamboyer de couleurs ; elle était emplie de parfums enivrants, et chaque plante était pour ma mère une source de plaisir. Les clients habituels de la librairie mettaient un point d'honneur à visiter le jardin et à la féliciter pour ses prouesses. Quand je rentrais de l'école, ce n'est plus assise seule dans sa chambre que je la trouvais, mais au jardin en train de vaquer à quelque occupation. Elle sursautait parfois quand je lui parlais, comme un oiseau farouche, elle se ramassait sur elle-même pour passer inaperçue. Je me plaisais à penser que c'était moins par crainte que parce qu'elle était perdue dans son propre monde. Parfois elle me fixait comme si elle essayait de se souvenir si nous nous étions déjà rencontrés, et si oui, où donc la rencontre avait bien pu se faire.

– *Je vous connais** ? demandait-elle. Cela me laissait espérer qu'elle était peut-être protégée des souffrances inhérentes à la connaissance du monde. À d'autres moments, une fois qu'elle avait pris conscience de ma présence, elle me souriait et j'en déduisais qu'elle me reconnaissait et qu'elle était contente de me voir.

– Tu es venu voir mon jardin, *mon bébé** ?

Désormais elle ne prononçait plus mon nom, j'étais juste son *bébé**. Ce qui me faisait penser aux bébés qu'elle avait perdus et aux plantes qu'elle avait adoptées, et je me demandais s'il existait un lien entre les deux. À mesure qu'elle se repliait davantage sur elle-même, son univers devint purement horticole. Rien ne comptait plus, en dehors des plantes et des fleurs.

Un jour, peu de temps avant sa mort, elle me murmura à l'oreille :

– Parfois je sens que je suis en train de mourir, tu sais. Il faut que je m'en empêche avant qu'il soit trop tard. Une fois que tu commences à mourir, il est difficile de s'arrêter.

Sa voix n'était plus qu'un mince filet et sa tête dodelinait de gauche à droite comme l'une de ces poupées qu'on voit sur la plage arrière des voitures. Elle tendit les mains, paumes tournées vers le haut, comme si elle invoquait des forces mystérieuses.

– Est-ce que tes plantes meurent, parfois ? lui demandai-je sans réfléchir, sans arrière-pensée, juste pour meubler le silence.

– Oui, il leur arrive bien de mourir, répondit-elle, mais elles ne peuvent pas s'en empêcher. C'est l'amour qui les tue.

– L'amour ? répétai-je après elle.

C'est ma mère, me dis-je intérieurement. Et pourtant nous sommes des étrangers l'un pour l'autre.

– Est-ce que tu peux garder un secret, *mon bébé** ?

Elle me fit signe de me rapprocher et me révéla que ses plantes savaient garder les secrets. Je me penchai vers elle, suffisamment pour sentir son souffle contre ma joue.

– *L'amour, c'est pas ce qu'on croit**, dit-elle. D'autres choses, qui sont pas de l'amour, vivent à proximité. Un simple pas de côté peut tout détruire.

53

Durant la période qui suivit la mort de Sanderson, Carrie vint presque tous les jours chez moi et passait environ une heure dans le garage. Non seulement la porte de communication n'était plus verrouillée, mais elle restait grand ouverte, Carrie allant et venant à sa guise. Le secret de la méditation, m'expliqua-t-elle, c'est qu'il faut connaître les ténèbres et les accepter, pour que vienne la lumière. Ce temps que nous passions ensemble semblait avoir sa propre valeur, son propre rythme. "Savoure ces moments, me répétais-je, ne les laisse pas filer." À plusieurs reprises, je songeai à quel point Sanderson avait eu de la chance de partager la vie de Carrie, mais aussi à quel point il l'avait peu méritée. Et combien ces pensées étaient déloyales de ma part.

Pour Carrie, la mort avait à la fois tout clarifié et tout obscurci. "Quand on y songe, dit-elle un soir assise à la table de la cuisine, tandis qu'elle pressait les fleurs des obsèques entre les pages d'un livre, l'amour et la mort sont les principales préoccupations de la vie humaine. Quel que soit le point de vue qu'on adopte, c'est une vérité première." Elle revenait régulièrement sur le même terrain, revivant certaines conversations et certaines scènes, et cela ne la menait nulle part. "Il est bien sûr parfaitement possible que l'amour et la mort demeurent séparés, qu'ils n'aient qu'une vague connaissance l'un de l'autre au cours d'une vie ordinaire. Mais il est plus courant qu'ils s'effleurent, qu'ils se mêlent un peu comme des épis de maïs agités par le vent. Le pire, c'est quand ils se heurtent et vous laissent pris au piège, sans temps de préparation ni porte de sortie." C'est ce qu'elle avait ressenti quand on lui avait annoncé la mort de Harry.

Pour ma part, j'essayai d'évoquer le moins possible Sanderson. Ce n'était pas nécessaire. Même mort, sa présence se faisait toujours sentir.

54

Au même moment se posait la question décourageante des essais perdus qu'il me fallait retraduire. J'avais apporté mon ordinateur au Centre de Ressources Informatiques de l'université mais ils n'avaient rien pu faire. Ils m'avaient juste expliqué que le disque dur avait subi une "crise cardiaque", sans savoir pourquoi. Ils me conseillèrent de renvoyer l'ordinateur en France car il n'était pas impossible que le revendeur réussisse à faire redémarrer le disque. Mais ils n'étaient pas très optimistes.

J'achetai donc un nouvel ordinateur portable.

Le comble, c'est que l'un des essais perdus s'intitulait "Le Stoïcien". Hume y présente une philosophie austère selon laquelle le bonheur ne saurait être le fruit que d'un labeur dur et honnête. Dans le second essai perdu, "De la dignité de la nature humaine", Hume explique que les hommes les plus enclins à la moralité sont ceux qui ont une vision optimiste, et non pessimiste, de la nature humaine. Mais c'est le troisième essai, "La délicatesse de goût et la délicatesse de passion" qui semblait s'appliquer le plus directement à la situation présente. Selon Hume, certains hommes sont sujets à une délicatesse de passion qui les rend sensibles aux joies et aux chagrins de la vie, tandis que la délicatesse de goût produit une sensibilité à l'art.

Alors que je m'employais à les traduire de nouveau, je fus troublé de constater que ce travail n'était pas plus aisé ni plus rapide la seconde fois que la première. Je reconstituai le plus possible de choses à partir de mes notes, mais ce fut une entreprise laborieuse et douloureuse. Durant cette période je me rendis au cimetière plus souvent que d'habitude, dans l'espoir d'apaiser mon esprit perturbé. Mais le cimetière était devenu un lieu de drague gay, et à plusieurs reprises, à l'entrée du mausolée de Hume, on me fit des avances.

55

Noël approchait, et c'était un problème. Carrie me confia que ces festivités lui pesaient. Dans la mesure du possible elle essayait de les ignorer, d'éviter les guirlandes, les flonflons et toutes ces réjouissances forcées. Bref c'était une période qu'il fallait traverser tant bien que mal.

Nous passâmes une partie de la journée de Noël ensemble, sans rien faire de spécial. Le matin, Carrie était allée rendre visite à Alfie à l'hôpital psychiatrique. Un office spécial de Noël avait été organisé sans qu'elle soit prévenue. Toutes ces "bondieuseries absurdes" – selon ses propres termes – la rendirent morose pour le reste de la journée. C'est le genre de choses qu'elle aurait d'ordinaire tout fait pour éviter, mais c'était un hôpital, le jour de Noël, et on pouvait comprendre que le choix des distractions fût limité. Le public était pour le moins clairsemé : juste quelques parents et une poignée de soignants et de patients, parmi lesquels Alfie, qui avait obtenu une permission de "sortie" pour la journée. On pouvait vraiment se demander si cela valait mieux que de rester dans une chambre fermée à clé, nota Carrie avec amertume. Quoi qu'il en soit, la petitesse de l'assemblée avait donné à l'aumônier une bonne raison de réciter : "Car là ou deux ou trois sont réunis en mon nom, je suis là, au milieu d'eux." Carrie poussa un éclat de rire en le relatant, mais elle riait jaune. Je lui versai un verre de vin pour lui remonter le moral. "L'aumônier a tous les travers de sa vocation, expliqua-t-elle, mais c'est un brave homme qui mérite vingt sur vingt pour ses efforts." Elle leva son verre d'un geste théâtral et proclama : "Le message de Noël est un message d'espoir !"

d'une voix semblable à celle d'un prêtre, avec d'étranges modulations. "Je suppose qu'il essayait juste de faire son travail", ajoutai-je, espérant clore la discussion. Mais elle n'avait pas complètement terminé. Pendant son sermon, l'aumônier avait interprété toute chose – bonne, mauvaise, et même la plus insignifiante – comme un signe du plan divin. "Il voit des signes *partout,* exactement comme les internés! Et pourtant, lui, il est libre de quitter le bâtiment à la fin de l'office, alors qu'eux sont obligés de retourner dans leur chambre se faire soigner." Ce qui la mettait aussi hors d'elle, c'était de savoir que la religion prospère sur la peur, et qu'une unité de soins psychiatriques est un milieu où la peur est endémique. Il ne s'agissait pas seulement de la peur irrationnelle qu'éprouvent les patients – tous les envahisseurs venus de l'espace et autres messages messianiques – mais aussi de la peur glaçante des familles. Cela me fit penser aux craintes de ma mère et à ses propres efforts désespérés pour complaire à Dieu. "Les gens se tournent vers la religion quand ils traversent des périodes difficiles, ajouta Carrie, ils se raccrochent à tout ce qu'ils peuvent, en quête de réponses. Et là, qu'est-ce qui se passe? On les gave de *pap*." "De pape? Tu as bien dit *pape*?" "Oui, tu sais, de la purée pour bébé. De la bouillie bien écrasée, quelque chose de facile à avaler." L'une des qualités qui l'avaient le plus attirée chez Harry, dit-elle en changeant soudain de sujet, c'était son *incroyance*. "Rien, aucune dose de détresse ou d'angoisse personnelles n'aurait pu le faire changer d'avis sur ce point."

Sanderson était partout, aussi sûrement que s'il était revenu d'entre les morts. Chacune de nos conversations nous ramenait à lui. Parfois je croyais voir flotter sous mes yeux son corps boursouflé – ce qui me fit penser à une horrible nouvelle de Ionesco au sujet d'un cadavre bouffi qui gonfle sans cesse dans la pièce voisine et finit par envahir tout l'espace.

56

Vers la fin du mois de janvier, alors qu'Édimbourg était la proie de l'hiver, Carrie me dit qu'elle avait besoin de prendre le large. L'hiver dans la capitale pouvait être si gris ; et elle avait une envie dévorante de couleurs. Est-ce que j'accepterais de l'accompagner ? Elle ne se sentait pas encore capable de partir seule. Elle me ferait découvrir son île, au large de la côte ouest de l'Écosse, ce lieu où elle se sentait vraiment chez elle. Février était un mois plus doux là-bas, un mois riche de promesses printanières. Les jours commençaient alors à rallonger, et je pourrais voir l'hiver entrouvrir un peu son lourd manteau.

– Et mon travail ? demandai-je, tout en maudissant mon incapacité à lâcher prise. Il ne me reste plus que quelques semaines ici.

Parfois, bien qu'on veuille dire oui, on dit non. Quel mal y avait-il à lui dire la vérité, à savoir que sa proposition m'enchantait ? Si je laissais filer cette occasion, je n'aurais à m'en prendre qu'à ma propre et incorrigible stupidité.

Mais l'occasion ne fila pas.

– Ce seront des vacances *studieuses,* insista-t-elle.

Elle emporterait ses tubes de couleurs, et moi mes livres.

Quelques jours plus tard elle me rendit de nouveau visite, cette fois les joues roses et d'humeur joviale. Les médecins lui avaient dit qu'Alfie faisait d'indéniables progrès et qu'il allait suffisamment bien pour passer quelques jours hors de l'unité de soins, mais sous surveillance. Elle ajouta qu'elle adorerait emmener Alfie sur son île. C'était un endroit si sûr, si totalement dépourvu de menaces, contrairement à la ville. Est-ce que je serais d'accord ? Ça me posait problème ? Cette fois-ci, je n'hésitai pas une seconde.

Il nous fallut près d'un jour entier pour arriver sur l'île de Carrie : plusieurs heures de route, puis une longue traversée en ferry, suivie d'une traversée plus brève et enfin à nouveau une heure de conduite le long de routes étroites ; de tous côtés la mer soyeuse s'offrait à nos regards. Nous parcourûmes le dernier tronçon du voyage sur une route non bitumée. La dernière fois que j'avais voyagé dans cette voiture, c'était avec Sanderson pour aller pêcher à la rivière. Elle sentait encore son tabac à pipe. Personne ne parla de lui, mais je suis sûr que nous l'avions tous dans un coin de l'esprit. Alfie était assis à l'arrière, il regardait à travers la fenêtre sans dire grand-chose et parfois il traçait avec le doigt des dessins sur la vitre. J'avais appréhendé sa rencontre mais je me pris aussitôt d'affection pour lui. J'avais imaginé qu'il serait timide et introverti, et assommé par les médicaments qu'il devait prendre pour affronter l'existence. Au lieu de quoi je découvrais un jeune homme à l'esprit alerte, ouvert sur le monde, d'une vivacité intense et curieux de tout. Bien qu'en perpétuel mouvement, son visage était insondable, un adorable mystère qui n'attendait que d'être éclairci. Il semblait facile à vivre et avait conservé son allure d'elfe délicat : tout petit, une tignasse auburn, des yeux vert vif et une sorte de charme envoûtant. "Sa maladie l'a changé, m'avait confié Carrie avant le départ, mais de nombreuses choses sont restées les mêmes. Il est toujours très sensible et affectueux. Et n'a rien perdu de son humanité."

Quand nous arrivâmes enfin au cottage, il faisait déjà nuit. Dans cette partie du monde, la nuit est noire comme l'encre, plus noire que je ne l'avais jamais vue. Au moment où nous poussâmes la porte pour l'ouvrir, une cloche fixée sur le linteau retentit avec un son délicat de clarine.

Le matin suivant, une odeur de café me tira du sommeil. Ce qui impliquait que quelqu'un était présent. Mais bien sûr ! Le sentiment que je n'étais pas seul m'envahit comme un narcotique. Je me glissai dehors avant le petit-déjeuner. Le soleil commençait tout juste à poindre à l'est, mais déjà il dardait ses immenses rayons d'un bout à l'autre d'une mer aux vagues couronnées d'écume blanche, plus animée que la veille. Le rivage n'était qu'à quelques mètres du cottage. Je pouvais entendre le flux et le reflux de la mer sur le sable. À mesure que la luminosité augmentait, je pus discerner deux ou trois îles à une distance proche, et au-delà, dans le lointain, les contours accidentés de la grande île sur laquelle nous avions pris le premier ferry. Tandis que j'inhalais cet air d'une pureté insoupçonnée, Carrie apparut à mes côtés, une tasse de café à la main.

– Qu'est-ce que tu dis de ça ? me demanda-t-elle en me prenant par le bras. Ce n'est pas magnifique ?

– A couper le souffle, répondis-je.

– A couper, et à donner le souffle, les deux à la fois. – Elle avait l'air radieux. La lumière sur son visage semblait surnaturelle, comme si elle provenait d'une autre planète.

Le cottage avait appartenu à son grand-père. C'était une ancienne *blackhouse* restaurée, une “maison noire”, habitat typique des Hébrides extérieures jusqu'au milieu du XXe siècle, m'expliqua Carrie. Les familles vivaient dans les *blackhouses* avec leur bétail, les animaux d'un côté, les humains de l'autre, et un sol en pente douce de sorte que les excréments, solides et liquides, restaient en bas, du côté des animaux.

– C'est de ce côté-là que tu dors, lança-t-elle en riant et en rejetant la tête en arrière comme elle l'avait fait dans son atelier lors de notre première rencontre. Elle précisa que, du temps de son grand-père, il n'y avait ni fenêtres ni cheminée dans le cottage. Malgré cela, un feu de tourbe se consumait en permanence au centre de la pièce et la fumée s'évacuait naturellement au travers du toit de chaume.

– La vie ne devait pas être facile tous les jours, observai-je en ayant du mal à imaginer la dureté de ce qu'elle décrivait.

– Oui sans doute, mais je pense que c'était aussi une vie saine, parce que les *blackhouses* reposaient sur des principes de vie holistiques. Le feu de tourbe et l'urine des animaux jouaient un rôle d'antidote naturel contre les maladies pulmonaires et d'autres affections. Quand on a fini par installer des cheminées et mettre les animaux à l'extérieur – tout cela au nom de la civilisation – il y eut aussitôt des épidémies, telles que la tuberculose. La population locale commença aussi à perdre son savoir et son savoir-faire, un peu comme les Bushmen du Kalahari quand tous les bons Samaritains avides de modernisation ont débarqué.

Malgré les fenêtres et l'absence d'animaux, on se sentait assez à l'étroit dans le cottage. Il n'y avait que deux pièces : la "pièce des animaux", qui était l'espace étroit où je travaillais et dormais, et "la pièce pour tout le reste", où on faisait la cuisine, on prenait les repas et on se tenait assis au coin du feu. Dans cette pièce se trouvait aussi une niche en hauteur, insérée dans le large mur extérieur, qui constituait la couchette de Carrie. Et bien qu'elle parût fort étroite, c'est là que ses deux grands-parents dormaient ensemble. À proximité immédiate de la maison il y avait une cabane en rondins, ancrée au sol par quatre larges pieux et pourvue de fenêtres sur les côtés nord et est. "C'est mon atelier sur l'île", expliqua Carrie. C'est là qu'elle travaillait pendant la première partie de la journée. Le soir, Alfie prenait possession des lieux – “de cette manière, ajouta-t-elle, il peut rester seul s’il le souhaite, il ne se sent pas obligé d’être avec nous en permanence”. La cabane disposait aussi d’une couchette, située sous les combles. C’était le lit d’Alfie quand il était enfant, et il semblait sincèrement heureux de le retrouver.

Pendant les premiers jours, la vigueur des éléments me stupéfia. Je n’avais jamais vu une météo qui change autant, aussi rapidement, et d’une façon qui vous donnait l’impression d’être au cœur d’un gigantesque tourbillon de forces élémentaires. À Paris on pouvait très bien vivre sans remarquer le temps qu’il faisait, sauf parfois l’été, dans la chaleur étouffante du métro. Ici rien ne perdurait, à l’exception peut-être du vent. J’appris à toujours observer le ciel démesuré vers l’ouest pour savoir ce qui se tramait. Parfois la pluie s’abattait sur les fenêtres comme des volées de riz, mais les nuages ne tardaient pas à disparaître pour dévoiler un soleil immense. Même lorsque le soleil ne brillait pas, la lumière étincelait, tout comme les couleurs de la mer qui alternaient du bleu au vert éclatant. Les îles au loin semblaient mystérieusement se rapprocher ou s’éloigner ; elles passaient parfois une tête timide à travers la brume, ou alors elles surgissaient spectaculairement depuis les fonds marins ; un instant elles étaient mises en valeur par la lumière puissante et limpide, l’instant d’après elles s’effaçaient derrière un voile de bruine.

La plupart du temps, nous restions assis sans rien dire, dans un silence interrompu seulement par les cris des oiseaux de mer descendant en piqué et plongeant. “Ici, on s’écoute vivre”, expliqua Carrie et je compris ce qu’elle voulait dire. Alfie passait ses journées à ramasser des objets sur la plage et les assemblait parfois sur le sable en de superbes collages. Quand la marée montait, il regardait la mer reprendre possession de sa création. “Ça ne te dérange pas ?” lui demandai-je. “Non”, répondit-il, il trouvait cela excitant. Pour ma part, je passais beaucoup de temps à observer les vagues et les rochers, en essayant de graver à jamais dans ma mémoire l'esprit de ce lieu unique.

Un jour, alors que nous étions sortis nous promener tous les trois, nous fûmes surpris par l'orage. Le ciel s'assombrit d'un coup et le vent projetait du sable comme la lanière d'un fouet. "Ne t'en fais pas, dit Carrie, c'est juste un grain, *a squall*." "Un *squale*?" En m'entendant prononcer de travers ce nouveau mot, Alfie et elle se mirent à rire et à cavaler, mère et fils main dans la main, tandis que je les pourchassais en faisant mine d'être offensé. Nous courûmes jusqu'au cottage en essayant de prendre la pluie de vitesse, mais elle nous rattrapa dans la dernière ligne droite, couchée par le vent, déferlant sur nos visages et s'insinuant jusque dans nos manches. Nous finîmes par atteindre la maison, poussant des hurlements de joie et vociférant contre les éléments, avant de nous effondrer les uns sur les autres aussitôt franchi le seuil, trempés jusqu'à l'os mais remplis d'allégresse.

Le matin, Carrie peignait dans la remise comme si elle était possédée. Non par les démons, mais par les bons esprits des Hébrides. Pendant ce temps, dans la pièce des animaux, j'étais assis face à la fenêtre, devant mon ordinateur, et je l'observais. Elle me tournait le dos et j'imaginais que les mouvements vigoureux et gracieux de ce dos étaient ceux-là mêmes qui avaient tant fasciné Sanderson des années auparavant dans la Signet Library. Regarder Carrie peindre semblait m'inspirer. Ma routine était passée à la trappe et les distractions ne manquaient pas, et pourtant ma traduction progressait sans difficulté. J'avais même l'impression de n'avoir jamais aussi bien travaillé. Chaque fois que je levais les yeux et que je la voyais à l'œuvre devant son chevalet, des pensées positives me venaient et j'éprouvais un profond contentement, voire de la *joie**. Je pris alors conscience qu'il était possible pour un traducteur ou pour une artiste de mener une existence paisible et honorable, sans tricherie ni déloyauté, sans que personne ne soit maltraité durant le tournage, pour ainsi dire. Notre intégrité se mesurait à nos mots et à nos coups de pinceau.

C'était étrange de se retrouver dans le havre hébridéen de Carrie en compagnie d'Alfie mais sans Sanderson : tout était différent, tout était nouveau, et pourtant j'avais le sentiment que tout était à sa place. Et ce qui était encore plus étrange, c'était de faire partie d'un foyer, d'aider à accomplir les tâches ménagères, d'allumer le feu, de sortir les ordures, de préparer les repas – bref, de partager pleinement la vie d'autrui, plus que jamais auparavant. J'étais surpris de constater que je m'en sortais plutôt bien : je n'avais même pas flanché à la vue d'une trace de dentifrice au fond du lavabo. D'une certaine manière, Carrie et moi formions désormais un couple. Un couple en apparence du moins, qui n'existait qu'en raison d'une absence. De tout cela j'étais parfaitement conscient. Je me demandais si Carrie, elle qui était accoutumée à l'absence, ressentait les choses de la même manière. Est-ce que Sanderson était juste venu s'ajouter à la liste des personnes qui avaient disparu de sa vie ? Allait-il rejoindre les figures évanescentes de ses toiles ?

L'après-midi nous allions marcher sur la plage, nous ramassions du bois flottant, nous inspections les coquillages, nous observions les petites mares d'eau de mer dans les rochers, et tous mes sens étaient délicieusement assaillis. La puissance du vent et le mouvement des vagues manquaient de me faire tomber à la renverse, et j'adorais cette sensation d'ivresse. Un jour, je récoltai une poignée de minuscules coquillages, luisants et fragiles comme de la porcelaine, tout à la fois repliés sur eux-mêmes et translucides.

– Ferme les yeux et tends les mains, dis-je à Carrie en déposant délicatement mon trésor dans ses paumes ouvertes – je tenais à lui donner quelque chose ; je lui aurais tout donné.

– Des cauris ! Bonheur et prospérité ! s'exclama-t-elle.

Jusqu'alors je n'avais pas soupçonné que tout cela puisse être aussi exaltant. J'étais étranger à cette île, et pourtant elle m'avait ouvert les bras, elle m'avait attiré à elle comme si, par atavisme, il y avait un peu d'elle dans mes gènes. Et surtout je me sentais naturellement connecté à un autre être humain, à un autre mode de vie. Ou plus exactement *reconnecté* à des choses que j'avais oubliées, ou que je n'avais jamais connues. Ou peut-être encore à des choses qui sommeillaient en moi, qui m'avaient été transmises par mon père, natif de ce même pays. Comment avais-je pu penser que seules les grandes villes pouvaient offrir une vie désirable ?

– Aux yeux du reste du monde, cette île passe un peu inaperçue, me dit Carrie lors d'une de nos balades. – Mais cela n'avait pas d'importance, elle était ici chez elle. Elle n'éprouvait nulle part ailleurs des émotions aussi intenses. – Quand je suis ici, j'ai le sentiment de faire corps avec l'île. Ce lieu est entré en moi quand j'étais enfant, et toujours il restera en moi. Quand tu es près de la mer, tout se purifie deux fois par jour, y compris ta propre existence. Même le soleil et le vent font partie intégrante de ton être.

Le magasin le plus proche, qui ne vendait que des produits de base, était à plus d'un kilomètre et demi de distance et nous allions nous y ravitailler à tour de rôle. Au début je m'y rendais en prenant la route étroite par laquelle nous étions arrivés en voiture. Mais Carrie me montra un raccourci qui n'était pas vraiment un sentier, plutôt un cheminement dans le *machair,* l'herbe tendre qui recouvrait les dunes battues par le vent et la pluie.

– On appelle ça une *ligne de désir**, précisa-t-elle.

– Ah, encore un emprunt à la *belle France**, répondis-je sur un ton taquin, en faisant mine de me vanter qu'en matière de séduction les Français sont les champions du monde. Et d'ailleurs *chemin du désir** sonne bien *mieux* en français, tu ne trouves pas ?

C'est dans ce petit magasin que j'entendis pour la première fois parler gaélique, une langue si plaisante et mélodieuse que je me sentis transporté. De retour au cottage, mon regard fut attiré par le *Notre Père* en gaélique qui était affiché sur le mur : "Notre Père qui êtes aux cieux, que votre nom soit sanctifié" : *Ar n-athair a tha air nèamh : gu naomhaic-hear d'ainm.* Des mots qui paraissaient bien durs pour une langue aussi douce.

Le soir, Alfie étalait ses trouvailles de la journée après sa pêche aux trésors sur la plage. À le regarder trier les coquillages, les galets et le bois flottant, je crus reconnaître certaines de mes manies de jeunesse. Quand on grandit, on oublie un temps l'enfant que l'on était, mais ce qui prévalait en nous dans l'enfance ne disparaît jamais complètement. Ces traits peuvent rester sous-jacents pendant un moment, mais ils demeurent présents, prêts à réapparaître. Parfois Carrie et moi discutions jusque tard dans la nuit, essentiellement de son travail et du mien. À l'évidence nous nous plaisions à trouver des terrains d'entente. J'expliquai qu'en matière de traduction l'idéal était de s'imprégner si progressivement et si complètement du texte de départ qu'on le restitue, comme si on ne l'avait pas lu, sous une forme qui semble être un texte original. Carrie renchérit en disant que c'était aussi ce qu'elle essayait de faire en peignant, particulièrement ici sur l'île :

– J'essaie de capter l'énergie des lieux, sans la fixer… cela vient dans un deuxième temps. La peinture elle-même réagit diversement, elle imbibe la toile comme du sang et s'imprègne des caprices du climat, et il faut jouer de tous ces éléments jusqu'à atteindre un point où l'on sait que la composition est réussie. – Tandis qu'elle expliquait cela, son visage était baigné de lumière et je songeai alors que l'avoir rencontrée avait peut-être fait de moi quelqu'un de meilleur, et que si tel était le cas, je lui en étais entièrement redevable.

À d'autres moments, je lui parlais de mes auteurs préférés, et elle fut surprise de m'entendre dire qu'un bon roman était une sorte de petit miracle. Elle me lança un regard interrogateur, comme pour s'assurer que je parlais sérieusement : "Un miracle ?" "Pas au sens propre, répondis-je, mais dans la mesure où la fiction nous permet de vivre la vie des autres. Pour peu qu'il soit bien écrit, on est transporté, impatient de savoir ce qui va se dérouler, même si on connaît le dénouement à l'avance. Et bien souvent, il ressort d'un roman quelque chose qui ne peut être qualifié que de vérité, il n'y a pas d'autre mot possible. C'est assez paradoxal bien sûr, puisque la fiction est par définition inventée et pétrie de mensonges. Les textes les mieux écrits ont un rythme spécifique, une musique particulière, et c'est souvent cela qui est le plus difficile à restituer quand on traduit. S'il arrive que ce rythme soit empreint de tristesse, le traduire n'est pas pour autant déprimant, et peut même devenir étrangement exaltant." Carrie resta silencieuse un moment, et je me demandai si elle pensait comme moi que la même observation pouvait s'appliquer à nous trois, ici et maintenant : un fond de tristesse, certes, mais aussi le sentiment que chacun avait retrouvé son équilibre. Et comme si elle avait lu dans mes pensées, Carrie se dirigea vers la cabane où Alfie s'affairait à classer le butin amassé sur la plage. "Je m'imagine de façon récurrente que ce lieu peut lui redonner la santé. Non pas le guérir, bien sûr : *ça,* ce serait vraiment un miracle. Il ne sera jamais complètement guéri, mais c'est un environnement réparateur." Durant ces semaines magiques, cette idée s'enracina en nous et devint une ferme conviction. Il se trouve que dans l'un des essais que j'étais en train de traduire, "Des miracles", Hume développe une argumentation percutante selon laquelle on ne peut attester de l'existence de miracles qu'au moyen de preuves très solides, car ils violent les lois de la nature : "Le sage proportionne sa croyance à l'évidence". Or mes propres preuves s'étalaient sous mes yeux. Depuis ma fenêtre, je pouvais observer la mère et le fils marcher sur la plage tandis que le soleil dansait sur leurs visages, et le vent dans leurs cheveux. De temps à autre, Carrie rejetait la tête en arrière de plaisir ou alors elle chahutait et taquinait Alfie au sujet de choses qu'eux seuls pouvaient comprendre. Je savourais ces instants, j'aurais souhaité pouvoir ralentir le temps pour qu'ils durent des heures. J'étais frappé par le fait qu'aimer un enfant est sans doute l'une des plus hautes expressions de l'amour. Ce que m'avait dit Sanderson au sujet de ses amers accès de jalousie me revint en mémoire, mais nulle trace de cela chez moi, juste une tendresse dont j'avais jusqu'alors ignoré l'étendue. Mon cœur se consumait aussi du désir intense de me fondre dans tout cela. Je ne cessais de me demander si je ne pourrais pas faire partie de leur vie, si Carrie et moi ne pourrions donner ensemble à Alfie ce dont il avait besoin pour s'épanouir. Et en retour, cela me permettrait de combler les failles de mon être. Ces pensées faisaient battre mon cœur à tout rompre, mais je ne les exprimai pas à voix haute, il était trop tôt pour cela. Le futur pouvait attendre. Seul le présent comptait.

Malgré l'exiguïté du cottage, nous respections tous l'espace de vie de chacun. Cela était probablement lié à nos existences monacales respectives : Carrie dans son atelier, moi à mon bureau et Alfie dans sa chambre d'hôpital. La solitude nous était familière, et pour moi cette distance entre nous, comme tout le reste, était exquise.

Il y avait chez Alfie un côté direct, une immédiateté solaire. "Et *toi*, tu penses que je suis fou ?" m'avait-il demandé un jour. Il était assis sur le sable et lançait des petits galets dans une mare de rocher. Il pouvait se montrer à la fois tranchant et brisé, comme des éclats de verre soigneusement enveloppés dans du journal.

– Est-ce que mon point de vue compte vraiment, Alfie ?

– Pour moi, oui.

– Eh bien… répondis-je en tâtonnant – soucieux que j'étais de lui donner une réponse sincère, mais pas certain de savoir où cela pourrait me mener – moi aussi j'ai été fou autrefois. Quand j'avais à peu près ton âge, j'ai passé du temps dans un hôpital psychiatrique, qui ressemblait au tien je suppose.

– Tu entendais des voix ?

– Oui, c'est ce que je croyais. Mais en fait c'était juste la mienne. Et ça me faisait peur aussi.

Un soir, alors que nous étions assis près du feu, éclairés par des bougies, Carrie confessa qu'elle s'était interrogée sur ce qu'elle réussirait à peindre au cours de ce séjour. Elle avait pensé que le changement d'air, la clarté des paysages marins et terrestres, sans parler de la lumière, tout cela l'orienterait dans de nouvelles directions. Mais fondamentalement cela n'avait pas changé grand-chose et elle en était la première surprise.

– Tout a changé, et rien n'a changé, constata-t-elle. – Sa voix aux intonations chantantes me fit chavirer. D'une façon ou d'une autre, elle peignait toujours la perte. – Les quatre hommes que j'ai le plus aimés dans ma vie ont tous disparu, expliqua-t-elle. Je fus stupéfait d'entendre qu'elle avait aimé pas moins de quatre hommes. Et l'espace d'un instant de folie, je crus que j'étais l'un d'eux et dus me retenir de m'écrier :

– Ne t'en fais pas, je suis là ! Moi, je n'ai pas disparu !

Mais c'est alors qu'elle en dressa la liste en marquant une pause entre chacun, comme pour leur donner un poids égal :

– Mon père ; le père de mon fils ; mon fils ; et maintenant, mon mari. Deux d'entre eux sont morts, et ceux qui sont encore vivants ne sont pas vraiment présents au monde.

Sur le manteau de la cheminée, une bougie crépita et s'éteignit.

– Je ne suis pas d'accord. Alfie a une présence au monde exceptionnelle.

57

Ce qui se développa entre nous semblait si naturel et innocent qu'au début je ne savais pas comment le nommer. Se pouvait-il que ce soit de l'amour? Mon père m'avait dit un jour que l'amour pouvait beaucoup ressembler à d'autres sentiments qui n'en étaient pas. Et peut-être aussi qu'en raison du comportement de mon ami Antoine, je m'attendais à ce que l'amour soit désordonné et chaotique. Tandis que notre relation était simple et tendre, une chose douce et neuve comparable à une pousse délicate qui s'épanouit. Je ne voulais pas y penser trop souvent, de crainte de l'effaroucher ou de la voir se flétrir. En même temps, j'y voyais la confirmation d'une conviction ancienne chez moi : il peut se nouer entre un homme et une femme une relation belle et tendre, exempte de besoins et de prétentions, qui nous permet néanmoins de dépasser notre expérience ordinaire. Il est tellement difficile de se dégager de sa propre histoire – c'est l'une des dernières choses que Sanderson m'avait expliquées. Quoi qu'il ait voulu dire par cela, j'avais le sentiment que ma propre histoire ne faisait que commencer.

Je poursuivais mon travail de traduction, une ligne après l'autre, comme si j'écrivais de belles équations. David Hume était mon compagnon de tous les instants, et par son biais je m'étais rapproché de mon père. Parallèlement aux *Essais* de Hume, un autre essai s'élaborait dans mon esprit, un travail en cours à peine ébauché, plein de digressions sous-verbales et de clauses à demi formulées, un essai qui prenait néanmoins forme et qui aurait le pouvoir de transfigurer le monde et de rétablir ma relation à celui-ci.

Dans le miroir de rasage, je croyais discerner le reflet de mon père qui me fixait. Que penses-tu de moi aujourd'hui ? demandai-je au reflet. Le miroir était terne et couvert de buée, et l'image qu'il me renvoyait ressemblait plus à une photo sépia en cours de tirage. Mon père avait pris des risques dans sa vie ; mais moi, quels risques avais-je pris ?

Le sentiment innommé se mit à grandir, il emplissait tout l'espace disponible. Quelle que soit la nature de cette chose, elle semblait parfaitement inéluctable. Il y a des moments où je songeais que je ne pourrais plus la contenir, que j'étais en danger d'être submergé ou étouffé par elle. Durant les jours qui suivirent, et longtemps après, je pensais que ma vie n'avait peut-être pleinement commencé qu'avec Carrie. Je m'efforçais de focaliser mon esprit sur l'impossibilité de ce qui était en train de se produire. Mais le bonheur ne cessait de ressurgir. Non pas le bonheur au sens où l'entendait Sanderson, et qu'il méprisait, mais une sorte de félicité tranquille. Et chaque nouvelle aube était porteuse de promesses nouvelles.

Et pendant tout ce temps, Sanderson brillait par son absence. Partout je voyais ses cheveux lustrés en arrière, sa peau fripée. Même les pinces poilues des crabes que la mer ramenait sur la plage me rappelaient les touffes de crin qui sortaient de ses oreilles. Les morts bougent encore, tout autant que les vivants.

Arriva notre dernière journée complète sur l'île. Le temps était calme et clair. Les vents des jours précédents, chargés d'humidité salée, étaient complètement retombés et le soleil se reflétait dans l'eau comme de l'or en fusion. La pluie avait dépoussiéré l'air, qui était maintenant d'une limpidité époustouflante ; elle avait déposé une couche de givre épais et luisant comme de l'émail qui s'étendait jusqu'au rivage. Même les îles au loin semblaient avoir été tout juste gravées en taille-douce dans les reflets vitreux d'une aurore boréale. Un peu plus haut vers la pointe, les vagues se précipitaient contre le flanc de la falaise. Et partout le ciel pénétrait entre les rochers et en comblait les failles de ses longs doigts bleus. Je gravis le sentier pentu jusqu'à son sommet. Je voulais tout embrasser : le ciel infini et sa présence culminante, et la mer immense, cause de tout. Je n'avais jamais connu de jours aussi magiques. Comme il était étrange qu'il m'ait fallu un lieu aussi reculé pour éprouver mon appartenance au monde ! Chaque chose y avait contribué, même le froid que je ressentais maintenant jusqu'à la moelle.

Depuis mon promontoire, le cottage près du rivage ressemblait à une maison de poupée. J'apercevais Carrie en train de s'affairer au-dehors, une version lilliputienne d'elle-même dans un film muet. Était-ce de l'amour que j'éprouvais ? Il me semblait avoir attendu l'amour toute ma vie. Il était la mystérieuse nuance de bleu, une idée explorée au-delà de ses limites. Il suffirait d'un instant pour *ne pas* tomber amoureux, pensai-je – et de la main je saisis brièvement cet instant avant de le regarder s'écouler entre mes doigts froids et disparaître dans le sable blanc.

De retour dans le Ve arrondissement, je réalisai à peine que j'étais chez moi. Rien de ce que je voyais ne m'était plus familier. Un vol rapide pour Paris, et puis ce taxi qui avançait péniblement entre les platanes et les marronniers. Je m'efforçais de me raccrocher à la métaphysique de la familiarité: les larges boulevards, les *bouquinistes**, le chic pas cher, les *ruelles** de plus en plus étroites à mesure que j'approchais de mon domicile – mais mon rétroviseur ne reflétait que du sable blanc et Carrie, cheveux au vent. En montant le vieil escalier qui mène à mon appartement, je songeai à ces insectes mangeurs de bois que l'on entend parfois dans les robustes poutres du plafond. On ne devient pleinement conscient de leur présence que lorsque l'un d'eux tombe à vos pieds, raide mort.

Un colis m'attendait dans le hall d'entrée: c'étaient les données récupérées sur l'ordinateur qui avait rendu l'âme. Je dus empêcher ma main de trembler en insérant la disquette dans mon nouvel ordinateur, et je me mis lentement à relire les vieilles traductions des essais perdus. Elles ressemblaient si peu aux nouvelles versions qu'on aurait pu croire qu'elles étaient l'œuvre d'un autre traducteur, d'une personne différente. Ce qui, en un sens, était bien le cas. Plus tard, je procèderais à une comparaison détaillée et je déciderais quoi faire – des essais, et de tout le reste. Dans l'immédiat, j'entrepris de nettoyer mon appartement et de remettre les choses à la place où elles étaient avant qu'un étranger ne les touche.

Remerciements de l'auteur

Je voudrais remercier l'universitaire français Gilles Robel qui, dès son origine, a défendu avec enthousiasme l'idée qui est cœur de ce roman et m'a prodigué de nombreux conseils. Il est le véritable traducteur des *Essais* de David Hume, parus aux Presses Universitaires de France en 2001. Cependant il n'existe aucune similitude, réelle ou recherchée, entre le narrateur fictif du roman et lui.

Je suis reconnaissante à Andrée Erdal et à Hazel Duncan d'avoir corrigé mon français, au Dr Douglas Fowlie pour ses conseils d'ordre médical et à Nick Erdal d'avoir partagé son expertise en matière de pêche à la mouche et de montage de mouches.

Un grand merci enfin à mon merveilleux agent Jenny Brown, à mon éditeur inspiré Richard Beswick, et, cela va sans dire, à mon homme.

Remerciements du traducteur

Jennie Erdal nous a quittés beaucoup trop tôt, le 23 mai 2020. Puisse cette traduction française tant espérée, cette boucle enfin bouclée, constituer un modeste hommage à son immense talent.

J'exprime toute ma gratitude à Vincent Reignier, l'ami de toujours, qui, une fois de plus, a consacré un temps infini à relire mon texte avec son œil de lynx cévenol.

Merci également à Nicolas Germain pour ses remarques sur la pêche ainsi qu'à Claire Levy-Vroelant, à Maria Meria et Jean-Louis Fournel pour leurs conseils. Et, bien sûr, à Serge Quadruppani, et à Keith Dixon et

Anne-Marie Métailié sans qui ce livre n'existerait pas et qui ont tant fait pour promouvoir la littérature écossaise contemporaine depuis des années.

À la mémoire d'Isabelle Saliou

Cet ouvrage a été composé par
Atlant'Communication
au Bernard (Vendée)

ACHEVÉ D'IMPRIMER SUR ROTO-PAGE
PAR L'IMPRIMERIE FLOCH À MAYENNE
EN SEPTEMBRE 2022

N° d'édition : 2550001 – N° d'impression : 100986
Dépôt légal : octobre 2022

Imprimé en France